本书为沙特阿卜杜勒·阿齐兹国王世界文化中心
资助项目
تم طباعة هذا الكتاب بدعم من
مركز الملك عبد العزيز الثقافي العالمي (إثراء)

المعلقات

لجيل الألفية (١)

悬诗

疏评（上）

［阿拉伯］乌姆鲁勒・盖斯　等　著

林丰民　等　译注

北京大学出版社
PEKING UNIVERSITY PRESS

著作权合同登记号　图字：01-2025-0937
图书在版编目（CIP）数据

悬诗疏评．上 /（阿拉伯）乌姆鲁勒·盖斯等著；林丰民等译注．-- 北京：北京大学出版社，2025. 2. --ISBN 978-7-301-36077-4

Ⅰ．I371.072

中国国家版本馆 CIP 数据核字第 20257ET490 号

书　　名	悬诗疏评（上） XUANSHI SHU PING (SHANG)
著作责任者	[阿拉伯]乌姆鲁勒·盖斯　等　著　林丰民　等　译注
责任编辑	严　悦
标准书号	ISBN 978-7-301-36077-4
出版发行	北京大学出版社
地　　址	北京市海淀区成府路 205 号　100871
网　　址	http://www.pup.cn　　新浪微博：@北京大学出版社
电子邮箱	编辑部 pupwaiwen@pup.cn　　总编室 zpup@pup.cn
电　　话	邮购部 010-62752015　发行部 010-62750672　编辑部 010-62759634
印 刷 者	天津裕同印刷有限公司
经 销 者	新华书店
	787 毫米 ×1092 毫米　16 开本　22.25 印张　490 千字
	2025 年 2 月第 1 版　2025 年 2 月第 1 次印刷
定　　价	138.00 元（精装）

目录 فهرس

◆مقدمة Ⅱ
◆المعلّقات في حضورها الدائم Ⅳ
◆المعلّقات لجيل الألفية: الحكاية، الخريطة، والإضافة Ⅷ
◆معلقة امرؤ القيس ١
◆معلقات طرفة بن العبد ٧٥
◆معلّقة زُهير بن أبي سُلْمَى ١٦٥
◆معلّقة لَبِيْد بن رَبِيْعَة ٢١٩
◆معلّقة عمرو بن كلثوم ٢٧٧
◆معلّقة عَنْتَرَة بن شَدَّاد العَبْسِي ٣٤١
◆معلّقة الحارث بن حلِزة اليَشْكُرِي ٤١١
◆معلّقة الأَعْشَى القَيْسِي ٤٦٩
◆معلّقة النّابغة الذُّبياني ٥٢٣
◆معلّقة عَـــبِيْدُ بنُ الأَبْرَصِ ٥٦٣
◆ما بعد الترجمة ٦٠٥
◆توافق الأسماء وعناوين الكتب في العربية والصينية ٦١٠

◆前言 III
◆原序一：历久弥新的《悬诗》 V
◆原序二：千禧一代的《悬诗》：故事·地图·新意 IX
◆乌姆鲁勒·盖斯的悬诗 1
◆塔拉法·本·阿卜杜的悬诗 75
◆祖海尔·本·艾比·苏勒玛的悬诗 165
◆莱比德·本·拉比阿的悬诗 219
◆阿慕鲁·本·库勒苏姆的悬诗 277
◆安塔拉·本·舍达德·阿卜斯的悬诗 341
◆哈雷斯·本·希里宰的悬诗 411
◆艾阿沙·盖斯的悬诗 469
◆纳比埃·祖卜雅尼的悬诗 523
◆阿比德·本·艾卜赖斯的悬诗 563
◆译后记 605
◆译名对照表 610

مقدّمة

ترتكز رؤية مركز الملك عبد العزيز الثقافي العالمي (إثراء)، مبادرة أرامكو السعودية، على تعزيز التواصل الثقافي الحضاري مع العالم، انطلاقاً من رسالة تسعى إلى تحفيز الإبداع ونشر المعرفة. ويؤمن المركز من خلال رعايته للفنون والآداب والعلوم، أن الفن والثقافة يزيدان الأفراد والمجتمعات قوةً وتأثيراً.

وضمن سعيه في البحث عن أفضل إبداعات الثقافات العالمية وجذور الإبداع العالمي والعربي، يُقدّم إثراء في هذا الكتاب بالتعاون مع مجلة القافلة، الصادرة عن أرامكو السعودية، المعلّقات العشر لجيل الألفية باللغتين العربية والإنجليزية، احتفاءً بالقيم الإنسانية والجمالية والفلسفية الغزيرة التي تفيض بها، وتوظيفاً لمكنونات ودلالات هذه القصائد لإلهام عقول أبناء الجيل المعاصر ووجدانه، وفتحاً لآفاقهم نحو أفكار وأشكال جديدة من التعبير والفهم الثقافي، وعرضاً لجماليات اللغة العربية الخالدة، فيما يشبه النافذة المُطلّة على ثقافة الجزيرة العربية وتاريخها، وحياة إنسانها منذ آلاف السنين.

تُعدُّ المعلّقات العشر من روائع الأدب العربي والعالمي، والجذور الخالدة لإبداع الشعر العربي، حيث تتواشج وتتشابك فروعها مع الكتابة الإبداعية العربية حتى اليوم، حاضرة في الشعر والأدب العربيين في العصور اللاحقة. مادة أصيلة بقيت قروناً شاهدة على سليقة ومَلَكَة الإنسان اللغوية وقدرته على تطويعها وتشكيلها والتعبير عن ذاته من خلالها.

ويسهم إثراء من خلال هذا الكتاب في المحافظة على ديمومة أحد أبرز الأعمال الإبداعية في تاريخ الأدب العربي وتقريبها من ذائقة الأجيال الجديدة. وقد تصدّى لهذه المهمة عددٌ من المتخصّصين السعوديين والدوليين في الشعر والأدب العربيين، ساعين من خلال شرح أبيات المعلّقات باللغة العربية وترجمتها إلى اللغة الإنجليزية بلغة معاصرة، إلى تأكيد معاصرة هذه القصائد، وتأبّيها على النسيان، وقابليتها للتجدُّد في كل عصر ومع كل جيل لتكون مصدراً من مصادره ومنبعاً من منابعه في الإبداع والجَمَال.

前言

阿卜杜勒·阿齐兹国王世界文化中心（Ithra）的愿景，是响应沙特阿美公司的倡议，促进与世界文化和文明的交流，以努力激发创造力和传播知识为己任。该中心相信，通过对艺术、文学和科学的关注，艺术和文化将赋予个人和社会以力量和影响力。

作为寻求世界文化中最优秀的创作，探寻阿拉伯文艺创作和世界文艺创作根源的一部分，阿卜杜勒·阿齐兹国王世界文化中心同沙特阿美石油公司发行的《商队》杂志合作，奉献出阿拉伯语和英语双语对照的《悬诗：为千禧一代》，发掘其中洋溢着的人类价值、丰富的美学价值和哲学价值，并运用这些诗歌的内涵和语义，启发当代人的思想智慧。该文化中心认为，它为人们提供了文化表达和文化理解方面的新思想和新形式，打开了人们的视野，展示了阿拉伯语言的永恒美学，犹如一扇窗户，俯瞰着阿拉伯半岛的文化和历史，和几千年来的人类生活。

十首悬诗是阿拉伯文学也是世界文学的精品，也是阿拉伯诗歌创作的源泉，它的众多版本同阿拉伯的创意写作交织在一起，在后世各个时代的阿拉伯诗歌和阿拉伯文学中都有所体现，并且一直延续到当代。它是一种纯正的文献材料，多个世纪以来一直存在，见证了人类雄辩和直觉的语言特征，以及精通语言、重构语言的自我表达能力。

通过这本书，阿卜杜勒·阿齐兹国王世界文化中心为保存阿拉伯文学史上最杰出的文学作品之一的持久性，并使其更接近新一代（读者）的品味做出了贡献。一批沙特和国际阿拉伯诗歌和文学专家已经完成了这项任务。他们努力用阿拉伯语来解释《悬诗》的诗句，并以当代的语言风格将其翻译为英语，强调这些诗歌的当代性，以此来抵抗遗忘，使其在每一个时代，在每一代人中得以更新，成为文艺创作和美感方面的一个源泉。

المعلَّقات في حضورها الدائم

أي نص شعري هذا الذي أنتج قبل أكثر من ألف وخمسمائة عام، وما زال ينبض بالحياة ويحرِّك الهواجس ويستثير المخيلة، وكأنه وُلِدَ بالأمس القريب؟ هذا النص هو المعلّقات، التي يجد فيها القرّاء، جيلاً بعد جيل، مصدراً لإلهامٍ يتجدّد. في هذا الكتاب، يسعدنا أن نقدّم «المعلّقات» مشروحةً ومترجمةً بطريقةٍ جديدة تناسب الجيل الجديد من القرّاء.

والمعلَّقات نهر جارٍ لا ينضب معينه، يعبُر الزمان والمكان متدفقاً ليعبِّر عن لحظتنا. ينهل من هذا النهر كل من أراد أن يتذوّق العربية ويستقي معينها؛ فهذه القصائد العشر الخالدات تشكّل قاموساً للغة العربية ودستوراً للنحاة، ومصدراً لمتعة لا تنتهي لأولئك المفتونين ببلاغة الفن اللفظي الرفيع. وإضافة إلى ذلك، تعدُّ هذه القصائد وثيقةً للمؤرِّخين وعلماء الاجتماع، ودليلاً للجغرافيين.

ولكن أكثر من ذلك بكثير، تُقدِّم هذه القصائد لمحة عن التجربة الإنسانية كما صاغها أولئك الذين عرفوا الحُب والحرب والنصر والمآسي. إنها تشهد على حقبة من التاريخ عبّر فيها الشعراء عن رؤيتهم ومشاعرهم تجاه أحداث العصر. وبكلمة واحدة: المعلَّقات هي الإنسان بكل أبعاده التي لا حدود لها، وهي لا تزال مكتنزة بالمشاعر والمعاني التي تنتظر من القرّاء أن يكتشفوها.

فما الذي وهب المعلَّقات هذا الدوام حتى اليوم، ومن الذي سقاها من نهر البقاء، وأوغل بها في ثقافة العرب عابراً بها الأجيال؟ لقد كان من أهم عوامل ذلك رقيّ جمالياتها وعلو بلاغتها، حيث استثمرت أجمل إمكانات اللغة العربية بعبقرية نادرة. وإضافة إلى ذلك، كان ارتباط المعلَّقات الوثيق بالأرض والإنسان من أهم عوامل بقائها مصدراً لإلهام الشعراء المعاصرين.

إن الشعر ديوان العرب؛ فبه حفظت الأنساب وعرفت المآثر؛ فهو السجل الذي يوثِّق تاريخهم، وعاداتهم وتقاليدهم، وبيئتهم، وحياتهم الاجتماعية والاقتصادية، وأسواقهم التي يلتقون فيها، كما أنها المدوّنة التي تضيء قيمهم وتحفظ حروبهم وأيامهم الخالدة.

وعلاوة على ذلك، لقد كان الشعر مصدراً لغوياً لا يقدّر بثمن؛ فمنه تعلَّم العرب لغتهم وبواسطته احتفظوا بها للأجيال القادمة. والمعلّقات كانت وما زالت واسطة العقد للشعر العربي

原序一：历久弥新的《悬诗》

这是一部何等伟大的诗作啊！创作于一千五百多年前，至今仍充满生机，令人遐思，激发想象，仿佛昨日才诞生，这就是悬诗。它让一代又一代的读者都能找到启示的源泉，且不断更新。我们非常高兴，能够在这本书中以新的途径向新一代的读者提供适合他们的阐释和翻译。

《悬诗》是一条流水潺潺的永不干涸的河流，穿越时间和空间，奔涌不止，一直流淌到我们当下时刻。正是这条河流，每个想要品味阿拉伯语的人都可以从这里汲取源泉和灵感。这十首不朽的诗歌构成了一本阿拉伯语词典，一部语法学家的宪章，对于那些着迷于崇高的语言艺术的雄辩者来说，它是无穷无尽的快乐源泉。此外，这些诗歌还是历史学家和社会学家的文献，也是地理学家的指南。

但更重要的是，这些诗歌让我们能够一窥人类的经历，这些经历是由那些知晓爱情、战争、胜利和悲剧的人所阐述的。它见证了一个时代，诗人借此表达他们对诸多事件的看法和感受。 一言以蔽之，《悬诗》就像是一个具有无限维度的人，仍然充满着情感和意义，等待读者去发掘。

是什么赋予了《悬诗》一直延续到当下的这种永恒性？又是谁以永存之河浇灌它，并将其渗透到阿拉伯人的文化之中且代代相传？最重要的因素之一是其崇高的美学和精湛的修辞，因为它将阿拉伯语最美丽的能力赋予了罕见的天才。此外，《悬诗》与地球、人类的密切联系也是其存续的最重要因素之一，成为当代诗人的一个灵感来源。

诗歌是阿拉伯人的文献。通过它，传承世系得以保存，丰功伟绩为人知晓。这是关于他们的历史、习俗和传统，关于他们的环境、他们的社会生活和经济生活，以及他们相遇于集市的记录。它也是令他们的价值观闪耀出光芒，保存他们的战争（历史），以及令他们那些时光永垂不朽的史册。

وأبرز الأمثلة على إبداع الثقافة العربية. لقد كانت المعلّقات نبض حياة العرب الذي يبدو على شكل كلمات.

من هنا، فقد حظيت المعلّقات باهتمام بالغ من القرّاء والباحثين قديماً وحديثاً. ولم يقتصر ذلك على اللغويين والأدباء والنقّاد والمفكّرين العرب وحدهم، بل تجاوزهم إلى المستعربين الذين يدرسون الآداب العربية من غير العرب. وقد تجلّى ذلك في ترجمة المستعرب الإنجليزي السير وليم جونز (ت. ١٧٩٤) سبعَ معلّقاتٍ إلى الإنجليزية، وتُعدُّ أول ترجمة لها إلى لغة أوروبية.

وتلتها ترجمات عدّة مثل ترجمة المستعرب الألماني نولدكه (ت. ١٩٣٠) خمسَ معلّقاتٍ إلى الألمانية. واستمرت الترجمات في محاولة نقل المعلّقات إلى لغات أوروبية، ولعلّ آخرها الترجمة الفرنسية لسبع معلّقات (صدرت عام ٢٠٠٠) على يد المستعرب الفرنسي بيار لارشيه.

وكل تلك الأعمال الجليلة لها ريادتها وقيمتها الأدبية والتاريخية، لكنها لا تقف حائلاً دون القيام بمحاولات جديدة لتقديم هذا العمل الخالد للأجيال؛ فما زال هناك مجال لشروح وترجمات جديدة لهذه النصوص الثرية. من هنا، يقدّم هذا العمل للقرّاء، الناطقين بالعربية وغيرهم، ترجمة للمعلّقات العشر كاملةً وشرحاً أدبياً لها. لقد كان هدفنا هو تقديم هذه النصوص التأسيسية بطريقة تجعلها في متناول جيل جديد من القُرَّاء، في الوقت الذي يعدّ فيه هذا الكتاب مرجعاً موّثقاً للباحثين المتخصّصين الناطقين باللغتين العربية والإنجليزية.

يهدف هذا الكتاب إلى أن يكون مصدراً لجمالٍ أدبيٍّ متجدّد للقرّاء في جميع أنحاء العالم عن طريق تقريب المعلّقات إلى القارئ العربي وإنعاش ذاكرته بالأصيل من تراثه الجميل، وكذلك للوصول إلى الجيل الجديد من القرّاء عبر العالم للدخول في تجربة الجمال الثريّ للغة العربية. يبقى أملنا الأكبر هو أن تستمدوا من قراءة هذا الكتاب أكبر قدر من المتعة، تماماً كتلك المتعة التي رافقتنا طوال مراحل إنتاجه.

محمد أمين أبو المكارم

此外，诗歌一直是一种无价的宝贵语言资源。阿拉伯人从中学习他们的语言，并通过它为后代保留语言。过去和现在，《悬诗》都是阿拉伯诗歌集结的手段，也是阿拉伯文化的创造力最突出的例子。《悬诗》以文字的形式体现了阿拉伯人的生命活力。

因此，《悬诗》引起古今读者和学者的极大关注，不限于阿拉伯的语言学家、作家、评论家和思想家，也包括非阿拉伯的研究阿拉伯文学的阿拉伯学家[①]。其中有英国的阿拉伯学家威廉·琼斯爵士[②]的英语翻译，他将七首《悬诗》翻译成英语，被认为是最早翻译成欧洲语言的译文。

随后又有多种翻译，如德国的阿拉伯学家诺尔德克[③]将五首《悬诗》翻译成德语。之后，不断有人努力尝试将《悬诗》翻译成多种欧洲语言，最后一个可能是法国的阿拉伯学家皮埃尔·拉尔谢（Pierre Larcher）所翻译的七首《悬诗》法语译本（2000）。

所有这些伟大的译作都是开荒之作，具有文学价值和历史价值，但它们并不妨碍对悬诗这一世代相传的不朽作品进行一次次新的翻译尝试；这些内涵丰富的诗文仍有新的阐释和翻译空间。在此，这部作品向读者展示十首《悬诗》的完整翻译和文学性阐释。我们的目标是以一种能够让新一代读者理解的方式，呈现这些基础性文本，与此同时，为讲阿拉伯语和英语的专业学者提供权威参考。[④]

本书旨在通过拉近《悬诗》同阿拉伯读者之间的距离，唤醒他们对美妙文化遗产的本真记忆，从而为世界各地的读者提供新的文学美感，同时也让全世界新一代读者体验到阿拉伯语的丰富与美妙。我们最大的希望，是您将从阅读本书中获得最大的乐趣，就像伴随我们整个写作阶段的乐趣一样。

穆罕默德·艾敏·艾布·麦卡里姆（林丰民译）

---

① 即精通阿拉伯学问的学者，类似于东方学家的一种称谓。（译者注）

② 威廉·琼斯爵士（Sir William Jones，1746—1794），英国东方学家、语言学家、法学家、翻译家，是一个外语学习天才，学习过包括梵巴语、汉语，以及阿拉伯语、波斯语、科普特语和古叙利亚语等中东语言在内的28门语言，翻译过大量东方古代经典著作。他翻译最多的是古代印度的梵文经典，如著名的《罗摩衍那》、迦梨陀娑的《沙恭达罗》和《摩奴法典》等，还有一小部分是汉语、波斯语和阿拉伯语的典籍。他翻译的重要的阿拉伯语文献包括《穆罕默德非遗嘱遗产继承法》和《穆罕默德继承法》这两部著名的法律文献。（译者注）

③ 西奥多·诺尔德克（Theodor Nöldeke，1836—1930），是一位德国东方学家。他的研究兴趣包括《旧约》研究和闪族语言，以及阿拉伯、波斯和叙利亚文学。他翻译过《悬诗》，还翻译过《古兰经》，并围绕这一伊斯兰教经典进行了大量的研究。（译者注）

④ 本书翻译的母本是阿英对照本，原序言也是针对阿拉伯语和英语的读者。（译者注）

المعلّقات لجيل الألفية: الحكاية، الخريطة، والإضافة

المعلَّقات هي أهم عشر قصائد عربية من عصر ما قبل الإسلام، والأساس اللغوي للثقافة العربية. في الصفحات التالية، سوف تقترب منكم أكثر في إصدار بديع وبلغتين اثنتين: العربية والإنجليزية. تتقاسم اللغتان بهجةَ تأويل هذه النصوص الخالدة: يتكفّل القسم العربي بتوفير شرح جديد لنصوص المعلَّقات، فيما يستقبلها القسم الإنجليزي في ترجمات أصيلة. والهدف استكشاف رسائلها الإنسانية، والاحتفاء بفرادتها الفنية، والإنصات إلى ما تقوله عن المبدعين الذين أنتجوها وعن الناس الذين عاصروا لحظات ابتكارها، في الوقت الذي تتحدث فيه عنّا نحن أبناءَ القرن الحادي والعشرين الذين ينتمون إلى تنوعّات غنيّة من الثقافات والألسنة.

لهذا المشروع قصة، وسيكون عليّ في هذه المقدّمة أن أرويها باختصار. كما سأحاول أن أرسم بإيجاز خريطة للعمل بما يعزّز من إمكانية استمتاعكم برحلة الصفحات القادمة.

بدأ هذا المشروع في يوم خريفي جميل من عام ٢٠١٩م عبر دعوة من مجلة القافلة التابعة لأرامكو السعودية، من أجل المشاركة في لجنة استشارية مهمتها تقديم المعلَّقات لجيل الألفية. جاءت تلك الدعوة لتفتح نافذة نحو حلمٍ كنت أرى تحقيقه أمراً بعيد المنال: إعادة تقديم نصوص الشعر العربي الخالدة للأجيال الجديدة على اختلاف انتماءاتها اللغوية والثقافية. وبدأ العمل فوراً باختيار فريقٍ من الخبراء العالميين في الشعر العربي لمهمّة صناعة المحتوى، أعني للقيام بأمرين: كتابة شرح للمعلّقات وإنتاج ترجمات أصيلة لها، مع مقدّمات جديدة وبأسلوب يستجيب لحاجات القارئ المعاصر. وبينما كانت فكرة التقريب للقارئ غير المتخصّص أساسيةً وحاسمةً في القرارات التي أدّت إلى ظهور العمل بشكله الحالي، خصوصاً في أسلوبه، إلاّ أننا أيضاً أردنا للعمل أن يحقّق وظيفة مرجعية للمتخصّص.

لقد كانت رحلة عبر الزمان ممتعةً جداً مع نصوص المعلَّقات، وشرّاحها ونقّادها ومترجميها عبر التاريخ، ومع القصص الكثيرة التي دارت حولها والحكايات المذهلة عن شعرائها في كتب الأدب. وبالمثل، فقد كانت جولة بانورامية فريدة من نوعها عبر المكان، على امتداد شبه الجزيرة

原序二：千禧一代的《悬诗》：故事·地图·新意

《悬诗》是前伊斯兰时期最重要的十首阿拉伯诗歌，也是阿拉伯文化的语言基础。在接下来的篇章中，将以精美的排版，以英语、阿拉伯语两种语言拉近它与您的距离。两种语言共享着解读这些不朽文本的乐趣：阿拉伯语部分负责为《悬诗》文本提供新的解释，英语部分则提供纯正的翻译。（我们的）目标是探寻其人文使命，赞赏其艺术独特性，并倾听书中的这些作者，是他们将它（《悬诗》）创作出来，也倾听与这些创作同时代的人们在当时的故事。与此同时，它也在谈论着我们——属于二十一世纪，拥有丰富的文化多样性和语言多样性的人们。

这个项目有一个故事，我应该在此简单说一说。 我还将尝试简要地绘制一张工作图，以增加您享受下面各个篇章之旅的可能性。

这个项目始于2019年一个美丽的秋日，应沙特阿美公司的《商队》（القافلة）杂志邀请，我参加了一个顾问委员会，其任务是为千禧一代奉献一部新的《悬诗》。这个邀请为我遥不可及的梦想打开了一扇窗户：将阿拉伯诗歌的永恒文本重新介绍给新一代，尽管他们的语言归属和文化归属存在着差异。这项工作很快就启动了，选择了一个阿拉伯诗歌国际专家团队来完成内容制作的任务，即包括两件事：撰写《悬诗》的评析，以及进行纯正的翻译，还包括以一种满足当代读者需求的风格新写的序言。虽然拉近非专业读者是我们的基本想法和关键意图，这就决定了该作品以当前的这一样貌，尤其是以如此风格呈现给大家，但我们也希望该作品能够为专业人士提供参考。

这是一次非常有趣的时空穿越之旅，其中有《悬诗》的文本、历代评论家、阐释者和翻译者，还有许多围绕着《悬诗》的故事，以及文学著作中关于悬诗诗人的精彩故事。同样地，这也是一次独特的全景之旅，穿越阿拉伯半岛，穿越《悬诗》中描写的地点，虚构和非虚构的地貌，穿越诗人们在诗

العربية في المواقع الجغرافية التي تظهر في المعلَّقات، في كل من العوالم الخيالية وغير الخيالية، والتي تبكي عليها مقدّمات الشعراء الطللية لتحتفي بها خواتيم قصائدهم. وكان هدف تلك الرحلة أن يصل المنتج النهائي إلى الصورة التي تليق بمكانة نصوص المعلَّقات وفرادتها، والأمل أنّ ما ترونه الآن أمام أعينكم قد نجح في تحقيق جزء كبير من هذه الأهداف.

وبينما سأترك مهمة إيضاح النقاط التفصيلية عن كل شرح وترجمة لكتّابها، من المهم أن أشير إلى النقاط التقنية التالية: يبدأ الفصل الخاص بكل معلَّقة، سواءً في الشروح العربية أو الترجمات الإنجليزية، بمقدّمة توفّر خلفية عن حياة الشاعر ومنزلته الفنية، مع إضاءة لأهم الأخبار الأدبية حول ذلك. بعد ذلك تنتقل المقدّمة إلى القصيدة وما يدور حولها عبر التاريخ الأدبي، وفي أحيان كثيرة بمقارنتها بنصوص من آداب أخرى، لتنتهي المقدّمة بإضاءات فنيّة عامة حول القصيدة.

وحين تصلون إلى قسم الشرح العربي، ستجدون أنه يعتمد أسلوب الشرح باللوحات الفنيّة وليس بالأبيات. كل معلَّقة تنقسم إلى لوحات فنيّة منفصلة يصاغ شرحُها وتأويلها على حدة، بناءً على التميز النسبي لثيمات المعلَّقة. وفي كل لوحة، يصافحكم في الهامش الأيسر قسم «اللغة» لشرح معاني الكلمات، ومن ضمن ذلك ذكر المقابلات المعاصرة لأسماء المواقع الواردة في الأبيات، من مثل «الدخول» و«حومل» في البيت الأوّل لمعلَّقة امرئ القيس، وكذلك خلفية تعريفية مختصرة جداً عن الشخصيات الواردة في النص. وتحت الأبيات، يبدأ الشرح ويتفاوت طولاً وقصراً بناءً على ما تقتضيه اللوحة، لينتهي وقد أدّى إلى إبراز الثيمة الرئيسة للوحة، وإسهام كل بيت في تشكيلها. وفي بداية اللوحة التالية، يربط الشرح بينها وبين اللوحة السابقة، وهكذا مع بقية اللوحات حتى نهاية المعلَّقة. أخيراً تأتي الخاتمة في أسطر قليلة لتربط أجزاء المعلَّقة ببعضها. بهذا ينجح الشرح في الجمع بين العمق ووضوح العرض، ليأخذكم من فقرة إلى أخرى بسلاسة منطقية وتدرّج تحليلي، وفي أسلوب يشعّ حيويةً تشبه حيوية المعلَّقات نفسها.

تؤدّي الشروح إلى تقريب المعلّقات من ثلاثة أوجه: ١) توضيح المفردات الغريبة والتراكيب الغامضة وصولاً إلى تفسير أبيات القصيدة ولوحاتها ودلالاتها الكبرى. ٢) التركيز على مظاهر التوازي بين العناصر الفنية للقصيدة ورسالتها الإنسانية. ٣) إبراز أبعاد المحليّة والعالمية والمعاصرة في المعلّقة؛ الأولى عبر تفسير النص في سياقه التاريخي، والثانية عبر ربط قصص شعراء المعلّقات وشخصيّاتها بآداب أخرى مما يشير إلى عالميّة النصوص الأدبية الخالدة ضمن شروطها الخاصة، وأما الثالثة فعبر التقاط الرموز والأمثولات السابحة فوق المستوى التفصيلي للنصوص وقراءتها في ضوء مفاهيم الواقع المعاصر. ولأنّ الشرح يصاغ في لغة أدبية راقية

歌开篇哭泣和在诗歌结尾庆祝的废墟场景。这一旅程的目标是确保最终产品无愧于文本的地位和独特性，我们希望您现在所看到的东西已经成功地实现了这些目标中的大部分。

我会将阐明每条评注和翻译的详细要点的任务留给作者，但重要的是我要指出以下体例要点：每首悬诗的章节，无论是阿拉伯文评析还是英语译文，都以引言开头，提供诗人的生平背景和艺术地位，以及与此相关的最重要的文学记事。之后，从引言转向诗歌，以及在整个文学史上围绕它所发生的事情，通常会将其与其他文学作品进行比较。引言将以关于这首诗的总体艺术观照结束。

当您读到阿拉伯语评析部分时，您将会发现这些评析是基于艺术画面而不是诗句。鉴于《悬诗》主题的相对独特性，每首悬诗都分为多个独立的艺术画面，其解释和说明是单独进行的。在每个画面中，与您握手的是左侧空白处[①]解释词义的“语言”部分，[②]包括诗歌中地名的当代对应称呼，例如乌姆鲁勒·盖斯的悬诗第一联句的“德胡勒”和“豪迈勒”，以及关于诗歌文本中人物的极简背景介绍。在诗句下方，根据画面的要求进行长短不一的评注解释，在突出了画面的主题之后结束，每一个联句在该画面的结构中都很重要。在下一幅画面的开头，评注性解读将它与前一个画面连接起来，依此类推，直到该首悬诗结束。最后，结尾用几行字将评注性解读的各个部分连接起来。这些评论成功地将深刻和清晰结合在一起，以逻辑和分析的方式将你从一个段落带入下一个段落，其风格散发出的活力与《悬诗》本身的活力颇为相似。

这些评析性解释从三个方面拉近了《悬诗》：

1. 明晰陌生的词汇和晦涩的结构，实现对诗歌联句、众多画面和主要内涵的解释。

2. 既关注诗歌的艺术元素又注重其所蕴含的人文关怀。

3. 突出《悬诗》的地方性、全球性和当代性。一是在历史语境中解读文本；二是把诗人的各种故事及其个性与其他文学作品联系起来，从而指出永恒的文学文本自身的特性中所包含的普遍性；三是通过捕捉漂浮于文本细节层面的众多符号和例子，以当代现实的理念来阅读这些悬诗。由于评析性解

① 作者采用了拟人化的手法，将左侧空白处的字义解释形容为迎面而来的人。（译者注）
② “语言”部分因技术层面的原因，这一版本暂时省略。（译者注）

تجمع بين جمال الفنيّ ودقة العلميّ، فإنه يبدو بمثابة «ترجمة» نثرية أدبية معاصرة للمعلّقات انطلاقاً من نقطة التقاطع بين الإضاءات الشعرية لشكلها والمعاني العميقة لمحتواها والأهداف الأدائية التي صيغت من أجلها. إنّ من أهم إضافات هذا المشروع أنه ينجح في إعادة الحياة لتقليد شرح الشعر العربي عبر الدعوة إلى الاحتكاك بها بشكل مباشر بعد عقود طويلة من سيطرة النظرية على ممارسات القراءة الأدبية.

وفيما يتعلّق أيضاً بالشرح العربي، فهناك عمل آخر لن يُرى على الورق رغم أنه كان أساسياً في اكتمال المشروع. في معظم الحالات، كان الشرح العربي يسبق الترجمة الإنجليزية، لعدة أسباب من أهمها أن نص المعلّقات كان يعاد تحقيقه أحياناً من كتّاب الشرح عبر الترجيح من روايات متعدِّدة، وبطريقة لها مسوّغاتها العلمية المذكورة في مقدّمات الشروح. هذا يعني أن هناك جهداً تحقيقياً كبيراً سبق البدء بقراءة المعلّقة من أجل شرحها. وبعد اعتماد الشارح العربيّ النصَّ النهائيَّ للمعلّقة كان يُرسَل للمترجم ليتوافق نصّ الترجمة مع نصّ الشرح. وفي بعض الأحيان، تبدأ عملية من المفاوضات التأويلية بين الشارح والمترجم والمـُراجِع لترجيح كلمة هنا أو حركة إعرابية هناك. إن تحقيق النصوص بطريقتها الموجودة في هذا الكتاب لـهو من الإضافات الكبرى التي نعتز بها.

وكما كان للشرح دور جوهري في تحقيق غاية المشروع، كانت الترجمات، الجديدة بالكامل، حاسمةً في ذلك. وبينما لم يكن من المتصوّر أن تختلف المعلومات الواردة في المقدّمات الإنجليزية عن تلك الواردة في العربية، فنحن في نهاية المطاف نتحدث عن الشعراء أنفسهم ونعتمد، تقريباً، على المصادر نفسها، إلا أن المقدّمات الإنجليزية تنفرد بتوفيرها سياقاً للمعلّقة يناسب القارئ بالإنجليزية، كما أنها كثيراً ما تربط النصوص العربية بنظيراتها العالمية. ونظراً لأنّ قسم الترجمة الإنجليزية يفتقد لشرح تفصيلي كما في قسم الشرح العربي، أخذاً في الحسبان أن الترجمة هي في ذاتها شرحٌ، بطريقة ما، للنص العربي، كانت المقدّمة الإنجليزية في كثير من الأحيان تمثّل قراءة تعوّض الشرح ولكن تسبق النص: حيث توفّر تأويلاً كاملاً للمعلّقة بتقسيمها إلى وحدات وقراءتها في ضوء الاعتبارات المنهجية والاختيارات الفنية الخاصة بكل مترجم.

لقد حرصتُ في مراجعة النصوص مع الزملاء والزميلات الثمانية الذين أسهموا في صناعة هذا المحتوى باللغتين شرحاً وترجمةً على إخراج العمل في أسلوب يحافظ على التواصل مع القارئ المعاصر، ويستجيب لما تـتطلبه هذه القصائد الخالدة من مستويات تتصاعد باستمرار في قراءتها واستكشاف جمالياتها ورسالتها الإنسانية. وهذان الهدفان المكمّلان لبعضهما في إنتاج محتوى مشروعنا كانا، في الحقيقة، يعنيان عاماً كاملاً من المفاوضات الرائعة حول مسائل دقيقة

释是用一种结合了艺术美感和科学准确性的精美文学语言撰写的，因此它表现为对《悬诗》进行当代文学散文式的“逐译”，其出发点是形式上的诗意观照、内容上的深刻含义以及表意的目标这三方面的相互交融。对本项目最重要的一个补充工作，是在几十年来理论主导文学阅读实践之后，这项研究通过倡导与文学理论直接对话，成功地复活了阐释阿拉伯诗歌的传统。

关于阿拉伯人的评注，尽管它对项目的完成至关重要，但还有另一项繁重的幕后工作。在大多数情况下，阿拉伯语评注先于英语翻译，原因是多重的，其中最重要的是，评注家有时会从多个传述故事中倾向性地选择其中一个，并以上述科学的依据来重新校订《悬诗》文本。这意味着在开始阅读评论以对其进行解释之前，评注家已经付出了巨大努力进行校勘。阿拉伯评注家校勘《悬诗》形成定本后，将其发送给翻译人员，以便翻译文本与评注文本相匹配。有时，评注者、翻译者和审校者之间会进行一个解释性的磋商过程，在此处确定一个词语，在彼处确定一种语法地位。① 本书以现在这种（编排）形式呈现出来的文本，恰恰是我们所做的这种补充工作，这是我们感到骄傲的地方。

正如评析性解释有助于实现项目的目标一样，全新的翻译对此也至关重要。虽然无法想象英语前言中包含的信息与阿拉伯语中包含的信息之间存在多少差异，但最终我们谈论的是诗人本身，并且几乎依靠相同的来源，但英语前言提供了适合英语读者的语境，它们通常将阿拉伯语文本与其世界同类文本联系起来。鉴于英语翻译部分缺少像阿拉伯语评析性解释部分一样的详细解释，因此可以认为译文本身即是以某种方式对阿拉伯语文本所做的解释。因此英语前言通常代表一种替代性解释，前置于正文：它对《悬诗》进行完整的解读，根据每位译者的方法论考虑和艺术选择，将其分成一个个单元来阅读。

我很喜欢同 8 位同行一起审阅文本。他们为这两种语言的内容创作——包括翻译和评析性解释做出了贡献，以一种与当代读者保持交流的方式奉献其作品，并回应读者的需求——在阅读这些不朽的诗歌过程中，不断探索其审美意趣和人文关怀，提升自我层次。事实上，在撰写这些内容时，为了这两个互补的目标，以实现我们这个项目，我们实际上进行了整整一年的商

① 阿拉伯语中有些相同形式的词语在标示不同音符的情况下，其在句子中的语法地位是不同的，相应的语义也就发生了变化，比如被动形态与主动形态的变化。因此工作团队的这种磋商与定稿工作便具有很大的价值。（译者注）

مثل تضمين أفكار ومفردات وتراكيب وأمثال بعينها، أو استبعادها. أحياناً كان النقاش يدور حول الوقوف على أرضية مشتركة بشأن تأويل بيتٍ معيّن، أو كلمة فيه، أو حتى حركة الإعراب في آخره، أو ربما لكي يكون هناك توافق معقول حول معنى تركيب معيّن بين الشرح العربي والترجمة الإنجليزية. وفي المناسبات كلها، كانت براعة نصوص المعلّقات نفسها واتّساع دلالاتها تأخذنا إلى طريق توافقي مناسب.

لقد تنوّعت أساليب المعلّقات تنوعاً كبيراً، بل أساليب الشاعر في المعلّقة الواحدة، وربّما كان لهذا النفس المتسامح مع التنوّعات الأسلوبية تأثيره الإيجابي الكبير على أساليب استقبالنا للنصوص في هذا العمل. ينجح هذا الكتاب، وفي حدود المعقول والمقبول، في أن يترك للكتّاب والمترجمين مساحة كافية من الحريّة لتظهر رؤيتهم الفنية للقصائد وتنعكس بشكل خلّاق على نمطهم الأسلوبي الخاص في الكتابة.

وأخيراً، تطبع المعلّقات العشر كاملةً مع الشروح والمقدّمات باللغتين العربية والإنجليزية في كتاب واحد، وبأسلوب حاولنا جاهدين أن يكون قريباً من قارئ اليوم غير المتخصّص في الوقت الذي يلبّي فيه حاجة القارئ العليم. المعلّقات قطعة فنية خالدة، ونحن ربما أصبنا بدهشة المعلّقات ورعشة فنّانيها إلى درجة أننا تجرّأنا على التطلّع إلى تقديمها من جديد إلى جيل جديد.

ومع ذلك، فإن قراءة المعلّقات تجربة تعلّم التواضع، كما تطوّر مهارةَ الإصغاء بعناية على أملٍ بقراءةٍ نعرف أنها لن تكون مرضية أو كاملة أبداً. ومن هنا، فهذا العمل مجرّد دعوة، وهذه إحدى أهم إسهاماته. إنّه يقدّم دعوة لطيفة، وبلغة مناسبة، إلى الجيل الجديد للدخول إلى مسرح المعلّقات والاستمتاع بالدهشة. لقد كانت الغاية، منذ البدء، هي أن نفتح الباب، ولعلّنا نستبشر بأن الأيام والأعوام القادمة ستحمل إلينا أخبار نجاح مشروعنا.

إن مشروعاً ضخماً مثل هذا لجديرٌ بأن تقوم به مؤسسات كاملة وعلى مدار سنوات، ولكن الجدية في العمل والتفاني من جميع المعنيين جعل من الممكن الانتهاء من المشروع خلال عام واحد فقط كما خُطّط له. يندرج ضمن هؤلاء فريقُ صناعة المحتوى من الشرّاح والمترجمين والمراجعين والمحرّرين، بالإضافة إلى إدارة المشروع في مجلة القافلة وإثراء، المبادرة الثقافية الرائدة من أرامكو السعودية إلى العالم. وفي سنة شكّلت لحظة استثنائية على العالم أجمع، عندما أصبحت الأنشطة اليومية التي كانت طبيعية في السابق مهدَّدَةً أو حتى مهدِّدَةً للحياة، يظهر هذا المشروع إلى النور لتأكيد الرسالة الخالدة التي تقول إن الفنون والكلمات أقدر على الدوام والخلود في وجه تقلّبات التاريخ المفاجئة.

حاتم الزهراني

榷，围绕着各种想法，以及词汇、结构和谚语等细节问题进行去芜存菁，探讨过程颇为精彩。讨论有时会围绕寻找一个共同点来解释某一联句，或某个词，甚至是它句末的语法地位，或许是为了就某个特定组合的阿拉伯文评注和英文翻译的含义达成一个共识。在任何情况下，《悬诗》文本本身的独创性及其丰富的内涵都将我们带到一条具有共识的道路上。

《悬诗》的风格千差万别，甚至诗人在同一首《悬诗》中的风格都有所不同。这种文体变化的宽容精神对我们在这部作品中接受文本的方法产生了积极的影响。这本书（指英文版）成功地在合理性和可接受性的范围内，让作家和翻译者有足够的自由来展示他们对诗歌的艺术洞见，并创造性地反思他们自己的写作风格。

完整的十首《悬诗》连同评注性解释和前言，终于以阿拉伯文和英文两种语言印在同一本书中，我们在满足了知识渊博的读者需求的同时，努力接近当代非专业读者。《悬诗》是一件不朽的艺术品，我们对创作这些《悬诗》的艺术家如此惊讶和着迷，以至于我们敢于期待将它重新呈现给新的一代。

尽管如此，阅读《悬诗》是一种谦虚学习的体验，同时也培养了仔细聆听的技巧。我们所期待的一种阅读，是一种永不满足或永不完整的阅读。因此，这项工作仅仅是一个抛砖引玉的工作，这是本书最重要的贡献之一。它以适当的语言使新一代读者登上《悬诗》的舞台，并从中享受惊喜。从一开始，我们的目标就是打开大门。我们希望在未来的日子里，能够听到我们这一项目成功的消息。

这样一个庞大的工程，本应由多个机构历经数年的时间才能完成，但在相关各方的认真工作和无私奉献下，项目得以按计划在一年内完成。内容创作团队由一些评注家、翻译家、审稿人和编辑组成，此外，《商队》杂志社和阿卜杜勒·阿齐兹国王世界文化中心（Ithra）负责 项目的管理工作，这是沙特阿美公司在世界推出的开拓性文化倡议。这一年的时间对整个世界来说是一个非凡的时刻，当曾经正常的日常活动变得威胁甚至危及生命时，这个项目的面世肯定了其永恒的使命：面对突如其来的历史沧桑，永恒不朽的艺术与话语具有更强大的力量。

哈帖姆·扎赫拉尼

（林丰民译）

浪荡王

الملك الضليل

معلقة امرؤ القيس

乌姆鲁勒·盖斯的悬诗

مغامرات الهوى والشباب

爱情与青春的冒险

孔雀　译

مقدمة وشرح:سامي بن عبد العزيز العجلان

导言与评析：萨米·阿卜杜勒·阿齐兹·阿吉兰

林丰民　译

乌姆鲁勒·盖斯的悬诗：阿拉伯古代诗歌的创新典范

林丰民

هو امرؤ القيس بن حُجْر بن الحارث الكِنْدي، ويقول الرواة: إن الاسم الأول هو لقب له، واسمه في الأصل هو: عدي، وقيل: حُندُج، وقيل أيضاً: مُليكة. وهو سليل أسرة مَلَكية من قبيلة كِنْدة اليمنية نزحتْ شمالاً نحو نجد في قلب الجزيرة العربية، وأنشأ جدّها الأكبر: حُجْر آكِل المُرار إمارة في منتصف القرن الخامس الميلادي، وورِثها عنه ابنه عمرو، ثم حفيده الحارث الذي اتسعتْ على يده هذه الإمارة النجدية حتى نافستْ المناذرة في نفوذهم، وقد جعل الحارث أبناء حُكّاماً على عدد من القبائل العربية، ومنهم ابنه: حُجْر الذي كان ملِكاً على أسد وغطفان. ومن المرجّح أن امرأ القيس ولِد أواخر القرن الخامس الميلادي، ووالدته – كما يقول الرواة- هي فاطمة بنت ربيعة أخت كُلَيب ومُهلهِل سيّدَي قبيلة تغلب.

وبعد حروب متواصلة استطاع المناذرة هزيمة الحارث ملك كِنْدة، وتمكنوا من قتله، ودفع هذا بعض القبائل إلى التمرُّد على حكم أبنائه، فقتل بنو أسد حُجْر بن الحارث -والد امرئ القيس- وهي الحادثة التي قلبتْ حياة هذا الأمير اللاهي رأساً على عقِب، فبعد أن قضى شبابه في اللهو والغزل وأفانين الصيد والشعر والسمر، تبدّلتْ أحواله بعد هذه الواقعة، فانتفض يعدّ عُدَّة الحرب، ويجمع فرسان القبائل من حوله ليطارد بني أسد أينما حلُّوا، ثأراً لمقتل أبيه، ومع أنه أوقع بهم؛ ولكنّ غُلّته لم تُشفَ منهم، حتى أدركتْه المنيّة غريباً بمدينة أنقرة بعد لقائه قيصر الروم للاستعانة به على تحقيق مُراده، مُطوِّفاً في الآفاق - كما قال- دون أن يستكمل ثأره، أو يستردّ مُلْكه المُضاع، ومن هنا لقّبه العرب بـ: الملك الضلّيل.①

أمّا منزلة امرئ القيس الشعرية فهو معدود من بين الطبقة الأولى من شعراء العرب، والكثير من النقاد يرون تقديمه بالإطلاق على سائر الشعراء؛ لسبقه إلى كثير من المعاني والصور والأساليب الشعرية التي تبِعه فيها الشعراء اللاحقون، فهو صاحب الأوليّات: أول من وقف

① للتوسع في أخبار امرئ القيس والحكايات التي تناقلها الرواة عن حياته وظروف وفاته التي لا يخلو بعضها من نَفَس أسطوري انظر: الشعر والشعراء لابن قتيبة ١/١١٤-١٢٥، وجمهرة أشعار العرب لأبي زيد القرشي ١/٢٣٢-٢٣٤، والأغاني للأصفهاني ٩/٩٣-١٢٤.

他是乌姆鲁勒·盖斯·本·侯志尔·本·哈雷斯·铿迪（امرؤ القيس بن حُجْر بن الحارث الكِنْدي）。传述家们说第一个名字是他的绰号，他的本名是乌代（عدي）。还有人说他原名叫洪杜吉（حُنْدُج），也有人说他原名叫穆来卡（مُليكة）。他是也门铿德部落王室的后裔，该部落向北迁移到阿拉伯半岛中心的内志，其曾祖父侯志尔·阿吉勒·穆拉尔（حُجْر آكِل المُرار）于五世纪中叶在此建立了一个酋长国，他的儿子阿慕鲁继承了王位，之后他的孙子哈雷斯（الحارث）接着继承并扩大了这个内志酋长国的疆域，直到蒙齐尔人（المناذرة）起来与他们争雄天下，这促使哈雷斯让自己的儿子们统治了一批阿拉伯人的部落，其中就包括他的儿子侯志尔，成为阿萨德部落和盖特凡（غطفان）部落的国王。乌姆鲁勒·盖斯很可能出生于五世纪末，他的母亲——正如诗歌传述人所说——是台额利布部落首领库莱布（كُلَيب）和穆海勒希勒（مُهلهل）的妹妹法蒂玛·宾图·拉比阿（فاطمة بنت ربيعة）。

经过不断的战争，蒙齐尔人击败了铿德国王哈雷斯，并杀死了他，这促使一些部落反抗他的儿子们的统治，因此阿萨德人杀死了侯志尔·本·哈雷斯（حُجْر بن الحارث）—— 乌姆鲁勒的父亲。这件事彻底颠覆了这位浪荡王子的生活。他在青年时代整天寻欢作乐、调戏妇女、热衷狩猎、吟诗作赋和宵夜神侃。在这件事之后，他的情况发生了变化。他由此奋起，拿起武器，准备挑战。他召集部落成员，团结在他周围，无论阿萨德人跑到哪里，乌姆鲁勒·盖斯就追到哪里，一心为父报仇。尽管已经把阿萨德人逼上了绝境，但是盖斯却壮志未酬身先客死在他乡安卡拉，死前他曾见过罗马恺撒（皇帝），向其求助以实现抱负，正如他自己所说的那样，他四处奔波，却没能完成复仇大业，没有夺回失去的王位。从此以后，阿拉伯人送给他一个绰号：浪荡王。①

至于乌姆鲁勒·盖斯的诗歌地位，他被公认处于阿拉伯诗人的一流品级。许多评论家认为他绝对位于其他诗人之上。首先他创制了许多语义、形象和诗歌风格，被后来的诗人跟随模仿。他开悬诗之先河，他是第一个驻足

① 想要更多地了解乌姆鲁勒·盖斯的轶事和故事，以及传述人传述的关于他那些不乏神话色彩的生平和死亡情况，请看伊本·古泰白的《诗歌与诗人》第1卷，第114-125页；艾比·宰德·古莱希的《阿拉伯诗歌集成》第1卷，第232-234页；伊斯法哈尼的《乐府诗集》第9卷，第93-124页。

واستوقف، وبكى واستبكى، وقيّد الأوابد، وبتعبير النقاد القدامى فإن امرأ القيس هو الذي خسف للشعراء عين الشعر.[①]

① (٢) عن منزلة امرئ القيس عند نقاد الشعر انظر: طبقات فحول الشعراء لابن سلام ١/٥١-٥٥، والشعر والشعراء لابن قتيبة ١/١٢٦-١٣٦.

于情人废墟前，潸然泪下，亦令同行人驻足一起凭吊遗迹、为昔日情人哭泣的诗人；他是第一个形容骏马速度之快像套索一样能捕捉住狂奔的野驴的诗人。古代很多批评家认为，乌姆鲁勒·盖斯为诗人们凿开了诗意的源泉。[①]

① 关于诗歌批评家对乌姆鲁勒·盖斯地位的评价，参见伊本·萨拉姆的《杰出诗人品级》第1卷，第51–55页；伊本·古泰白：《诗歌与诗人》第1卷，第126–136页。

المعلَّقة

هذه القصيدة اللامية لامرئ القيس هي إحدى معلّقات العرب، وهي: مجموعة قصائد طِوال عدّها الرواة والنقّاد عيونَ الشعر الجاهلي وأفضل قصائده، ولها لقب آخر يشير أيضاً إلى نفاستها، وهو لقب: الـمُذهَبات.[1]

ومعلَّقة امرئ القيس هي أول ما يُذكَر حين تُسرَد هذه المعلَّقات، وقد تفاوت الرواة والشرّاح في رواية أبيات هذه المعلَّقة، والاختلاف بينهم يشمل عدد أبياتها الذي تراوح ما بين ٧٧ بيتاً في رواية الأصمعي، و٩٣ بيتاً في رواية أبي زيد القرشي عن المفضّل بن عبدالله، وإن كانت معظم الروايات أقرب إلى العدد الأول، كما اختلف الرواة والشرّاح أيضاً في ترتيب بعض أبياتها: تقديماً وتأخيراً، وكذلك في صياغة كثير من ألفاظها وتراكيبها.

وقد اجتهدتُ في تحقيق هذا النص الشعري، بالرجوع إلى الطبعة المحققة لديوان امرئ القيس برواية الأصمعي، بالموازنة مع الروايات الأخرى الواردة في شروح الديوان وشروح القصائد الطوال لكلٍّ من: أبي سعيد السكّري، وأبي بكر الأنباري، وأبي جعفر النحاس، وأبي عبدالله الزوزني، والخطيب التبريزي، ومحمد الحضرمي، وجعلتُ معيار الترجيح يستند إلى: رواية الأصمعي في الديوان، ما لم تخالف ما توافقَ عليه كثير من الشرّاح في رواياتهم، ومن الواضح أن نص المعلَّقة هنا قد جاء حصيلة موازنات كثيرة بين الروايات؛ للوصول إلى الرواية الأرجح لكلّ بيت، ولعل معلَّقة امرئ القيس هي أكثر المعلَّقات اختلافاً في الروايات، إذْ لا يكاد يخلو بيت فيها من اختلاف بين رُواتها، وفي هذا لمحة دالة على فضل العناية بها عن سائر المطوّلات.

واستبعدتُ من هذا النص للمعلَّقة أربعة أبيات يذكرها بعض الرُّواة والشرّاح ضمن القصيدة، ثم يعلِّق بعضهم عليها بأن الصحيح أنها ليست لامرئ القيس، وهي الأبيات التي تبدأ بقول الشاعر:

---

① عن حديث النقاد الموسع حول عدد المعلَّقات وأسباب تسميتها بذلك انظر: شرح القصائد التسع المشهورات لأبي جعفر النحاس ٢/٦٨١-٦٨٢، ومعلّقات العرب لبدوي طبانة: ١٠-٥٧، والمعلَّقات الرواية والتسمية لعبدالحق الهواس: ٢٢-٣١.

悬诗

乌姆鲁勒·盖斯的这首拉姆韵长诗（القصيدة اللامية）是阿拉伯悬诗之一。它是一系列长诗的集合体。诗歌传述人和评论家们把它当作贾希利叶时期的“诗眼”，意即最好的诗歌。它还有另外一个雅号，即“金诗”（المُذهَبات）[①]，表明它的珍贵。

当人们谈到悬诗时，首先要提到的，就是乌姆鲁勒·盖斯的悬诗。诗歌传述人和评注家们对这首悬诗诗句的叙述各不相同。他们之间的差异包括诗句的数量：在艾斯玛伊（الأصمعي）的传述中是77个联句，而艾比·宰德·古莱希（أبي زيد القرشي）传述自穆发达勒·本·阿卜杜拉（المفضّل بن عبد الله）的说法是93个联句。大多数传述更倾向于前一种说法。传述人和评论家们之间的分歧还表现在诗行的排列上：前置还是后置，同时还表现在许多词汇和结构上的差异。

为了校订这一诗歌文本，我做了很大的努力，参考了艾斯玛伊所传述的《乌姆鲁勒·盖斯的悬诗诗集》校对本，并平行参照了下列（评注家）诗集的许多评析和长诗的评析：例如艾比·赛义德·舒克里（أبي سعيد السكّري）、艾比·伯克尔·安巴里（أبي بكر الأنباري）、艾比·贾法尔·纳哈斯（أبي جعفر النحاس）、艾比·阿卜杜拉·朱兹尼（أبي عبد الله الزوزني）、哈忒布·大不里士（الخطيب التبريزي）和穆罕默德·哈达拉米（محمد الحضرمي）。我把基于艾斯玛伊《诗集》中的传述设为校勘的标准，只要它与许多评论家在其传述中意见一致，内容不相互矛盾即可。显而易见，这里的《悬诗》文本是许多传述素材比较取舍后的产物，每个联句都已是最靠谱的传述结果。乌姆鲁勒·盖斯的悬诗可能是各种传述中差异最大的，几乎每一个被传述的联句都存在分歧。

① 批评家们就《悬诗》的数量及其命名的由来所做的扩展性解释可参见艾比·贾法尔·纳哈斯的《著名的九悬诗评注》第2卷，第681-682页；白德伟·塔巴纳的《阿拉伯人的悬诗》，第10-57页；阿卜杜·哈格·哈瓦斯的《悬诗传述与命名》，第22-31页。

وقِربة أقوامٍ جعلتُ عصامها   على كاهلٍ منّي ذلولٍ مرحّلِ

وأبو عبيدة والأصمعي ينسبان هذه الأبيات الأربعة للشاعر الصعلوك: تأبّط شراً، كما ذكر ذلك الأنباري في شرحه لها،① فهي مما أدخله بعض الرواة خطأً في المعلّقة، كالسكّري، والنحاس، ونفْي هذا الأبيات الأربعة عن المعلّقة هو ما رجّحه كذلك البغدادي في الخزانة، فقد علّق عليها بقوله: «وهذا الشعر أشْبه بكلام اللص والصعلوك، لا بكلام الملوك»،② وحقاً فإن تأمُّل هذه الأبيات يؤكد طابع الصعلكة الذي لا يتناسب مع شخصية ملِك وابن ملِك. والخلاصة أن النص المعتمَد لهذه القصيدة اللامية التي نُظِمتْ على بحر الطويل يشتمل على ٧٨ بيتاً.

أمّا مناسبة هذه القصيدة وباعث إنشائها فهو كما يذكر الرواة: ما جرى مع امرئ القيس يوم دارة جُلجُل، حين ترصّد امرؤ القيس لبنت عمه: عُنيزة مع رفيقاتها لدى مرورهن بالغدير، وكيف أخّرهنّ شَغَبه معهنّ ومماطلته لهنّ عن اللحاق بركْب العشيرة،③ إلى آخر أحداث الحكاية التي ستجد تفصيلها في موضع شرحها في اللوحة الثانية من المعلّقة.

وقبل أن ننتقل إلى الشرح التفصيلي لأبيات المعلّقة يحسُن التنويه ببعض السمات العامة التي لحظتُ تواترها في القصيدة، فمِن ذلك: ما يُلحظ في المعلّقة -وبخاصة في نصفها الأول- من كثرة استعمال الأداة (رُبَّ)، أو ما يدلّ عليها كالواو والفاء، بالإضافة إلى تكرر الظرف الزماني (يومَ)، فهذه مجموعة من الأساليب والكلمات ترتبط باستذكار الزمن الآفِل، ومن شواهدها في المعلّقة: «ألا رُبَّ يوم لك منهنّ صالحٍ... ويومَ عقرتُ للعذارى مطيّتي... ويومَ دخلتُ الخِدْر... فمِثلِكِ حُبْلى قد طرقتُ... ويوماً على ظهر الكثيبِ تعذّرتْ... وبَيْضةِ خِدْرٍ لا يُرام خِباؤها... ألا رُبّ خصمٍ فيكِ ألوى رددتُه... وليلٍ كموجِ البحر».

وفي هذا كله دلالة على ذاكرة استعراضية لا تملُّ من الاسترجاع المنتشي بالزمن الغارب، والحنين الـمُتصابي إلى سالف الأيام.

ومن الظواهر الواضحة في المعلّقة أيضاً: هذه الإشارات المتكررة إلى بكاء الشاعر

---

① انظر: شرح القصائد السبع الطوال للأنباري: ٨٠، ٨٢.

② خزانة الأدب للبغدادي ١/١٣٥.

③ انظر هذه الرواية منقولةً عن الفرزدق في الشعر والشعراء لابن قتيبة ١/١٢٢-١٢٤، وجمهرة أشعار العرب لأبي زيد القرشي ١/٢٣٤-٢٣٧.

因此，毋庸赘述，这足以证明评述家们对这一悬诗的重视。

我从这首悬诗的文本中剔除了一些传述人和评注家在这首诗中提到的4个联句。一些人评论说，这（4个联句）的确不是乌姆鲁勒·盖斯的（诗句），即诗人以这一联句开始的那些诗句：

迁徙中把族人的皮水袋扛肩上，
　　瘦弱的肩膀将部落责任来担当。

艾布·欧拜德和艾斯玛伊两个人都将这4个联句归于侠寇诗人塔阿巴塔·舍拉（تأبّط شراً）。安巴里（الأنباري）在其评析中也有这样的提法。[①]一些诗歌传述人如舒克里（السكّري）和纳哈斯（النحاس）等误将其归入这首悬诗，巴格达迪（البغدادي）在《诗库》（الخزانة）也倾向于否认这4个联句是这首悬诗的诗句，他在评论中说道："这样的诗句更像是小偷和流寇（侠寇）的话语，不像君王的话语"[②]。的确，仔细考察这些诗句证实了其侠寇诗的特质，与君王和王子的性格不符。总之，这首以"长律"之韵律创作的拉姆韵诗的权威文本包含78个联句。

至于这首诗的创作背景和动机，正如诗歌传述人所说：是乌姆鲁勒·盖斯在朱勒朱尔旧居（دارة جُلْجُل）发生的事情，当时他观察着堂妹欧奈扎（عُنيزة）和她的女伴们的行踪，姑娘们正经过小溪，诗人便上前骚扰她们，拖住她们使其无法赶上家族行进中的队伍。[③]这个故事的结尾，您将在这首悬诗的第二个画面的评注中找到详细的信息。

在我们继续对这首悬诗的诗句进行详细解释之前，最好注意一下这首诗中的一些反复出现的共性，包括：虚词"也许"（رُبَّ）的频繁使用，特别是在前半首的使用，还包括"和"（الواو）、"于是"（الفاء）等连接词，以及时间状语"那天"（يومَ）的重复，这是一组追忆往日时光常用的句式和词语，在悬诗中多次出现：

① 参见安巴里的《七首长诗评注》，第80、82页。
② 巴格达迪的《文库》第1卷，第135页。
③ 这一转述自法拉兹达格的故事参见伊本·古泰白的《诗歌与诗人》第1卷，第122-124页，又见艾比·宰德·古莱希的《阿拉伯诗歌集成》第1卷，第234-237页。

المتواصل، والمبالغة في وصف غزارة دموعه حزناً على معشوقاته، وكأنما هو عَرَض من أعراض ترف البطالة الذي انغمس فيه الشاعر أيّام فتوّته اللاهية في حياة والده، ومع أن لهذه المبالغة في وصف الدموع شواهد مماثلة عند عدد من شعراء الجاهلية؛ ولكنّ اللافت في معلَّقة امرئ القيس هو: تواترها المتكرر في حدود قصيدة واحدة.

ومما يُلحظ كذلك في المعلَّقة: سمة التصوير الحسي الأقرب إلى اللقطات الفوتغرافية التي يُراد منها نقل المشهد بأدقّ وصف، وربما من أجل هذا أكثر امرؤ القيس من استعمال أسلوب التشبيه في المعلَّقة؛ حتى ليمكن أن يُقال: إنه ملِك التشبيهات في الشعر العربي.

ويتصل بهذا ظاهرة أخرى شائعة في المعلَّقة، وهي ظاهرة: الاستطراد التصويري، والمقصود بها: أنّ امرأ القيس وهو يرسم اللوحة الكبيرة لا ينسى أدقّ تفاصيل الصورة الأصغر التي استُدعيتْ لإيضاح الصورة الكلية، فهو لا يرى بأساً في أن يبتعد قليلاً عن أجواء الصورة الكبرى، ليُكمل رسم صورته الصغرى ويذكر أدقّ تفاصيلها، ريثما يعود بعد ذلك للوحته الأساسية، وهذه السمة شائعة في الشعر الجاهلي بعامة، ولكنها بارزة ومتواترة عند امرئ القيس، وفي الشرح التفصيلي وقفات متعددة عند شواهد هذه الظاهرة في المعلَّقة.

ومما يُلحظ كذلك في المعلَّقة: سمة التصوير الحسي الأقرب إلى اللقطات الفوتغرافية التي يُراد منها نقل المشهد بأدقّ وصف، وربما من أجل هذا أكثر امرؤ القيس من استعمال أسلوب التشبيه في المعلَّقة؛ حتى ليمكن أن يُقال: إنه ملِك التشبيهات في الشعر العربي.

ويتصل بهذا ظاهرة أخرى شائعة في المعلَّقة، وهي ظاهرة: الاستطراد التصويري، والمقصود بها: أنّ امرأ القيس وهو يرسم اللوحة الكبيرة لا ينسى أدقّ تفاصيل الصورة الأصغر التي استُدعيتْ لإيضاح الصورة الكلية، فهو لا يرى بأساً في أن يبتعد قليلاً عن أجواء الصورة الكبرى، ليُكمل رسم صورته الصغرى ويذكر أدقّ تفاصيلها، ريثما يعود بعد ذلك للوحته الأساسية، وهذه السمة شائعة في الشعر الجاهلي بعامة، ولكنها بارزة ومتواترة عند امرئ القيس، وفي الشرح التفصيلي وقفات متعددة عند شواهد هذه الظاهرة في المعلَّقة.

ومما يلفت النظر أيضاً: هذا التقارب الكبير في المعاني والصياغة والصُّوَر بين هذه المعلَّقة، وبعض قصائد امرئ القيس، وبخاصة: لاميته الأخرى التي يستهلّها بقوله: (ألا عِمْ صباحاً أيها الطللُ البالي)، وهو التقارب الذي يصل أحياناً إلى التكرار شبه المتطابق، وقد لحظ بعض النقاد

你难道不曾和她们一起多日欢愉……
那天我为少女们宰杀了我的母驼坐骑……
还有那天，我钻进欧奈扎的驼轿里……
也曾像你一般，我与孕妇、哺乳期女人在一起……
这天在沙丘后面，她说声对不起……
少女如卵纯洁无瑕深藏于驼轿里……
因你，多少次我遭受情敌的责备非难……
夜将帷幕低垂，好似瀚海涌起碧波微澜……①

所有这些都指向一个含义：回忆往事是诗人乐此不疲的主题，诗人沉醉于追溯逝去的时光和对昔日的青春愁绪。

《悬诗》中明显的现象还有：反复提及诗人持续不断的痛哭，夸张地描述为情人们伤心得泪雨滂沱，仿佛这是父亲在世时诗人游手好闲、浪费青春的浪荡子特质。虽然这种描述有些夸张，但却也证明了贾希利叶时期诗人的共性。不过令人关注的是，哭泣的场景在乌姆鲁勒·盖斯的这首悬诗里竟如此高频率地出现。

同样地，这首悬诗受人关注的另一个特征是，诗人以近似摄影镜头那样的精准度和最细致的描写手法感性地表现场景，也许正因为如此，乌姆鲁勒·盖斯在悬诗中运用的最频繁的手法是比喻，甚至可以说，他是阿拉伯诗人中的“比喻之王”。

在这首悬诗中，另一个普遍现象是：不断转换刻画场景，旨在描绘大场景的同时，也不忽略最小画面的细微之处，以便看清楚画面的全貌。诗人认为，不妨与大场景的氛围稍稍拉开点距离，以便更好地勾勒小画面，让人们记住最细微之处，之后可以再回到大场景中。这个特征在贾希利叶时期的诗歌中很常见，但对于乌姆鲁勒·盖斯的悬诗来说很突出，也很频繁。评述家们为了证明这首悬诗中的这一现象，引经据典，花了不少功夫。

同样引人注目的是，这首悬诗在含义、表述和意象上与乌姆鲁勒·盖斯的其他诗歌非常接近，尤其是他的另一首拉姆韵长诗，他在诗的开端吟道：“断垣残壁的废墟啊，难道你不会在清晨浮现？”……古代的一些批

① 见本书，第23、25、27、31、39、41页。（译者注）

القدامى هذه الظاهرة، ومنهم: نجم الدين الطوفي الذي رصد في كتابه (موائد الحَيس) شواهد ما أسماه: المتشابه في شعر امرئ القيس، وعلّله بتقارب أغراض شعره ومقاصده، وبرغبته في التفنُّن في عرض هذه الموضوعات المكررة بألفاظ وأساليب متغايرة.①

وآخر ما يمكن الإشارة إليه من ظواهر في هذه المقدمة الموجزة هو: هذا الحشد اللافت لأسماء الأماكن في المعلَّقة، وكأنما هو امتداد للطابع التسجيلي والتوثيقي الذي يسِم شعر امرئ القيس بخاصة، والشعر الجاهلي بعامة، وهذا الإكثار من أسماء الأماكن في المعلَّقة استوقف قديماً أبا بكر الباقلاني، ووجد فيه مدخلاً لانتقاد امرئ القيس② ؛ ولكنّ التأمُّل الأكثر ترفُّقاً بهذه الظاهرة قد يجد فيها دلالات تتجاوز التعداد الظاهري للأسماء، وفي خاتمة الشرح التفصيلي للمعلَّقة تلويح بشيء من هذه الدلالات.

ولكنّ الجانب الأكثر غرابة في هذه الظاهرة هو: ما يُلحَظ من التباعد الكبير في المسافات التي تفصل بين الأماكن التي يذكرها امرؤ القيس في سياق حدث واحد؛ كما هو الحال في وصفه للمطر والسيل في آخر المعلَّقة، فهذا الوصف يشير إلى أماكن تمتدُّ على بقعة شاسعة ما بين وسط نجد، وشمالها، وجنوبها الغربي من جهة الحجاز، هذا إذا اكتفينا بأرجح الأقوال في تحديد مواضع هذه الأماكن، وهناك في الواقع اضطراب كبير في تحديد المواضع الواردة في معلَّقة امرئ القيس، وفي سائر المعلَّقات العشر عند الجغرافيين والإخباريين العرب القدامى؛ كالهمداني، وياقوت الحموي، وكذلك عند الجغرافيين المعاصرين الذين خاضوا في محاولة تحديد مواضع هذه الأماكن، مثل: ابن بليهد، وحمد الجاسر، ومحمد العبودي، وسعد الجنيدل، والأخير له كتاب خاص بـ(الأماكن الواردة في المعلَّقات العشر)، وهو كتاب ينمّ عن اجتهاد وتدقيق؛ ولكنه ينمّ أيضاً عن اختلافات واسعة بين الإخباريين والجغرافيين لا تكاد تُحسَم حول كثير من أماكن المعلَّقات.

وسبب هذا الاضطراب يعود أولاً إلى كثرة الأماكن التي تحمل الاسم نفسه في مختلِف مناطق الجزيرة العربية، كما يعود ثانياً إلى ما تتسم به الروايات والمصادر القديمة من وصف واسع الحدود للمكان؛ من خلال ربطه بديار قبيلة أو عشيرة؛ كأن يقولوا: إنه في بلاد عمرو بن كلاب، أو ديار بني أسد، أو بلاد غطفان، أو ديار بني عقيل، وقد يعود سبب هذا الاضطراب ثالثاً إلى

① انظر: موائد الحيس في فوائد امرئ القيس لنجم الدين الطوفي:١٧٨، ٢٥٢، ٢١٥-٢٥٣.

② انظر: إعجاز القرآن للباقلاني: ١٦٠.

评家注意到这一现象，其中就有纳吉姆丁·图菲（نجم الدين الطوفي），他在《盖斯诗歌荟萃》（موائد الحَيس）[1] 一书中举出了一些证据，称其为“乌姆鲁勒·盖斯诗歌的相似性”，并分析了他的诗歌中题旨和意旨相近的原因，还分析了诗人喜欢艺术性地使用不同的词汇和方法，以展现重复的主题。[2]

另外值得一提的是，这首悬诗中汇集了许多地名，引人注目，仿佛加强了乌姆鲁勒·盖斯的诗歌特有的纪实性和文献性，这也是贾希利叶时期诗歌的总体特征。艾布·伯克尔·巴格拉尼（أبو بكر الباقلاني）也曾研究过这首悬诗中的这一特征，因此他找到了评论乌姆鲁勒·盖斯的门径。[3]进一步审视这一特征，也许会发现这些地名承载的语义远远超过其数目本身。在悬诗详细评注的最后部分，会对这些语义进行说明。

但这一特征的最奇特之处在于，乌姆鲁勒·盖斯在同一事件的语境中提到的多个地点之间的距离相隔很远。另外，他在悬诗结尾部分对大雨和洪水的描写也与实际情况不尽相同。关于这首悬诗里对地点的描写，这里指从希贾兹方向延伸至内志中部、北部和西南部的广袤地区。如果我们依据对这些地理位置最靠谱的说法，把乌姆鲁勒·盖斯的悬诗以及十首《悬诗》中其他悬诗提到的确切地理位置与古代阿拉伯地理学家和消息人士所记载的作一比照，会发现十分混乱，如哈姆达尼（الهمداني）和雅古特·哈迈威（ياقوت الحموي）的记载。当代地理学家也投入到确定这些地理位置的工作中来，如伊本·布莱希德（ابن بليهد）、哈姆德·贾希尔（حمد الجاسر）、穆罕默德·奥布迪（محمد العبودي）、萨阿德·朱耐迪勒（سعد الجنيدل）等，后者还写了一本专著《十首〈悬诗〉中的地名考》，该书一方面表现了作者付出的努力和精益求精的态度，另一方面也表露出消息人士和地理学家之间的巨大分歧，以至各首悬诗中提到的地理位置几乎无法统一。

造成这种混乱的原因，首先要归因于阿拉伯半岛各地区同名的地区太多，其次也要归因于古代的传述和文献资料对这些地方的描述很宽泛，总把地名和某个部落或氏族的院落联系起来，比如说，某地方位于阿慕鲁·本·基拉布国（بلاد عمرو بن كلاب），或者位于阿萨德人院落（ديار بني أسد），或者位

---

① 这本书的阿拉伯文全名是مواائد الحيس في فوائد القيس，在这里被简称为موائد الحيس，失去了盖斯的信息，翻译时恢复了全名。（译者注）

② 参见纳吉姆丁·图菲的《盖斯诗歌荟萃》，第178-252页，第215-253页。

③ 参见巴格拉尼的《〈古兰经〉的奇迹》，第160页。

اندثار الاسم القديم للموضع، فلا يعرفه الناس إلا باسمه المحدَث، وهنا يلجأ الجغرافي إلى كثير من التخمين والتقدير.

كأنّ حنين الذكريات إذن عند امرئ القيس – وليس تزامن الأحداث- هو ما يستدعي هذه الأماكن المتباعدة في ذاكرته، وينظمها في سياق تصويري واحد.

于盖特凡国（بلاد غطفان），或者位于阿基勒人院落（ديار بني عقيل）。造成地名混乱的第三个原因，可能是由于某个位置的古代地名湮没了，人们只知道它的新地名，所以地理学家多数时候只能求助于猜测和估计。

乌姆鲁勒·盖斯的思乡回忆仿佛并没有跟事件同步发生，而是将这些互不相干的地方拉入记忆中，并编织进同一画面里。

اللوحة الأولى

الاستهلال الطللي

١. قِفا نبْكِ مِن ذِكرى حَبِيبٍ ومنزِلِ   بِسِقْطِ اللِوى بينَ الدَّخُولِ فَحَوْمَلِ
٢. فتُوضِحَ فالمِقْراةِ لم يَعْفُ رَسمُها   لِما نَسَجَتْهَا مِن جَنُوبٍ وشَمْأَلِ
٣. تَرَى بَعَر الآرامِ في عَرَصَاتِها   وقِيعَانِها كأنَّه حَبُّ فُلْفُلِ
٤. كأنّي غداةَ البَيْنِ يومَ تحَمَّلُوا   لَدَى سَمُراتِ الحيّ ناقِفُ حَنْظَلِ
٥. وقُوفاً بها صَحْبِي عَلَيَّ مَطِيَّهُمْ   يَقُولُون: لا تَهْلِكْ أسىً وتَجَمَّلِ
٦. وإنَّ شِفَائي عَبْرةٌ مُهَرَاقَةٌ   فَهَلْ عِندَ رَسْمٍ دارِسٍ مِنْ مُعَوَّلِ

يستهلّ امرؤ القيس معلّقته باستيقاف صاحبيه للبكاء على أطلال الأحبة الذين غادروا المكان، واستهلال القصيدة باستيقاف الصاحبين على الأطلال تقليد شعري اتبعه كثير من الشعراء العرب القُدامى، ويقول النقاد: إنّ امرأ القيس هو أول من سنّ هذا التقليد الفني، أمّا الموضع الذي يطلب الشاعر من صاحبيه أن يقفا عليه للبكاء فهو: سِقْط اللِّوى؛ حيث ينحسر الرمل وتصلُب الأرض،

第一幕

废墟起兴

1. 止步吧，让我们哭泣，以纪念情人和故居！
　　在德胡勒①和豪迈勒②之间沙石渐少之地。
2. 图兑哈③和米格拉④之间犹未抹尽的遗迹，
　　任南北风在场院里如织一般刮来刮去。
3. 你看那白羚羊的粪便如同颗颗胡椒粒，
　　散落在她故居的前庭和那干涸的洼地。
4. 离别那天清晨，在部落的金合欢树前，
　　他们整装待发，我如剥苦瓜眼泪滴沥。
5. 朋友在我面前拉住他胯下的坐骑，
　　说：莫要如此悲痛，须振作坚毅。
6. 唯有串串泪珠才能抚慰我伤透的心，
　　面对这残垣断壁不断哭泣又有何益？

乌姆鲁勒·盖斯在他的悬诗的开端叫停他的两个伙伴，请他们俩一起在情人们早就离开的废墟前哭泣。这种请朋友一起驻足于废墟前的诗歌起兴模式是一种诗歌传统，古代很多阿拉伯诗人都因袭效法。批评家们说道：乌姆鲁勒·盖斯是奠定这一艺术传统的第一人。而诗人请求两位朋友一起驻足哭

---

① 德胡勒（الدَّخول），是一个红色的高原，分布着几个高峰，位于今沙特境内，在达瓦希尔之北、阿费夫之南。（译者注）

② 豪迈勒（حومَل），是一座黑色的山，位于德胡勒高原之西。（译者注）

③ 图兑哈（تُوضِح），阿拉伯半岛上有多个地方以图兑哈命名，此处的图兑哈位于德胡勒高原之西。（译者注）

④ 米格拉（المِقْرَاة），为一片低洼地，位于德胡勒高原之南。（译者注）

فتغدو صالحةً لغرز الأوتاد التي تُشَدّ بها أطناب الخيام، وامرؤ القيس يحدد بدقة الموضع الذي كانت خيام الأحباب منصوبةً فيه، فيجعله متوسطاً بين أربعة أماكن يعيّنها بأسمائها: الدَّخول، وحومَل، وتُوضِح، والمِقْراة، وكـأنما يريد تخليد هذا الطلل الذي كان مسرحاً لأُنسٍ قديم وهناءٍ مؤقّت لم يلبث أن تبدّد؛ ولكنّ آثار الأحباب فيه –كما يؤكد البيت الثاني- ما تزال باقيةً لم تختفِ مع مرور الوقت، وهو يعلِّل ذلك بأن الرياح التي تعاقبتْ على هذه الدار لم تكن تهبُّ في اتجاه واحد، بل كانت تأتي من الجنوب حيناً ومن الشمال حيناً آخر، فكأنّ هاتين الريحين المتعاكستين كانتا تتقاسمان نسجَ المكان وإبقاءَ ذكرياته، فإذا هبّتْ إحداهما وغطّت الآثار بالرمال، هبّت الريح الأخرى من الجهة المعاكسة، فأزالت الرمال عنها.

يمدُّ امرؤ القيس بعد ذلك لوحته الطللية، فيلتفت إلى الأرض المنبسطة أمامه، ويلتقط صورةً لها وقد تناثر في ساحاتها بَعَر الظِّباء، وكأنه حبُّ الفُلفُل، ويفوتك المشهد إن لم تدرك إيحاءاته النفسية، فما يقصده امرؤ القيس هنا وفي كل صُوَره التسجيلية هو شيء أبعد من الرسم البصري للمكان، لأن انتشار بَعَر الظباء في ساحات الديار هو إيحاء آخر بوحشتها وخلوِّها من ساكنيها، فقد أصبحتْ مرتعاً للظِّباء النافرة تتجول فيها كيف تشاء. هكذا تُذكِّره وحشة المكان مجدداً برحيل أحبابه، فيسترجع ذكرى يوم الرحيل، وكيف كان يتابعهم ببصره وهم يحملون أمتعتهم أمامه، فلا يملك أن يبوح بأشواقه أمام الآخرين، وإنما يقف بعيداً بجوار أشجار الطلح الظليلة ليرسل أخيراً دموعه الحبيسة، وإنه ليعجب من غزارة دمعه يومذاك، حتى لكأنه قد أمسك بيديه ثمر الحنظل المرّ وراح يشقُّه بأظافره؛ لتنبعث من لُبِّه حرارة تهيِّج عينيه وتستدرّ دموعها بلا حساب، على أنّ ثمر الحنظل الأمرّ لم يكن في الواقع بين كفّيه، بل داخل فؤاده المسكون بالأشجان.

ويواصل امرؤ القيس رسمَ المشهد الطللي في البيتين الأخيرين من هذه اللوحة، فيحكي حواراً دار بينه وبين صحبه الذين استوقفهم أمام الأطلال، فقد استجابوا له ووقفوا بمطاياهم معه إيناساً لوحشته – وهو هنا يتحدث عنهم بصيغة الجمع لا بصيغة المثنّى، وكأنهم تداعوا تِباعاً وشاركوه وِقفته مع صاحبيه- ولكنهم حين رأوا الحزن يستولي عليه والأسى يعتصر قلبه، أشفقوا على صاحبهم من أن يُهلك نفسه، فرجوه بأن يُكفكِف شيئاً من لوعته، وأن يتجمّل بالصبر والتجلُّد؛ غير أنه يُجيبهم في البيت الأخير بأنَّ راحته لن تتحقق قبل أن ينفث هذه اللوعة المكبوتة، وبأنَّ شفاء ما في صدره هو أن يُرسل ذلك الدمع الحبيس، ثم لا يلبث طويلاً حتى يعود فيتساءل في الشطر الأخير عن جدوى هذه الوقفة الطللية بأسرها، وعمّا يمكن أن تقدّمه له آثار الديار البالية ما دامت لا تردُّ محبوباً، ولا تُعيد غائباً.

泣的地方则是沙丘的拐弯处，浮沙吹走，露出坚硬的地表，恰好用来钉下楔子，搭起牢固的帐篷。诗人把帐篷设置在4个地点的中间地带，这4个地方的名字分别是：德胡勒、豪迈勒、图兑哈、米格拉，他似乎要让这个废墟变成永恒。这废墟曾是欢愉之地，临时安逸之所，然而很快就烟消云散，但是情人们在此留下的痕迹——正如第2行诗所强调的——却依然还在，并没有随着时间的流逝而消踪匿迹。诗人说明了原因：风时而从南边吹过来，时而从北边吹过来，仿佛两个方向相反的风共同在编织着这个地方，并留下了他的记忆。假如其中一股风吹过来，沙子就会把遗迹掩盖，那么另一股反方向的风吹来的时候，则把沙子吹开。

随后乌姆鲁勒·盖斯将他的废墟画面延展开来，他望着眼前平整的土地，描绘了一幅画面：院子里零星洒落着羚羊的粪便，看起来好似一颗颗胡椒粒。如果你不能理解他的心理暗示，那么就错过了这一场景。乌姆鲁勒·盖斯在这里所记录的所有画面中想要表明的意思远远超出这个地方的视觉图景，因为旧居的场院里四处散落的羚羊粪是一种暗示，它暗示着这里的居住者的孤寂和空落。旧居的场院已经成为成群的羚羊在这里随心所欲、舒心安乐游荡的地方。此地的寂寥让他再次忆起亲人们离开的情景。回忆起离别那天，他们带着行李从眼前走过，他目送着他们，不敢在众人面前流露出他的思念，只是远远地站在粗壮的阿拉伯橡胶树边，终于流出了强忍着的泪水。那天，他惊诧于自己怎么会流那么多的泪水，就好像手抓苦瓜，剥开瓜瓤，里面散发出辛辣的苦汁，刺激眼睛，止不住泪流滚滚，其实手里并没有苦瓜，只是内心忧郁重重。

乌姆鲁勒·盖斯在这一画面的最后两个联句中继续描绘废墟景象，讲述了他和同伴们驻足于废墟前的对话。他请求他们停下来，而他们也做出了回应，和他一起勒住坐骑，安慰他的惆怅。这里诗人用指示代词的复数形式，而不是双数形式，似乎他们心照不宣，跟随他一起为他的两位情人驻足。但当他们看到他悲痛欲绝，情何以堪时，他们同情这位伙伴，担心他会活不下去，便请求他控制一下自己的悲伤情绪，劝他要坚强、克制。然而，他在最后一个联句中回答他们说，只有把这压抑于心的情殇释放出来，他才会舒服点；只有让憋住的泪水尽情流淌，心里才能得到疗愈。然而，他没过多久就回过神来，在后半个联句中自问：站在这废墟前又有何用？破败的场院遗迹

وهو هنا يصف آثار الديار بأنها: دارسة؛ أي بالية ومتبدِّدة، بينما كان في البيت الثاني يؤكد أن هذه الآثار باقية لم تتبدد؛ كأنه حين استبدّ به اليأس من جدوى الوقوف عندها لم يعد يرى فيها سوى أمارات الزوال ودلائل الفناء. وهذا الموقف «القيسيّ» المتأرجح من جدوى الأشياء: بين الأمل العريض فيها، ثم اليأس العارم منها سنصادفه مرة أخرى داخل المعلَّقة – في لوحة الليل الطويل- حين يصوِّر تشوُّقه لبزوغ الصبح، ثم لا يلبث أن يستدرك على نفسه بقطْع رجائه فيه.

هكذا يفتتح امرؤ القيس معلَّقته بلوحة متنهِّدة تحمل بذور الارتياب في العالم منذ نقراتها الأولى على إيقاع الحنين.

能给他带来什么好处，既不能将心爱的人带回，又无法让离家的人重现？

此时，他只能描述场院的遗迹：破败、荒芜、散乱，而在第二个联句中，他又强调这些遗迹依然存在，没有消散，似乎当他站在那里感到徒劳绝望时，看到的只有万物消亡和凋零的迹象。这种“盖斯式”的对万物的态度在宏大的希望与压倒性的绝望之间摇摆，在这首悬诗的“长夜的愁绪”一段中还将看到，他是如此渴望黎明的到来，但很快又断了自己这个念头。

就这样，乌姆鲁勒·盖斯以一个令人叹息的画面开篇，自从他第一次敲击起怀旧的节奏，就播下了对这个世界疑虑的种子。

اللوحة الثانية

الذكريات الغزلية

٧. كَدأْبِكَ مِن أُمِّ الحُويرثِ قَبْلَها وجَارَتِها أُمِّ الرَّبَابِ بِمَأْسَلِ

٨. إذا قَامَتا تَضَوَّعَ المِسْكُ مِنْهُما نَسِيمَ الصَّبا جَاءتْ بِرَيَّا القَرَنْفُلِ

٩. فَفَاضَتْ دُموعُ العَينِ مِنِّي صَبابَةً عَلَى النَّحرِ حتَّى بَلَّ دَمْعِيَ مِحْمَلي

١٠. ألا رُبَّ يومٍ لَكَ مِنْهُنَّ صَالِحٍ ولا سِيَّما يومٌ بِدَارةِ جُلْجُلِ

١١. ويومَ عَقَرتُ لِلعذَارَى مَطِيَّتِي فَيَا عَجَباً مِنْ كُورِها المُتَحَمَّلِ

١٢. فَظَلَّ العَذَارَى يَرْتَمِينَ بِلَحْمِها وشَحْمٍ كَهُدَّابِ الدِّمَقْسِ المُفَتَّلِ

ثم يعود امرؤ القيس للمرة الرابعة للإشارة إلى بكائه جرّاء العشق، مصوِّراً دموعه الغزيرة التي وصلتْ حدّ أن تفيض على نحره، وتُبلِّل مِحمَل سيفه، ومن الظواهر الواضحة في المعلَّقة: هذه الإشارات المتواترة إلى بكاء الشاعر الشديد والمبالغة اللافتة في وصف غزارة دموعه حزناً على معشوقاته، وكأنما هو عَرَض من أعراض ترف البطالة الذي انغمس فيه الشاعر أيّام فتوّته اللاهية في حياة والده.

تعود الخطرات الغزلية من جديد إلى ذاكرة امرئ القيس، فيما ينغمس في هذا التأكيد المستعاد على اتساع مغامراته العاطفية مع النساء، فيقول: «ألا رُبّ يومٍ لك مِنهنّ صالحٍ»، ليصل الشاعر

第二幕

调情的回忆

7. 遥想当年乌姆·侯薇丽和芳邻乌姆·莱芭卜，
    你与她俩在麦塞尔[1]发生的那种爱恋经历。
8. 她俩起步时，身上飘来幽幽麝香气息，
    似来自东边的柔风吹来丁香芬芳四溢。
9. 泪水从眼中滚滚喷涌只因我苦苦相思，
    顺脖子流下又沾湿我挂在胸前的剑衣。
10. 你难道不曾和她们一起多日欢愉，
    特别是那天在朱勒朱尔场院的嬉戏。
11. 那天我为少女们宰杀了我的母驼坐骑，
    惊讶于她们竟然分担我骆驼上的行李。
12. 少女们不断互相抛接那骆驼肉块，
    飞舞的膏脂似带流苏的白色裙裾。

随后，乌姆鲁勒·盖斯第四次再提自己的相思泪，描述潸然落下的泪水已流到胸部，打湿了他用来包裹剑鞘的剑衣。诗中明显的指征就是，反复指出诗人的恸哭，极其夸张地描述为凭吊情人而泪水涟涟，仿佛这是父亲在世时，年轻的诗人沉溺于玩乐、游手好闲的一种气质特征。

调情再次唤起了乌姆鲁勒·盖斯的记忆，他沉迷于回味自己同多位女性的情感冒险。他（在诗中）说道："你难道不曾和她们一起多日欢愉。"美好的记忆把他带回到在朱勒朱尔旧居的那一天，他的目光一直追随着自己

① 麦塞尔（مأسل），位于今沙特内志地区南部至达瓦西尔高原（هضبة الدواسر）之间的位置。（译者注）

بعد ذلك إلى ذكرى عزيزة عليه، وهي: يوم دارة جُلجُل، الذي ترصّد فيه لبنت عمه: عُنيزة مع رفيقاتها لدى مرورهن بالغدير، وكيف أخّرهنّ شَغَبه معهنّ ومماطلته لهنّ عن اللحاق بركْب العشيرة، ثم كيف عوضهنّ عن هذا التأخير بأن نحر ناقته لإطعامهنّ، وإنه ليعجب كيف لم يبقَ له من ناقته سوى متاعها الذي كانت تحمله، وكيف اضطُرت العذارى إلى تقاسم هذا المتاع ليحمِلْنه على رواحلهنّ، وهو يذكر ما رافق ذلك من لهو وسمَر، وكيف قضت الفتيات وقتهنّ في تهادي قِطَع اللحم والشحم بينهنّ.

جموح الشباب

١٣. ويومَ دَخَلْتُ الخِدْرَ خِدْرَ عُنَيْزَةٍ	فَقَالَتْ: لَكَ الوَيْلاتُ إنَّكَ مُرْجِلِي
١٤. تَقُولُ وقَدْ مَالَ الغَبِيْطُ بِنا معاً:	عَقَرتَ بَعِيْرِي يا امْرأَ القَيْسِ فانْزِلِ
١٥. فَقُلْتُ لها: سِيْرِي وأَرخِي زِمَامَهُ	ولا تُبْعِدِينِي مِنْ جَنَاكِ المُعَلَّلِ
١٦. فمِثْلِكِ حُبْلَى قد طَرَقْتُ ومُرضِعٍ	فَأَلْهَيْتُها عن ذِيْ تَمائِمَ مُحْوِلِ
١٧. إذا ما بَكَى مِن خَلْفِها انْصَرَفَتْ له	بِشِقٍّ وتحتي شِقُّها لَمْ يُحَوَّلِ

يستكمل امرؤ القيس رسْم هذه اللوحة الأثيرة بين ذكرياته الغزلية، فبعد أن طعِموا من الناقة، وتقاسمت العذارى أمتعة امرئ القيس استعداداً لاستئناف الرحلة، بقي أن يُحمَل هو على إحدى النوق أو الجِمال، وقد اختار عامداً أن يعتلي جمل بنت عمه ليرافقها في المسير، وهو يصوّر هنا شيئاً من عبث الشباب، وكيف كان يُدخل رأسه إلى هودجها المحمول على البعير؛ ليتملّى محاسنها، فيما كانت هي تتضجر من صنيعه، وتُظهر جزعها من أن لا يحتمل البعير ثقليهما معاً، فقد تنكسر قوائمه، ويعجز عن النهوض بعد ذلك، مما سيجعلها مضطرّةً للمسير راجلةً على أقدامها، وهي في جزعها هذا تناديه باسمه، وفي هذا من الدلالة على التحبّب وأمارة التعلّق ما فيه، وهذه المناداة

的堂妹欧奈扎和她的女伴们。当时她们正经过小溪，他想起自己是如何骚扰她们，拖住她们赶不上家族的队伍，然后，他又是如何通过宰杀自己的骆驼犒劳她们，以此补偿自己的过失。让他吃惊的是，没有了骆驼，谁来驮行李？他还想起这些少女们不得不分担他的行李，放在她们的坐骑上。他还记得伴随而至的夜谈和嬉戏，犹记得这些姑娘们是如何大快朵颐，度过她们的时光。

青春的鲁莽

13. 还有那天，我钻进欧奈扎的驼轿里，
　　她娇嗔道：下轿步行吧，该死的！
14. 驼轿被我们两人压得倾斜，她大喊：
　　别压坏骆驼，乌姆鲁勒·盖斯，你快下去！
15. 于是我说：放松缰绳，继续前行，
　　不要阻拦我品尝果实，它甘甜如饴。
16. 也曾像你一般，我与孕妇、哺乳期女人在一起，
　　当我夜访，与我缠绵，连周岁孩童都罔顾及。
17. 孩子在身后哭啼，她将上半身扭转过去，
　　下半身还压在我身下，不曾有半点挪移。

乌姆鲁勒·盖斯继续在他的浪漫记忆中勾画这一激动人心的画面。吃过骆驼肉之后，姑娘们分担了乌姆鲁勒·盖斯的行李，准备重新启程。其中一匹骆驼要驮上他。他故意选择骑上他堂妹的骆驼，好一路陪伴。他在此处描述了年轻人的荒唐：他的脑袋当时是如何钻进她驼背上的驼轿，以便一亲香泽；她当时是如何厌烦他的行为，担心骆驼不堪重负，四肢会被压折，站立不起来，害得她会被迫靠两条腿走路。惊慌失措之际，她直呼盖斯大名。这是调情、难舍难分的表征。这种女性娇嗔的喊叫，在这首悬诗中仅此一次，

المتغنِّجة هي المرة الوحيدة التي تُهيِّئ للشاعر أن يذكر اسمه في المعلَّقة.

ويحاول امرؤ القيس أن يُهدِّئ من روعها؛ طالباً منها أن تُرخي زِمام البعير، فليس هناك ما يُخشَى منه، وأن لا تُبعده عنها، لينعم بقربها وهِبات جمالها، دون أن ينسى تذليل هذا التمنُّع منها بالعزف على الوتر المفضَّل لديه، وهو إظهار حظوته عند النساء، ممن يماثِلْنها في الحسن والدلال، وهو يؤكد هذا بالإشارة إلى أن بعض المتيَّمات به كُنّ من الحوامل والمرضعات، وهذا أدلُّ على مكانته عند النساء، لأن الحمل والإرضاع مُشغِلان للمرأة في العادة عن الغزل والصبابة، ويصل به التعهُّر النرجسي إلى حد أن يصوِّر مدى شغف المرأة المرضِع به، وحرصها على إدامة متعتها معه، بحيث لا يصرفها بكاء رضيعها عن مواصلة التقرّب والاستمتاع.

القلب المقتـــل

١٨. ويوماً عَلَى ظَهْرِ الكَثِيبِ تَعَذَّرَتْ	عَلَيَّ وآلَتْ حَلْفَةً لَمْ تَحَلَّلِ
١٩. أفَاطِمَ مَهْلاً بعضَ هذا التَّدَلُّلِ	وإنْ كُنْتِ قد أزْمَعْتِ صَرْمِي فأجْمِلي
٢٠. وإنْ تَكُ قد سَاءَتْكِ مِنِّي خَليقَةٌ	فَسُلِّي ثِيابي مِن ثِيابِكِ تَنْسُلِ
٢١. أغَرَّكِ مِنِّي أنَّ حُبَّكِ قاتِلي	وأنَّكِ مَهْما تأْمُرِي القَلْبَ يَفْعَلِ
٢٢. وما ذَرَفَتْ عَيْناكِ إلّا لتَضْرِبي	بِسَهْمَيْكِ في أعْشَارِ قَلْبٍ مُقَتَّلِ

بذكاء الخبير، وبتقلّب المشاعر وأهواء العشّاق يُعيد امرؤ القيس هنا توجيه الدقَّة، فيتخلى- مؤقّتاً- عن نبرة الاستعراض الفحولي، ويضرب على وتر آخر، فها هو ذا يُقرّ بأن جاذبيته لا تنجح دائماً أمام إباء المرأة؛ ولهذا يذكر أنها تمنّعتْ عليه ذات يوم وهما فوق الكثيب، وتشددتْ في تمنُّعها، حتى أقسمتْ على صدِّه دون أن تستثني، وهو يرجو من فاطمة أن تُكفكِف بعض دلالها

为诗人被记住自己的名字埋下了伏笔。

乌姆鲁勒·盖斯试图让她从惊惧中平静下来。他请求她松开骆驼的缰绳，没什么好担心的，还请求她不要把他赶走，让他享受她的亲近和天赐的美貌。他还趁机利用她的欲拒还迎，弹起了自己心爱的琴弦，显示自己很有女人缘，这些女性像欧奈扎一样漂亮，爱撒娇。为了证实他的女人缘，他还提到那些为他迷恋倾倒的女性中还有一些孕妇和哺乳期的妇女，因为怀孕的和哺乳期的女人通常无暇顾及调情和男欢女爱。纳喀索斯式（自恋式）的与女人私通心态致使诗人描述哺乳期的妇女对他极为痴迷，喜欢长期同他一起寻欢作乐，甚至不顾婴儿在一边啼哭，还继续同他厮守缠绵。

破碎的心

18. 这天在沙丘后面，她说声对不起，
发誓不再相见，要与我断绝关系。
19. 哦，法蒂玛，不要如此娇嗔，
就算你决心就此了断，也不要着急。
20. 如果我的品行已经伤害了你，
请抛下我的心，让我们分离。
21. 我的鲁莽让你以为，对你的爱会将我杀死，
可无论你怎样命令，我的心都会百依百顺。
22. 你双眸泪眼婆娑，那就像
两支利箭向我的胸膛行刺。

凭借（猎艳）专家的智慧、情感的波动和恋人的心血来潮，乌姆鲁勒·盖斯在这里重新调整了方向舵，暂时放弃了表现雄性阳刚的基调，而拨动了另一根和弦，这就是：他也肯定自己的魅力在嫌弃他的女人面前并不总能得逞，因此，他提到她（法蒂玛）有一天在沙丘上拒绝了他，而且拒绝他的时候态度坚

عليه، وأن لا تتعجل في هجره والانصراف عنه، على أنها إذا كانت قد ضاقت ذرعاً ببعض صفاته التي لا تروق لها، فإنّ بإمكانها أن تسُلَّ ثيابه من ثيابها، والثياب هنا كناية عن القلب كما يقول بعض الشرّاح القُدامى، أي أن بإمكانها –إن استطاعت- أن تنزع حبّه لها، وحبَّها له، ثم يتساءل عن سرّ قسوتها معه: ألأنها ضمِنتْ تغلغل حبها في قلبه، وتعلُّقه بها، وامتثاله لكل ما تأمره به، حتى إنها لتذرف دموعها أمامه لتتمكن من رشْق قلبه بعينيها النجلاوين، وكأنما تسدِّد سهمين نحو قلبه الجريح، ليستحيل إلى قِطَع دامية وكسور مبعثرة.

决，甚至发誓要抗拒他，绝无例外。他哀求法蒂玛少卖弄风情，也不要急着抛弃他、离开他，如果她对他的一些品质感到厌烦，对他感到不悦，她可以把他的衣服从她的身上扯下来。这里的衣服是对心的一个隐喻，正如一些古代评注家所说，即意味着她可以——如果她有能力——剔除他对她的爱，以及她对他的爱，然后他质问她狠心抛弃他究竟是为什么。是否因为吃定了她的爱已经深潜入他的心底，他放不下她，对她的一切命令百依百顺，以至于她当着他的面落泪时，她那一双大大的杏眼宛如石头砸在了他的心上，又如两支利箭射穿他那本来就受伤的心，化作血淋淋的碎片，支离破碎。

اللوحة الثالثة

المغامرة القصصية

٢٣. وبَـيْـضَـةِ خِـدْرٍ لا يُـرَامُ خِـبَـاؤهـا تَـمَـتَّـعـتُ مِـن لَـهْـوٍ بِـهـا غـيـرَ مُـعْـجَـلِ
٢٤. تَـجَـاوَزْتُ أحْـراسـاً إلـيـهـا ومَـعْـشَـراً عَـلَـيَّ حِـراصـاً لـو يُـسِـرُّون مَـقْـتَـلِـي
٢٥. إذا مـا الـثُّـرَيَّـا فـي الـسَّـمَـاءِ تَـعَـرَّضَـتْ تَـعَـرُّضَ أثْـنـاءِ الـوِشَـاحِ الـمُـفَـصَّـلِ
٢٦. فَـجِـئْـتُ وقَـدْ نَـضَـتْ لِـنَـومٍ ثِـيـابَـهـا لَـدَى الـسِّـتْـرِ إلَّا لِـبْـسَـةَ الـمُـتَـفَـضِّـلِ
٢٧. فَـقَـالـتْ: يَـمِـيـنَ اللهِ مـا لَـكَ حِـيـلَـةٌ ومـا إنْ أرَى عـنـكَ الـغِـوَايَـةَ تَـنْـجَـلِـي

مع أن هذه اللوحة هي امتداد للذكريات الغزلية السابقة؛ لكنّ استقلالها القصصي المتكامل وامتداد السرد الحكائي فيها يُهيئان لنا أن نعدّها لوحة مستقلة بذاتها، وتذكِّرنا هذه المغامرة الليلية بنظيرتها في لامية امرئ القيس الأخرى: (ألا عِمْ صباحاً أيها الطللُ البالي)، فهناك يحكي الشاعر مغامرة اقتحامية مشابِهة قام بها للوصول إلى إحدى محبوباته: (سموتُ إليها بعدما نامَ أهلُها...)، وسيحاكي عدد من الشعراء اللاحقين امرأ القيس في هذا النمط من القصص الشعرية المبنية على السرد التفصيلي للمغامرات الغزلية، ولعل أبرزهم عمر بن أبي ربيعة في رائيته الشهيرة: (أمِن آلِ نُعْمٍ أنت غادٍ فمُبْكِرُ).

في هذه اللوحة يروي امرؤ القيس كيف تسلّل ليلاً ونجوم الثريّا تتلألأ في السماء إلى هذه المرأة الرقيقة والمصُونة في خِدرها، متجاوِزاً الحرس الحريصين -لو ظفِروا به- على قتله بسرّية تامة، ولا يفوته أن يصوِّر جمال منظر السماء تلك الليلة وقد تلألأتْ نجوم الثريّا فيها؛ كما يتلألأ

第三幕

冒险故事

23. 少女如卵纯洁无瑕深藏于驼轿里，
闲庭信步我将她细细赏玩不性急。
24. 悄悄溜过重重守卫戒备森严的营地，
若被他们发现，定会秘密将我击毙。
25. 当明亮的昴宿星高高地悬于天际，
就像镶嵌多彩珠宝的饰带光彩熠熠。
26. 我悄然而至，她正就寝卸妆宽衣，
帐帘后，她身披薄纱，前襟未系。
27. 她说：真有你！竟然使出这般把戏，
我亦对你这番诱惑煽情无能为力。

尽管这个画面延伸了过往的调情记忆，然而它所展现的完整叙事的独立性和延展性，使得我们完全可以将其视为一个独立的画面来欣赏，而这次夜间冒险让我们想起乌姆鲁勒·盖斯的另一首拉姆韵诗中的对应场景：“啊，破败的废墟啊，难道你的晨曦还不浮现？”在那首诗中，诗人讲述了类似的冒险偷情经历：“在她家人睡着以后，我偷偷溜到她那里”，而后来的诗人模仿乌姆鲁勒·盖斯这一模式，详尽叙述调情冒险的诗意故事，其中最突出的也许是欧麦尔·伊本·阿比·拉比阿（عمر بن أبي ربيعة）的拉韵诗：“难道你早晨就从阿勒·努阿姆出发，可真早啊！”

在这幅画面中，乌姆鲁勒·盖斯讲述自己是如何在星光璀璨的夜里躲过几位看守，偷偷溜到那个蛰居深闺的温柔少妇那里。假如被看守抓住，那一定会秘密地将他处决。很幸运他得以有机会描绘天空的美景：昴宿星座在天

العِقد المرصّع بالجواهر والدرر، كما لا يفوته أن يسجّل اندهاش المرأة من وصوله المفاجئ إلى خِبائها، فيما كانت تتهيّأ للنوم متخفِّفةً من لباسها، فلا تملك إلّا أن تتعجب من تهوّره، مقسِمةً على أنه لا حيلة له كي يسوِّغ لها هذا الاقتحام المتهوِّر، كما أنه لا حيلة لها أمام اندفاعه وغِوايته التي لا تنقضي.

تحت ستر الظلام

٢٨. خَرَجْتُ بِهَا أمشِي تَجُرُّ وَرَاءَنَا ... عَلَى أَثَرَينَا ذَيْلَ مِرْطٍ مُرَحَّلِ

٢٩. فَلَمَّا أَجَزْنَا ساحَةَ الحَيِّ وانْتَحَى ... بِنا بَطْنُ خَبْتٍ ذِي حِقَافٍ عَقَنْقَلِ

٣٠. هَصَرْتُ بِفَوْدَي رَأْسِها فَتَمَايَلَتْ ... عَلَيَّ هَضِيْمَ الكَشْحِ رَيَّا المُخَلْخَلِ

٣١. مُهَفْهَفَةٌ بَيْضَاءُ غيرُ مُفَاضَةٍ ... تَرَائِبُها مَصْقُولةٌ كالسَّجَنْجَلِ

٣٢. كَبِكْرِ مُقَانَاةِ البَيَاضِ بِصُفْرَةٍ ... غَذَاها نَمِيْرُ المَاءِ غيرَ مُحَلَّلِ

هنا يبدأ الفصل الثاني من هذه المغامرة القصصية، فبقاء العاشقَين معاً في الخيمة معرّض لخطر الانكشاف؛ ولهذا يخرجان تحت سِتر الليل، متّجهَين إلى خلاء بعيد، وفي سيرهما كانت المرأة القلِقة من افتضاح أمرهما تسحب وراءها كِساءها الموشّى بالزينة؛ ليمحو آثار خطواتهما على الرمل، فلا يستدلّ بها أحد، حتى إذا ضمّهما منخفض من الأرض اجتذبها امرؤ القيس إليه، وهنا يذكر بالتفصيل أبرز ما استثار حِسَّه من مفاتنها، مركّزاً على التسجيل البصري الدقيق لمحاسن المرأة الظاهرية – وهذا التسجيل البصري المباشر سِمة بارزة في المعلَّقة- فهذه المرأة نحيلة الخصر، مكتنزة الساق، مُعتدلة الخلْق، غير مسترخية البطن، بينما يُشرق نحرها وسط الظلمة وكأنه مِرآة مصقولة، وإنّ بياض جسدها ليذكِّره بالبيضة البِكر من بيض النعام التي يمتزج

空中熠熠闪烁，犹如镶嵌着珠宝和珍珠的项链闪闪发光；也得以有机会记录下他的突然造访，让深闺中的姑娘大吃一惊的场面。她当时穿着轻薄的睡衣准备就寝，不禁惊叹他的鲁莽，发誓说：你无法给我解释清楚为何这般鲁莽闯入我的闺房，同样，我对你的冲动和无尽的诱惑也是无能为力。

夜幕下的掩护

28. 我引她溜出营帐，她在后面跟紧，

用绣花袍裾拂去留在身后的脚印。

29. 穿过营地，向荒漠那边悄悄位移，

来到被层层沙丘围绕的那块窝地。

30. 揽住鬓发将她拉近，她顺势倒入我怀里，

小腿健硕，细踝环佩，腰身纤细。

31. 纤秾合度，肌肤白皙，腹部紧实，

胸脯润滑，如抛光后滑溜的镜子。

32. 又似鸵鸟的头生蛋，白中透黄细腻，

在不含任何杂质的盈盈净水中润滋。

第二部分从这个冒险故事开始。留在帐篷里的两个恋人有被暴露的危险，因此他俩在夜幕下走出去，前往遥远的荒漠。在路上，女人担心俩人之间的事情曝出丑闻，把绣花长袍的袍裾拖在身后，以抹去他们在沙地上的足迹，让任何人都无法推断出来。当俩人踩进低洼地的时候，乌姆鲁勒·盖斯就把她拉近自己身边。至此，他详细提到最能激起他感官反应的恋人的魅力，集中记录了对女性美丽外表的精准视觉印象——这种直接的视觉记录，是这首悬诗的一个突出特征——这个女人腰部纤细，两腿壮实，性格温和，腹部紧实不松垂，胸部则宛如一面抛光的镜子，在黑暗中闪烁。她白皙的躯体，让他想起了鸵鸟的头生蛋，白中泛黄，如此描绘这一胴体加强了童贞的

بياضها بصُفرة خفيفة، ويتعزز معنى البكارة في تصوير هذا الجسد حين يُضاف إليه بكارة الماء الذي نمّاه وأغدق عليه عذوبته، فهو ماء صافٍ لم يتغير؛ لأنه لم يسبق لأحد أن حلَّ بقُربه، وبهذا الإلحاح على معنى البكارة في هذه المرأة يُرضي امرؤ القيس شيئاً من غرور الفحولة عنده.

التفاصيل المحببة

٣٣. تَصُدُّ وتُبْدِي عن أَسِيْلٍ وتَتَّقِي　　بِناظِرَةٍ مِن وَحْشِ وَجْرَةَ مُطْفِلِ

٣٤. وجِيدٍ كجِيدِ الرِّئْمِ ليسَ بِفَاحِشٍ　　إذا هِيَ نَصَّتْهُ ولا بِمُعَطَّلِ

٣٥. وفَرْعٍ يَزِيْنُ المَتْنَ أسْودَ فاحِمٍ　　أَثِيثٍ كَقِنْوِ النَّخْلَةِ المُتَعَثْكِلِ

٣٦. غَدَائِرُهُ مُسْتَشْزِراتٌ إلى العُلا　　تَضِلُّ المَدارَى في مُثَنًّى ومُرْسَلِ

٣٧. وكَشْحٍ لَطِيفٍ كالجَدِيلِ مُخَصَّرٍ　　وسَاقٍ كأُنْبُوبِ السَّقِيِّ المُذَلَّلِ

٣٨. وتَعْطُو بِرَخْصٍ غَيْرِ شَثْنٍ كأنَّهُ　　أَسَارِيعُ ظَبْيٍ أو مَسَاوِيْكُ إسْحِلِ

يواصل امرؤ القيس الوصف الحسي التفصيلي لمحاسن هذه المرأة، فهي حين تُعرض عنه تمنحه متعة التأمُّل في نعومة خدها وصفائه، ولكنه حين يُطيل النظر إليها، ستلتفت إليه متّقيةً نظراته بنظرة مماثلة من عيونها النجلاء، فيذكّره جمالها واتساع أحداقها بعيون ظِباء وجْرة، ولكنّ امرأ القيس لا يكتفي بتشبيه عيون هذه المرأة بعيون الظباء الواسعة، وإنما يُوغل أكثر في التخصيص والتفصيل، فيختار نوعاً محدداً من الظباء، وهو: الظبية المُطْفِل، أي التي يصاحبها

意义，还加进了处女的描述，大大增加了甜美的感受。那是没有变质的纯净的水，因为在他之前从来没有人靠近过。通过对这个女人童贞意义的强调，乌姆鲁勒·盖斯的阳刚之气也得到了一些满足。

情人的模样

33. 她美丽的鹅蛋脸神情娇怯，欲拒还迎，
　　目光里柔情蜜意，似那瓦吉拉羚羊①舔子。
34. 她颈项白皙，恰似白羚羊的修长脖颈，
　　无有配饰，玉颈高擎，楚楚动人美丽。
35. 满头秀发黑如碳晶，垂及腰际，
　　似串串椰枣相互交结层叠浓密。
36. 只见她，额前的云鬓高高绾起，
　　几缕发丝从发股里散出，凌乱随意。
37. 腰肢似皮革编成的缰绳柔软纤细，
　　小腿像吸饱了河水的草茎般丰腴。
38. 纤纤十指柔滑，似泽比沙漠的蠋蜥②，
　　又似伊斯希尔牙刷树③枝般柔韧秀颀。

乌姆鲁勒·盖斯继续对这个女人的美貌进行详细的感官描述。当她出现在他面前的时候，乌姆鲁勒·盖斯看到她柔滑洁净的脸颊心情很愉快，然而当他久久注视着她的时候，心中充满了虔敬之意，一如她的一对明眸。她美丽的大眼睛，让他想到羚羊清澈的眼睛，但是乌姆鲁勒·盖斯并不满足于用

① 瓦吉拉（وجرة）地区多产羚羊。（译者注）
② 蠋蜥：原文指一种生活在沙子中的形似蠕虫的小型动物沙石龙子，也有人认为是一种摸起来细腻柔软的蠕虫。（译者注）
③ 伊斯希尔（إسحل），一种类似柽柳的树，其枝条细嫩，被当地人用来当做刷牙的工具。（译者注）

طفلها، ولا تفوت دلالة هذا التخصيص على الشرّاح القُدامى، فيعلّلونه بأن عيون الظبْية المُطْفِل أكثر سحراً وجمالاً بسبب نظراتها الحانية والمتكررة نحو طفلها.

وعلى هذا النحو من الدقة في التصوير يواصل امرؤ القيس عقد المقارنات الجمالية الحسية بين المحبوبة والظبْية، فيشبّه عنق هذه المرأة بعنق الظبْي الأبيض، ولكنه حين يلتفت إلى شَعرها الفاحم المسترسل يظهر وكأنه حفيٌّ بالفوضى الجمالية فيه، فشَعر هذه المرأة كثيف ومتداخل، وكأنه أعذاق النخل المتشابكة، وهو لهذا نافر إلى الأعلى، وعصيٌّ على التنظيم والتهذيب، وكأنّ عين امرئ القيس مأخوذة بجماليات التفاوت، فبعد هذه الخشونة العارضة في تصوير شَعر المرأة، يعود فيؤكّد رقة الحسن في جسدها، فهي ذات خَصْر نحيل، وساق بيضاء ليّنة، وأصابع ناعمة، وكلٌّ هذه الصفات تقترن في مخيّلته بما يشبهها من مظاهر الطبيعة الصحراوية من حوله، وبعض هذه المقارنات يبدو غريباً على الذوق المعاصر، إذْ كيف يمكن أن تُشبّه أصابع المرأة الرقيقة بدُود الرمل أو بالمساويك؟ ولكنها الذاكرة البصرية المعنيّة أكثر بتسجيل الخبرات الحسية في البيئة المحيطة بها؛ عبر رصد أدنى تشابه بينها؛ حتى لو كان مجرد تشابه عارض أو ظاهري.

الوجه الصبوح

٣٩. تُـضِـيءُ الـظَّـلامَ بِـالـعِـشَـاءِ كـأنَّـهـا ... مَنَــــارَةُ مُـمْـسَى راهِـبٍ مُتَـبَـتِّـلِ

٤٠. وتُـضْـحِي فَـتِيْـتُ الـمِسْكِ فَوقَ فِراشِـها ... نَــؤُومُ الـضُّـحَى لم تَـنْـتَـطِقْ عن تَـفَـضُّلِ

٤١. إلى مِـثْـلِها يَـرْنُـو الـحَـلِـيْـمُ صَبابَـةً ... إذا مـــا اسْـبَـكَـرَّتْ بَـيـنَ دِرْعٍ ومِـجْـوَلِ

羚羊的大眼睛来比喻这个女人的双眸，而是以更多的细节和更具特色的事物进行更深入的描写，于是他选择了一种特殊的羚羊，那就是正在哺育幼羚的母羚羊，时时刻刻陪伴在幼羚的身边。古代的评注家不失时机地确认这一特殊的语义，他们分析道，正在哺育幼羚的母羚羊的眼睛由于不断以慈祥温柔的目光注视着自己的幼儿而显得更迷人、更美丽。

按照这样精细的描述，乌姆鲁勒·盖斯继续在他的心上人和母羚羊之间进行感官审美的比较。他将这个女人的脖子比喻为羚羊白净的脖颈。当他看到女人乌黑飘逸的头发，又仿佛显示出一种蓬松凌乱的美。女人浓密的云鬓盘绕，犹如一串串交结的椰枣，额前的发髻高绾，后面散乱的发丝毫无章法、毫无秩序地散开。乌姆鲁勒·盖斯的眼睛似乎被那种错综变化的美所吸引。在简单地呈现对这个女人头发的描述之后，他又回到对她苗条身材的强调：她腰身纤细，两腿白嫩温软，十指柔滑。所有这些特征在他的想象中和周围的沙漠自然现象极为相似。他的一些比较和比喻，放在当代的审美中看起来有些奇怪，比如怎么可以将女人的纤纤手指和沙漠肉虫①、牙刷树枝相提并论？但这与其说是对周围环境的感官经验记录，不如说是他心理上的视觉记忆投射，是通过对事物之间最贴近的相似性观察所得，哪怕仅仅是偶然的相似或表面上的相似。

美丽的面庞

39. 她的脸庞光泽闪闪，驱散黑暗，
　　像夜间潜心修行的隐士，把长明灯点燃。
40. 馥郁的麝香味道在香榻上弥漫，
　　午时的她还身穿睡衣赖床慵懒。
41. 如此尤物令心如铁石的男子痴情眷恋，
　　她刚从稚嫩的孩童长成少女，魅力无限。

① 即前文的蠋蜥。（译者注）

٤٢. تَسَلَّتْ عَمَايَاتُ الرِّجَالِ عن الصِّبَا   وليسَ فُؤادِي عن هَوَاكِ بِمُنْسَلِ

٤٣. ألا رُبَّ خَصْمٍ فِيكِ أَلْوَى رَدَدْتُهُ   نَصِيحٍ عَلَى تَعْذَالِهِ غَيرِ مُؤْتَلِ

تفاصيل الحُسن في هذه المرأة تكاد لا تنقضي، فامرؤ القيس يلحظ أيضاً أن وجهها الصَّبوح يتلألأ إشراقاً، حتى إنه ليُضيء ظلمة الليل، فهي كالمصباح الذي ينشر النور ويُبدِّد الوحشة، وكعادة امرئ القيس في تشبيهاته لا يكتفي بهذا التماثل العام، وإنما يختار مصباحاً خاصاً، وهو مصباح راهب منقطع في الليل إلى عبادته، ومن المعروف – كما فطِن لهذا الشرّاح القُدامى- أن مثل هذا المصباح لن ينطفئ طوال الليل؛ لأن هذا الراهب المتبتّل في العبادة سيستمر ساهراً مع مصباحه حتى ينبلج الفجر، فكذلك هو أيضاً إشراق وجه هذه المرأة الذي لا يذوي توهُّجه.

ثم يصوِّر الشاعر شيئاً من ترف هذه المرأة ورفاه عيشها، فهي تنام حتى وقت الضحى، غير منشغلة بتأمين شؤون معيشتها، فهناك من سيستيقظ باكراً لأجل خدمتها ورعاية شؤونها، وإنّ أعجب ما يكشف عنه الضحى هو فِراشها الذي يظل عابقاً بفتيت المِسْك المتحدِّر منها، فهل يُلام الرجل –مهما كان اتّزانه وحِلْمه- إذا نسي وقاره أمام طلعتها البهيّة، واستمرّ يحدِّق فيها حين تستوي واقفةً بقامتها الغضّة التي انتقلتْ للتوّ من نعومة الطفولة إلى فتنة الشباب؟

ولهذا يؤكد امرؤ القيس أنه حتى لو انصرف كلُّ الرجال عن صبواتهم، وتسلَّوا عنها؛ فإن فؤاده سيظل يخفق بهوى هذه المرأة، غير منصرف عن التعلُّق بها، هذا مع أن الكثيرين من العُذَّال يلومونه على هذا التولُّه، مُشفقين عليه منها؛ ولكنه لا يراهم وقد ألحّوا في نُصحه سوى خصوم للمحبوبة، وهذا وحده كافٍ ليصدّهم، ويُعرض عن كلامهم.

42. 世间男子常耽于享乐暮四朝三，
但我对她一往情深眷恋永不变。
43. 因你，多少次我遭受情敌的责备非难，
我行我素，拒绝听从别人的苦口劝谏。

这个女人的美几乎是永不消逝的。乌姆鲁勒·盖斯还注意到她的脸庞在晨曦中闪闪发光，甚至将黑暗的夜晚照亮，因为她就像一盏明灯，散发着光芒，驱散了孤独。乌姆鲁勒·盖斯像往常一样，并不满足于使用一般比喻，而是选择了一种特殊的喻体——灯，一位在夜间潜心做礼拜的修士的灯。众所周知——正如古代评注家所意识到的那样——这样的灯在整个夜晚都不会熄灭， 因为这位独居修行的修士，将同他的灯一起熬夜到天明，所以这个女人脸上的光辉也同样不会熄灭。

然后诗人描绘这个女人生活的奢华和优渥，因为她一直睡到晌午，不用操劳家务。有人一大早就醒来，为她服务，照顾她的生活事务。最令他惊讶的是，晌午起床时，香榻上还弥漫着她身上掉落的麝香粉末散发出来的芳香。面对这天生的尤物，这个男人无论多么持重和内敛，若一时把握不住，能怪他吗？他目不转睛地盯着这亭亭玉立的处子之身，那很快就要从稚嫩的孩童长成迷人的青春胴体。

由此，乌姆鲁勒·盖斯断言，即使所有的男人都青春已逝，不再能享受青春的欢愉，他的心仍然会为爱恋这个女人而悸动，放不下她。尽管许多责备者纷纷指责他这般痴情，或有人对他心生怜悯，然而他对他们熟视无睹，他们的苦苦劝谏，非但不起作用，反而树起情敌，光凭这一点，他必然与这些责难者对抗，对他们的劝告听不进去。

اللوحة الرابعة

هموم الليل الطويل

٤٤. ولَيلٍ كَمَوْجِ البَحرِ أرخَى سُدُولَهُ ... عَلَيَّ بِأنْواعِ الهُمُومِ لِيَبْتَلِي

٤٥. فَقُلْتُ لَهُ لَمَّا تَمَطَّى بِصُلْبِهِ ... وأردَفَ أَعْجَازاً ونَاءَ بِكَلْكَلِ

٤٦. ألا أيُّها اللَيلُ الطَّويْلُ ألا انْجَلِ ... بِصُبْحٍ ومَا الإصْبَاحُ مِنكَ بِأمْثَلِ

٤٧. فَيَالَكَ مِنْ لَيلٍ كأنَّ نُجُومَهُ ... بِكُلِّ مُغَارِ الفَتْلِ شُدَّتْ بِيَذْبُلِ

٤٨. كَأَنَّ الثُّرَيَّا عُلِّقَتْ فِي مَصَامِهَا ... بِأَمْرَاسِ كَتَّانٍ إلى صُمِّ جَنْدَلِ

تُباغتنا هذه اللوحة الرابعة من لوحات المعلَّقة بنقلة كبيرة في إيقاع العرض والتصوير، لم نعد نرى على المسرح الآن أي شخص آخر غير امرئ القيس. لا أثَر للصحاب الذين كانوا يشاركون الشاعر في وقفته على الأطلال، ويُسعِفونه بـمُجاراته في البكاء عليها، ولا حضور كذلك لمحبوباته الجميلات،لقد انسللن هنّ أيضاً بهدوء وغادرنَ المسرح تِباعاً، كلّ أولئك النساء اللاتي ملأ الأبيات السابقة بأوصافهنّ، وحكاياتهنّ، وذكرياته معهنّ انسحبنَ الآن هرباً من وحشة الظلمة، وتركْنه وحده مع الليل البهيم والهمّ الثقيل.

كيف يمكن أن تُصوَّر ظلمة الليل؟ كيف يمكن أن يُجسَّد سواده المتكاثف في صورة متحركة؟ هاهنا تحديداً تتجلى عبقرية التصوير عند امرئ القيس، فقد صوّر امتداد الليل الطويل وكأنما هو بحر واسع الأرجاء ما تزال أمواجه تتعاقب ويتجدد توالدها: كلما انحسرتْ موجة عن الشاطئ، أعقبتْها أخرى في تناوب رتيب لا ينقضي أو يتوقف، والليل لا يكتفي بهذا التوالد المتجدد، بل

第四幕

长夜的愁绪

44. 夜将帷幕低垂，好似瀚海涌起碧波微澜，
心中泛起新忧旧虑，愁绪万千将我熬煎。
45. 黑夜像一匹骆驼，将背脊极力伸展，
撅起了肥臀，再抬起胸脯悠悠慢慢。
46. 我说：长夜啊，你何时才能为黎明驱散，
尽管白昼并不能让我的愁绪有所消减。
47. 这是如此特别的夜空，繁星点点，
犹如被结实的绳索拴紧在耶兹布勒山[①]。
48. 寸步不移稳固好比天上的昴宿星团，
被坚固的麻绳在磐石上紧紧地捆拴。

悬诗的第四幅画面让我们突然感到诗歌在呈现和描述节奏上的巨大转变，因为现在除了乌姆鲁勒·盖斯之外，我们在舞台上再也看不到任何人，曾经陪伴诗人站在废墟上，哭着跟在他后面安慰他的那些同伴，全都不见踪影，也不见他那些美丽情人的身影。她们也悄悄地退下，依次离开了舞台。在之前的诗句中充满对她们的描述、她们的故事和他记忆中的女人，现在都逃离孤独的黑暗，留下他孑然一身，与漆黑的夜晚和沉重的忧愁为伴。

如何描绘这夜的黑？那沉沉的夜幕怎样才能用动态的影像具象化？乌姆鲁勒·盖斯的描摹天赋在此得到淋漓尽致的展现。他将漫漫长夜精心勾勒成一片浩瀚无垠的大海，海浪翻涌，一浪接着一浪，层层迭起。每当一浪击打

---

① 耶兹布勒（يذبل）山，一座色彩偏红的高原山脉，包含多个分散的山峰，其中最高峰今名为萨布哈峰，坐落于沙特境内古维伊叶市东南。

يضيف إليه هذه الأستار السوداء التي يُرخيها بالتدريج على صدر الشاعر، حتى تكاد تخنق أنفاسه، ويردُّه ضيق الأفق وانحسار الرؤية أمامه إلى التأمُّل الداخلي، فلا يصادف سوى نفس مليئة بالأشجان والهموم، وهنا يبلغ العنت بالشاعر مبلغاً يدفعه إلى أن يتساءل: هل يريد هذا الليل المتطاول أن يختبر بهدوء ماكر مقدار صبري، أو أن يسخر من جزعي وقِلّة حيلتي؟

ومن الواضح أن الشاعر لم يستطع ملازمة الصبر في هذا الاختبار، وإنما هو الجزع البيِّن، والشكوى المستمرة، فبعد صورتي: أمواج البحر الكثيفة، والأستار السوداء الخانقة، تتفتّق قريحة الشاعر عن صورة ثالثة لطول الليل أكثر ضنْكاً وثِقلاً، فهو يرى الليل مُطبِقاً على أنفاسه وكأنما هو جمل هائل الحجم قد استلقى فوق الأفق، وهو ما يزال يتمطى بظهره الممتد، حتى إذا ظننتَ أن رحيله قد اقترب بعد انقضاء هذا التمطِّي ترادفتْ عليك أعجازه وأواخره، فكأنما أعادتْ لك هذا الجمل الليلي من أوله، وإذا هو ما يزال يحاول أن ينهض بصدره عن الأفق من جديد. فلا يملك الشاعر بعد هذا كله سوى أن يناديه بضجر بالغ، ويدعوه مباشرةً إلى الرحيل والانصراف؛ متشوِّقاً لبزوغ صباح يوم جديد، ثم تُدركه يقظة الفِكْر، وتلذعه لوعة الغمّ، فيتذكّر أن همومه المستوطِنة في صدره لن تنقضي بمولد الصباح، فيستحيل أمله فيه إلى يأس تامّ منه، وهو ما يُعيدنا إلى ما ذكرناه في آخر اللوحة الأولى من هذه المعلَّقة حول سِمة: الموقف المتأرجِح من جدوى الأشياء عند امرئ القيس: بين الأمل العريض فيها، ثم اليأس العارم منها، وما يُوحي به ذلك من رؤية مُرتابة وقلِقة تجاه العالَم.

وإذن، فلا بأس بعد هذا اليأس أن يعود الشاعر إلى لعبة التصوير الخيالي لطول الليل، فيبتكر صورة رابعة له، إذْ لا شيء يفسِّر بقاء هذه الظلمة طوال هذا الوقت سوى تخيُّل أن تكون نجوم الليل قد رُبِطتْ بحبال مُحكَمة الفتْل، ثم شُدَّت إلى جبل يَذْبُل العظيم، فمهما حاولتْ هذه النجوم أن تمضي بعيداً وتأخذ معها الليل، فإن حبالها الموثقة والمشدودة إلى الجبل الأرضي ستمنعها من التحرك والانصراف! حتى إنّ نجوم الثريّا قد خُصَّتْ من بين هذه النجوم بمزيد من الاحتراز في التقييد، فهي ثابتة في موضعها لا تبرحه؛ لأنها معلَّقة بحبال مفتولة إلى صخور صُلْبة لا يمكن أن تتزحزح من مكانها. وفي كل هذه الصور الخيالية المتتابعة يظهر لنا ليل امرئ القيس لا بوصفه: ظرفاً زمانياً فحسب، وإنما هو أيضاً مكان متجسد في الكون، له حيّز محدد، وأعضاء متصلة، وأجزاء ملموسة، وأجرام مُشاهَدة.

在岸上退去，另一浪便又疾涌而来，有节奏地循环往复，永不停息。然而，黑夜似乎并不满足于海浪的生生不息，它更添一层深邃的黑色帘幕，紧紧地压在诗人的胸口，几乎让他窒息。天越来越黑，视线越来越模糊，诗人的思绪回归内心，开始沉思。那是一颗满载着忧虑与哀愁的心，一个被悲伤与忧虑深深浸染的灵魂。身处如此不幸的困境，诗人不禁开始自问：这漫漫长夜，是否正以它狡黠的寂静考验我的忍耐力？抑或嘲笑我的恐惧与无能？

很明显，诗人没能经受住考验，他明显表现出恐惧和不断的抱怨。继汹涌翻滚的海浪和令人窒息的黑色夜幕之后，漫漫长夜的第三个画面更令人心悸，沉重得几乎无法承受。诗人看见夜幕降临，像是一匹庞大的骆驼，躺在地平线上，它的背脊不断伸展，当你以为它躺够了即将起身离去时，可它的背部和臀部却又缓缓地升起，仿佛这黑夜之驼平躺如初，继而努力地从地平线上隆起胸部。此时，诗人已忍无可忍，只能发出烦闷的呼喊，祈求这漫长的黑夜尽快离去，渴望第二天的晨光早点降临。继而，当他的思绪逐渐清晰，悲伤的愁云再次刺痛了他的心灵。他意识到，自己胸中的忧虑并不会随着清晨的到来而消散，那份希望已然转化为彻底的绝望。这让我们不禁回想起悬诗第一幅画面结尾处的独特之处：乌姆鲁勒·盖斯对万物的态度总是摇摆不定，时而充满希望，时而又陷入绝望的深渊，暗示了他对世界的怀疑和焦虑。

那么绝望之后，诗人沉浸在对整夜想象的游戏中又有何妨？于是他创造了第四幅画面。因为除了想象那熠熠生辉的星星，再无他法可以诠释这深沉黑暗的存在。漫长的时间里，夜晚的星星仿佛被搓紧的绳索捆绑，随后被紧紧拴在伟大的耶兹布勒山上。无论这些星星如何奋力挣扎，想要带走黑夜，绳索都把它们牢牢地拴在大山上，令它们无法挪动分毫，更无法逃离！尤其是那璀璨夺目的昴宿星被捆绑得更紧。它们被搓紧的绳索悬挂在坚硬的岩石上，而这些岩石异常坚硬，纹丝不动。在这一系列连贯的想象画面中，乌姆鲁勒·盖斯之夜不再仅仅是一种时间背景，它仿佛成为宇宙中的一个具体场所，拥有特定的空间，这个实体的各部分相互连接，可触可见。

اللوحة الخامسة
الحصان الأسطوري ورحلة الصيد

٤٩. وقَدْ أَغْتَدِي والطَّيْرُ في وُكُنَاتِها ... بِمُنْجَرِدٍ قَيْدِ الأَوابِدِ هَيْكَلِ

٥٠. مِكَرٍّ مِفَرٍّ مُقْبِلٍ مُدْبِرٍ مَعاً ... كَجُلْمُودِ صَخرٍ حَطَّهُ السَّيْلُ مِن عَلِ

٥١. كُمَيْتٍ يَزِلُّ اللِّبْدُ عن حَالِ مَتْنِهِ ... كَمَا زَلَّتِ الصَّفْوَاءُ بالمُتَنَزِّلِ

٥٢. مِسَحٍّ إذا ما السَّابِحاتُ على الوَنَى ... أَثَرْنَ الغُبَارَ بِالكَدِيدِ المُرَكَّلِ

٥٣. عَلَى الذَّبْلِ جَيَّاشٍ كَأَنَّ اهْتِزَامَهُ ... إذا جَاشَ فِيهِ حَمْيُهُ غَلْيُ مِرْجَلِ

تقدّم لنا هذه اللوحة الطويلة نسبياً جانباً آخر من شخصية امرئ القيس، على الأقل كما تظهر في المعلَّقة، فإذا كان الشاعر قد شغل أكثر من أربعين بيتاً؛ أي ما يتجاوز نصف القصيدة بالتغزُّل بالنساء، والبوح بصبابته لهنّ، والبكاء الشجيّ على آثارهنّ، والتغنّي الوالِه بأوصافهنّ، والسرد الاستعراضي لمغامراته العابثة معهنّ، فإنه في هذه اللوحة يُبرز الجانب الفُروسي شديد الشكيمة في شخصيته وحياته، فها هو ذا يغدو في الصباح الباكر، وقبل أن تبارح الطيور أعشاشها، راكباً حصانه الأسطوري الذي يستفرغ الجهد في وصف مظهره الخارجي المهيب، وقدراته العجائبية المذهلة، فهو حصان قصير الشعر – وهذه من صفات الحسن في الفَرس- ثم إنه ضخم التكوين، وكأنما هو هيكل عالي البنيان، كما أنه: قَيد الأوابد، وهذا وصف مبتكَر لم يزل الشعراء والنقاد يعدُّونه من أوليّات امرئ القيس في التصوير؛ لأنه يجعل هذا الفرس بمثابة القيد اللازم الذي لا سبيل أمام الحيوانات البريّة للفرار منه والاختباء عنه؛ بسبب قوته الهائلة من جانب، وشدة سرعته من جانب آخر، وهو يجمع

第五幕

神马和狩猎之旅

49. 清晨出发打猎，鸟儿在巢中睡得正酣，
短毛马是围猎的套索，如此神速硕健。
50. 它进退迅疾，快步如飞，扬蹄稳健，
似巨石被激流裹挟，坠入山涧。
51. 速度之快颠落了马背上的毛毡，
皮毛油亮似雨刷后的卵石浑圆。
52. 四蹄踏地，扬起身后滚滚尘烟，
群骑力乏，我的神骏疾驰向前。
53. 只见它，锋棱瘦骨，嶙峋遒劲，热血沸腾，
奔跑时，体内嘶嘶作响如锅中沸水一般。

相对而言，这一长长的画卷为我们提供了乌姆鲁勒·盖斯个性中的另外一个侧面，至少就像悬诗中所呈现的，如果说诗人已经写就40行诗句，即超过了全诗的一半，是对妇女的调情，倾诉对她们的钟情，对着她们的遗迹伤心哭泣，神魂颠倒地咏颂、描绘这些女人，叙述他同她们之间的冒险游戏，那么这幅画卷突出的则是他的人生与个性中顽强不屈的骑士精神的一面，大清早鸟儿还在巢穴中的时候，他就骑着那匹神马出发了。他竭尽全力描述这匹骏马壮观的外形、惊人的神奇的能力。这是一匹短鬃毛的骏马——鬃毛短是优质骏马的一种特征——而且躯体魁梧，骨架高大，其速度之快能追赶上野兽。这种创造性的描述依然被诗人们和批评家们认为是乌姆鲁勒·盖斯在描写上的神来之笔，他将这匹力大无比、速度极快的骏马比作围猎时必用的套索，速度之快追得野兽无处躲藏。诗人惊人地将各种能力聚合在骏马身

بصورة مدهشة بين القدرات المتقابلة، فهو سريع الكرّ، كما أنه سريع الفرّ، وهو قادر على الإقبال والإدبار في اللحظة عينها، فأيّ فزع سيستولي على قلوب الطرائد حين ينحطُّ عدْواً إليها، وكأنما هو صخرة عظيمة تتردّى بأقصى اندفاعها المتسارع من أعلى الجبل.

ويواصل امرؤ القيس استعراض الدلائل الباهرة على السرعة الاستثنائية لهذا الفرس، فما أكثر ما ينزلق اللبْد الذي يوضع على ظهره من شدة عدْوه، وكأنه صخرة ملساء لا يلبث أيُّ شيء يمرُّ فوقها حتى ينزلق منها غير قادر على الاستقرار المطمئنّ عليها، حتى إذا جرى هذا الفرس مع الخيل السوابق، وقد انعقد الغبار في الجو من شدة ركْلها الأرض بحوافرها، رأيته من بينها منصباً في جَريه لا يُبارَى، ومع الضمور المعتدِل لجسده، فإن للجيشان المضطرِب الذي يصدُر من جوفه –جرّاء الركض- أزيزاً مدوياً مثل أزيز القِدْر عند غليانها.

ملامح الفرس الأصيل

٥٤. يَـزِلُّ الـغُـلامُ الـخِـفُّ عـن صَـهَـواتِـهِ ويُـلْـوي بِـأَثْـوابِ الـعَـنِـيـفِ الـمُـثَـقَّـلِ

٥٥. دَرِيْـرٍ كَـخُـذْرُوفِ الـوَلِـيـدِ أَمَـرَّهُ تَـتَـابُـعُ كَـفَّـيْـهِ بِـخَـيْـطٍ مُـوَصَّـلِ

٥٦. لَـهُ أَيْـطَـلا ظَـبْـيٍ وسَـاقَـا نَـعَـامَـةٍ وإرْخَـاءُ سِـرْحَـانٍ وتَـقْـرِيْـبُ تَـتْـفُـلِ

٥٧. ضَـلِـيْـعٍ إذا اسْـتَـدْبَـرْتَـهُ سَـدَّ فَـرْجَـهُ بِـضَـافٍ فُـوَيْـقَ الأَرْضِ لَـيْـسَ بِـأَعْـزَلِ

٥٨. كَـأَنَّ عَـلَـى الـمَـتْـنَـيْـنِ مِـنْـهُ إذا انْـتَـحَى مَـدَاكَ عَـرُوْسٍ أو صَـلايَـةَ حَـنْـظَـلِ

٥٩. كَـأَنَّ دِمَـاءَ الـهَـادِيَـاتِ بِـنَـحْـرِهِ عُـصَـارَةُ حِـنَّـاءٍ بِـشَـيْـبٍ مُـرَجَّـلِ

上：它进亦神速，退亦神速，能够在瞬间完成前进和后退的动作；每当它冲着猎物奔去时，动物都吓破了胆；骏马就像一块巨石从山上最高处以最快的速度滚落下来。

乌姆鲁勒·盖斯继续为我们引证这匹骏马的非凡速度：马背上的毛毡，因马儿疾驰而掉落，犹如一块光滑的石头，任何物件皆难以在其上立足，难以维持稳定。当这匹骏马与前方的马群并肩驰骋时，其四蹄疾踏地面，卷起滚滚尘烟，你便能目睹它略显瘦削的身躯在马群中以无可匹敌的姿态疾驰而过。因激烈的奔跑，它的体内热血沸腾，发出嘶嘶的声响，恍若锅中沸水般的喧嚣。

纯种马的样貌

54. 体重轻的少年难以坐稳，从马背上跌落，

精通骑术的健壮青年骑上它，衣袂翩翩。

55. 纵情驰骋，奔腾不息，好似顽童手中的陀螺，

两手拉紧新结好的系线，让陀螺急速飞转。

56. 它体态优美，似瞪羚之纤腰，鸵鸟之长腿，

奔态似灵狼般轻捷，跃姿似狡狐般矫健。

57. 胸宽肋阔，由后观之，两腿之间长尾密遮，

尾巴笔直丰满，长未及地，位置不倚不偏。

58. 脊背平直宽阔，好似新娘的捣香石，

又似研磨苦瓜籽的磨石，光滑平坦。

59. 骏马前胸被猎物的鲜血迸溅，

似指甲花汁把老人白发涂染。

تستمر الأبيات في وصف سرعة هذا الفَرَس الذي لا يستطيع الغلام خفيف الوزن أن يستقر على ظهره بسبب شدّة جرْيه، كما لا يستطيع الرجل الثقيل أن يثبت عليه إلّا بمشقّة، بينما تتطاير أثوابه منه بسبب الحركة الشديدة والهواء العاصف، وإنّ حفيف الهواء الناتج عن اندفاع الفرس في الركض ليذكِّر الشاعر بلعبة الفتيان التي يُدوِّرون بها عوداً عبر إدخال خيط فيه، ثم إمساك الخيط من طرفيه، وتحريكه بصورة دائرية، ولكنْ لماذا وصف امرؤ القيس خيط اللعبة بأنه: مُوصَّل؟ لأن هذا يعني أن الخذروف قد لُعِب به كثيراً، حتى ارتخى خيطه وتقطّع، فوُصِل بخيط آخر، فيكون هذا –كما استنتج بعض الشرّاح القُدامى- أسرعَ لدورانه، وهذا شاهد إضافي على ولَع امرئ القيس المعهود بأدق التفاصيل حين يُشبِّه أو يرسم صورة استعارية.

وتصل غِبْطة امرئ القيس بحصانه الأسطوري حدّ أن يجعله جامعاً لمحاسن الكائنات، فخاصرتاه تُشبه خاصرتي الظبْي؛ لرشاقته وقِلّة لحمه، وساقاه مثل ساقَي النعامة في قِصَرهما؛ لأن ذلك أسرعُ في جرْيه، أمّا حين يعدو فإنك ترى فيه أحياناً عدْو الذئب المتربّص، كما ترى فيه أحياناً أخرى خِفة الثعلب بجرْيه المنتظِم. وهو مع عِظَم جنبيه وضخامة أضلاعه فإن رشاقة روحه لا حدود لها، إذْ حين يراك تقف أو تسير خلفه فإنه –بأناقة المتأدب- يسدُّ ما بين وِركيه بذيله السابغ معتدل الطول الذي لا يمسُّ الأرض؛ وإنْ كان غير بعيد عنها.

ومثل آلة التصوير التي تعرض لك المنظر الجميل من زوايا متعددة يصوّر امرؤ القيس روعة الحسن في جسد هذا الحصان وقد اعترض أمامك، فرأيت كتفيه العريضين اللامعين وكأنهما الحجر الذي يُسحَق عليه الطِّيب وحبّ الحنْظل، فهو ما يزال يتلألأ أمام عينيك، ويشتدُّ بريقه كلما ردّدت فيه النظر، ويزداد هذا الجمال الحسي بجمال دلالاته على القوة والظفر، فنحْر هذا الحصان ما يزال يحتفظ بسجلّ انتصاراته، فها قد تحنّى جِلده بدماء بقر الوحش السابقات التي طالما ظفِر بهنّ عند احتدام الركض في رحلات القنص.

这些诗行继续描述这匹骏马的速度，体重较轻的少年由于马儿跑得快而无法在马背上坐稳，沉稳的成年男人也要费点儿劲才能在马背上坐好，由于猛烈的动作和暴风般的气流，骑手的衣服都飞起来了。由于骏马快速跑动而产生的呼呼的风声，使诗人想起那些年轻小伙子的游戏，用一根线绳穿过一个木棍，抓住线绳的一端，让陀螺飞速旋转。但是乌姆鲁勒·盖斯为什么形容这根线绳是“被联结过”的呢？他是想表明陀螺已经历众多人之手，线绳也经过岁月的磨损变得松弛，甚至断裂，又用新的线绳重新联结，使其得以继续使用。这正如某些古代的评注家所推测的那样——陀螺在换新绳之后，反而以更快的速度旋转。这再度印证了乌姆鲁勒·盖斯在运用明喻或暗喻方面的非凡才华，他对于细节把握之精准，堪称已知之最。

乌姆鲁勒·盖斯对他那匹神马的赞美之情溢于言表，几乎将它视作所有生物之美的集大成者。马的两肋，宛如羚羊一般，这是因为它的腰部纤瘦，肌肉紧致。而其双腿，则酷似鸵鸟之腿，能够以惊人的速度驰骋于原野之上。当这匹骏马奔腾起来时，你会发现它如同潜伏在草丛中的狐狸，迅猛而灵动，有时候你还会看到它的步伐的节奏感也如同狐狸一般协调有序。它的两侧庞大，肋骨粗壮，但是体态轻盈，行动敏捷，当他看到你站在它身后，或走在它后面时，它总会以一种极其优雅的方式，用那条不长不短的尾巴巧妙地遮住臀部，既不会触及地面，又离地面不远。

乌姆鲁勒·盖斯以他独特的笔触，如同一位技艺高超的摄影师，从多个视角精心捕捉了这匹骏马的壮观与美好。当它威风凛凛地出现在你面前时，那宽大的双肩便映入眼帘，它们熠熠生辉，犹如用来研磨香料和苦瓜籽的石臼，在你的双眸中，它们闪烁着耀眼的光芒，你越细细端详，那光芒便越发璀璨夺目，仿佛诉说着它的力量与胜利。这匹骏马的胸脯仍然保留着它常胜的记录，那是在以往多次狩猎之旅期间，它奋力奔跑，战胜野牛，胸脯的皮肤像染指甲花一样染上了野牛血。

مشهد الصيد

٦٠. فَعَنَّ لَنَا سِرْبٌ كَأَنَّ نِعاجَهُ عَذارَى دَوارٍ في مُلاءٍ مُذَيَّلِ
٦١. فَأَدْبَرْنَ كالجَزْعِ المُفَصَّلِ بَيْنَهُ بِجِيْدِ مُعَمٍّ في العَشِيْرَةِ مُخْوِلِ
٦٢. فَأَلْحَقَنا بِالهَادِيَاتِ ودُوْنَهُ جَوَاحِرُها في صَرَّة لَمْ تَزَيَّلِ
٦٣. فَعَادَى عِداءً بَيْنَ ثَوْرٍ ونَعْجَةٍ دِرَاكاً ولَمْ يَنْضَحْ بِمَاءٍ فَيُغْسَلِ
٦٤. فَظَلَّ طُهَاةُ اللحْمِ ما بَيْنَ مُنْضِجٍ صَفِيْفَ شِوَاءٍ أو قَدِيْرٍ مُعَجَّلِ
٦٥. ورُحْنَا يَكَادُ الطَّرْفُ يَقْصُرُ دُوْنَهُ مَتَى ما تَرَقَّ العَيْنُ فِيْهِ تَسَفَّلِ
٦٦. فَبَاتَ عَلَيْهِ سَرْجُهُ ولِجَامُهُ وبَاتَ بِعَيْنِي قَائماً غَيْرَ مُرْسَلِ

يصِف امرؤ القيس هنا رحلة صيد مثيرة مع حصانه، وفي هذا الوصف تتجلى بوضوح سِمة من أبرز سمات النهج الشعري لهذه المعلَّقة، وهي سِمة: التسجيل البصري المولَع بتجسيد أدقّ التفاصيل الحسّية، فها قد ظهر أمام امرئ القيس وهو يسير على فرسه قطيع من بقر الوحش، وإنه لينظُر إلى إناث ذلك القطيع، فيذكِّره بياض ألوانها وطول أذيالها ببياض الفتيات التي يراهنّ يطُفْن حول صنم (دَوَار)، وقد لبسْن المُلاءات السابغة طويلة الذيول، ولكنّ هذا القطيع لا يلبث أن يتفرق هرباً من امرئ القيس وحصانه الجامح، وتقوده هذه الصورة المتحركة لتفرُّقهنّ عنه، وتمايز سواد سيقانهنّ عن سائر لون جلدهنّ الأبيض إلى استحضار صورة حسية مشابهة، وهي: صورة عِقْد من الخرَز الأبيض المسْودّ الأطراف، وقد تخلّلتْه حبّات من اللؤلؤ تماثل الفراغات البيضاء التي

沉湎酒色的损失

60. 一群野牛突然出现在我们眼前，
似身披长袍的贞女绕圣石祭奠。
61. 野牛吓得纷纷逃窜，散开后留下白色空间，
皂白分明，似一串念珠系于贵族子弟项间。
62. 骏马让我们挡住了野牛群的头牛，
后面的牛群惊慌失措，乱作一团。
63. 骏马追逐不停，将猎物捕获接二连三，
神驹来回穿梭，汗气不蒸，大气不喘。
64. 庖厨将猎物肉片烧烤在石板，
仆人将锅里的猎物肉块煮烂。
65. 回到营帐，再把骏马细细赏看，
渐渐将它拥入我合住的眼睑。
66. 一整晚，骏马衔环背鞍，枕戈待旦，
我注视它，昂首挺立，不曾懈怠半点。

乌姆鲁勒·盖斯在这里描述了自己同骏马一起参与的一次激动人心的狩猎之旅。在这种描述中清晰地体现出这首悬诗最突出的诗歌特征之一，那就是酷爱以视觉记录去表现最精妙的感官细节。出现在乌姆鲁勒·盖斯面前的是走在他的坐骑前方的一群野牛，这些白色的野牛长着长长的尾巴让他想起姑娘们白皙的皮肤，仿佛看到她们围绕着“达瓦尔”（دَوَار）偶像转圈拜祭的情景：她们身穿宽大的“米拉叶”长袍，拖着长长的裙裾。但是这群野牛立刻从乌姆鲁勒·盖斯及其强悍的骏马跟前四散逃走。这一动态景象也使他想起她们从他身边散开的情景，想起她们被晒黑的小腿和身体其他部分的白皙相比，别具风情。又勾起他脑海中另外一个相似的图像，那便是一条黑边白

تفصل بين هذا البقر المتفرق، غير أن امرأ القيس لا يكتفي بهذا التجسيد الدقيق، بل يمضي مع طبعه الميّال إلى مزيد من الاستطراد التصويري، فيخصِّص هذا العِقْد بأنه موضوع على عنُق صبي كريم الأعمام والأخوال، ومثل هذا الصبيّ الذي اجتمع له مجد العمومة والخؤولة لن يُوضع على عنقه إلّا أنفسُ العقود وأكثرها إبهاراً.

وبعد هذا الاستطراد التفصيلي يعود امرؤ القيس إلى إكمال لوحة الصيد، فيصوِّر كيف استطاع فرسه بالغ العنفوان الإحاطة بهذا القطيع من بقر الوحش، فقد أدرك السوابق المتقدمات منها، مخلِّفاً وراءه البقر المتأخرات وقد علا ضجيج ركْضهنّ ولُهاث أنفاسهنّ، ليقنص منهنّ ثوراً ونعجة معاً، وكلّ هذا دون أن يعرَق جسمه من الجهد أو التعب، ثم يصوِّر كيف خُتِمتْ رحلة الصيد بنهايتها الظافرة، فقد أمضى الطُّهاة وقتهم في توزيع هذا اللحم الوافر بين ما يُشوَى على الجمر، وما يُطبَخ –على عَجَل- في القُدور.

ألا يحقّ لامرئ القيس بعد هذه الرحلة المظفّرة أن يُفتَن بحصانه وهو يقف شامخاً بجواره بعد أن أدّى مهمته على أكمل وجه؟ إنه ليردد إليه النظر الآن، فلا تستقر عينه على عضو من أعضائه، أو جزء معيّن من جسده، وإنما يدفعها الانبهار به إلى تسريح النظر في جميع محاسنه: جيئةً وذهاباً، وصعوداً ونزولاً، دون أن ترتوي منه، ثم ها قد أتى الليل بسكونه، وآنَ للحصان أن يبيت هادئاً فيه، وعليه سَرجه ولِجامه، ولكنّ عين امرئ القيس ما تزال ترعاه، حتى لكأنه يبيت فيها، وتكاد تُطبق عليه الأجفان تعلُّقاً وإكباراً.

珠的项链，一粒粒珍珠串起来，就像散开的野牛隔开的白色空间，但是乌姆鲁勒·盖斯并不满足于这样具象的比喻，而是按照自己天生的喜好，不停地转换画面，因此他专门将这条项链挂在一个男孩的脖子上。男孩的叔叔、伯伯们都是慷慨大方的好汉。像他这样的男孩，身上聚合了叔、伯之荣光，他的脖子上只会挂着最珍贵、最耀眼的项链。

在这段充满生动细节的题外话之后，乌姆鲁勒·盖斯重新聚焦于狩猎的壮阔画面，致力于将其完美呈现。他娓娓道来，描述自己那匹年轻力壮的骏马如何在狩猎中巧妙地圈住了那群野牛，将跑在前方的野牛一一追上，而那些滞后的野牛则被远远地甩在身后，它们发出纷乱的喧嚣声和粗重的喘息声。尽管它全力以赴，身上却未曾因疲惫和用力过度而淌下一滴汗水。最后，乌姆鲁勒·盖斯描绘这次狩猎之旅圆满落幕：厨师们忙着为大家准备丰盛的佳肴，炭火上的烤肉和锅里炖煮的肉被分发给在场的每一个人。

在这次满载而归的狩猎之旅后，乌姆鲁勒·盖斯怎能不深深地迷恋他的骏马呢？当任务以最完美的形式完成，他自豪地伫立在骏马的身侧。此刻，他时不时地凝望着他的骏马，目光不再局限于骏马的某一器官或特定部位，他对骏马的自豪感促使他以欣赏的眼光，来来去去，上上下下，尽情地打量骏马身上所有的优点，可总也看不够。当夜幕降临，四周一片寂静，骏马没有卸下马鞍和笼头就静静地睡去。然而，乌姆鲁勒·盖斯仍目不转睛地看着骏马，好像骏马睡在他的眼睛里；他那几乎合上的眼睑拥抱着骏马，依依不舍，赏识有加。

اللوحة السادسة

وصف المطر والسيل، والنظرات الأخيرة للطبيعة

٦٧. أَصَاحِ تَرَى بَرْقاً أُرِيكَ وَمِيْضَهُ   كَلَمْعِ اليَدَيْنِ في حَبِيٍّ مُكَلَّلِ
٦٨. يُضِيءُ سَنَاهُ أو مَصَابِيْحِ رَاهِبٍ   أَمَالَ السَّلِيْطَ بِالذُّبَالِ المُفَتَّلِ
٦٩. قَعَدْتُ لَهُ وصُحْبَتِي بَيْنَ ضَارِجٍ   وبَيْنَ العُذَيْبِ بُعْدَ ما مُتَأَمَّلِي
٧٠. عَلَى قَطَنٍ بِالشَّيْمِ أَيْمَنُ صَوْبِهِ   وأَيْسَرُهُ عَلَى السِّتَارِ فَيَذْبُلِ
٧١. فَأَضْحَى يَسُحُّ المَاءَ حَوْلَ كُتَيْفَةٍ   يَكُبُّ عَلَى الأَذْقَانِ دَوْحَ الكَنَهْبَلِ
٧٢. ومَرَّ عَلَى القَنَانِ مِنْ نَفَيَانِهِ   فَأَنْزَلَ مِنْهُ العُصْمَ مِنْ كُلِّ مَنْزِلِ

هذه هي اللوحة الأخيرة في المعلَّقة، وكأنما أراد امرؤ القيس أن يربطها باللوحة الأولى حيث بدأ، وأن يعطف خاتمته على فاتحته، فها هو ذا يعود إلى أصحابه الذين تركهم عند الأطلال في مستهلّ القصيدة، ولكنّ المشهد قد تغيّر الآن تماماً: من البكاء الغزلي على الأطلال، إلى التأمُّل المنبهِر بالطبيعة، وها هو يدعو أحد أصحابه كي يتراءى معه وميض البرق البعيد، فالسماء مُنذِرة

第六幕

观雨

67. 朋友，你是否看到远处那耀眼的闪电，
　　宛如层积云做成的王冠被一双手乱翻。
68. 那电光忽闪似隐士整夜燃油的灯盏，
　　添加灯油时拨动了灯捻，迸出火焰。
69. 我和同伴坐在达理吉①和欧宰布②两山间，
　　极目远望那天边云层的闪电能看得多么远。
70. 只见那云间闪电右遮盖坦③峰，暴雨连绵，
　　又左覆希塔尔④和叶兹布勒⑤山，云雾变幻。
71. 傍晚骤雨倾盆泼向库泰法⑥山，
　　连根拔起那枝繁叶茂的金合欢。
72. 这带来疾风骤雨的云朵扫过卡南⑦山，
　　洪水滚滚将所有的羱羊都逼下山峦。

这是悬诗的最后一幅画卷。乌姆鲁勒·盖斯仿佛要将它与开篇的首幅图景交相辉映，将终章与起始完美衔接。他的思绪飘回了诗歌起兴时留在废墟之上的那些挚友，然而此刻，画面已完全改变：从因恋情而洒泪于废墟，到陷入对

① 达理吉（ضارج），大概位于今沙特盖西姆（قصيم）地区拜里达市（مدينة بريدة）旭卡区（حى الشَّقَّة）。
② 欧宰布（العذيب），并非伊拉克同名地点，而是指拜里达市的一座山名，今名穆阿扎布（المعذب）。
③ 盖坦（قطن），土质偏红的山峰，位于今沙特境内盖西姆地区欧格莱·苏古尔镇（بلدة عقلة الصقور）之北。
④ 希塔尔（الستار），阿拉伯半岛上的一条山脉名称，共有十座山。
⑤ 叶兹布勒（يذبل）山，其实是位于今沙特境内的一个大高原，上面散落着多座山峰。
⑥ 库泰法（كتيفة）山，位于今沙特盖西姆西北的一座小山。
⑦ 卡南（القنان）山，位于今沙特盖西姆西北，现名为“穆瓦舍姆”（الموشّم）。

بمطر غزير، والبرق يضرب بسوطه المضيء السحاب المتراكم الذي يدنو من الأرض، ويبحث امرؤ القيس - كعادته - عن تشبيه يجسّد صورة هذا السوط الفضّي الذي يقطّع أحشاء الغيوم، فيقوده التخييل إلى تشبيه وميض البرق المرتعِش بصورتين: الأُولى: صورة حركة اليدين المضطربة عند تقليبهما بسرعة، والأخرى: صورة الفتيل المتراقص بالضوء في مصباح الراهب الذي يجتهد في إبقاء الضوء متّقداً عبر إمالة الزيت باتجاه الفتيلة المشتعلة، وهذه هي المرة الثانية التي يستحضر فيها امرؤ القيس صورة مصباح الراهب في معلَّقته، فقد سبق له أن شبّه وجه محبوبته المتلألئ وسط الظلمة بمصباح الراهب المتبتّل، وفي لاميته الأخرى نراه يعيد استدعاء هذه المصابيح الدينية من جديد:

نظرتُ إليها والنجومُ كأنها　　　　مصابيحُ رُهْبانٍ تُشَبُّ لقُفَّالِ

وهذا كله تكرار لافت برمزيته الدينية عند شاعر كان يدين على الأرجح –كشأن معظم العرب آنذاك – بالوثنية.

ثم يكشف امرؤ القيس الحدود المكانية لهذا المطر المنهمِر، فقد كان هو وأصحابه بين موضعَي: ضارج، والعُذيب، وإنه ليتعجّب من قدرته على تشوُّف الغيم المستهلّ مع بُعد مكانه عنه، وهو يقدِّر بالنظر أن المطر قد امتدّ يميناً إلى جبل قَطَن، بينما امتدّ يساراً إلى جبلي: السِّتار، ويَذْبُل، فهو مطر حافل إذن، وهذا ما يفسِّر الانقلاب الذي حدث في الصحراء بأشيائها وأحيائها بعد هطوله.

يلتفت الشاعر بعد ذلك إلى المكان من حوله، وقد تغيَّرتْ هيئته ونواميسه بفعل المطر الغزير، فقد تكوّن سيل عظيم حاصر جبل كُتيفة، وجرف كلّ ما يعترض طريقه، فاقتلع الأشجار الكبيرة من جذورها، وقلبها رأساً على عقِب، ثم ما انفكّ يرشق جبل القَنان بمياهه المندفعة والمتطايرة، حتى إن الوعول التي تلوذ عادةً بالجبال قد أصابها الاضطراب من هذا الهيجان المائي الكبير، فنزلتْ تستكشف ملامح الخطر وسُبُل النجاة.

大自然的沉思，闪着思想火花。他邀请一位挚友，共同观望那遥远的闪电，天空中乌云密布，预示着大雨的降临。闪电以其光芒闪耀的鞭影，猛烈地抽打着压向地面的层积云。乌姆鲁勒·盖斯一如既往地寻觅着一种恰如其分的比喻，用以描绘那切断云层、银灰色的电光之鞭。他的想象力引领他将弯弯曲曲的闪电比作两个意象：一是双手疾速翻转时产生的动感画面；二是摇曳生辉的油灯在修士手中的画面，为了努力维持油灯一直亮着，修士将灯油往燃烧着的灯芯上倾斜。这已是乌姆鲁勒·盖斯在悬诗中第二次引入修士的油灯的形象。先前，他将自己心爱的女子在黑暗中熠熠闪光的面庞，比作与世隔绝的修士手中的油灯。而在他的另一首拉姆韵长诗中，我们看见他再次提到这些宗教场所使用的灯：

我看着她，诸多星星犹如，
　　修士们为还乡者点燃的明灯。

诗人反复使用这个比喻体现了他的宗教象征主义倾向，正如当时大多数阿拉伯人一样，诗人十有八九是偶像崇拜的信徒。

随后，乌姆鲁勒·盖斯描写这场滂沱大雨的地理分布。当时他和朋友们位于达理吉和欧宰布两个地点之间。令人叹为观止的是，即便他身处远方，依然能够窥见那天边的云彩，精准地估算出大雨已经从右侧蔓延至盖坦山，与此同时，向左延伸到希塔尔和叶兹布勒两山之间。这场大雨的降临，无疑为沙漠的生物带来巨大的变化。

诗人看了看四周，发现这场大雨改变了此地的地形和地貌，并形成一股巨流，将库泰法山围困，卷走了沿途的一切。参天大树被连根拔起，倒在地上。汹涌澎湃、四处飞溅的洪流不停地冲刷着卡南山。平日里在山中避难的羱羊，此刻也被这突如其来的洪流吓得惊慌失措。它们纷纷下山，看到危险的情况，寻找逃难的道路。

مشهد الطوفان

٧٣. وتَيْمَاءَ لَمْ يَتْرُكْ بِهَا جِذْعَ نَخْلَةٍ ولا أُطُماً إلَّا مَشِيْداً بِجَنْدَلِ

٧٤. كَأَنَّ أَبَاناً في عَرَانِيْنِ وَبْلِهِ كَبِيْرُ أُنَاسٍ في بِجَادٍ مُزَمَّلِ

٧٥. كَأَنَّ ذُرَى رَأْسِ المُجَيْمِرِ غُدْوَةً مِنَ السَّيْلِ والغُثَّاءِ فَلْكَةُ مِغْزَلِ

٧٦. وأَلْقَى بِصَحْرَاءِ الغَبِيْطِ بَعَاعَهُ نُزُوْلَ اليَمَانِيْ ذِي العِيَابِ المُحَمَّلِ

٧٧. كَأَنَّ مَكَاكِيَّ الجِوَاءِ غُدَيَّةً صُبِحْنَ سُلافاً مِنْ رَحِيْقٍ مُفَلْفَلِ

٧٨. كَأَنَّ السِّبَاعَ فِيْهِ غَرْقَى عَشِيَّةً بِأَرْجَائِهِ القُصْوَى أَنَابِيْشُ عُنْصُلِ

يواصل امرؤ القيس رسم هذه اللوحة الأخيرة والوداعية من معلّقته، ويستمر في عرض مشاهد الطبيعة المتداعية جرّاء هطول المطر الغزير والسيل الجارف الناتج عنه، فقد طال هذا السيل بلدة تيماء، فلم يترك فيها شجراً ولا بِناءً على حاله، ولم يتمكن من مقاومته سوى البيوت التي أُحكِم بِناؤها بالجِص والصخور المتينة، وبمشهدية (طُوفانية) يعرض الشاعر صورة مزدوجة لالتقاء الماء بين مطر السماء المنهمر وسيل الأرض المندفع، فهذا جبل أَبَان المحاصر بالمياه من فوقه ومن تحته يبدو من بعيد وكأنه شيخ طاعن في السنّ متشبّث بمكانه، ومتزمّل ببُردته؛ كما هو شأن الشيوخ عادةً في حرصهم على التدثّر والتزمّل، وها هي تلال المجيمر وقد حاصرها السيل وأحاط بها الحُطام المنجرف من كل جهة، فكأنها خشبة المِغزل التي تُحيط بها الخيوط من كل جانب.

洪水场景

73. 泰玛[①]镇被洪水冲得没剩一棵椰枣树干，
　　房屋也被摧毁只余灰泥涂抹的断壁残垣。
74. 再看看初次暴雨洪水笼罩下的艾班[②]山，
　　似裹着一袭条纹大袍的年迈族长俨然。
75. 翌晨，穆杰米尔山[③]洪水滚滚浮沫漂漂，
　　像织布机上的纺锤拉着纺线飞舞旋转。
76. 洪水为沙漠带来绿草如茵花朵娇艳，
　　似也门商贩带来满箱珠宝和绫罗绸缎。
77. 晨光掩映幽谷，含芳吐蕊，草长莺啭，
　　鸟儿似饱饮胡椒美酒，不停鸣叫狂欢。
78. 傍晚浑浊的泥流里漂浮着野兽尸体，
　　好像从地下挖出的野葱头根须毕现。

乌姆鲁勒·盖斯继续描绘悬诗中那最后的告别场景。他继续展示由于天降大雨和由此产生的扫荡一切的洪水之后，杂乱破碎的大自然景观。在泰玛镇，洪水持续了很长时间，没有一棵树、一所房屋能幸免于难。唯有那些以坚固岩石和石灰筑成的房舍，方能勉强抵御洪水的冲击。诗人通过这洪水泛滥的场景，为我们呈现了一幅水流交汇的画卷：一方面是天上倾泻而下的雨水，另一方面是地面汹涌激荡的洪水。而此时的艾班山上下都被水围住，远远望去，宛如一位身披斗篷、静静伫立的年迈老人。他与其他老人们无异，常常喜欢披着衣物围坐一处。啊，那便是穆杰米尔山，同样被水围困，四周环绕着洪水冲刷下来的各种碎片，这山仿佛成了织布机上的梭板，每一面都缠绕着纷繁复杂的

---

① 泰玛（تيماء）镇，位于沙特境内圣城麦地那与泰布克市（تبوك）之间的一个乡镇。
② 艾班（أبان）山，沙特内志地区很著名的一座山，位于盖西姆地区拉斯市（مدينة الرّس）的西边。
③ 穆杰米尔（المجيمر）山，一座小黑山的名称，位于沙特盖西姆地区。

ثم يلتفت امرؤ القيس إلى ما صنعه المطر والسيل بصحراء الغبيط الممتدة، فقد دبّت الحياة في الأرض، وبدأ العشب الأخضر بالظهور، وتفتّحتْ صنوف الأزهار بألوانها الزاهية، ويذكّره هذا المشهد البهيج بمشهد آخر عامر بالألوان، حين ينزل التاجر اليماني بأوعيته الثمينة، لينشر على الأرض ما فيها من أمتعة نفيسة وثياب مزركشة، وتصنع بهجة المكان عملها حتى في الطيور العابرة، وإنك لترى طائر المُكّاء الصغير الذي لا يغرّد إلّا في موسم الخِصب وقد استخفّ به الطرب لهذا التبدّل الرخيّ في الأجواء والألوان، فراح منذ الصباح الباكر يصدح بغنائه مبدّداً سكون المكان، وإنه ليواصل غناء الطروب دون كلل، حتى ليُخيَّل إليك أنه سُقي قدحاً من الخمر، فسرتْ رعشة الانتعاش في دمائه وأوصاله.

وتنتهي هذه المعلَّقة دون أن تنسى ضحايا هذا السيل الجارف، فها هي ذي السباع التي غرقتْ فيه تطفو الآن ميّتة في نواحيه القصيّة، سابحةً مع التيار الجامح دون حراك، وقد بدتْ فوق المياه أطرافها وأرجلها، ملطّخةً بالطين والماء الكدِر، وكأنها جذور البصل البرّي حين تُنبَش وتُقتلَع من الأرض.

هذه هي اللوحة الختامية للمعلَّقة، وهي من النهايات الآسِرة الإيقاع، لقد ظلّ امرؤ القيس يقول فيها: كأنَّ.. كأنَّ.. كأنَّ.. وكأنّه يُلقي نظراته الأخيرة إلى الوجود، متشبثاً بكل صورة يراها تنبض أمامه بالحياة، وكأنها قارب نجاة مؤقّت من الفناء المحقَّق. ومن اللافت للنظر أن الشاعر في هذه الأبيات القليلة التي تتكوّن منها اللوحة الأخيرة قد ذكر أسماء اثني عشر موضعاً من المواضع التي تشكّل مسرح هذا السيل العظيم، ويذكّرنا هذا الحشد الكبير من أسماء الأماكن بحشد مماثل مرّ بنا في البيتين الفاتحين لهذه القصيدة، فقد ذكر فيهما –على ضِيق مساحة التعبير- أسماء خمسة أماكن، وهذا رابط معنويّ ونفسي آخر بين خاتمة المعلَّقة وفاتحتها.

تُرى هل يكون هذا الحشد اللافت لأسماء الأماكن في فاتحة المعلَّقة وخاتمتها ضرباً من الطقوس والغناء الشعائري يُهمْهِم به شاعر يعلم أن لا حيلة له أمام حركة الزمان التي تُفني عمره وتهدم جسده سوى أن يغرس روحه في سكون المكان، متجذِّراً في الأرض وممتدّاً فيها، ما بقيتْ أسماء بِقاعها وبواديها؟

纺线。

随后，乌姆鲁勒·盖斯又看向经过大雨与洪水肆虐后的沙漠，只见那里生机勃发，青草吐露新芽，五彩斑斓的花儿竞相绽放，绚丽夺目。这令人喜悦的景象不禁让人联想到另一幅色彩斑斓的画面：也门商人带着珍贵的宝箱来了，将金银珠宝与华美的刺绣衣裳铺摆在地上，为这片土地带来欢乐与喧嚣，甚至连路过的飞鸟都为之欢欣鼓舞。你一定会看到只有在丰收季节才会欢快鸣啭的小戴胜鸟，在那色彩缤纷、喜气洋洋的氛围中，为这欣欣然的转变欢快吟唱，它一大早就鸣叫起来，打破了四周的静谧。它不知疲倦地歌唱着，以至你以为它喝了一樽佳酿，浑身气血通畅，恢复了活力。

乌姆鲁勒·盖斯的悬诗落下帷幕，诗人没有忘记那场大洪水的受难者——被淹死的野兽的尸体四处漂浮，随波逐流。它们静静地漂在水面上，四肢沾满浑浊的泥水，那景象宛如从泥土中连根拔起的野葱头的根须。

这便是乌姆鲁勒·盖斯的悬诗的终结画卷，它以摄人心魄的节奏奏响尾声。乌姆鲁勒·盖斯反复吟咏着："仿佛……""宛如……""好像……"，他的目光似乎穿透时光，深深凝视着万物，紧紧捕捉着每一个形象，感受着它们生命的脉动，犹如一只突如其来的救生艇，将他从毁灭的边缘拯救出来。在这最后一幅画卷中，令人注目的是，诗人巧妙地提及了12个地点，搭起一个大洪水的舞台，如此这般集结地名让人不禁回想起诗篇开头的两行诗句，那里同样汇聚了众多地名。在那两行诗中，尽管描述的空间相对局促，却提及了5个地名，这无疑是《悬诗》另一条精神和心灵的纽带，起到了首尾呼应的作用。

悬诗的开篇与落幕，地名的汇集令人注目。这究竟是一种仪式的比喻，还是诗意的咏唱？诗人深知在时间的洪流中，个人的生命终将消逝，肉体难逃毁灭的命运；只要这些地区和谷地的名字存留下来，诗人的灵魂便能深深扎根于这片寂静的土地中，在大地的怀抱中生根发芽、开枝散叶。

乌姆鲁勒·盖斯的悬诗：阿拉伯古代诗歌的创新典范

《悬诗》不仅是贾希利叶时期优秀诗歌的代表，甚至也是阿拉伯古代诗歌的经典。“《悬诗》是我们所能读到的贾希利叶时期诗歌中最著名的，也是诗行最多的，结构最完整的，影响最深远的诗歌。”①关于悬诗有不同的说法，有人说共有7首《悬诗》（7位诗人），也有人说有10首《悬诗》（10位诗人），但无论是哪一种说法，无论是哪一种版本，都毫不犹疑地将乌姆鲁勒·盖斯和他的悬诗放在了第一位，足见阿拉伯历朝历代的评论家和读者对乌姆鲁勒·盖斯的诗歌地位的认可。阿拉伯古代的评论家很喜欢对重要的诗人进行品级的区分，但凡论及乌姆鲁勒·盖斯，大多把他列入第一品级，甚至不少学者将其视为“第一品级之首”，②也就是最优秀的诗人。历代学者如此尊崇乌姆鲁勒·盖斯在诗坛的地位及其在文学史上的地位，自然是因为他的诗歌优美，但笔者认为，乌姆鲁勒·盖斯在诗歌方面的成就还体现在他的创新，他在多个方面创造了阿拉伯古代诗歌的典范，在诗歌的起兴模式、追忆情人旧居、艳情诗题旨、心理描写以及喻体的使用等方面都成为后来者模仿和学习的对象。

一、创建了阿拉伯诗歌中追忆情人旧居的起兴模式

在乌姆鲁勒·盖斯之前，格绥达（قصيدة）长诗也有起兴模式，但是以追

① Haider Fadel Abbas，“The Muallaqat of Imru’ al-Qays: The Lost Kingdom and the Alternative Victory”, *Thi Qar Arts Journal*，vol 40 No.2, Dec. 2022, p.77.

② امرؤ القيس: منزلته في الشعر عند العلماء والشعراء،
https://www.hindawi.org/books/70724796/4（访问日期：2023年8月16日）

忆情人旧居作为诗歌开端的模式则是从乌姆鲁勒·盖斯的悬诗开始的：

止步吧，让我们哭泣，以纪念情人和故居！
　　在德胡勒和豪迈勒之间沙石渐少之地。
图兑哈和米格拉之间犹未抹尽的遗迹，
　　任南北风在场院里如织一般刮来刮去。
你看那白羚羊的粪便如同颗颗胡椒粒，
　　散落在她故居的前庭和那干涸的洼地。
离别那天清晨，在部落的金合欢树前，
　　他们整装待发，我如剥苦瓜眼泪滴沥。
朋友在我面前拉住他胯下的坐骑，
　　说：莫要如此悲痛，须振作坚毅。
唯有串串泪珠才能抚慰我伤透的心，
　　面对这残垣断壁不断哭泣又有何益？①

诗人乌姆鲁勒·盖斯以呼唤朋友们来参与自己的共情为起点，通过“止步吧，让我们哭泣，以纪念情人和故居！”的表述，营造出一种悲伤和沉重的氛围，被学者们称作“凭吊故居”或“缅怀废墟”的模式。这种“未语泪先流”的情感基调的设定为后来的诗人们对逝去爱情的怀念和感伤厘定了一种可模仿的模式。接着，诗人通过描绘沙丘和废墟的景象，进一步强调了悲伤和失落的情感。南风、北风的吹拂象征着时光的流逝，而落沙未能掩盖故居的遗迹，则暗示着过去的记忆无法被时间所抹去。这种景象的描绘不仅增强了诗歌的视觉效果，还加深了读者对诗人情感的共鸣。

随后，诗人通过回忆过去的欢乐时光和现在的荒凉景象，形成鲜明的对比。曾经的欢笑和现在的羚羊粪，形成一种物是人非的感慨。这种对比不仅突出了诗人对逝去爱情的怀念，还增强了诗歌的感染力。诗人通过朋友们的慰劝和自己的回应，进一步强化了悲伤和失落的情感。诗人明知人去地空，但仍然试图选择用泪珠来疗治自己的心病，表达了对逝去爱情的深深眷恋和无法割舍的情感。

---

① 见本书，第17页。

读到此，乌姆鲁勒·盖斯这位有着巨大诗歌天赋的诗人给人的感觉似乎还是一位众人敬仰的“情圣”，但接下来的诗句却完全颠覆了“情圣”的印象，原来这位诗人是一位游戏人间的情种：“遥想当年乌姆·侯薇丽和芳邻乌姆·莱芭卜，/你与她俩在麦塞尔发生的那种爱恋经历。”[①]显然开头所追忆的情人并非这里所提到的乌姆·侯薇丽氏及其邻家女乌姆·莱芭卜，而是另有其人，这让我们领略了贾希利叶时期人们的爱情生活跟伊斯兰教建立之后人们的情感生活之间有着巨大的差异，同时也让我们感受到诗人的情感经历非常丰富：

她俩起步时，身上飘来幽幽麝香气息，
　　似来自东边的柔风吹来丁香芬芳四溢。
泪水从眼中滚滚喷涌只因我苦苦相思，
　　顺脖子流下又沾湿我挂在胸前的剑衣。[②]

且不说乌姆鲁勒·盖斯这种以凭吊情人旧居或其废墟的起兴模式对后代诗歌的影响，即便在贾希利叶时期就已经受到大家的欢迎，甚至其他的悬诗诗人基本上都模仿他的这种起兴模式进行创作，如塔拉法、祖海尔和安塔拉等。塔拉法的悬诗是这样开始吟诵的：

来到赛赫麦迪沙丘赫莱的旧居，
　　昔日遗迹像手背上残留的墨迹。
朋友们纷纷停下，勒住了坐骑，
　　皆劝我不要悲伤，一定要坚毅。
犹记马立克人驼轿队清晨开启，
　　好似大船驶离宽阔的达德谷地。
　　…………[③]

乌姆鲁勒·盖斯的起兴诗句和塔拉法的悬诗前面的这几个联句简直太相

① 见本书，第23页。
② 同上。
③ 见本书，第89页。

似了，地点都是在情人的故居，环境都是情人旧居所在的废墟，同样都有伙伴陪着，同样都是触景生情的感伤，同样都有朋友的劝慰。

祖海尔《悬诗》的主题是对两位贤人义士为终止一场长达四十多年的战争而捐献大量财产作为战争赔偿这一事件的记录和对两位贤人慷慨大方品德的赞美和颂扬，但在诗作的开端也同样使用凭吊情人旧居的起兴模式：

难辨乌姆·奥法两旧居，
　　唯剩乌黑陈迹，默然无语。
如今那故所遗迹尚存，
　　似札青手绘时常翻新。
成群野牛与白羚羊，
　　相随踱步荒凉草场，
别后廿载重回故地，
　　柳暗花明断无可疑：
架锅黑石仍在眼前，
　　营帐围沟依稀可见。
辨清故地顿觉欣然，
　　忙向营寨问声早安！[①]

诗人祖海尔在面对眼前的废墟时，不禁产生疑问，这是否曾是同情人一起谈情说爱的熟悉的地方？这种开头方式不仅引起读者的好奇心，也传达了诗人对于情人旧居现状的惊讶和失落。然后，诗人通过描述废墟的状态，尽管历尽沧桑，却依稀可辨，“似扎青手绘时常翻新”，进一步表达出对于过去的怀念。尽管岁月流逝，旧颜已改，但从废墟上留下的深深的痕迹，诗人仍然能够从中辨认出过去的影子。这种描述方式不仅展现了诗人对于过去的深深怀念，也表达了他对于岁月的感慨。诗人通过描述当下的情景，羚羊和它们的子女在这里安身、栖息，表达了一种生命的力量和希望。尽管情人的旧居已经变成废墟，但是生命仍然在这里繁衍生息。这种描述方式不仅展现了诗人对于生命的敬畏和赞美，也传达了他对于未来的希望和期待。然后诗

① 见本书，第171、173页。

人通过自己的仔细观察，确定这个地方就是他久别二十年的故地，因为他看到那熏黑的支锅的石头和快变为平地的没有边沿的排水渠，这些都是他过去和情人乌姆·奥法在一起共同经历的记忆和痕迹。这种描述不仅展现了诗人对于过去的深深怀念，也表达了他睹物思人，对于旧日情人的深深眷恋。在确认那便是昔日的宅邸后，诗人用“忙向营寨问声早安”来表达他对于旧情的忆念和对于故人的深深敬意与祝福，也传达了诗人对于这个地方有着无法割舍的情感和记忆。

而骑士诗人安塔拉的悬诗则用了更大的篇幅来追忆情人及其旧居：

诗人们可还有未纪念的废墟？
　　你可还能依稀认出旧居的模样？
阿卜莱在吉瓦的驻地啊，请回答我！
　　愿你早安！别来无恙！
我停住骆驼，它好似一座城堡，
　　好让我聊解踌躇，将旧地重访。
当阿卜莱安顿在吉瓦，我一族
　　曾在哈兹尼、萨曼和穆台塞拉姆立起营帐。
自乌姆·海萨姆一去，
　　久违了，废墟，你久已空寂荒凉。
　　……[①]

安塔拉的悬诗开端部分是一些充满怀旧、感伤与忠诚的诗句，主要围绕着诗人对情人阿卜莱的深深怀念和追寻展开。诗人通过开篇的提问，展示了自己深沉的情感，接着通过提及情人的旧居，将读者带入一个充满情感记忆的场景。诗人不仅怀念与情人共度的时光，还关心着情人家人的福祉，这显示了诗人情感的细腻和丰富。在对旧居的怀念和对情人家人的关心之后，诗人通过描绘骆驼这一象征忠诚和忍耐的意象，进一步强调自己对旧情的坚守和珍视。而接下来对过去的追忆，则让读者能够感受到诗人与情人共同度过的那些温馨而难忘的时光。然而，当诗人回到现实，眼前的废墟和情人的形象渐

① 见本书，第347页。

渐远去，形成鲜明的对比，这种对比不仅增强了诗歌的感染力，还表达了诗人对逝去时光的深深感慨和对情人现状的担忧。也许有的读者对安塔拉的初步印象是一介武夫，但实际上他既是一位阿拉伯骑士的典范，也是一位才子诗人，可谓文武双全，一方面勇武果敢，另一方面又柔情似水，他对堂妹阿卜莱[1]的深情告白：

对她的一见钟情，是在我砍杀
　　她族人那一刻，我发誓此言并非虚妄。
你已在我心中安家落户，
　　这份爱恋和敬重确切无误。[2]

直接表达了自己对情人阿卜莱的深厚感情和尊重，这既是对前面情感的总结，也是对主题的升华。这段诗歌整体上通过怀旧、对比和深情告白等手法，展现了诗人对情人阿卜莱的深深怀念和追寻，体现了诗人情感的深沉、细腻和忠诚。同时，诗人通过诗歌的表达，也传达了对爱情的执着和对过去时光的珍视。安塔拉的悬诗借鉴了追忆情人故居的比兴手法，相比之下，他比其他的悬诗诗人用了更多的篇幅来凭吊情人旧居，然后才引出诗歌的主旨。

这种以凭吊昔日情人居所的遗迹，深情抒发恋情的写作手法，已然成为悬诗乃至广泛流传的“格绥达”体长诗的一种经典范式，被称为“纳西布”（نسيب），相当于中国古代文学中的起兴模式。尽管这种寓情于景、情景交融的诗歌形式在乌姆鲁勒·盖斯之前就已存在，但正是他的诗作将其推向完美的境地，并使之定型。因此，后世往往将“纳西布”这一形式的首创之功归于乌姆鲁勒·盖斯。乌姆鲁勒·盖斯的这种起兴模式对后代的文学创作产生了深远的影响。首先，它启发后世的诗人和作家们对情感表达方式的探索和创新。他们纷纷效仿乌姆鲁勒·盖斯，通过对旧居的描绘和凭吊，来表达自己对逝去爱情的深深思念和无尽哀愁。这种情感表达方式不仅丰富了阿拉伯文学的情感表达手法，更使得阿拉伯文学在情感表达上更加深入人心。

---

① 按照阿拉伯古代的传统，男青年在选择婚姻对象的时候对堂妹有优先选择权。堂兄妹之间结婚的现象比较普遍。这一传统至今仍有一定影响。

② 见本书，第347、351页。

其次，乌姆鲁勒·盖斯的起兴模式为后世的文学创作提供了一种新的创作思路。后世的诗人和作家们可以通过对旧居的描绘和凭吊，来表达自己对过去生活的怀念和对未来生活的期许。这种创作思路不仅使得文学作品更加具有情感深度，更使得文学作品在表达情感时更加具有艺术性和感染力。同时，这种起兴模式也为后世的文学创作提供了一种新的视角和切入点，使得文学作品在主题和情节上更加丰富和多样。

再次，乌姆鲁勒·盖斯的起兴模式还对后代的文学创作产生深远的影响。他的诗歌不仅启发后世的诗人和作家们对情感表达方式的探索和创新，更使得他们在对爱情的描绘上更加细腻和深刻。后世的诗人和作家们纷纷从乌姆鲁勒·盖斯的诗歌中汲取灵感和借鉴，从而创作出更加优秀的文学作品。

乌姆鲁勒·盖斯凭吊情人旧居的起兴模式不仅体现了诗人个人的深情厚谊，更在阿拉伯文学史上开辟了一种新的情感表达方式。这种情感表达方式不仅丰富了阿拉伯文学的情感表达手法，更对后代的文学创作产生了深远的影响。乌姆鲁勒·盖斯的这一贡献无疑为阿拉伯文学的发展注入了新的活力，也为后世的文学创作提供了宝贵的借鉴和启示。

二、阿拉伯艳情诗的鼻祖

在乌姆鲁勒·盖斯之前，阿拉伯的诗歌中早就有了情诗，但是把情诗写得那么香艳，在贾希利叶时期恐怕无出其右。后世学者往往把乌姆鲁勒·盖斯当作阿拉伯“艳情诗”（الغزل الصريح）的鼻祖。爱情在各国各民族的文学中都是永恒的题材，阿拉伯文学也不例外。但阿拉伯评论界对爱情诗则有着比较独特的思考，他们把情诗分成“贞情诗”（الغزل العفيف）和“艳情诗”。贞情诗通常表达对纯洁、高尚和真挚爱情的赞美，诗人们通过优美的语言表达对情人的情感与思念，对爱情的敬畏和尊重，以及对忠诚和贞洁的坚守，特别强调爱情的真挚、纯洁和高尚的道德内涵。而艳情诗虽然描写的也是男女两性之间的感情，也含有爱恋的成分，但与贞情诗有着明显的不同，首先艳情诗更侧重情人之间的嬉戏与欢乐，重在当下的及时行乐，那种深层的爱情被放在次要的位置；其次，艳情诗中男性追逐的女性往往不是单一的对象，而可能是同时多人的情感游戏。[1]当然艳情诗的文字描写有时候还显得有些露骨。我们考察乌姆鲁勒·盖斯的悬诗中的情诗部分，可以发现它完全符合艳情诗的特点。

乌姆鲁勒·盖斯这位“浪荡王”无疑很喜欢津津乐道地谈论自己的种种风流韵事。在达莱·朱勒朱尔那日的欢聚就是这位王子诗人无数次艳遇中的一次：

那天我为少女们宰杀了我的母驼坐骑，
　　惊讶于她们竟然分担我骆驼上的行李。
少女们不断互相抛接那骆驼肉块，
　　飞舞的膏脂似带流苏的白色裙裾。
还有那天，我钻进欧奈扎的驼轿里，
　　她娇嗔道：下轿步行吧，该死的！
驼轿被我们两人压得倾斜，她大喊：
　　别压坏骆驼，乌姆鲁勒·盖斯，你快下去！
于是我说：放松缰绳，继续前行，
　　不要阻拦我品尝果实，它甘甜如饴。[2]

为了能和姑娘们玩得尽兴，乌姆鲁勒·盖斯不惜宰杀了自己的骆驼，做烤肉给她们吃，不仅显示了诗人的慷慨大方，还展示了他对姑娘们的尊重和爱护。姑娘们活泼可爱，关系亲密，“不断互相抛接那骆驼肉块”，多少还有一点点淘气，但她们之间的互动充满欢乐和温馨。只不过他们的欢乐是以乌姆鲁勒·盖斯失去自己的坐骑为代价的。要知道在沙漠中，骆驼作为旅人、行者的坐骑是非常重要的，诗人把自己的坐骑宰杀了，也就意味着从此以后自己的沙漠行程将充满艰辛。当然，心爱的姑娘也不可能因此就扔下他一个人不管，于是这就为他接近心仪的姑娘提供了一个极佳的借口，于是，他“钻进欧奈扎的驼轿里”，集体嬉戏的欢乐场景转入男女主人公独处的私

① علا العناتى، مفهوم الغزل الصريح، بوابة الموضوع، تاريخ البوست: ٤ أبريل ٢٠٢٢.
（https://mawdoo3.com/ مفهوم_الغزل_الصريح）（访问日期：2023年7月20日）

② 见本书，第23、25页。

密空间。诗人在情人的驼轿里胡闹，导致驼轿这一交通工具产生危险：“她半娇半嗔：‘下轿步行吧，该死的！’”欧奈扎的这句话充满娇嗔和责备。她似乎对乌姆鲁勒·盖斯这个“坏男人”的行为有些不满，但又带着一丝撒娇的意味，而诗人的目的也非常明确，“不要阻拦我品尝果实，它甘甜如饴。”这话虽然没有明说，但是其喻示的意义非常清楚，因此他让欧奈扎别去管骆驼，同时也让她不要赶自己走，如果不尽兴，自己是不会轻易放弃的。

如前所述，诗人乌姆鲁勒·盖斯钟情的对象不止一人，在悬诗中我们能读到的除了欧奈扎，还有乌姆·侯薇丽和乌姆·莱芭卜，后面这两位还是邻居，显然其爱恋的对象是多元多角的；他所描述的偷情场面也不止一次，其艳史是“多幕多场”的，悬诗中提到的地点有迈赛里（مأسل），还有达莱·朱勒朱尔，闺房中、营房前、沙丘间、驼轿上都留下了他的风流韵事。他在描写自己的情事时，其偷情之大胆、艳遇之露骨，在整个贾希利叶时代恐怕都无人可比，有些描写甚至近似淫亵，尤其是他同孕妇、哺乳的少妇幽会的详细描绘连思想开放的当代人读了之后都会觉得脸红心跳：

也曾像你一般，我与孕妇、哺乳期女人在一起，
　　当我夜访，与我缠绵，连周岁孩童都罔顾及。
孩子在身后哭啼，她将上半身扭转过去，
　　下半身还压在我身下，不曾有半点挪移。[①]

乌姆鲁勒·盖斯在这里的情感流露大胆而直接，充满了激情与诱惑，甚至可以说是有些放荡，极为冶艳，这种风格在当时可谓独树一帜。在乌姆鲁勒·盖斯的作品中，对艳遇的描写呈现出多样化的手法。他时而细致入微，时而简略概括，时而运用虚构的手法，时而又基于现实经历。这种多样化的叙述方式，使得他的诗歌层次丰富，充满变化。在某些诗篇中，乌姆鲁勒·盖斯对情感的描绘极为细腻，他运用生动的语言和形象的比喻，将读者带入一个如梦如幻的世界。他的诗句仿佛能够唤起读者的感官体验，让人仿佛亲身经历诗中的每一个场景，听到诗中的每一个声音。如他在描述一段深

① 见本书，第25页。

夜偷情的经过：

悄悄溜过重重守卫戒备森严的营地，
　　若被他们发现，定会秘密将我击毙。
我悄然而至，她正就寝卸妆宽衣，
　　帐帘后，她身披薄纱，前襟未系。
她说：真有你！竟然使出这般把戏，
　　我亦对你这番诱惑煽情无能为力。
我引她溜出营帐，她在后面跟紧，
　　用绣花袍裾拂去留在身后的脚印。
穿过营地，向荒漠那边悄悄位移，
　　来到被层层沙丘围绕的那块窝地。
揽住鬓发将她拉近，她顺势倒入我怀里，
　　小腿健硕，细踝环佩，腰身纤细。①

如果我们从伊斯兰教建立以后阿拉伯人的爱情观和道德规范来审视乌姆鲁勒·盖斯的这些恋爱经历，自然会觉得他对待爱情一点都没有专一、忠诚的精神，对待爱情一点都不严肃。但从当时的社会环境来观察，除了诗人本人出身优渥和本性比较放浪以外，贾希利叶时期的两性交往相对来说还是有着较大自由的，从而为他创作艳情诗提供了土壤和温床。

三、心理描写的先驱

心理学作为一门科学发端于十九世纪下半叶，但文学作品中的心理描写却早就有了，在阿拉伯古代文学中首先应用心理描写的可能就是乌姆鲁勒·盖斯。乌姆鲁勒·盖斯在悬诗中，以细腻的笔调，剖析了女性的心理：

这天在沙丘后面，她说声对不起，
　　发誓不再相见，要与我断绝关系。

① 见本书，第31、33页。

哦，法蒂玛，不要如此娇嗔，
　　就算你决心就此了断，也不要着急。
如果我的品行已经伤害了你，
　　请抛下我的心，让我们分离。
我的鲁莽让你以为，对你的爱会将我杀死，
　　可无论你怎样命令，我的心都会百顺百依。
你双眸泪眼婆娑，那就像
　　两支利箭向我的胸膛行刺。[①]

仲跻昆对这一段诗歌曾经做过评论："几句话，把一对坠入爱河的年轻恋人情意缠绵却又无事生非的一个小插曲，特别是把一个在情人面前撒娇使性的女性心理写得活灵活现，惟妙惟肖，令人如闻其声，如见其人。"[②]他认为乌姆鲁勒·盖斯这一段诗句主要描述的是女性的心理，但其实这何尝不是男性心理的自我披露。

诗中的场景设定在沙丘之后，给人一种宽广、荒凉的感觉，可能象征着两人关系的疏离和冷淡。"发誓不再相见，要与我断绝关系。"这里用强烈的动作和决绝的语言，似乎表现出女方对这段感情的决断和痛苦，而诗人这位长期混在女人堆里的情场老手对于女性和女性的心理是非常了解的，所以，他毫不客气地说"哦，法蒂玛，不要如此娇嗔"，显然他认为女方是在故作姿态，并非真心想要分手。然后，诗人提出好聚好散的想法，认为即使分手，也应该保持平和的态度。他质疑女方是否因为他在感情中的卑微和顺从，才让她变得如此骄傲和无情。这种质疑反映了诗人内心的痛苦和挣扎，也揭示了两人关系中可能存在的权力失衡。

接着，诗人开始反思自己，他想知道是不是自己的品德有什么问题，才让女方如此不满，以至于要彻底将他从心中消除。这里的自责和反思，表现了诗人对这段感情的重视和挽救的愿望。

最后，诗人对女方的泪眼表示不解和痛苦。他认为女方的眼泪就像利箭一样，射向他已经破碎的心。这里的比喻生动而强烈，表达了诗人对女方行

① 见本书，第27页。
② 仲跻昆：《阿拉伯文学史》（第一卷），北京大学出版社，2020年，第80-81页。

为的不解，不惜夸大自己的痛苦，从表面上看，它似乎是诗人对女方的一种控诉，认为她的行为给他带来无法承受的伤害。但或许这是诗人追求女性的一种策略，试图以此来感动女方，从而达到自己的目的。

这段诗歌文本通过描绘一段复杂而痛苦的感情关系，展现了人性的复杂和情感的波动。诗人用生动的语言和强烈的情感表达了自己的心理感受和思考，使读者能够深入体验和理解这段感情的纠葛和挣扎。同时，这首诗也反映了人类在面对感情挫折时的无助和痛苦，以及对于爱与被爱的渴望和追求。心理描写在这里无疑增加了诗歌的感染力。

结语

乌姆鲁勒·盖斯及其悬诗对后世的影响是无可否认的。伊斯兰教的创建者穆罕默德说乌姆鲁勒·盖斯“是众诗人的旗手，也是率领他们下地狱的领袖”[①]，尽管他讨厌这位诗人的负面影响，但也不得不承认他在诗歌方面的引领作用。四大哈里发中的欧麦尔·本·哈塔布有一天问谁是最优秀的阿拉伯人？有人说是“哈帖木”，他又问那谁是最优秀的阿拉伯诗人？有人回答是“乌姆鲁勒·盖斯”。哈帖木以慷慨大方著称，在阿拉伯人的格言中有一句说“慷慨好比哈帖木！”[②]就是把他当作为人慷慨的最高典范，因而是最优秀的阿拉伯人，而把乌姆鲁勒·盖斯放在跟哈帖木相提并论的位置，足以说明人们对他的诗歌地位的认可。又据说人们曾问及伊斯兰教先知穆罕默德的女婿、第四任正统哈里发阿里，古代哪位诗人最好，他说：“大家没有在一起赛过，否则胜者必是‘浪荡王’（即乌姆鲁勒·盖斯）。”并说，他的诗“词句洒脱而最准确，立意新奇而最优美。”[③]这是人们公认的定评。

乌姆鲁勒·盖斯及其悬诗不仅对阿拉伯本土的诗歌产生了巨大的影响，还对安达卢西亚文学也产生了深远而广泛的影响，这种影响体现在诗歌话语、散文话语和批评话语等各个方面，也有学者认为乌姆鲁勒·盖斯的悬诗

---

① 原文为بهم في النار في يده لواء الشعراء يتدهدى，大量的批评著作都引述过先知穆罕默德的这一评价。

② 原文为!أكرم من حاتم，通常直译为“比哈帖木还慷慨！”但笔者认为哈帖木已经被当成慷慨的最高典范了，后人之慷慨者即便也慷慨如斯人（哈帖木），依然无法替代人们对于哈帖木的敬意，因此笔者对原译法做了改动。

③ 转引自仲跻昆：《阿拉伯古代文学史》，昆仑出版社，2015年，第105页。

对安达卢西亚诗歌的影响不仅体现在内容上也体现在艺术层面，包括安达卢西亚诗歌的题旨、诗歌的内涵、诗歌的形式等。

总的来说，乌姆鲁勒·盖斯，这位在阿拉伯文学史上留下浓墨重彩一笔的诗人，其诗歌中的起兴模式——凭吊情人旧居，为后世的文学创作提供了丰富的灵感和借鉴。这一特定的情感表达方式，不仅体现了乌姆鲁勒·盖斯个人的深情厚谊，更在阿拉伯文学史上开辟了一种新的情感表达方式。

凭吊情人旧居，是一种深情的回忆和缅怀。在乌姆鲁勒·盖斯的诗歌中，他常常通过对旧居的描绘和凭吊，来表达对逝去爱情的深深思念和无尽哀愁。这种起兴模式不仅让读者能够感受到诗人对情人的深深眷恋，更使得诗歌具有一种独特的情感魅力。乌姆鲁勒·盖斯的这种起兴模式，对后代的文学创作产生了深远的影响。后世的诗人和作家们纷纷效仿他，将这种凭吊情人旧居的情感表达方式融入自己的作品中。他们通过对旧居的描绘、对往事的回忆、对情感的抒发，来表达自己对逝去爱情的深深思念和无尽哀愁。这种情感表达方式不仅丰富了阿拉伯文学的情感表达手法，更使得阿拉伯文学在情感表达上更加深入人心。

此外，乌姆鲁勒·盖斯的起兴模式还为后代的文学创作提供了一种新的创作思路。后世的诗人和作家们可以通过对旧居的描绘和凭吊，来表达自己对过去生活的怀念和对未来生活的期许。这种创作思路不仅使得文学作品更加具有情感深度，更使得文学作品在表达情感时更加具有艺术性和感染力。

被杀害的青年

الغلام القتيل

معلقات طرفة بن العبد

塔拉法·本·阿卜杜的悬诗

التمرد وفلسفة الحياة والموت

抗争与生死之哲思

邹兰芳　译

مقدمة وشرح: سامي بن عبد العزيز عجلان

导言与评析：萨米·本·阿卜杜勒·阿齐兹·阿吉兰

邹兰芳　译

塔拉法悬诗的“诗与真”

邹兰芳

هو طَرَفة بن العَبْد بن سفيان بن سعد بن مالك من قبيلة بَكْر ابن وائل من ربيعة، وقيل: إنّ اسمه عمرو، وإنما سُمِّي : طرفة لبيتٍ قاله. وُلِد في هَجَر شرق الجزيرة العربية لأسرة كريمة النسب، وفقد والدَه في سنّ مبكِّرة، فنشأ يتيماً، وجارَ أعمامُه عليه وعلى والدته: وردة، فمنعوهما حقَّهما من ميراث والده.

وربما كان هذا أحد البواعث المبكرة لتمرُّده على بعض الأعراف القبلية، بالإضافة إلى ما جُبِل عليه من جرأة في القول والسلوك، وهي الجرأة التي جعلت الرواة العرب يتناقلون قصصاً كثيرة عن اندفاعه غير المحسوب تجاه بعض السادة من قومه، بل طالَ تمرُّده أيضاً ملوكَ المناذرة: استهانةً بهم ، وهِجاءً لهم، وقد أدّى هذا - بحسب ما يذكر الرواة - إلى مقتله شاباً بأمر من ملك الحيرة: عمرو بن هند، في حكاية مُثيرة وأسطورية الطابع اشترك معه فيها خاله المتلمّس : جرير بن عبد المسيح الذي نجا من القتل بأعجوبة.①

أما منزلة طرفة الشعرية، فقد جعله ابن سلام الجمحي في الطبقة الرابعة من الشعراء الفحول، ثم استدرك على نفسه فقال عن شعراء هذه الطبقة : «موضعهم مع الأوائل، وإنما أخلَّ بهم قِلَّة شعرهم بأيدي الرواة»،② ثم خصّ شاعرنا بقوله: «فأما طرفة فأشعرُ الناس واحدةً، وهي قوله: لِخَولةَ أطلالٌ ... وتليها أخرى مِثلها، وهي : أصحوتَ اليومَ أم شاقتْكَ هِرٌ... ومِن بعدُ له قصائد حِسانٌ جِياد».③

ونقل ابن قتيبة تقدير الشاعر لَبيد بن ربيعة لطرفة، حتى قدَّمه على نفسه، وجعله تالياً لامرئ القيس في المنزلة الشعرية، وسمّاه ابن العشرين؛ لأنه مات شاباً، ثم راح ابن قتيبة يستعرض شواهد تميزه وابتكاراته الشعرية.④

وسيكرر الأدباء والنقاد اللاحقون هذه الالتفاتة المرتبطة بالموت المبكِّر لطرفة الذي حالَ دون تمدُّد عبقريته الشعرية، ومنهم : بديع الزمان الهمذاني الذي قال على لسان أبي الفتح الإسكندري

① للتوسع في أخبار طرفة بن العبد والحكايات التي تناقلها الرواة عن حياته وظروف مقتله، ورثاء الخرنق- وهى أخته من أمه – له، وبكائها على شبابه. انظر: الشعر والشعراء لابن قتيبة ١/ ١٨٥-١٨٩، وشرح القصائد السبع الطوال لأبي بكر الأنباري: ١١٠-١٣٢، والأغاني للأصفهاني ٢٤/٢٣١-٢٣٣، ٢٤٥-٢٤٦. وعن رأي طه حسين في حكاية مقتل طرفة انظر: في الأدب الجاهلي:١٩٥.

② طبقات فحول الشعراء ١/ ١٣٧.

③ المصدر السابق ١/ ١٣٨.

④ انظر: الشعر والشعراء لابن قتيبة ١/ ١٨٩-١٩٦.

塔拉法·本·阿卜杜·本·苏福扬·本·萨阿德·本·马立克（طَرَفة بن العَبْد بن سفيان بن سعد بن مالك），来自拉比阿（ربيعة）的伯克尔·本·瓦依勒部落（قبيلة بَكْر ابن وائل）。据说，他原名阿慕鲁（عمرو），别号塔拉法（طرفة），源于他的一句诗。塔拉法生于阿拉伯半岛东部哈杰尔（هجر）王国的一个贵族世家，他幼年丧父，与母亲瓦尔黛（وردة）相依为命。由于父亲早逝，与孤儿寡母为邻的叔伯们侵占了塔拉法父亲留给他们的遗产。

叔父们的盘剥或许是塔拉法开始反抗部落陋习的缘由之一。塔拉法的言行天生勇敢大胆，阿拉伯传述者因此传诵了诸多关于他鲁莽冲撞部族首领的故事。同时，据传述者所言，塔拉法忤逆了蒙齐尔国王们[①]，作诗讽刺、蔑视他们，年轻的塔拉法因此惹来杀身之祸，希拉国王阿慕鲁·本·杏德（عمرو بن هند）下令追杀他。在一则扣人心弦、富有传奇色彩的故事中，塔拉法那位暗中摸索的舅舅贾里尔·本·阿卜杜·马西赫（جرير بن عبد المسيح）也在追杀名单中，但他却奇迹般地幸存下来。[②]

至于塔拉法的诗歌地位，伊本·萨拉姆·朱姆希（ابن سلام الجمحي）将塔拉法归为第四品级的杰出诗人，随后他又对这一品级的诗人补充说明道："他们能与第一品级的诗人相提并论，但因流传后世的诗歌过少，故排名在后。"[③]伊本·萨拉姆评定塔拉法为："在只作一首长诗的诗人中，塔拉法是最好的。"他的诗篇堪称上乘之作，其中有"来到赛赫麦迪沙丘赫莱的旧居……""今日你如梦初醒，或因希尔勾起情思……"等。[④]

---

① 据历史记载，约169年，阿拉伯半岛南部的莱赫米人迁徙到幼发拉底河南部西岸定居下来，242年建立了希拉王国，定都希拉，该王国也被称为莱赫米王朝。国王努阿曼一世及其后代蒙齐尔一世（418–462）、蒙齐尔三世（505–554）是该王朝国力鼎盛时期。国君中有不少人名叫"努阿曼"或"蒙齐尔"，因此，史书中经常出现这两个词的复数形式النعامنة和المناذرة。下文提到的希拉国王阿穆尔·本·杏德就是蒙齐尔三世的儿子，其母杏德贵为铿德家族名媛，阿穆尔便随了母姓。（译者注）

② 可以拓展阅读传述家们关于塔拉法的生平轶事和死亡背景，以及他的胞妹赫兰格对他的悼亡，详见伊本·古泰白：《诗歌与诗人》第1卷，第185–189页；艾布·伯克尔·安巴里：《七首悬诗评注》，第115–132页；伊斯法哈尼：《乐府诗集》第24卷，第231–233页，第245–246页；塔哈·侯赛因的《论贾希利叶时期的文学》第195页。

③ 《杰出诗人品级》第1卷，第137页。

④ 同上书，第1卷，第138页。

حين سُئل عنه في (المقامة القريضية) : «هو ماء الأشعار وطِينتُها، وكنز القوافي ومدينتُها، ماتَ ولم تظهر أسرار دفائنه، ولم تفتح أغلاق خزائنه».①

① مقامات بديع الزمان الهمذاني: ٩، وانظر هذه الالتفاتة أيضا في مسائل الانتقاد لابن شرف: ٦٤، والعمدة لابن رشيق ١ / ٢١٦.

伊本·古泰白转述了诗人莱比德·本·拉比阿对塔拉法的评价，甚至连莱比德都认为，在诗歌地位上，塔拉法仅次于乌姆鲁勒·盖斯；因塔拉法英年早逝，所以称其为伊本·依什林（二十岁之子）。同时，伊本·古泰白摆出诸多塔拉法才华横溢、独具匠心的例证。①

之后的文学家、评论家多次提及，塔拉法的英年早逝使其诗才未尽其用。有着“时代英杰”之称的赫迈扎尼就是其中的一位，他在其著作《玛卡梅集》“论诗篇”中，当问及塔拉法的诗艺时，他借艾布·法特赫·亚历山大之口回答道：“他如流水泥土铸诗篇，他如宝库城邦藏诗韵，自他死后，珍宝之密隐去不再现，宝库门闩久闭未曾掀。”②

① 伊本·古泰白：《诗歌与诗人》第1卷，第189–196页。

② 赫姆扎尼：《玛卡梅集》，第9页；伊本·谢拉夫：《批评集》，第64页。伊本·拉希格：《柱体诗之道》第1卷，第216页。

المعلَّقة

هذه القصيدة الدالية لطرفة هي أطول المعلَّقات العشر وأكثرهنَّ عددَ أبيات، فقد تجاوزتْ مئة بيت في جميع رواياتها المعتبَرة، ووصل عدد أبياتها عند أبي زيد القرشي في (الجمهرة) إلى ١١٥ بيتاً؛ ولكنّ رواية القرشي للمعلَّقات بعامة لا تكاد تخلو من تزيُّد واستكثار.

وقد اجتهدتُ في تحقيق متن المعلَّقة بالرجوع إلى رواية الأعلم الشنتمري لديوانه، مع المقارنة بالروايات الموثوقة للمعلَّقة المنقولة عن الأصمعي والرواة المتقدمين، وهي الروايات التي اعتمدتْها شروح القصائد الطوال لأبي بكر الأنباري، وأبي جعفر النحاس، وغيرهما من الشرَّاح الذين سبقتْ الإشارة إليهم في شرح معلَّقة امرئ القيس.

واستبعدتُ من هذا المتن المعلَّقة طرفة بيتين يحوم الشكُّ حول نسبتهما له، فالبيت الأول هو قوله: (ذَريني أُروِّي هَامَتِي في حياتها...)، وقد نقل أبو بكر الأنباري في شرحه عن أبي جعفر أنه مدخول على القصيدة،① والبيت الآخر هو قوله: (متى ما يَشَأْ يوماً يَقُدْهُ لِحَتْفِهِ ...) ، فلم يرِدْ هذا البيت عند معظم شُراح المعلَّقة، وهو لا يكاد يُضيف شيئاً إلى ما قبله،② هذا إذا لم نقل: إنه أضعفَ بالشرح والتفصيل قوةَ التصوير في البيت السابق له، وهو قول طرفة : (لَعَمْرُكَ إنَّ الموتَ ما أخطأ الفتى...).

وهناك بيتان آخران في المعلَّقة شكّك بعض الرواة والشرّاح أيضاً في نسبتهما لطرفة؛ ولكني رجّحتُ إبقاءهما في المتن والشرح؛ لشيوع نسبتهما إليه، ولورودهما في جُلّ شروح المعلَّقات، ولأنهما أضافا دلالة ذات قيمة نوعية، وليسا كالبيتين المستبعَدين اللذين كانا أقرب إلى التكرار، ومع هذا فقد التزمتُ التنبيه في هذه المقدمة على ما ورد من التشكيك في نسبتهما، وهذان البيتان هما أولاً قوله: (وظُلم ذوي القُربى أشدُّ مَضاضةً ...)، فقد نقل أبو بكر الأنباري وغيره عن بعض الرواة أن هذا البيت ليس من المعلَّقة، وإنما هو للشاعر عديّ بن زيد العبادي.③

① انظر: شرح القصائد السبع الطوال لأبي بكر الأنباري: ١٩٨.
② توقف طه حسين عند هذا البيت، ورأى أنه: ليس من شعر طرفة في أكبر الظن وإنما هو تفسير لما سبقه، انظر: حديث الأربعاء ١/ ٨٠٨.
③ انظر: شرح القصائد السبع الطوال لأبي بكر الأنباري: ٢٠٩، وشرح القصائد العشر للخطيب التبريزي: ١٨٨.

悬诗

这首以"达勒"为尾韵的长诗是塔拉法的代表作，就诗的长度与联句数量来看，居"十大悬诗"之冠。在所有重要的记述中，该长诗均超过一百个联句。艾布·宰德·古拉什在《阿拉伯诗歌选》中认为这首诗共一百一十五个联句，而古拉什的悬诗传述总体而言以多多益善见长。

我试图尽力以艾阿莱姆·欣特马里（الأعلم الشنتمري）《诗集》中的传述为参照来核实悬诗的原文，与此同时，比照艾斯玛伊（الأصمعي）与古代其他传述家对悬诗翔实可靠的传述，而艾布·伯克尔·安巴里（أبي بكر الأنباري）、艾布·贾法尔·纳哈斯（أبي جعفر النحاس）等在解释乌姆鲁勒·盖斯的悬诗时提及的注解家，全凭这些传述来注解长诗。

我从塔拉法的悬诗原文中排除了两个出处颇受质疑的联句，第一个联句为："就让我的头颅在她生命中被灌醉……"艾布·伯克尔·安巴里在解释这个联句中引用了艾布·贾法尔·纳哈斯的论述，说明此联句被误入塔拉法的诗句中。[①]另一个联句为："当死神需要之时，便拉紧缰绳索命……"而大部分悬诗注解家都未曾提到此联句，并且它没有让前面的诗句得以锦上添花。[②]也就是说，这一联句通过对前一联句的阐释与详述弱化了诗歌刻画的力度，即"以生命起誓，人逃不脱死神之掌……"

另有两个联句受到质疑，一些传述者和评注家认为其不属于塔拉法的诗作。但我更偏向于将之纳入塔拉法的悬诗原文与注解中。原因是，这两个联句被普遍认为出自塔拉法之口，出现在悬诗注解中，意蕴深刻，而不像前文被排除的两句只是枯燥的重复。因此，我在该介绍中还要点明两个饱受争议的联句。第一个联句写道："亲人的不公比印度的宝剑更锋利……"艾布·伯克尔·安巴里等人曾引证一些传述者的言论，认为此联句并非悬

① 艾布·伯克尔·安巴里：《七首悬诗评注》，第198页。

② 塔哈·侯赛因认为这句并非出自塔拉法的悬诗，很可能是塔拉法对前人的解释，见塔哈·侯赛因《周三谈话录》，第808页。

وثانياً قوله : (وأصفرَ مضبوحٍ نظرتُ حِوارةُ...)، فهذا البيت رواه أبو عمرو الشيباني، ولم يروِه الأصمعي وابن الأعرابي كما يقول أبو بكر الأنباري، والخطيب التبريزي،① ولا يعرفه البصريّون كما يقول أبو جعفر النحاس.②

وآخر هذه الأبيات التي تحتاج إلى بيان هو قوله: (أرى الموتَ أعدادَ النفوس ...)، فلم أجد هذا البيت إلاّ في رواية الأعلم الشنتمري للديوان،③ وممن نسب هذا البيت لطرفة أيضاً الشاعر الأموي جرير؛ بحسب ما نقله أبو بكر الأنباري عن الأصمعي.④ والخلاصة أن النص المعتمَد لهذه القصيدة الدالية التي نُظِمتْ على بحر الطويل يتضمن ١٠٥ أبيات.

وقبل أن ننتقل إلى الشرح التفصيلي لأبيات المعلَّقة سأتوقف عند ظاهرتين بارزتين فيها، أُولاهما: صورة المرأة في معلَّقة طرفة، وفي هذا السبيل يلفت النظر أنّ طرفة حين يتحدث عن المرأة فإنه يكتفي بالوصف الظاهري لها، والرسْم الخارجي لمحاسنها؛ دون أن يأبَه كثيراً بعوالمها الأعمق، أو حتى بتصوير عواطفه تجاهها، ولولا البيت الثاني في لوحة الاستهلال الطللي الذي استمدّه طرفة من معلَّقة امرئ القيس - أو استُمِدّ له - لأمكننا القول: إنّ هذه المعلَّقة - على طولها الذي تجاوزتْ به سائر المعلَّقات - تخلو من شجن النسيب وإلْف التعلُّق والغَزَل.

لن تجد هنا وصفاً للبكاء وفيضان الدموع جرّاء الصبابة والعشق، وهو الوصف الذي لفتَ تواترُه أنظارنا في معلَّقة امرئ القيس، ولا حديثَ هنا عن الحب القاتل، وعن العينين اللتين تضرب بسهميهما أعشار القلب المتيّم، فمهما أمرتْه امتثل، كما أنك لن تجد خطرات زهير اللطيفة التي تتوسّم ظعائن السُّوبان، وتستجْلي أناقة سيرهنّ وفتنة دلالهنّ الناعم المتنعّم، ولن تصادف عشق عنترة الشجيّ، وتولُّهه ببريق السيوف وسط المعركة لأنها تذكِّره بثغر المحبوبة؛ لا شيء من هذا كلِّه، فالمرأة عند طرفة هي حُسن ظاهر وإغواء حسّي مستدرِج، و: قَيْنة تُرفِّه عنه وعن أصحابه بجسدها البَضّ، وصوت غنائها الفاتن، إنها مجرّد مسكِّن خارجي ومؤقَّت لألم شعوره الحادّ بحتْمية الفناء، ووجعه الغائر من عجزه عن الإجابة عن أسئلة المصير.

أما الظاهرة الأخرى والأكثر بروزاً في معلَّقة طرفة فهي: هذا الطول اللافت لوصف

---

① انظر: شرح القصائد السبع الطوال لأبي بكر الأنباري: ٢٢٩، وشرح القصائد العشر للخطيب التبريزي:١٩٩.
② انظر: شرح القصائد التسع المشهورات لأبي جعفر النحاس ١/ ٢٩٤.
③ انظر: ديوان طرفة بن العبد شرح الأعلم الشنتمري، تحقيق درية الخطيب ولطفي الصقال: ٥٨.
④ انظر: شرح القصائد السبع الطوال لأبي بكر الأنباري: ٢٣١.

诗，而是诗人乌代·本·宰德·伊巴迪（عديّ بن زيد العبادي）的诗句。[1]

第二个联句是："我把赌签放在命运不济者的掌中……"据艾布·伯克尔·安巴里所言，艾布·阿穆尔·谢巴尼传述了此联句，而艾斯玛伊和伊本·艾阿拉比均没有相关的传述记录。[2]同时，艾布·贾法尔·纳哈斯认为巴士拉派学者并不知道此联句。[3]

最后需要指明的一则联句为："君不见，生命是日渐损耗的宝库……"我只在艾阿莱姆·欣特马里的《诗集》中找到对此联句的传述，[4]他将塔拉法的这则联句同样归为伍麦叶王朝诗人贾里尔的诗句，这是根据艾布·伯克尔·安巴里引用的艾斯玛伊的传述。[5]总而言之，这首长诗已核实的文本共有105个联句。

在我们详细地解释悬诗的各联句之前，我想先探讨一下诗歌中的两个显著现象，其一为塔拉法的悬诗中的女性形象。值得注意的是，当塔拉法谈到女人时，他仅限于对女人外表的描写和对其优点的外部刻画，不愿关注女人的内心世界，甚少表达对女人的感情。可以说，如若没有凭吊旧居遗址画面的第二个联句——塔拉法挪用乌姆鲁勒·盖斯的联句，或者其被别人挪用——塔拉法的悬诗虽以诗歌长度夺冠，但却缺少情诗中对恋人依依不舍的伤感基调。

读者在塔拉法的悬诗中绝对找不到因眷恋与痴情失声痛哭、泪如雨下的描写，而这种描写在乌姆鲁勒·盖斯的悬诗中屡见不鲜，这也正是吸引眼球的地方。塔拉法在诗中不会谈及"致命的爱情"，或者如穿心之箭般的双眸，让被爱情俘虏者心甘情愿。读者也绝对无法在塔拉法的诗篇中寻觅到祖海尔对女性优雅的描绘。祖海尔刻画了情人的女伴们乘驼轿在苏班高地上行进的画面，捕捉到她们在驼背上的优雅姿态，她们撒娇卖俏，魅力四溢，显示着生活的优悦与安逸。在塔拉法的诗中，读者不会遇到安塔拉描写的忧伤恋情。安塔拉为战场上宝剑挥舞的刀光而感到神魂颠倒，只因他忆起情人的

① 艾布·伯克尔·安巴里：《七首悬诗评注》，第209页；哈忒布·大不里士：《十首悬诗评注》，第188页。

② 艾布·伯克尔·安巴里：《七首悬诗评注》，第229页；哈忒布·大不里士：《十首悬诗评注》，第199页。

③ 艾布·贾法尔·纳哈斯：《九首悬诗评注》第1卷，第294页。

④ 艾阿拉姆·尚台马里：《塔拉法诗集评注》，杜丽娅·哈忒布校勘，第58页。

⑤ 艾布·伯克尔·安巴里：《七首悬诗评注》，第231页。

الناقة في المعلَّقة، فقد تجاوزتْ الأبيات المرتبطة بهذا الوصف ثلاثين بيتاً، أي ما يقارب ثلث القصيدة، وتميَّزَ هذا الجزء من المعلَّقة بالإغراب في الألفاظ، والتدقيق التفصيلي في رصد صفات الناقة، حتى يمكن أن يُعَدّ هذا الجزء وحده موسوعة لُغَوية وثقافية عن الناقة وأعضائها، وصفاتها المستحسَنة عند العرب، وهذه الروح التفصيلية الموغِلة في الإغراب اللفظي تبدو مُخالِفة لأسلوب طرفة في بقية أجزاء المعلَّقة، ومن هذا المدخل شكّك طه حسين في صحة نسبة هذه الأبيات الممتدة في وصف الناقة إلى طرفة، ورجّح أنها من صنع بعض اللغويين ممن يرومون تعليم النشْء بعض المعارف اللغوية.①

ولكنّ قراءة طه حسين لهذا الجزء من معلَّقة طرفة ومدى صِلَته ببقية أجزاء المعلَّقة تبدو وكأنها قراءة موضوعاتية وظاهرية للقصيدة، فهو قد قرأ الأبيات الخاصة بوصف الناقة باعتبارها (موضوعاً) من الموضوعات التي أُضيفتْ إلى المعلَّقة، وليس باعتبارها لوحة تصويرية من لوحات المعلَّقة التي يُعبِّر كلٌّ منها -وبالتوازي- عن الموضوع نفسه؛ وإنْ كان ذلك بأساليب تصوير مختلفة.

وهل كانت هذه الناقة الأسطورية في صفاتها، والمتوغِّرة في شدتها وصلابتها واحتمالها غيرَ طوقِ نجاةٍ لطرفة الذي آذاه الضعف وأذلَّتْه الحاجة إلى ابن عمّه: مالك بعد ضياع نُوقه ونُوق أخيه مَعبَد، وكيف دفعتْه غِلظة مالك معه وصدُّه غير الجميل له إلى أن ينظِم قصيدة حافلة يتغنّى فيها بقوة شخصيته وفروسيته وشدة بأسه، ويُضْفي هذه القوة أيضاً على ناقته: صِفاتٍ، وملامحَ تصويرية، وألفاظاً منحوتةً من صخور اللغة ووديانها السحيقة.

أضِفْ إلى هذا أننا في النهاية - وبصرف النظر عن ظروف التكوين - أمام نص توارثتْه الأجيال عبر حِقَب ممتدة، بوصفه أحد النصوص المنتخَبة والنادرة التي بلغتْ مستوى عالياً من النضج والاكتمال، وقد حافظَ على صورته النصّية التي ظهر بها لأول مرة على مدى زمني يتجاوز ثلاثة عشر قرناً على أقلّ تقدير، فلا بدّ للقراءة النقدية أن تحاول تفسير التكوين البنائي لهذا النص الذي ضمِنَ له هذا البقاء والامتداد والتأثير والخلود، وأن تسعى لكشف بعض الأسرار المعنوية الأكثر تجذُّراً، والتي يمكن أن تشِفّ عنها صياغته الشكلية الظاهرة.

فهذه الاستطالة اللافتة من طرفة في وصف ناقته، وطبيعة الأوصاف المثالية التي أسبغها

---

① انظر: في الأدب الجاهلي لطه حسين: ١٩٦-١٩٨، وكذلك كتابه الآخر: حديث الأربعاء ٦٦/١-٦٨.

双唇。塔拉法所描绘的女人身材姣好，妩媚撩人，宛如供人玩乐的歌姬，以丰腴的体态、迷人的歌喉招呼塔拉法与他的同伴们，她只是一个暂时留住的外人，来抚慰塔拉法对绝对的死亡法则感到的极度悲痛，和他无法解答命运之间的内在苦痛。

第二个现象在塔拉法的悬诗中更为鲜明，即关于母驼的大段描写，描写母驼的相关联句超过30个，相当于长诗的三分之一，其文字最为精奇，对母驼特点的描写最为细致，它更接近于一本关于骆驼及其肢体语言和文化的百科全书，反映出当时阿拉伯人追求美好品质的价值观念。这一部分语言精美，感情细腻，与塔拉法悬诗的其余部分的行文风格形成了鲜明对比。因而，塔哈·侯赛因（طه حسين）怀疑这些描述母驼的诗句并非属于塔拉法的悬诗。他倾向于认为，这一部分乃一些语言学家所作，目的是向年轻一代传授语言知识。①

但是，塔哈·侯赛因关于塔拉法这部分诗句与其余部分关联程度的解读似乎只是流于表面。他在阅读描写母驼的诗句后，认为这部分主题是塔拉法悬诗多个主题中的一个，而非描述同一主题的多个平行画面中的一幅，即使各部分的刻画风格有所不同。

塔拉法在把他和他的兄弟麦阿拜德（مَعبَد）的骆驼都弄丢了以后，他向堂哥马立克寻求帮助，却求而不得，而这匹品质上流、身躯健壮、耐力十足的母驼不正是弱小无助、孤立无援的塔拉法的求生索吗？马立克的敌对与指责促使塔拉法创作一首颂扬自身人格力量、骑士精神与勇敢大胆的诗歌。塔拉法同时也赋予了母驼这种力量，并用雕刻在语言的巨石与深壑中的文字刻画母驼的品格与样貌。

除此之外，我们在最后要关注一下诗歌结构。这些世代相传的文本，皆为精挑细选之作，极为稀少，其成熟度和完整度均达到了极高的水准，历经了至少十三个世纪的沧桑，却仍保持着与最初原文的一致性。所以必须要对这个现存于世、世代流传、影响深远、永垂不朽的文本结构进行批评式解读，以期通过文本表面的形式结构破解其根基如此牢固的精神密码。

塔拉法对母驼详尽丰富的描写，以及他赋予母驼的理想品格，表明在古

① 塔哈·侯赛因：《论贾希利叶时期的文学》，第196–198页；又见塔哈·侯赛因：《周三谈话录》第1卷，第66–68页。

عليها توحيان بأن الأمر يتجاوز الوصف المعتاد عند الشعراء القدامى للراحلة، كأن الناقة هنا قد تحولتْ إلى معادل موضوعي لكل رغبات طرفة غير المحقّقة، وآماله العريضة في الحياة المتخيَّلة التي أراد أن يحياها؛ ولهذا كان طرفة يصِف الناقة كما يريدها أن تكون، لا كما هي كائنة في الواقع المستقلّ عن الوعي، إنها بديل عما يُعيق استتباب الحرية، وهذا يعني أنها معادلة انفعالية تختزن إسقاطات الأنا على ما يُشبع حاجاتها». ①

لوحة وصف الناقة إذن هي معرض آخر للتعبير عن الموضوع الأساسي نفسه الذي تعبِّر عنه اللوحات الأخرى في المعلَّقة. هذا يعني أن المعلَّقة لا تتضمّن (موضوعات) متعددة، بل لوحات مترادفة تُترجِم بأساليب متنوعة عن الموضوع نفسه.

والتفكُّك لا يكمن في بنية المعلَّقة، بل في بعض الرؤى النقدية المعاصرة التي عجزتْ عن إدراك أسلوب التمثيلات الرمزية المتنوِّعة للمعنى الكلي المهيمِن على أجواء القصيدة.

① بحوث في المعلَّقات ليوسف اليوسف: ٨، وانظر فيه أيضا: ٢٦-٣٢.

代阿拉伯诗人群体中，塔拉法以其对骆驼大量的描绘独树一帜。母驼在此已然化身为塔拉法那些未能达成的渴望，承载着他在幻想世界中想要实现的宏大愿望。因此，塔拉法按照自己的意愿塑造了母驼，它并非是一个脱离意识而独立存在之物，而是在塔拉法无法获得自由后所做出的另一种抉择，即他的情感寄托，他将自我投射于母驼，借由它来实现自己那些未能如愿之事。[①]

描绘母驼的画面不过是另一种展现形式，它与塔拉法悬诗中其他画面一样，诠释着同一个中心主题。也就是说，塔拉法的悬诗不仅涵盖多个子主题，而且每个子主题采用各自不同的独特表现手法，它们围绕着同一个中心思想展开，犹如一幅幅平行画卷。

这首悬诗内在架构稳健，然而一些当代批评家却认为并非如此，盖因他们无法理解长诗中丰富多样的象征手法如何能统摄整体的意义体系。

① 优素福·优素福：《悬诗研究》第8页，第26−32页。

اللوحة الأولى

الفاتحة الطللية

١. لِـخَـولَـةَ أطْـلالٌ بِـبُـرقَـةِ ثَـهْـمَـدِ — تَـلُوحُ كَـبَاقِي الوَشْمِ في ظاهِرِ اليَـدِ

٢. وقُوفاً بـهـا صَحبِي عَلَيَّ مَطِيَّـهُـمْ — يَقُولُـون: لا تَـهْلِـكْ أسىً وتَـجَـلَّـدِ

٣. كـأنَّ حُـدُوجَ الـمـالِكِـيَّـةِ غُـدْوةً — خَـلايا سَفِـيْـنٍ بالـنَّـواصِفِ مِن دَدِ

٤. عَـدَوْلِـيَّـةٌ أو مِـنْ سَفِيْنِ ابْنِ يَامِنٍ — يَجُورُ بِـهَـا الـمَلّاحُ طَـوْراً ويَـهْـتَـدِي

٥. يَشُقُّ حَبَابَ الـمَاءِ حَـيْـزُوْمُـهَا بِـهـا — كَـمَـا قَـسَمَ الـتُّـرْبَ الـمُـفَـايِلُ بِـالْـيَـدِ

يستهلّ طَرَفة معلّقته بفاتحة طَلَلية ذات منحى خاص، فهي تجمع بين البرّ والبحر، وتنظِم صحراء الجزيرة بشواطئ الخليج العربي، ويطيب لطَرَفة –وهو في موقف الحنين والتذكُّر- أن يعقد موازنة بصرية بين مشهدين متباعدين: مشهد قوافل الإبل التي تقطع الصحراء الممتدة في الصباح الباكر حاملةً فوق ظهورها هوادج المالكيّة وصواحبها، ومشهد السفُن العظيمة وهي تمخُر عُباب الخليج.

ولا يفوت طرفة أن يرصد تشابه الإيقاع في التمايل والاهتزاز بين الهوادج والسفُن، وهي تتهادى في بحر الرمال وزبد الأمواج، وإنه ليُمعِن في هذه الموازنة، حتى ليرى التوافق بين الرحلتين: الصحراوية، والبحرية في ارتباك المسير، وتعثُّر الدليل أو الملّاح في استكشاف الطريق الآمِن، والاهتداء إلى الدرب المسلوك.

كما يرى هذا التوافق يمتدّ أيضاً ليشمل فكرة الرحلة نفسها، فالسفينة العظيمة تشقُّ طريقها وسط البحر، فتقسمه نصفين عن يمينها وشمالها، دون أن تُدرك أيّ جهتي البحر أحفل بالرزق

第一幕

废墟起兴

1. 来到赛赫麦迪沙丘赫莱的旧居，
   昔日遗迹像手背上残留的墨迹。
2. 朋友们纷纷停下，勒住了坐骑，
   皆劝我不要悲伤，一定要坚毅。
3. 犹记马立克人驼轿队清晨开启，
   好似大船驶离宽阔的达德谷地。
4. 像阿杜利亚或伊本·亚敏之舟，
   大船时而直行，时而偏移。
5. 船头劈波斩浪，在沙海上前行，
   像顽童用手犁地将沙土分离。

塔拉法的悬诗以别具特色的凭吊旧居遗址起兴。在他的起兴诗句中，陆地和海洋融为一体，阿拉伯半岛的沙漠和波斯湾的海岸交汇。深陷纪念和怀旧的塔拉法在下列两个遥远的场景之间实现了视觉平衡：即清晨穿越广袤沙漠的马立克人的驼轿队以及在海湾劈波斩浪的大船。

驼轿队在沙海中踉跄前行，而大船在波涛上颠簸，塔拉法抓住两者在摇摆晃动中相似的节奏，并通过仔细的对比，发现沙漠和大海中的旅程都很艰辛，都需要向导来探寻安全、正确的路径，两者之间具有极大的相似性。

同时他还发现这种相似性还体现在旅行本身的内涵中。大船在大海中航行，将海面分成左右两半，却不知道哪一半更富有生计，哪一半更安全。将海面一分为二的大船就像在沙漠中玩算命游戏的贝都因男孩：其中一个男孩把沙子堆起来，把他的宝藏放进去，然后用手把沙堆分成两部分，狡猾地问

وأكثر أماناً من غوائل الطريق، وحال مقدمة السفينة التي تشطُر البحر شطرين كحال صِبيان الأعراب وسط رمال الصحراء حين يروق لهم أن يلعبوا لُعبة الحياة والقدَر، فيكوّم أحدهم الرمل، ويضع داخله كنزه، ثم يقسم الكومة بيده قسمين ليسأل رفيقه السؤال الماكر الأثير: في أيّ القسمين يختبئ الكنز الدفين؟

ربما من أجل هذا التماثل العميق بين البحر والصحراء كان طرفة يرى روح الماء الرملية تكتسح كلّ ما حوله، وتمحو كلّ أثر يعترض طريقها، وتُغرقه في عالم النسيان، ومن هنا استهلّ نقراته الأولى في معزوفته الخالدة بما بدا له أنه قانون الحياة: المحو الذي لا يُبقي ولا يذر، وها هي أطلال محبوبته خولة تكاد تتلاشى وسط هذه الهضبة النجدية الحمراء، فلم يبقَ منها سوى رُسوم بالية، وبقايا باهتة تبدو وكأنها أثر ضئيل لوشْمٍ عفا عليه الزمن.

ولا نملك أن نغادر هذه اللوحة الاستهلالية من المعلَّقة دون أن نتوقف عند البيت الثاني منها، فقد جاء متطابقاً مع البيت الخامس في معلَّقة امرئ القيس؛ باستثناء كلمة القافية، وهو البيت الذي يبدأ بقوله: (وقوفاً بها صَحبي...)، فهل يعود هذا التماثل بين البيتين إلى وهْم الرواة، أم هو مجرد شاهد إضافي لظاهرة السرقات الشعرية، أي أن طرفة ـ وهو المتأخِّر زمناً ـ أغار على بيت امرئ القيس، واجتلبه لمعلَّقته نَسْخاً؛ كما يذهب إلى ذلك بعض نُقّادنا القدامى؟

ربما كان أفضل تفسير لهذا التوافق بين بيتي امرئ القيس وطرفة هو ما قدّمه ابن سلام الجمحي، فقد جعله من باب استزادة الشاعر من شعر غيره؛ كالـمَثَل إذا جاء موضعه، وقد تفعل ذلك العرب لا يريدون به السرقة.

أي أن طرفة استمدّ هذا البيت المشهور لامرئ القيس على سبيل التضمين والاستشهاد بالمثل السائر، لا على سبيل الإغارة والسرقة.

同伴：宝藏藏在哪一边?

或许正是大海和沙漠之间这种深层次的相似性使塔拉法发现海水像流沙一样，二者具有同样的精神：它们席卷周围的一切，抹去它们所经过的每一处痕迹，将其淹没在被遗忘的世界中。由此，塔拉法奏响了他的不朽名曲的第一乐章，其中回荡着他所领悟的生命法则：不留痕迹地抹去一切。情人赫莱的旧居遗址也是如此，几乎消失在内志这片红色的高原上，只留下一丝遗迹，看似昔日残留的墨迹。

我们在阅读塔拉法的悬诗的开篇时，不禁会发现其第二个联句除了押尾韵的词汇，其余部分与乌姆鲁勒·盖斯的悬诗的第五个联句雷同。这个联句的前半联写道："朋友在我面前拉住他胯下的坐骑……"这两个联句的相似性是传述者的错漏所致，还是诗歌抄袭现象的又一例证?即如一些古代批评家所证，晚于乌姆鲁勒·盖斯的塔拉法抄袭了盖斯的部分联句。

或许伊本·萨拉姆·朱姆希对盖斯和塔拉法的联句中相似性的解释最为合适。他把塔拉法的做法归为"借用"一类，就如阿拉伯人不会把对谚语的使用当作抄袭一样。

也就是说，塔拉法是以隐喻和引用谚语的方式来使用盖斯的名句，并非是抢占和抄袭行为。

اللوحة الثانية

المرأة الناعمة

٦. وفِي الحَيِّ أَحْوَى يَنْفُضُ المَرْدَ شَادِنٌ   تمُظَاهِرُ سِمْطَيْ لُؤْلُؤٍ وزَبَرْجَدِ

٧. خَذُولٌ تُرَاعِي رَبْرَباً بِخَمِيْلَةٍ   تَنَاوَلُ أَطْرَافَ البَرِيْرِ وتَرْتَدِي

٨. وتَبْسِمُ عن أَلْمَى كأنَّ مُنَوِّراً   تَخَلَّلَ حُرَّ الرَّمْلِ دِعْصٌ لَهُ نَدِي

٩. سَقَتْهُ إيَاةُ الشَّمْسِ إلَّا لِثَاتِهِ   أُسِفَّ ولَمْ تَكْدِمْ عَلَيْهِ بِإثْمِدِ

١٠. ووَجْهٌ كأنَّ الشَّمْسَ حَلَّتْ رِدَاءَهَا   عَلَيْهِ نَقِيُّ اللَّونِ لَمْ يَتَخَدَّدِ

يواصل طرفة في هذه اللوحة الثانية الحديث عن المرأة، ولكنه الحديث الذي يكتفي بالوصف الظاهري لها، والرسْم الخارجي لمحاسنها؛ دون أن يحفل كثيراً بتصوير عواطفه تجاهها، ففي منازل القبيلة امرأة جميلة يفضّل طرفة أن يسرد محاسنها بأسلوب غير مباشر، فيصوِّرها بهيئة ظبي أسود العينين فتيّ الشباب يتوغل في شجر الأراك، وينفُض أغصانه بقرنيه الناعمين ليلتقط ثمره، ثم يضيف طرفة صورة هي ألصقُ بالمرأة، فهي تلبس قلادتين من اللؤلؤ والزبرجد.

وتدفعه هذه الزينة الأنثوية لتأنيث حكايته عن الظبي بينما يواصل سردها، فهي الآن ظبْية ترعى في أرض ليّنة متشابكة الأشجار، وقد خذلتْ صواحبها من الظباء، فابتعدتْ قليلاً عنهنّ؛ لتُعنَى بصغيرها، وإنْ كانت ما تزال تمدّ عنقها كلّ حين لترنو إلى بقية الظباء؛ حتى لا تبتعد كثيراً عن السِّرب، فهي إذن كثيرة التلفّت موزّعة النظرات بين صغيرها، وبقية القطيع، وثمر الأراك، ولم يفُت وصف طرفة لهذه الظبية بأنها (خَذول تُراعي القطيع) على الشرّاح القُدامى، فقد استنتجوا

第二幕

温柔的女性

6. 族里有位明眸绛唇戴项圈的美女，

恰似攀枝吃果的瞪羚，高擎玉颈。

7. 羚羊丢下友伴，喂幼崽急奔密林，

啃啮嫩叶的汁，披上青枝的衣。

8. 那美丽的姑娘绛唇微启笑盈盈，

恰似沙丘中含露绽放的延命菊。

9. 女郎沐浴在明媚的阳光里，

齿龈如矾，贝齿生辉，神采奕奕。

10. 日华为她娇容添上霓裳一袭，

皮肤更显光洁、紧致、细腻。

塔拉法在第二幅画面中继续描述女人。但这部分的描述仅限于对她外表的描写和对她优点的外部刻画，而甚少表达诗人对她的感情。塔拉法间接地描写了部族内的一位美女，将她比喻成一只目似点漆的妙龄羚羊，它探入刺茉树[①]（ثمر الأراك）林，高擎玉颈，攀枝吃果。随后塔拉法增加了一幅近似于描写女人的画面，在画面中她戴着两串项链，分别是珍珠项链和黄水晶项链。

这种女性化的装饰使他在继续描述的时候，将羚羊进行雌性化处理。母羚羊丢下友伴，离开她们是为了去草木茂盛之处照顾幼崽。尽管如此，她仍然一直伸着脖子看着其他羚羊，这样就不会离羚羊群太远。母羚羊的目光在幼崽、羚羊群和刺茉树果之间流转。塔拉法将这只母羚羊描述为“照顾羊群

① 又译牙刷树，是古代阿拉伯人用其树枝来刷牙的一种树，主要生长于北非和南亚。（译者注）

منه ما يدلُّ على مزيد حُسنها، فانفرادها عن القطيع يُبرز جمالها، وتتابُع التفاتاتها يُظهِر دلال انعطافها وفِتْنة نظراتها.

ثم هي في أثناء ذلك تتناولُ أطراف شجر الأراك، فتضع يديها على ساق الشجرة، وتمدُّ عنقها، لتلتقط الثمار المرتفعة من الأغصان، وفي هذا التصوير إشارة إلى طول عنق المرأة المقصودة بهذا التمثيل، ويواصل طرفة هذا السرد التصويري لحكاية الظبْية، فهي حين تتناول ثمر الأراك تتهدّل عليها أغصان الشجرة، وتحيط بها من كل جانب، فكأنها ترتدي الأغصان، وتتّخذها لِباساً لها، وهذا كله لوصف ما هي فيه من نِعمة وخِصب، وهو الوصف الذي يُفضي إلى استنتاج ما تنعم به المرأة التي شُبِّهتْ بالظبية من غِنى ويُسْر ورخاء حال.

ويستأنف طرفة تعديد محاسن هذه المرأة، فحين يفترُّ ثغرها باسماً تتبيّن سُمرة شفاهها، والعرب تمدح سُمرة الشفاه لأنها إذا اسمرّت ظهر بياض الأسنان وصفاؤها، وهو ما يسوقنا إليه طرفة حين يشبّه افترار ثغرها بتفتّح زهر الأقحوان الذي طاب غرسه وارتوى عُوده، فأسنانها تتلألأ وكأنّ الشمس قد سقتْها من نهر ضوئها، أمّا لِثاتها فهي داكنة دون تلوُّن معيب، وبهذا يبرز إشراق الأسنان ويتجلى لمعانها، وأمّا وجهها فكأنما ألقت الشمس رداءها عليه: إشراقَ نورٍ، وصفاءَ لونٍ، ونعومةَ جِلد بريئةً من التغضُّن والترهُّل.

的孤独者”（خَذول تُراعي القطيع），他的意图没有被古代的文学批评家们忽视，他们从中挖掘出更多表明她品行良善的证据。比如她离开羚羊群反而凸显了她的善良和美丽，她以持续流转的目光展示出她的柔情和眼神的魅力。

与此同时，母羚羊够到刺茉树的枝干，将双蹄放在树干上，仰起颀长的颈项，从树枝上摘下高处的果实。塔拉法继续描述母羚羊的故事，以此比喻女人颀长的脖颈。当母羚羊攀摘果实时，枝丫垂拂在她四周，好似披着青枝衣裳。这一切都是为了描写她所处环境的肥沃丰饶，同样也可以推断出，被比作母羚羊的女人生活富裕、悠闲安逸。

塔拉法继续列举这个女人的优点，当她嫣然一笑时，露出棕褐色的嘴唇。阿拉伯人称赞女人棕褐色的嘴唇，是因为棕褐色的嘴唇会凸显牙齿的洁白明亮。这就是塔拉法想让我们感受到的。他将女人的绛唇微启比作满承雨露的延命菊的绽放，她贝齿生辉，好似得到太阳的光芒之河的浇灌。在如矾的齿龈对比之下，齿如含贝。至于她的脸庞，则好似披上一袭霞光，神采奕奕，细腻润滑。

اللوحة الثالثة

وصف الناقة

١١. وإنّي لأُمْضِي الهَمَّ عِندَ احْتِضَارِهِ يِعَوْجَاءَ مِرْقَالٍ تَرُوحُ وتَغْتَدِي

١٢. أَمُوْنٍ كَألْوَاحِ الإِرَانِ نَصَأْتُها عَلَى لاحِبٍ كَأنَّهُ ظَهْرُ بُرْجُدِ

١٣. جَمَالِيَّةٍ وَجْنَاءَ تَرْدِي كَأَنَّها سَفَنَّجَةٌ تَبْرِي لِأَزْعَرَ أَرْبَدِ

١٤. تُبَارِي عِتَاقاً نَاجِيَاتٍ وأَتْبَعَتْ وَظِيْفاً وَظِيْفاً فَوْقَ مَوْرٍ مُعَبَّدِ

١٥. تَرَبَّعَتِ القُفَّيْنِ في الشَّوْلِ تَرْتَعِي حَدَائقَ مَوْلِيّ الأَسِرَّةِ أَغْيَدِ

هذه اللوحة هي أطول لوحات المعلَّقة، وأشدُّها إغراباً في الألفاظ، وتدقيقاً عجيباً في الأوصاف، وهي أقرب إلى موسوعة لغوية وثقافية عن الناقة وصِفاتها المفضَّلة عند العرب. وروحُها التفصيلية المثقَلة بالألفاظ الوحشية مُباينةٌ لأسلوب طرفة في بقية أجزاء المعلَّقة، وهذا كلُّه دفع بعضَ الدارسين إلى التساؤل عن مدى انتماء هذه اللوحة بكاملها لمعلَّقة طرفة، مما سبق بسطه في مقدمة الشرح.

الحديث عن الهموم بعد الغزل بالمرأة مثير للشجون، وخطّة طرفة لصرف هذا الهمّ عن نفسه هي الارتحال على ناقته الأسطورية في صفاتها وتكوينها، فهي رشيقة في مظهرها، سريعة في سيرها، شديدة في عزمها، حتى إنها لتصل آخر النهار بأوله في السير دون عناء أو كلل، وقد أمِن راكبها من أن تعثُر به لشدة خلْقها وصلابة جسدها، فكأنّ أضلاعها ألواح التابوت العظيم.

وهي تستجيب له حين يزجرها بعصاه، ليستقيم مشيها في الطريق المسلوك، وإنه ليتأمل آثار الخُطا في هذا الطريق وتعرُّجات الخطوط فيه، فيبدو له وكأنه الكِساء المخطَّط، ثم يعود ليتملّى ناقته

第三幕

描写母驼

11. 排忧伤，我驾起母驼日行千里，
它兼程疾行，精干有耐力。
12. 骨架如贵胄的棺椁，健硕无比，
我快驼加鞭驰骋于平坦大地。
13. 一路上留下母驼的足迹，
恰似一袭带条纹的长袍线条清晰。
14. 母驼肌腱壮实，迈着矫健的步履，
开道辟路堪与纯种公驼一决高低。
15. 它和其他孕驼在春日山坡吃草，
又赶往第二场春雨滋润的牧地。

这幅画面是塔拉法的悬诗中最长的一幅，也是文字最为精奇，描写最为细致，最令人惊叹的一幅。它更接近于一本关于骆驼的语言和文化的百科全书，反映出当时阿拉伯人的价值观念。这幅画面语言精美，感情细腻，与塔拉法的悬诗其余部分的行文风格形成了鲜明的对比，以至于部分学者对这部分诗句是否属于塔拉法的悬诗产生了质疑，前文对此已有所解释。

谈论完与情人的往事后，塔拉法触景伤情。为排解忧伤，诗人驾起他的母驼远行。这只母驼在形态和品质上均属上流，它身姿健壮，步履矫健，意志坚强，日夜兼程，不知疲倦。由于它品性刚毅，身躯健壮，骨架健硕如贵胄的棺椁，诗人从不担心会从驼背上跌落。

当诗人扬起缰绳呵斥母驼时，它会服从指令径直前行。诗人观察到母驼前行的足迹，弯弯曲曲，好似带条纹的长袍。他继而转向对母驼的描写和称

ومحاسن خلْقها، فيراها تشبه الجمل في قوتها، كما أنها عظيمة الوجنات، وحين تعدو تذكّره بمنظر النعامة السريعة حين تبرز لذكرِ نعامٍ مُستعرضةً أمامه، ولا تتأخر هذه الناقة النجيبة في عدْوها عن منافسة أكرم النُّوق، فتباريهنّ، وتتلاحق حركة يديها ورجليها فوق الطريق الممهّد، حتى إذا وصلتْ إلى القُفّين، وهما مرتفَعان تخصب الأرض فيهما، تمهّلتْ لترعى الربيع في أكنافهما، وقد أمرع الوادي بالعشب، وطابت تربته وارتوتْ بعد الهطول المتكرر للمطر.

ملامح التفرُّد

١٦. تَرِيْعُ إلى صَوْتِ المُهِيْبِ وتَتَّقِي   بِذِيْ خُصَلٍ رَوْعاتِ أَكْلَفَ مُلْبِدِ
١٧. كَأَنَّ جَناحَيْ مَضْرَحِيٍّ تَكَنَّفا   حِفَافَيْهِ شُكّا في العَسِيْبِ بِمِسْرَدِ
١٨. فَطَوْراً بِهِ خَلْفَ الزَّمِيْلِ وتارةً   عَلَى حَشَفٍ كالشَّنِّ ذاوٍ مُجَدَّدِ
١٩. لَهَا فَخِذَانِ أُكْمِلَ النَّحْضُ فِيْهِما   كَأَنَّهُما بَابَا مُنِيْفٍ مُمَرَّدِ
٢٠. وطَيٌّ مَحَالٍ كالحَنِيِّ خُلُوفُهُ   وأَجْرِنَةٌ لُزَّتْ بِدَأْيٍ مُنَضَّدِ

يستعرض طرفة هنا بعض الدلائل الشاهدة على حصافة ناقته وذكائها، فهي مدرّبة على أن تعود إلى راعيها حينما يدعوها، وهي تُعرِض عن البعير الراغب فيها، وتصدُّه حتى لو كان أقوى الفحول، ومهما اهتاج في طلبها، وهذا يعني أنها غير حفيّة بالحمل والولادة، وهذه إشارة أخرى إلى قوة هذه الناقة؛ لأنها إذا لم تحمِل وتلِد فستكون مجتمعة القوى مشدودة الأضلاع، فلا تشكو من وهن عند السير والعدْو.

ثم يتأمّل طرفة الشعر الكثيف لذنَب ناقته، فيراه كجناحي نسر أبيض قد غُرِزا بإبرة في عَظْم ذنَبها، ولا يكتفي بهذا، بل يتابع ببصره الناقة وهي تحرِّك هذا الذنَب تارةً على عجُزها، فتصل به الموضع الذي يجلس فيه الراكب الرديف الذي يُزامل راكبها المتقدم، وتارةً تحرّك هذا الذنَب على أخلاف جافة ومنقبضة لا لبن فيها وكأنها قِربة بالية، وجفاف الضرع في الناقة هو دلالة على

赞。这只母驼如公驼般强壮，两颊宽厚；诗人仿佛看到一只母鸵鸟在飞快地奔跑，正向公鸵鸟展示自己的英姿；这只纯种母驼的速度不亚于最高贵的骆驼，在平坦的道路上，迈开四条腿，向前奔跑，欲与其它母驼一决高下。最终，它抵达两处水草肥美的高地。几场春雨后，这里土地湿润，绿草茵茵，母驼悠然自得地啃啮青草。

独特的面貌

16. 回应牧人的呼唤把尾毛收起，
警惕棕色雄驼求欢突遭袭击。
17. 尾毛如锥子般扎入尾骨两侧，
恰似白兀鹰展开硕大的双翼。
18. 时而横扫臀部，时而触碰胸部，
干瘪的乳房如皮囊，皱缩旧敝。
19. 母驼双腿粗壮，健硕有力，
好似豪华的拱门高大挺立。
20. 根根肋骨弯曲铺排在脊椎两侧，
颈项紧紧扣合于齐整的肋骨里。

塔拉法在这部分举出一些证据，证明他的母驼很聪明。这只母驼在听到主人召唤时能立刻回到他身边，它拒绝求爱的雄驼，即使是意愿强烈的健壮种驼，这既表明了它不喜孕育，又体现了它的强壮。没有孕育的母驼力量充盈，胸肋收紧，在奔跑行进时不知疲倦。

然后诗人注意到母驼浓密的尾毛如锥子般扎入尾骨两侧，好似白兀鹰展开硕大的双翼。他继续描写道，母驼的尾巴时而横扫到臀部位置，打到坐在后面的骑士身上，时而触碰到皱缩干瘪似破皮囊的乳房。母驼干瘪的乳房是活力和力量的标志，因为挤奶或喂食会削弱它的力量并使其消瘦。

نشاطها وقوتها؛ لأن حلْب اللبن أو إرضاعه يُضعف من قوتها ويُصيبها بالهزال.

أمَّا فخِذا هذه الناقة فهما تامّتا الخلْق، مكتنزتا اللحم، كأنهما مِصراعا بابِ قصرٍ عالٍ مصقول البنيان. وأمَّا فقرات ظَهْرها فهي مطْوية متراصة دانٍ بعضها من بعض، وذلك أدلُّ على شدة خلْقها وصلابة تكوينها، وتتصل بهذه الفِقار أضلاعها الصلبة التي تُشبه القِسِيّ في الانحناء، مما يجعل جوفها أكثر اتساعاً، بينما يبدو باطن عنقها مشدوداً إلى فِقارِ عنقٍ نُضد بعضها على بعض.

تزاحم المحاسن

٢١. كَأنّ كِنَاسَيْ ضَالَةٍ يَكنُفَانِها	وأطَرَ قِسِيٍّ تحتَ صُلْبٍ مُؤَيَّدِ
٢٢. لَهَا مِرْفَقَانِ أَفْتَلانِ كَأَنَّما	تَمُرُّ بِسَلْمَيْ دَالِجٍ مُتَشَدِّدِ
٢٣. كَقَنْطَرَةِ الرُّوْمِيّ أَقْسَمَ رَبُّهَا	لَتُكْتَنَفَنْ حَتَّى تُشَادَ بِقَرْمَدِ
٢٤. صُهَابِيَّةُ العُثْنُوْنِ مُوْجَدَةُ القَرَا	بَعِيْدَةُ وَخْدِ الرِّجْلِ مَوَّارَةُ اليَدِ
٢٥. أُمِرَّتْ يَدَاها فَتْلَ شَزْرٍ وأُجْنِحَتْ	لَهَا عَضُدَاها فِي سَقِيْفٍ مُسَنَّدِ
٢٦. جَنُوْحٌ دُفَاقٌ عَنْدَلٌ ثُمَّ أُفْرِعَتْ	لَهَا كَتِفَاها فِي مُعَالًى مُصَعَّدِ

يواصل طرفة وصف ناقته مركِّزاً على تصوير ضخامة هيكلها، فيشبّه الفراغ الذي بين مِرفقيها وأُصول كتِفيها بكِناسَين في السعة، أي إن مِرفقيها بعيدان عن إبطيها، بحيث يمكن أن تذكِّرك كلٌّ من هاتين الفجوتين بذلك البيت الذي يحتفره الغزال أو الوحش في أصول الشجر ليتخذه ملاذاً من الحرّ والبرد، ولهذه الضخامة أثرها في رسوخ سير هذه الناقة، وسلامتها من التعثُّر والانكفاء، ثم إنّ لها ضلوعاً قوية منحنية بمرونة كمرونة القِسِيّ تحت ظهرٍ قويّ متين، فهي قادرة -استناداً إلى هذه الصلابة- على تحمُّل مشاقّ السفر وأوصابه.

母驼的大腿粗壮健硕，仿佛是高大宫殿宽阔光滑的两扇大门。至于背部的脊椎，则紧密地排列在一起，展现了它背脊的坚固有力。与脊椎相连的是坚固的肋骨，形态如拉满的弓弩，使得它的肚腹更加空阔，而它的颈项和颈椎则紧紧地相互连接在一起。

优点的集中体现

21. 弯弯的胸肋犹如拉满的弓弩，

腋窝似兽穴于酸枣树下之荫庇。

22. 它双肘结实，行走时像精壮水夫，

提起一对耳桶轻而易举。

23. 它像罗马工匠建造的大厦，

砖石垒起，巍然屹立。

24. 颈鬃红褐，脊背强健有力，

步步紧跟，阔步向前不停息。

25. 腿肌似搓紧的麻绳股股隆起，

又如层层叠叠垒起的厚墙壁。

26. 侧身疾行，昂起硕大的头颅，

宽阔的双肩从两端高高耸立。

塔拉法继续描写他的母驼，重点放在描述它硕大的体型上。母驼的双肘与肩膀之间的空隙似兽穴，荫蔽于酸枣树下，也就是说母驼的双肘与腋窝之间的距离较远，母驼身上的这两个空隙让人联想起羚羊或野兽为了驱寒蔽日，在树干上挖开的巢穴。这样硕大的体型让母驼大步向前，却不会摔跤、绊倒。母驼的胸肋强健有力又柔韧，犹如在它壮实强健的前胸拉满了弓，凭借着这种坚韧，母驼可以承受旅途中的艰难险阻。

وهذه الضخامة تتجلى أيضاً في مِرفقي الناقة العظيمين والمتباعدَين عن جنبيها، فكأنها بهذين المِرفقين الرحْبين عن يمينها وشمالها سقّاء عظيم البنية يحمل دَلوين متباعِدَين بيُمْناه ويُسْراه، ثم إنها في تراصُف عِظامها وتداخُل أعضائها تُشبه جسراً يُشرِف على بنائه روميّ يحبّ إتقان العمل، وقد أقسم أن يُبنَى من كلّ ناحية بدقّة وإحكام، وأن يُشاد بأقوى المواد وأصلبها.

ويبدو طرفة عاجز الحِيلة أمام تدفُّق جماليات الوصف لهذه الناقة شديدة العنفوان، ما بين شُقْرة شعرها الذي يتبدّى تحت لَحييها، ومتانة ظهرها، وسرعة سيرها مع تباعد رِجليها، ومرونة يديها في الحركة، مع أنهما مفتولتان فتْلاً شديداً، ثم إنّ هذه الناقة تبدو جانحةً في سيرها كما تجنح السفينة، حتى كأنها متّكِئة، وكأنّ أُصُول كتفيها سقف أُسنِد بعض حجارته إلى بعض.

فهي شديدة الميلان لفرط نشاطها، متدفقة المشْي، كما أنها عظيمة الرأس، وقد علا كتفاها ببنية هيكلها المرتفع المصعَّد.

لوحة تشكيلية

٢٧. كَأَنَّ عُلُوبَ النِّسْعِ فِي دَأَيَاتِها   مَوارِدُ مِنْ خَلْقاءَ فِي ظَهْرِ قَرْدَدِ

٢٨. تَلاقَى وأَحْيَاناً تَبِيْنُ كَأَنَّها   بَنَائِقُ غُرٌّ فِي قَمِيْصٍ مُقَدَّدِ

٢٩. وأَتْلَعُ نَهَّاضٌ إذا صَعَّدَتْ بِهِ   كَسُكَّانِ بُوصِيٍّ بِدِجْلَةَ مُصْعِدِ

٣٠. وجُمْجُمَةٌ مِثْلُ العَلاةِ كَأَنَّما   وَعَى المُلْتَقى مِنْها إِلَى حَرْفِ مِبْرَدِ

٣١. وخَدٌّ كَقِرْطَاسِ الشَّآمِيْ ومِشْفَرٌ   كَسِبْتِ اليَمَانِيْ قَدُّهُ لَمْ يُحَرَّدِ

يُشبّه طرفة هنا آثار الحبل المضفور على صدر ناقته بالآثار التي تبقى بعد مرور وُرّاد المياه على صخرة ملساء بأرض صُلْبة مستوية، فهذه النسوع أو الحبال المفتولة لا تؤثر في جِلد الناقة القويّ إلا كما تؤثر الموارد في الصخرة الملساء، وهو يصف الأرض التي تستند إليها الصخرة

母驼健硕的体型还表现在硕大的双肘与双肩间的距离较远，依仗着它这宽阔结实的双肘，行走时像一位精壮的水夫，轻而易举地提起一对耳桶。它的根根肋骨整齐铺排，错落有致，犹如精通建筑技艺的罗马工匠建造的大厦，他发誓这座大厦的每个部位精工细作，用最坚固的材料建造而成。

面对这充满青春活力的母驼，塔拉法似乎找不到合适的词来描绘它喷涌而出的美感，但还是极尽描写之能事，进行了如下描写：母驼的颈鬃红褐，背脊强健有力，步步紧跟，阔步向前不停息，腿肌行走灵活，好像搓紧的麻绳股股隆起。母驼行走时胸肋间的肚带正如船在水里航行时划出的条条水痕，肩胛骨犹如层层叠叠垒起的厚墙壁。

疾行时，母驼昂起硕大的头颅，它宽阔的双肩从两端高高耸立。

造型画面

27. 胸肋间的肚带划出条条勒痕，
    似平坦地面上留下道道路径。
28. 光滑小径时而交错，时而分离，
    宛如开衫前襟，用白色扣襻结系。
29. 修长的颈项高高仰起，
    像底格里斯河上破浪前行的尾舵。
30. 坚固的颅骨似刚硬的铁砧，
    与铁锉般的颈骨咬合紧密。
31. 脸颊柔软如沙姆的羊皮纸，
    双唇柔韧似也门的熟牛皮。

塔拉法在这里还将母驼胸肋间被搓紧的绳索划出的条条勒痕，比作水流过光滑的石板地面上留下的痕迹。这些搓紧的绳索不会损害强健母驼的皮肤，就像丰沛的水流不会对光滑的地面造成影响一样。塔拉法认为满是岩石

بأنها: قَردد، أي أرض صُلبة مستوية، وهذا أدلُّ على ثبات الصخرة ورسوخها في الأرض.

ويزيد طرفة هذه الصورة التشبيهية تفصيلاً، فيذكر أن آثار النسع في جلد ناقته تتقارب أحياناً، وتتباعد في أحيان أخرى، فهي كهذه الموارد التي تتلاقى في الطريق مرة، وتفترق أخرى، ثم يركِّز نظره على آثار الموارد في الأرض، فينتقل إلى صورة تشبيهية جديدة يحوِّل من خلالها المشبّه به إلى مشبّه، إذْ تذكِّره هذه الطرائق اللامعة المتناثرة بصورة البنائق البيضاء التي تُرقَّع بها القمصان القديمة.

ثم يلتفت طرفة إلى عنُق ناقته، فيروعه بهاء ارتفاعه وطوله الممتد، وسرعة نهوضها به، فيستدعي خياله صورة طالما ألِف رؤيتها في نهر دجلة بالعراق، حين تخطر السفن أمام عينيه، ويرى أعمدتها منتصبةً في امتداد أخّاذ نحو السماء. أمّا جمجمة هذه الناقة فهي في صلابتها كالسندان التي يطرقها الحدّاد بحدائده، وهذه الجمجمة الصُّلبة شديدة الأسر، ملتئمة بمِهاد الرأس دون نتوء أو انعراج، فهي في استوائها كحدّ المِبرد.

ويستمر طرفة في التغني بمحاسن ناقته، فهو حين يُرخي نظره قليلاً تقع عينه على خدّها الأبيض النقيّ، وكأنه صحيفة بيضاء يحملها رجل من أهل الشام، حيث يكثُر النصارى المعتنون في ذلك العهد بالكتب والأوراق، ثم يتأمّل مِشْفرها، ويلحظ استقامته واعتداله البعيد عن الاعوجاج والتهدُّل، فتتراءى له صورة سِبت اليماني المصنوع من جلد البقر المدبوغ، ونسبته لليمن تحلية له؛ لأنها بلد الملوك وصناعة الجِلد المتقدمة في ذلك العهد، فلا تجد فيها اعوجاجاً في القطْع، أو تفاوتاً في المقادير.

مرايا التوجُّس

٣٢. وعَيْنانِ كالمَاوِيَّتَيْنِ اسْتَكَنَّتا　　بِكَهْفَيْ حِجَاجَيْ صَخْرَةٍ قَلْتِ مَوْرِدِ

٣٣. طَحُوْرَانِ عُوَّارَ القَذَى فَتَراهُما　　كَمَكْحُوْلَتَيْ مَذْعُوْرَةٍ أُمِّ فَرْقَدِ

٣٤. وصَادِقَتَا سَمْعِ التَّوَجُّسِ لِلسُّرَى　　لِهَجْسٍ خَفِيٍّ أو لصَوتٍ مُنَدَّدِ

٣٥. مُؤَلَّلَتَانِ تَعْرِفُ العِتْقَ فِيْهِما　　كَسَامِعَتَيْ شَاةٍ بِحَوْمَلَ مُفْرَدِ

堆积的地面平坦坚硬，这证明岩石的坚固，牢牢地扎根于大地。

塔拉法接着详细描绘了这一比喻的画面。他提到，母驼胸肋间肚带上划出的条条勒痕有时相距甚近，有时甚远，好像那些水流时而交汇，时而分离。塔拉法将目光聚焦于这些水流在地面留下的痕迹，于是他转向另一个新的比喻的画面，通过这些画面把喻体转为本体。因为这些散落各处的闪亮小径使他想起破旧的衬衫前襟上系起的白色扣襻。

塔拉法注视着母驼的脖子，母驼那修长的颈项、高大的身躯和立起之迅速，令他很吃惊。这使他联想起一幅看过千百次的画面：在伊拉克底格里斯河上，一艘艘船只在他眼前移动，他看见桅杆在船尾立起来，缓缓地移动，以那迷人的姿态在空中耸立。母驼的颅骨颇为坚硬，犹如铁匠钉进去的铁掌，颅骨与颈骨相连，没有任何弯曲或凸起，就像锉刀的刀锋一样平展。

塔拉法继续吟诵母驼美丽的身躯，他的目光缓缓前移，落在了母驼白皙干净的脸颊上，它的脸颊柔软犹如沙姆人制造的白色羊皮纸，当时，基督徒对于书籍和纸张非常关注。塔拉法注视着母驼的双唇，发现双唇匀称，不弯曲，不下垂，他看到在自己面前呈现的是这样一幅画面：母驼双唇柔韧，犹如一张刚制造好的散发着香气的也门熟牛皮。也门在当时是一个皮革业发达的王国，制造出的牛皮平展不凹凸，切割均匀无差异。

惶恐的镜像

32. 眉骨下静卧一双如镜美目，
    水汪汪宛如山间两眼泉溪。
33. 灰色眸子顾盼间莹莹闪烁，
    如受惊吓的野牛护犊心急。
34. 两耳敏锐机警，听力出奇，
    谛听夜行中万籁隐秘的低语。
35. 矛尖般灵敏精密的耳翼，
    如赫麦里的野牛独行格外警惕。

٣٦. وأَرْوَعُ نَـبَّـاضٌ أَحَـذُّ مُـلَـمْـلَـمٌ كَـمِـرْدَاةِ صَـخْـرٍ فِـي صَـفِـيْـحٍ مُـصَـمَّـدِ

يواصل طرفة الرسم الدقيق لتفاصيل ناقته ومحاسن خلْقها، فعيناها صافيتان كالمِرآة، وقد غارتا في حِجاجيهما وكأنهما مستكنّتان إلى كهفين محيطين بهما، ثم يشبّه صفاء هاتين العينين الغائرتين في عظْمَي الحِجاجين بصفاء الماء المجتمع في نقرة محفورة على سطح صخرة، والماء في الصخرة أصفى ما يكون، حتى إنك لا ترى فيهما ما يعتري العيون أحياناً من دَرَنٍ أو تراب.

وإنّ حُسْنهما ليذكّرك بعيني البقرة الوحشية اللتين تبدوان دائماً كأنهما مكحولتان، وطرفة يصِف هذه البقرة بأنها: مذعورة، وإذا كانت مذعورة كان ذلك أحدَّ لنظرها، وأبينَ لجمال عينيها، ثم إنها ذاتُ ولد، فهي دائمة التشوّف والنظر إشفاقاً على ولدها، فيزيد هذا أيضاً من فتنة نظراتها وبهاء عينيها.

أمّا أُذُنا هذه الناقة فهما رهيفتا الحسّ، صادقتا السمع، خاصةً عند المسير ليلاً، حيث يبلغ الحذر عندها منتهاه، فلا تفوتها الحركة الخفيّة، ولا الصوت خفيضاً كان أم جهيراً. وهاتان الأُذنان مؤلّلتان، أي محددتان ومرسومتان بدقة، فأنت تتبيّن كرم الأصل والعروق فيهما إذا نظرتَ إليهما لتحديدهما وقلّة وَبَرهما، وتستدعي رهافة الحس في أُذُني الناقة صورة مماثلة في خيال طرفة، فيشبهها برهافة أُذُني ثور وحشي يعيش وحده، والانفراد يستدعي الترقب والحذر، فيكون أبعدَ عن التشتُّت والالتهاء اللذين يسبّبهما وجود القرين المصاحب، ومن هنا يشتدّ سمعه وتيقُّظه وارتياعه.

وهذه الإشارة إلى التيقظ والارتياع تسوق طرفة إلى الحديث عن قلب الناقة، هكذا يمدّ طرفة نظره نحو ناقته ليصل إلى ما وراء المنظور وما يختفي خلف الحُجُب، وكأنه لا يريد أن يترك شيئاً يخصُّ هذه الناقة إلّا ذكره، وتملّى فيه، فهذا القلب المضطرب الذي يرتاع -لشدة فِطنته- من كل شيء لا يشكو من ضعف في التكوين، فهو صُلْب البنيان كالصخرة القاسية التي تُكسَر بها الصخور، وقد أحاطتْ به أضلاع عِراض كصفيح من الصخر المرصوف بإحكام.

الناقة / الحلم

٣٧. وأَعْـلَـمُ مَـخْـرُوْتٌ مِـنَ الأَنْـفِ مَـارِنٌ عَـتِـيْـقٌ مَـتَـى تَـرْجُـمْ بِـهِ الأرضَ تَـزْدَدِ

36. 心脏搏动强劲，行动敏捷轻盈，
似坚硬的岩石于磐石中央矗立。

塔拉法继续细致地描写母驼的细节和其良好的品性：眉骨下静卧的美目清澈如镜，好像藏在两个幽深的洞穴里。塔拉法将母驼眉骨下水汪汪的双眸比作从岩石表面凿出的泉眼中流出的水，它清澈透明得无与伦比，以至于你在这双美目里看不到任何杂质。

母驼的美目使你想起野牛那双似乎有些发黑的眸子。塔拉法这样描述野牛：它恐惧警惕，当它受到惊吓时，顾盼间目光莹莹闪烁，更显其双眸之美丽；有幼崽的野牛更是左顾右盼，护犊心切，更增加了野牛目光的魅力与光彩。

母驼的两耳敏锐机警，听力好得出奇，特别是在夜间行走时。当它突然停止行走，警惕性使母驼听见万籁隐秘中的动静，无论是低沉或高昂的声音。母驼如毛尖般的耳翼，灵敏且经过精密设计，以至你能分辨出它们的品种和高贵的血统。如果你再仔细看，便能看出耳翼毛发之少。在塔拉法的想象中，骆驼耳朵惊人的听觉唤起了他类似的印象，他将其比喻为独居野牛的耳朵，因为独居的状况要求野牛好好观望，小心谨慎，这样它就不会因同伴的存在而分心，从而提高听力、警惕性和警觉性。

正是这种警惕性和恐惧心驱使塔拉法谈论母驼的心脏。于是他的目光看着母驼，看透那些被凝视的和隐藏在面纱背后的一切，就好像一提到母驼，塔拉法便不想放过任何与之有关的东西，他享受其中的乐趣。母驼的这颗躁动不安的心，因其极度敏锐而被一切所惊吓，但它并不埋怨自身存在的这一弱点；坚固的心就像一块坚硬的磐石。这颗心，被宽大的肋骨包围着，就像一块被紧紧包裹着的岩石。

母驼 / 梦

37. 当我拉紧缰绳，
它便如公鸵般奋蹄疾行。

٣٨. وإنْ شِئْتُ لَمْ تُرْقِلْ وإنْ شِئْتُ أَرْقَلَتْ   مَخَافَةَ مَلْوِيٍّ مِن القِدِّ مُحْصَدِ

٣٩. وإنْ شِئْتُ سَامَى وَاسِطَ الكُوْرِ رَأْسُهَا   وعَامَتْ بِضَبْعَيْهَا نَجَاءَ الخَفَيْدَدِ

٤٠. عَلَى مِثْلِهَا أَمْضِي إذا قَالَ صَاحِبِي: ألا لَيْتَنِي أَفْدِيْكَ مِنْهَا وأَفْتَدِي

٤١. وجَاشَتْ إِلَيْهِ النَّفْسُ خَوفاً وخَالَهُ   مُصَاباً ولَوْ أَمْسَى عَلَى غَيْرِ مَرْصَدِ

يعود طرفة لوصف مِشْفر ناقته من جديد، ويركّز هذه المرة على ما فيه من شقّ ملازم لكلّ مشافر الإبل، وهذا الشقّ يبدأ من الأنف نزولاً إلى المِشْفر الذي يصفه طرفة بأنه ليّن، كما أنه عتيق تتبيّن فيه كرم الأصول، وهذه المرة الثانية التي يشير فيها طرفة إلى كرم الأُصول التي تتحدّر منها ناقته.

وهي حين تعدو تقترب بِمِشفرها من الأرض حتى كأنها ترجُم الأرضَ به، لتزيد من عزمها وسرعة عدْوها، ثم يتباهى طرفة بأنّ ناقته طوع أمره، مروّضة على الاستجابة لرغباته خوفاً من سوطه شديد الفتْل، فإنْ شاء أسرعتْ، وإنْ شاء تهادتْ في سيرها، كما قد يشاء أيضاً أن يجذب زِمامها إليه، فيرتفع رأسها حتى يُحاذي في العلوّ عُود الرحْل المنصوب على ظهرها، بينما تبسُط عضُديها في عدْو رخيّ يشبه السباحة، وتُقارب به سرعة ذكر النعام إذا أراد النجاة بنفسه. وهذه أيضاً المرة الثانية التي يُشبِّه طرفة فيها سرعة ناقته بسرعة النعام.

أخيراً يقترب طرفة من نهاية وصفه المسترسل لناقته، فيقول: إنّ هذه الناقة بصفاتها الاستثنائية هي التي أُعوِّل عليها حين أقطع بها الفيافي المهلِكة مع صاحبي الذي ألمس جزعه المضطرب من غدر الصحراء، فما يزال يتمنى لي ولنفسه السلامة والأمان، بينما يتصعّد الخوفُ في نفسه، ويتحيّن ساعة هلاكه، حتى وإن كان في أرض بعيدة عن ترصُّد المعتدين.

أمّا طرفة فإن شجاعته التي يقتحم بها هذه المهالك دون وَجَل، ربما لم تكن لتتحقق لولا هذا الخيال الواسع الذي جعله يرى ناقته كما أرادها أن تكون: حُلُماً يتجاوز حدود الإمكان، ورؤيا تعلو على شروط الواقع وضرورات الحياة.

38. 我时而令它疾驰，时而令它徐行，
　　它怕挨鞭，对我百顺百依。
39. 母驼上唇豁开，鼻翼穿孔，
　　令它低头触地时，便加紧了步履。
40. 驾着此般母驼我匆匆赶路，
　　朋友说：情急时我能将你替。
41. 我提起精神屏住呼吸，
　　担心他遭敌人暗哨侵袭。

塔拉法再次描写母驼的双唇，这次聚焦于骆驼的嘴唇所具有的品质，从鼻孔到双唇，塔拉法描述它是如此的柔软。由此突显母驼品种的纯正。

当母驼跑起来的时候，头努力向前伸，嘴唇好像几乎要触到地，以此表达它坚强的意志和跑动速度之快。塔拉法炫耀自己的母驼特别听话：这匹母驼因为害怕挨鞭子，更加紧了步履；母驼对他百依百顺，它时而疾驰，时而徐行。当他拉紧缰绳时，母驼仰起头，与驼鞍的高度保持一致；与此同时，当母驼奋蹄疾行时，犹如在游泳，恰如雄鸵鸟狂奔逃命时的神速。这也是塔拉法第二次将母驼的速度与鸵鸟的速度相提并论。

塔拉法终于要结束对母驼的持续性描述。他说：这只母驼特征鲜明，当时我正驾着这匹母驼，和我的朋友一起匆匆赶路，走过险象环生的荒漠，我能感受到他的忧虑慌张。他希望我和他都平安无事，但他的心理却有一种恐惧的情绪升起，哪怕是在很远的地方观察到入侵者，他都能感到好像死到临头了。

塔拉法的勇敢使他毫不畏惧地克服危险，如果不是丰富的想象力让他看到了他心目中的骆驼，他就不会有勇气毫无畏惧地勇敢面对这些危险，去实现一个超越极限的梦想，一个超越现实条件的愿景。

قنطرة بين لوحتين

٤٢. إذا القَـوْمُ قَـالُـوا: مَـنْ فَـتًـى؟ خِـلْـتُ أنَّـني عُـنِـيْـتُ فَـلَـمْ أَكْـسَـلْ ولَـمْ أَتَـبَـلَّـدِ

٤٣. أَحَـلْـتُ عَـلَـيْـها بِـالـقَـطِـيْـعِ فَـأَجْـذَمَـتْ وَقَـدْ خَـبَّ آلُ الأمْـعَـزِ الـمُـتَـوَقِّـدِ

٤٤. فَـذَالَـتْ كَـمَا ذَالَـتْ وَلِـيْـدَةُ مَـجْـلِـسٍ تُـرِيْ رَبَّـهـا أَذْيَـالَ سَـحْـلٍ مُـمَـدَّدِ

هذه الأبيات الثلاثة هي بمثابة القنطرة التي تمتزج فيها لوحة الناقة التي تصِل هنا إلى قرارها الأخير، بلوحة الصورة الشخصية التي تبدأ أُولى إرهاصاتها في فاتحة هذه الأبيات، إذْ يكشف طرفة عن عنفوانه الجامح وجرأته التي جُبِل عليها، فحين يتساءل الناس: مَن الفتى المِقْدام الذي يستطيع قطْع هذه الفلاة الموحِشة واقتحام الصِّعاب، فإنّ أول ما يتبادر إلى ذهنه أنهم يتحدثون عنه ويقصدونه دون غيره.

ولهذا يهبّ لإنجاز المهمة دون تَوَانٍ أو كسل، فيمتطي ناقته، ويُلهب ظهرها بالسوط، فتُسرع به عدْواً، بينما يرى السراب يتخايل أمامه ويضطرب في الهاجرة المتوقّدة وسط الصحراء المهلِكة، ويطيب لطرفة أن تكون آخر صورة يرسمها لناقته: هذا المشْي المتبختِر وسط الصحراء الممتدة، حتى لتبدو غير عابئة بوحشة الطريق ومخاطر الفلوات، وكأنها جارية تميس بدلال في مجلس القوم، وترفُل أمام سيّدها بثوبها الأبيض الضافي المتراخي الذيول.

ولكنّ هذه الصورة الناعمة التي ختم بها طرفة وصفه للناقة لن تُنسينا ما قبلها، فهذه هي المرة الثالثة التي يشير فيها طرفة إلى شدة سَوقه لناقته المفضّلة: زجراً جافياً لها، وإلهاباً بالسوط لظهرها، وإنك لتعجب كيف تكون الناقة حائزةً لكل تلك الصفات الفاخرة التي أسبغها عليها، ثم يكون هذا نصيبَها من صُحبته؟ أتكون الناقة إذن هي رمز فُتوّته اليانعة وصِباه المتدفق الذي يجور عليه باقتحام الشدائد ومقارعة الأهوال، والاستهانة بالموت في مقتبل العمر وشَرخ الشباب؟

联结两幅画面的桥梁

42. 族人问：谁能独自担此重任？
    我自告奋勇毫不犹豫。
43. 牵过快驼扬鞭催征赴使命，
    炎热的砾石路上蜃境迷离。
44. 快驼似歌女为主人弄舞摇姿，
    摆动的尾尖似白色裙裾飘逸。

这三行诗发挥了桥梁纽带的作用，把强壮可靠的母驼形象与开头就埋下伏笔的人物形象融合在一起。在此塔拉法展现了他汪洋恣意的活力和天生的勇敢，所以当人们问起：哪位英勇的青年能够穿越这片荒凉的沙漠，并战胜困境？他们所指的英勇青年他首先想到的就是自己，除了他自己，无人可担此重任。

因此塔拉法奋起完成任务，毫不迟疑也绝不偷懒。他骑上母驼，策鞭狂奔。他看到前方的蜃景在酷热致命的沙漠中央扑朔迷离。塔拉法为自己的母驼勾勒出最后一幕：它在绵延的沙漠中摇曳而行，毫不在意路途的孤寂和沙漠的危险，它似歌女在人群中撒娇卖俏、款款而行，在主人面前拖着长长的衣裙趾高气扬地行走，而那摆动的尾巴便似白色裙裾般飘逸。

但塔拉法描述的母驼这最后一幅柔美的画面不会使我们忘记先前的事实。这是塔拉法第三次提及对他的爱驼的严酷鞭笞：粗鲁地呵斥它，鞭打驼背驱使它，那么你会感到奇怪，母驼是如何拥有所有这些被他赋予的美好品质，并凭此有缘陪伴在塔拉法身边的？这母驼是否象征着他蓬勃奔放的青春，象征活力四射的青年藐视死亡、克服困难、打败恐惧？

اللوحة الرابعة

صورة شخصية

٤٥. وَلَسْتُ بِحَلّالِ التِّلاعِ مَخافَةً	وَلَكِنْ مَتَى يَسْتَرْفِدِ القَوْمُ أَرْفِدِ
٤٦. فَإِنْ تَبْغِنِي في حَلْقَةِ القَوْمِ تَلْقَنِي	وإنْ تَقْتَنِصْنِي في الحَوَانِيْتِ تَصْطَدِ
٤٧. مَتَى تَأْتِنِي أَصْبَحْكَ كَأْساً رَوِيَّةً	وإنْ كُنْتَ عَنْها غانِياً فَاغْنَ وازْدَدِ
٤٨. وإنْ يَلْتَقِ الحَيُّ الجَمِيْعُ تُلاقِنِي	إلَى ذِرْوَةِ البَيْتِ الرَّفِيْعِ المُصَمَّدِ

بعد رحلة طرفة الممتدة مع ناقته وصفاتها – وهي أطول أجزاء المعلَّقة- ينتقل هنا للحديث عن نفسه، وكان قد مهّد لهذا الحديث في ختام لوحة الناقة، حين صوّر شجاعته وإقدامه، ثم ها هو ذا يصوِّر الصفة الثانية التي طالما أحبّ العربي التمدُّح بها، وهي: الكرم وسخاء النفس بالعطاء، فهو ليس ممن يستتر في التلاع وشقوق الجبال مخافة نزول الأضياف عنده، بل يُقيم في بيته ليقصده من يريد ضيافته ويسترفد عطاءه، فيرفدهم ويُعينهم.

وهو رجل يجمع بين الجِدّ واللهْو، ولهذا تجده في مجلس القوم يُستشار كما يُستشار الأكابر، ويُستأنس برأيه في الملِمّات وتدبير شؤون الناس، كما تستطيع أن تقتنصه في أوقات فراغه ولهْوه وهو يرتاد حوانيت الخمّارين، وعندما يقصده أحد في الصباح فسيكرمه بكأس ترويه، وإنْ تمنّع على طرفة بأنه مُستغنٍ عن كأسه بما يملك، فسيلحّ عليه طرفة بأن يقبل ضيافته، فغِناه باقٍ له، وليس هناك ما يمنعه من الزيادة عليه.

ثم يفتخر طرفة بشرف نسبه وكرم مَحتِده، فعندما يجتمع القوم ويتبارون في التفاخر بأنسابهم، فإن لطرفة القِدح المعلّى بينهم، فلطالما كان بيته موئل الشرف الرفيع ومقصد أصحاب الحوائج.

第四幕

个人肖像

45. 我愿居高山之巅，不愿在山谷里藏匿，
有人求援，我必随叫随到毫不迟疑。
46. 你会在族人的聚会中看见我，
你会在朋友的酒肆里找到我。
47. 何时与我碰杯，必奉陪到底，
即便不想贪杯，也一杯杯灌你。
48. 若挑选谁家门庭显赫最高贵，
族人必推我高朋满座属第一。

塔拉法在讲述了漫长的旅程和骆驼的品质——这是悬诗中最长的一部分——之后，他转而谈论自己，这在描绘母驼形象之画面的末尾处便已打下伏笔，描述自己英勇无畏，奋勇向前，然后在此谈论自己的另一种品质，也是阿拉伯人历来推崇的品德：慷慨大方、无私奉献。塔拉法不会因害怕朋友的到来而躲避到高岗和山谷中，而是留在家里，任谁前来求援，他都将伸出援手，给予帮助。

他是一个亦庄亦谐的人，因此你会发现他在部落长老会中颇有威望，他的意见能够被众人征询和听取，他还能安排人们的事务。在他闲暇与娱乐时，你会在酒馆里找到他，当有人在早晨到来时，他会以酒待客，客人若拒绝喝酒，塔拉法便会坚持劝酒，直至其他人都感到满意。没有什么能够阻止他贪杯。

塔拉法以其血统的高贵为荣，当人们聚在一起竞相吹嘘他们各自的高贵血统时，塔拉法在其中尤为显贵，因为他的家族一直是门楣高贵的望族和乞求者的希望之地。

مجلس الأُنس

٤٩. نَـدَامَـايَ بِـيْـضٌ كـالـنُّـجُـومِ وقَـيْـنَـةٌ تَـرُوْحُ عَـلَـيْـنـا بَـيْـنَ بُـرْدٍ ومُـجْـسَـدِ

٥٠. رَحِـيْـبٌ قِـطَـابُ الـجَـيْـبِ مِـنْـها رَفِـيْـقَـةٌ بِـجَـسِّ الـنَّـدَامَى بَـضَّـةُ الـمُـتَـجَـرَّدِ

٥١. إذا نَـحْـنُ قُـلْـنا أَسْـمِـعِـيْـنا انْـبَـرَتْ لَـنَـا عَـلَى رِسْـلِـها مَـطْـرُوْفَـةً لَـمْ تَـشَـدَّدِ

٥٢. إذا رَجَّـعَـتْ في صَـوْتِـها خِـلْـتَ صَـوْتَـها تَـجَـاوُبَ أَظْـآرٍ عَـلَـى رُبَـعٍ رَدِي

يصوِّر طرفة هنا مجلس أُنسه الذي اجتمعتْ فيه دواعي البهجة وضُروب المتعة وصنوف التلذُّذ، فأصحابه المنادِمون له على الشراب فِتْيان كِرام تتلألأ وجوههم حُسناً وأحسابهم نُبلاً كما تتلألأ النجوم في السماء، وتضيء ليلتَهم مغنّيةٌ حسناء تُمتع أنظارهم وهي تتبختر بينهم بملابسها الأنيقة، بينما تُلهب حواسّهم بما تُبرزه من مفاتنها المُغْوية، وتزيد من جُرأتهم عليها بما تُبديه لهم – وهي الخبيرة بفنون الغِواية- من تلطُّف مستدرِج، ورِفْق يُطمِع بالمزيد.

وتكتمل لذّتهم حين يطلبون منها الغناء، فتلبّي تطلُّعهم بتؤدة ومهْل، وتبدأ بغنائها المسترسل البعيد عن التكلُّف، وهي تنظر إليهم بطرْف فاتر وجفن ناعس، حتى إذا طاب لها مقام الغناء، ومضى صوتها العذب يتحدّر من وراء الأفق، ويتنقّل بين سلالم النغم، كاشفاً للأرواح عن مكامن الشجن، هناك سيتذكر طرفة صوتاً شجيّاً آخر: صوت النُّوق وهي تتجاوب بحنينها المتفجِّع على موت فصيلها الغضّ الذي وُلِد في الربيع؛ ولكنه لم يُمهَل كي يعيش ربيعه في الحياة.

وستبقى هذه الصورة الشجية للنُّوق المتجاوبة بالحنين الباكي على حُوار الناقة الصريع تتردد في مدارج الشعر، وتُطوِّف حولها مخيِّلة الشعراء، فالشاعر مُتمِّم بن نُويرة لم يجد مشهداً يستطيع نقل إحساسه الفاجع يوم نُعِي إليه أخوه مالك إلّا مشهد الآظار الثلاث اللاتي فُجِعن بمصرع حُوار إحداهنّ، فظللْن يبْكينه تجاوباً لا يملُّ من الترجيع: (إذا حنّت الأُولى سَجَعْنَ لها مَعَا)، كما لم يجد الصِّمّة القُشَيري ما يُوازي وجْده بمحبوبته ريّا غداة دعا داعي الفراق غير وجْد الناقة المفجوعة بحُوارها، حتى إذا رجّعتْ في آخر الليل حنيناً له: (أبكتِ البُزْلَ أجْمعا).

亲朋好友的聚会

49. 酒友们皆为名门贵胄，如星辰熠熠，
还有身着用番红花印染的长裙的歌女。
50. 宽大的领口处裸露出柔滑凝脂，
对酒友们的抚摸报以温柔善意。
51. 若我们高声呼唤：来，高歌一曲，
她欣然应允，浅唱低吟把人迷。
52. 那如歌如诉的曲调啊，
像母驼为死去的幼子悲恸哭泣。

塔拉法在这里描绘充满欢声笑语、乐趣无穷的酒会，他的酒友们是慷慨大方的青年，他们的面容英俊耀眼，他们的才干瞩目如天上闪耀的星星，美丽的歌女照亮了他们的夜晚，她在他们中间身着华服，摇曳生姿，展示诱人的身段，刺激他们的感官——歌女是诱人的专家，以她的顺从和柔美引诱男青年，使他们更加大胆。

宾客们进一步寻乐，要求歌女高歌一曲，她慢慢悠悠地满足了他们的愿望，她的歌声娓娓动听，她浅唱低吟，睡眼惺忪，用魅惑的目光扫过听众，甜美的歌声恍若来自天际，不停变换旋律的音阶，为这些灵魂展示悲伤，使塔拉法忆起另一个悲伤的声音：母驼为死去的幼子发出哀悼的哭泣，那幼驼在春天出生，却永无机会度过它生命中的春天。

这一描绘母驼为幼子哀悼哭泣的悲伤画面，在许多诗作中都屡次出现，并夹杂着众多诗人的想象。如诗人穆太米姆·本·努韦拉（مُتمّم بن نُويرة）在听闻兄弟马立克的死讯时痛苦得无以言表的感觉，唯有以三只母驼为夭折的骆驼仔的哀鸣来形容。他描写母驼不住地哀泣：当一只母驼发出想念幼驼的悲鸣时，其它母驼也会一齐哀伤悲鸣。诗人绥玛·古谢里（الصِّمّة القُشَيري）也无以形容他与心上人莉娅·嘉黛（ريّا غداة）分离时的哀伤，唯有以母驼为幼子哀泣的悲痛作为比喻：母驼在深夜再次为思念幼子而哭泣，“它引发所有骆驼

خسارات الانهماك

٥٣. وما زَالَ تَشْرَابِي الخُمُورَ ولَذَّتِي   وبَيْعِي وإنْفَاقِي طَرِيْفِي ومُتْلَدِي
٥٤. إلَى أَنْ تَحَامَتْنِي العَشِيْرَةُ كُلُّها   وأُفْرِدْتُ إفْرَادَ البَعِيْرِ المُعَبَّدِ
٥٥. رَأَيْتُ بَنِيْ غَبْرَاءَ لا يُنْكِرُونَنِي   ولا أَهْلُ هَذَاكَ الطِّرَافِ المُمَدَّدِ
٥٦. ألا أيُّهَذَا اللائِمِيْ أَحْضُرَ الوَغَى   وأَنْ أَشْهَدَ اللذَّاتِ هل أَنْتَ مُخْلِدِي؟
٥٧. فإنْ كُنْتَ لا تَسْطِيْعُ دَفْعَ مَنِيَّتِي   فَدَعْنِي أُبَادِرْهَا بِمَا مَلَكَتْ يَدِي

يعود طرفة هنا فيُقِرّ بالوجه الآخر الملازِم دائماً للانهماك السادر في اللذائذ والمُتَع، فيعدِّد بعضَ خساراته جرّاء هذا الانهماك، فإنفاقه المتهوِّر على هذه المُتَع جعله يخسر من جانبٍ ماله الموروث والمكتسَب، ويخسر من جانب آخر مكانته الاجتماعية بين أقاربه ومعارفه، فإذا هم ينبذونه ويتجنّبون الاختلاط به، كما يُنبَذ البعير الأجرب ويُعزَل عن الإبِل مخافة العدْوى.

ويبدو هذا الاعتراف بالعزْل الاجتماعي الذي يحاصر طرفة كأنما يتناقض مع ما سبق أن افتخر به من قبل حول منزلته المقدّرة في (حلْقة القوم)، وربما لهذا يستدرك على نفسه بعد ذلك، فيقول: إنه على الرغم من هذا التجنُّب، فإنّ فقراء قومه وأغنياءهم على السواء يعرفون مقامه ويحفظون له مكانته، فالفقراء ممتنّون لكرمه الذي لا ينقطع، والأغنياء يقدِّرون رجاحة رأيه وشجاعته ونُبْل أصله.

ثم يعرض طرفة فلسفته في الحياة التي يُحاجِج بها من يلومه على إقدامه غير المحسوب على المهالك والحروب، وعلى إسرافه في مطاردة اللذّات، فيسأل عاذِلَه: تُرى لو أحجمتُ عن الإقدام

一起哀鸣”。

沉湎酒色的损失

53. 我开怀畅饮陶陶然毫不顾忌，
不惜变卖家产和祖上的积蓄。
54. 直至遭到族人的驱赶和唾弃，
像浑身长癞的驼被赶出群体。
55. 幸亏那些豪侠们不忘恩负义，
还有些住得起皮帐篷的富友接济。
56. 我愿战死在疆场，但更喜花天酒地，
阻止我的人啊，谁能让我生命不息？
57. 若无力为我挡住死神的袭击，
就任我慨然赴死，尽一己之力。

在这里，塔拉法承认长久沉迷享乐带来的负面影响，他列举沉迷玩乐导致的损失：肆意挥霍享乐使他一方面失去了祖上的积蓄和家产，另一方面使他丧失了在亲戚族人中的社会地位，他被唾弃和孤立，就像浑身长癞的骆驼因怕被其传染上疾病而被赶出群体。

他承认被孤立的事实，但这似乎和他之前所引以为傲的在族群中拥有的高贵地位相矛盾，或许正因如此，他纠正道：尽管他被边缘化，但族群中不管穷人还是富人都了解并维护他的地位，穷人们感激他一贯的慷慨，富人们称赞他睿智的见地、不竭的勇气和高贵的出身。

然后塔拉法阐释了他的人生哲学，以此驳斥那些批评他莽撞不计后果和纵情享乐的人，他向那些批评者发问：假如我不去冒险和享乐，你能保证我得到永生吗？你能抗击死亡，将我从中解救出来吗？这两个问题的答案历

على المخاطر والخوض في الملذّات، فهل تضمن لي الخُلود في الدنيا؟ وهل تستطيع التصدِّي للموت واستنقاذي منه حين يُوافيني؟ وبما أن جواب السؤالين معروف سلفاً، وأن الجميع سواسية في حتْمية الفناء وخضوعهم لقانون الموت المُطبِق، فإنّ طرفة يلتمس من صاحبه أن يدعه وشأنه، وأن لا يُبدِّد ما تبقّى من وقته الثمين بينما يسابق الموت للظفر ببعض مُتَع الحياة، والتمكُّن من إنفاق كلّ ما يملك قبل أن يغادر الوجود.

فلسفة اللذة

٥٨. وَلَوْلا ثَلاثٌ هُنَّ مِنْ عِيْشَةِ الفَتَى   وجَدِّكَ لَمْ أَحْفِلْ مَتَى قَامَ عُوَّدِي
٥٩. فَمِنْهُنَّ سَبْقِيْ العَاذِلاتِ بِشَرْبَةٍ   كُمَيْتٍ مَتَى ما تُعْلَ بِالمَاءِ تُزْبِدِ
٦٠. وكَرِّيْ إذا نَادَى المُضَافُ مُحَنَّباً   كَسِيْدِ الغَضَا، نَبَّهْتَه، المُتَوَرِّدِ
٦١. وتَقْصِيْرُ يَوْمِ الدَّجْنِ والدَّجْنُ مُعْجِبٌ   بِبَهْكَنَةٍ تَحتَ الخِبَاءِ المُعَمَّدِ
٦٢. كَأَنَّ البُرِيْنَ والدَّمَالِيْجَ عُلِّقَتْ   عَلَى عُشَرٍ أو خِرْوَعٍ لَمْ يُخَضَّدِ
٦٣. كَرِيْمٌ يُرَوِّي نَفْسَهُ في حَيَاتِهِ   سَتَعْلَمُ إنْ مُتْنا غَداً أَيُّنا الصَّدِي

يواصل طرفة هنا بسط فلسفته في اللذة، حين يُماهي بين معنى الحياة والتلذُّذ بالمُتَع، فهو لا يخشى الموت ولا يأسف على فراق الدنيا لولا ثلاث مُتَع يتعلّل بها في حياته: أولها: شُرب الخمر، وثانيها: نجدة الملهوف في الحرب بفرسه الذي يجتاح به الأعداء كما تجتاح الذئاب المتخفّية بين أشجار الغضا الكثيفة فرائسَها على حين غِرّة، وثالثها: الاستمتاع بالمرأة الحسناء داخل خيمتها في يوم متلبّد بالغيوم والمطر.

来都是人所共知的，那么所有人都是一样的，人固有一死，人人都要服从死亡的绝对法则。塔拉法恳求朋友放任他自由，他不会浪费宝贵的时间，而是要与死亡赛跑，来获得些许人生的乐趣，得以在离开人世前花完他所拥有的一切。

及时行乐的哲学

58. 我发誓，高贵的青年离不开三样东西，
若没有，何时死亡我都不会在意。
59. 第一样，责难者赶到前尽情豪饮，
暗红色的酒液泛起泡沫，从杯中流溢。
60. 第二样，若落难者向我求助告急，
我定骑上骏马如野狼般快速奔去。
61. 第三样，与窈窕女子大帐下相会，
帐外阴云蔽日，正下着蒙蒙细雨。
62. 环佩叮当，戴在美人的脚腕手臂，
肢体柔韧，犹如嫩树干亭亭玉立。
63. 高贵者生时应让自己把美酒饱饮，
明日死时便知焦渴者已错过良机。

塔拉法继续讲述他的哲学，并将生命的意义与享受的乐趣进行比较。如果他的生活中没有以下三种乐趣，他的人生就没有意义，他也不在意何时离开这个世界：第一种乐趣是畅饮开怀。第二种乐趣是骑着他的骏马横扫敌军，营救战争中的落难者，犹如野狼一般伪装在茂密的树林中，出其不意地捕获猎物。第三种乐趣是在阴云蔽日、下着蒙蒙细雨之时，与美女在她的围帐里寻欢作乐。

وهو يتمهّل شيئاً ما في وصف متعته الثالثة، فيصِف جمال الزينة التي تتحلّى بها هذه المرأة المترَفة في ذراعيها وساقيها، ولكنّ ما يستوقفه أكثر هو نعومة أطرافها وامتلاؤها، ويدفعه هذا الإحساس إلى استحضار صورة برّية تصعِّد متعته، وتهيّئها للالتحام بالطبيعة من حوله، فهذه الأذرع اللدْنة والسيقان الممتلئة ليست سوى تجسُّد بشري غَضِر لنوعين ناعمين من الأشجار بفروعهما الملساء وأغصانهما الليِّنة.

تبدو المتعة الثانية بين هذه المتَع الثلاث أقربَ إلى استجابةٍ فروسية لنداء الواجب؛ ولكنّ طابع الافتراس الذئبي الذي تُصوَّر به يجعلها ممزوجةً بالتلذُّذ الشرِس والظفر الدموي بالأعداء.

يلفت النظر أيضاً طابع اللهفة المتحسِّرة في تصوير هذه اللذائذ، فهي مُتَع سريعة الانقضاء، فطرفة يُسابق العاذلات على الشرب قبل أن يكدِّرن عليه متعته، لقد عرف أنهنّ سيأتين إليه يلمْنه على سُكْره في اليوم السابق؛ ولهذا يُعاجل مجيئهنّ بالمبادرة التوّاقة إلى سُكْر جديد. أمّا يومه القصير مع الحسناء والغيوم فما أسرع ما ينقضي، فالدجْن مُعجِب كما يقول، ولطالما تقضّتْ سريعاً أيامنا المعجِبة.

هذه المسابقة الدائمة والمتلهّفة إلى الارتواء من اللذات عند طرفة تبدو وكأنها عنوان حياة؛ ولهذا يقول في آخر الأبيات وبمُكابرة سادرة: إنّ هذا السلوك هو ما يجدر بالكريم أن يفعله: أن يُروّي نفسه بالخمر في حياته قبل أن يفقد هذه القدرة بعد مماته، ثم يلتفت إلى من يعذله على إسرافه فيها، فيذكّره بأنه سيكون بعد الممات هو النادمَ الوحيد بينهما على أنه لم يروِ ظمأه في الحياة.

وكأنما يرسم طرفة بهذه المجادلة الخمْرية الخطوط الأولى لنهج شعري خاص في فنّ الخمْريات، وهو: الخمْريات التأمّلية في معنى الحياة وسؤال الفناء والمصير، سيتطور هذا النهج الشعري بعد ذلك عند اللاحقين؛ كأبي نُواس في الشعر العربي، وعمر الخيام في الشعر الفارسي.

他在诉说第三样乐趣时节奏慢了下来，开始描绘这位奢侈的女子双臂和双腿上佩戴的华美饰品，但最吸引他的是她四肢柔嫩且丰满的身躯，这种感觉使他的脑海中浮现出一幅激发人的欲望的狂野画面。他将她与周围的大自然融为一体——她柔软的玉臂和浑圆的玉腿好似柔嫩之树的人形化身，树枝光滑且柔软。

这三种快乐中的第二种似乎更像是对召唤骑士使命的回应，但它所表现出具有掠夺本质的狼性却交杂着激情的快感和征服敌人的勇气。

在描绘这种乐趣时，人们也注意到一种哀伤的存在，因为这是一种快速消逝的快乐。塔拉法抢在那些妇女责备他之前喝酒，以免她们坏了他的兴致，因为他深知她们会责备他前一天的酩酊大醉。因此，她们的到来让他加快了另一场酒醉。阴云密布，和美女一起度过短暂的日子，时间过得真快啊！就像他说的那样，淫雨霏霏的天气让人欣喜，美好的日子总是很快就过去。

对于塔拉法来说，这种不断奋勇当先和急于满足享乐的心态似乎是他生命的一个主题。因此，他在最后一行诗中高傲地说道："这种行为值得高尚之人去践行，应当在生前用酒灌溉自己的灵魂，去世之后就没有这样的能力了。然后他对那些指责其浪费生命的人说，他们死后将会为生前没有满足自己的欲望而后悔。"

塔拉法通过对咏酒的雄辩，勾画出"咏酒诗"艺术最初的独特纹理：这些"咏酒诗"是关于生命意义的叩问，提出关于毁灭与生存的问题。这种诗歌创作模式在后世一些诗人那里将得到发展，如阿拉伯诗人艾布·努瓦斯（أبو نُواس）和波斯诗人欧麦尔·海亚姆（عمر الخيام）。

اللوحة الخامسة
تأمُّلات في الموت والحياة

٦٤. أرَى قَبْرَ نَحَّامٍ بَخِيْلٍ بِمَالِهِ كَقَبْرِ غَوِيٍّ في البَطَالَةِ مُفْسِدِ
٦٥. تَرَى جُثْوَتَيْنِ مِنْ تُرَابٍ عَلَيْهِمَا صَفَائِحُ صُمٌّ مِنْ صَفِيْحٍ مُنَضَّدِ
٦٦. أرَى المَوْتَ يَعْتَامُ الكِرَامَ ويَصْطَفِي عَقِيْلَةَ مَالِ الفَاحِشِ المُتَشَدِّدِ
٦٧. أرَى العَيْشَ كَنْزاً نَاقِصاً كُلَّ لَيْلَةٍ وما تَنْقُصِ الأَيَّامُ والدَّهْرُ يَنْفَدِ
٦٨. لَعَمْرُكَ إنَّ المَوْتَ ما أخْطَأَ الفَتَى لَكَالطِّوَلِ المُرْخَى وثِنْيَاهُ بِاليَدِ

هذه لوحة الرؤى، فقد ظلّ طرفة يكرر فيها قوله: (أرى)، مازجاً بين رؤيتَي: النظر، والتفكُّر، إنه الآن في مواجهة الحقيقة الكبرى: الموت الذي لا يمكن فهْم الحياة وإدراك مغزى الوجود فيها دون استحضاره، وتتبُّعِ خيوط العلاقات بينه وبين قِيَم الحياة نفسها وغاياتها.

يعجب طرفة أولاً من هذا التماثل العجيب بين القبور، مهما تباين سلوك أصحابها في حياتهم، فها هو ذا قبر البخيل الذي كان شديد الحرص على ماله ونفسه يُجاور قبر الغويّ المتهوّر الذي لم يكن يُبالي بأيّ شيء، يتجاوران الآن في هدوء دون أن تستطيع التفريق بينهما، وإنه ليتأمل فيهما فلا يرى سوى كومتين متشابهتين من التراب قد نُضدتا بالحجارة.

غير أنّ طرفة يدرك من جانب آخر أن هذه المساواة الظاهرة أمام الموت لا تنفي بُعدَ ما بين الكِرام وغيرهم في منزلتهم عند الناس وأثرهم فيهم: أحياءً، وبعد مماتهم.

نعم، يسري قانون الفناء على الجميع؛ ولكنّ طرفة لا يلحظ إلّا رحيل الكرام، حتى ليظنّ

第五幕

生与死的思考

64. 君不见，吝啬的守财奴和挥霍之徒，
死后毫无二致，都埋入尘土。
65. 光滑无声的石头圈起坟墓，
世人只看见两抔黄土。
66. 君不见，死神选中慷慨之躯，
也没放过吝啬的守财奴。
67. 君不见，生命是日渐损耗的宝库，
而岁月不断减少，万物走向竭枯。
68. 以生命起誓，人逃不脱死神之掌，
延长还是收拢，全凭它给予命数。

这是一幅体现诗人洞见的画面，塔拉法一直重复着："我看见……"，他结合所见之物，通过仔细观察和沉思琢磨，发现了一个最重要的事实：不敢直面死亡，不理解生的价值和目的，以及它和死亡的关系，就无法明白生命与存在的意义。

塔拉法首先惊讶于不同的坟墓间存在着一种神奇的相似性，即不论坟墓的主人生前的行为多么不同：或是非常爱财如命的自私吝啬鬼，或是什么都不在乎的挥霍之徒，两者的坟墓都安静地并排在一起，无法将其区分。当你望向它们时，看到的只是堆满石头的土堆。

但另一方面，塔拉法又意识到，表面上平等的死亡并不能抹杀高贵者与卑贱者在人们心中的地位或不同的影响，不管是在生前还是死后。

是的，死亡是人生的法则。但塔拉法只关注高贵者的逝去，其他人的死不

أن الموت لا يختار أحداً سواهم؛ لعِظَم الفجيعة بهم، واختلال أحوال الكثيرين بعدهم، وطرفة يمدّ تصوُّره لهذا الانتقاء الأنيق الذي يمارسه الموت مع أفراد الناس ليشمل الأموال أيضاً، فهو لا يُتلف من أموال الحريص المتشدِّد إلا أكرمَها عليه وأقربها إلى قلبه، فلا جدوى من الحرص إذن، وكأنّ طرفة هنا يكرر الاحتجاج لمذهبه في الحياة المبني على ثلاثية: التناسي، والإقدام، والاستمتاع.

ثم يكشف طرفة عن امتنانه العميق لنعمة العيش في هذه الحياة الساحرة، فعمر الإنسان على هذه البسيطة هو كنز ثمين؛ ولكنّ ما يثير الأشجان في كائن يعشق الخلود أن هذا الكنز الذي مُنِح له محكوم بقانون التناقص المستمر والتدريجي مع كل ليلة تمرّ عليه، أي أنّ كلّ لحظة تعبُر به ستهَبُ المتعة له بإحدى يديها، بينما تسرق بيدها الأخرى بعض اللآلئ المخبّأة في كنز عمره اليتيم.

وتتضاعف وطأة هذا الشعور عند الإنسان بسبب وعيه الحادّ بالزمن، فهو -فيما يبدو- الكائن الحي الوحيد الذي يتجاوز إدراكه حدود اللحظة الراهنة التي يعيش فيها؛ متطلعاً إلى الزمن الآتي والغد المحجوب، ومتصوِّراً اللحظة الرهيبة التي لن يكون موجوداً فيها على هذه الأرض، وهي اللحظة التي يعبّر عنها طرفة في البيت نفسه بـ(نفاد الكنز).

ولا يكتفي طرفة بهذا الحدّ الموجِع في تصوير هذه الحقيقة الجاثمة على الوعي المتغافل، بل يُوغل أكثر في محاولة إيقاظ الشعور الحادّ بها، فالفتى إذْ يرى اتساع المدى أمامه وهو يسرح في أكناف الأرض، ويمرح في أقاصيها يظنّ لوهلة أن الموت قد أخطأ الطريق إليه، فقد بعُد العهد به، وامتدت المسافة شاسعةً بينهما، بينما يجلس الموت مبتسِماً في زاوية خفيّة، وقد أحكم قبضته على الحبل الممتد الموصول بجسد الفتى، فمتى ابتغاه جذبه إليه دون عناء، فهو كصاحب الدابة الذي يُرخي لها الحبل المربوط بها؛ لترعى حوله بنَهَمِ مَن يظنّ أبدية البقاء في المرعى؛ ولكن متى شاء الراعي، جذب الحبل نحوه وردّها إليه.

值一提。高贵者的逝去会给人们带来巨大的悲恸，令天下大乱。塔拉法对人们死亡的想象是唯美的。其对金钱的看法亦是如此，他认为守财无益，要花钱就要随心所欲地去花那些守财奴的钱。因此，塔拉法一再提及自己的生活三观：淡忘忧烦，勇往直前，尽情享乐。

此时塔拉法坦露出对自己奇幻人生的不舍，人的生命是一笔宝贵的财富。但是让想得永生之人难过的是，这笔财富受制于一个法则，那就是随着日月流逝，财富逐渐减少，也就是说，时光会用一只手给人们带来度日的愉悦，同时又会用另一只手偷走其独特生命宝藏中隐藏的珍珠。

人的这种感受因其敏锐的时间意识而增强，于是人类似乎成了意欲超越当下时间的唯一生命体。他们期待着即将到来的时刻和蒙着面纱的明天，想象着死亡令人恐惧的一瞬，这也是塔拉法在这行诗里表达的一种“宝物竭尽”的时刻。

塔拉法不局限于对时间意识的单纯描述上，而是试图进一步激发其敏锐感受。当年轻人在世界的各个角落游走，他的视野就变得宽阔。他极尽欢乐之能事，一瞬间，怀疑死神是否迷了路，因为他的生命簿不断延长，生命之旅越来越长。而死神却坐在一个隐蔽的角落，将手中的绳索套在青年的身上。只要死神愿意，他就毫不费力地将青年拉向身边。死神像饲养牲畜的主人，将绑在它们身上的绳子松开，任想要永生的牲畜在牧场里贪婪地活着，可是主人一旦需要它死，就毫不犹豫地拉紧绳索，把它拉回到身边。

اللوحة السادسة

معاتبة القريب

٦٩. فَمَا لِي أَرَانِي وابْنَ عَمِّيَ مَالِكاً مَتَى أَدْنُ مِنْهُ يَنْأَ عَنِّي ويَبْعُدِ

٧٠. يَلُومُ وما أَدْرِي عَلامَ يَلُومُنِي كَمَا لامَنِي في الحَيِّ قُرْطُ بنُ أَعْبَدِ

٧١. وأَيْأَسَنِي مِنْ كُلِّ خَيْرٍ طَلَبْتُهُ كَأَنَّا وَضَعْنَاهُ إِلَى رَمْسِ مُلْحَدِ

٧٢. عَلَى غَيْرِ ذَنْبٍ قُلْتُهُ غَيْرَ أَنَّنِي نَشَدْتُ فَلَمْ أُغْفِلْ حَمُولَةَ مَعْبَدِ

٧٣. وقَرَّبْتُ بِالقُرْبَى وجَدِّكَ إِنَّنِي مَتَى يَكُ أَمْرٌ لِلنَّكِيثَةِ أَشْهَدِ

هذه لوحة لعتابٍ ممتد وجّهه طرفة لابن عمه مالك الذي كان ميسور الحال؛ ولكنه لم يساعد طرفة – كما يقول الرواة - حين قصده ليُعينه في طلب نُوقٍ كانت له ولأخيه معبد بعدما ضلتْ طريقها، واستولى عليها جماعة من مُضَر، فقد صدّه مالك، ولامه على إهماله لها، وقال له: فرّطتَ فيها، ثم أقبلتَ تُتعِب نفسك في طلبها.

وأثّر هذا الصدّ الجافي في نفس طرفة، ولهذا يتعجّب هنا من تفاوت التعامل بينه وبين ابن عمه، فبينما يجد طرفة حق القرابة بينهما موجِباً للدنوّ والألفة، والقيام بحقّ النصرة، فقد فضّل مالك الابتعاد عنه، والانصراف عن مساعدته، ولم يكتفِ بذلك، بل راح يلومه ويقرِّعه؛ ولكن طرفة لا يجد مغزى لهذا اللوم، كما لم يجد سابقاً معنى للوم رجل من قبيلته له، وهو قُرط بن أعبَد.

第六幕

亲属的责备

69. 每当走近堂兄马立克，
　　不知为什么他总离我远去？
70. 还有邻族的古尔特·本·艾阿拜德，
　　中伤我，却不告诉我其中缘起。
71. 我对他常怀有美好的希冀，
　　他的回应却如埋入墓穴，悄无声息。
72. 我说的话何罪之有，
　　况且没有把找回骆驼一事忘记。
73. 念及亲情，我和堂兄拉近关系，
　　以你的运气发誓，
　　一旦情急我定相助毫不吝惜。

这一画面讲述了塔拉法对家境优渥的堂兄马立克无尽的责备。正如传述人所说的那样，他（马立克）没有帮助塔拉法寻找那头走丢的母驼。这头骆驼是属于塔拉法及其兄弟麦阿拜德的。走失的母驼被一群木达尔人（مُضَر）霸占。马立克回击了塔拉法，责备塔拉法自己对母驼不上心，说："你疏于照管，而又疲于寻找（骆驼）。"

这种无端的指责给塔拉法的内心造成阴影，他惊讶于自己与堂兄两人间行事方式的不同。塔拉法认为亲属关系应该使他们亲近友爱、互相帮助，而马立克宁愿远离他，拒绝提供帮助，不仅如此，还责备他、呵斥他。但是塔拉法并未觉得这种责备有任何意义，同样他认为他的族人古尔特·本·艾阿

ويصوِّر طرفة الكَرب الذي حلّ به بعد لقائه بابن عمه، فقد صدر عن مجلسه وهو محبَط منه، ويائس من أن يقدِّم أيّ عَون له؛ حتى لكأنه قد دفن كل خير كان يأمله منه في قبر محكَم الإغلاق، فلا سبيل إليه، ولا أمل في استعادته، وهو لا يجد سبباً مفهوماً لهذا السلوك من ابن عمه، فهو لم يُذنب في حقه، ولم يتعدَّ عليه بأيّ قول، وكلُّ ما أراده هو استعادة نُوق أخيه مَعبد، ثم يذكِّر مالكاً مرة أخرى بحق القرابة بينهما، وهو الحق الذي يُراعيه طرفة، ويُلزم نفسه بمساعدة ابن عمه متى احتاج إليه في أيّ خطْب يُلمّ به.

من التباسات التفسير: مرجع الضمير في قول طرفة: (كأنّا وضعناه إلى رمْسِ مُلحَدِ)، فهذا المدفون في القبر؛ لتصوير شدة اليأس منه: أهو ابن عم طرفة: مالِك، أم هو الخير المأمول منه؟ أمَّا معظم الشرّاح القدامى فقد فهموا أن المقصود بهذه الصورة هو مالِك، أي أنّ طرفة قد وصل به اليأس من ابن عمه إلى أن يعدَّه من الأموات الذين دفنهم بيديه في اللحد، وهي -بهذا الفهم- صورة بالغة الجفاء، ولا تتناسب مع روح العتاب في الأبيات، ولم أجد بين هؤلاء الشرّاح غير القاضي الزوزني الذي رأى أن المقصود بهذه الصورة هو الخير المأمول من مالك، وهذا الفهْم الأخير هو الأليق بالعتاب، وهو ما اعتمدتُه في الشرح.

ظلم ذوي القربى

٧٤. وإنْ أُدْعَ لِلْجُلَّى أَكُنْ مِنْ حُماتِها ... وإنْ يَأْتِكَ الأَعْداءُ بِالجَهْدِ أَجْهَدِ

٧٥. وإنْ يَقْذِفُوا بِالقَذْعِ عِرْضَكَ أَسْقِهِمْ ... بِكَأْسِ حِياضِ المَوتِ قَبْلَ التَّهَدُّدِ

٧٦. بِلا حَدَثٍ أَحْدَثْتُهُ وَكَمُحْدِثٍ ... هِجَائِي وَقَذْفِي بِالشَّكَاةِ ومُطْرَدِي

٧٧. فَلَوْ كَانَ مَوْلايَ امْرَأً هُوَ غَيْرُهُ ... لَفَرَّجَ كَرْبِي أَو لأَنْظَرَنِي غَدِي

拜德（قُرط بن أعبَد）之前对他的中伤也没有意义。

塔拉法描绘了他见到堂兄后的痛苦，他离开俩人会晤的地方，心情沮丧，因为堂兄未对他提供任何援助，对得到堂兄帮助的希望似乎被埋在了密闭的坟墓中。他无法靠近堂兄，也无法让堂兄回心转意，甚至无法为堂兄的这一行为找到一个合理的解释。事实上，塔拉法并没有怪罪他，也没有用任何话语冒犯他。塔拉法只想找到他兄弟麦阿拜德的骆驼。于是他再次提醒马立克念及他们之间的亲情，因为亲属的事实是塔拉法看重的，他认为，如果是堂兄弟面临困难，他一定不吝相助。

这里所用的代词指“他”还是“它”不是很清楚，这里被“埋入墓穴”的说法显然是为了表达塔拉法的极度失望。这里的“他”指的是塔拉法的堂兄马立克？还是指希望得到马立克的帮助？大多数古代评注家将“他”意指马立克，即马立克的冷漠给塔拉法带来失意与绝望，马立克好像就成了被埋在坟墓中的亡人。这种解释所营造的冷漠形象与诗歌中马立克责难的气质不符，只有大法官祖扎尼（القاضي　　الزوزني）认为“它”指的是来自马立克的援助。这种理解与他前面的责备行为相符，我更倾向于这种解释。

亲眷的欺凌

74. 若遇大事被召唤，定要加入保卫者的行列，

　　若外族来犯，我誓必奋勇杀敌。

75. 若他们用恶言秽语玷污你，

　　我定要提前将死亡之水灌入他们的身体。

76. 我何罪之有，却要背负肇事者的罪名？

　　遭此中伤责难，还被族人唾弃。

77. 如果堂兄不是这种人，

　　他定会三思后行解我忧虑。

٧٨. وَلَكِنَّ مَوْلَايَ امْرُؤٌ هُوَ خَانِقِي عَلَى الشُّكْرِ وَالتَّسْآلِ أو أنا مُفْتَدِي

٧٩. وظُلْمُ ذَوِي القُرْبَى أَشَدُّ مَضَاضَةً عَلَى المَرْءِ مِنْ وَقْعِ الحُسَامِ المُهَنَّدِ

يستمر طرفة في معاتبة ابن عمه مالك، منوِّهاً بقيامه بحقّ القرابة تجاهه، فحين تدلهمّ الخطوب بهم جميعاً، فإن طرفة سيكون أول المحامين عن العشيرة وعنه وقت الشدّة، وحين يتربص الأعداء بمالك، ويتطاولون عليه بالقول والفعل، فسيواجههم طرفة بكلّ طاقته، ولن يُضيع وقته وجهده في تهديدهم، بل سيبادر إلى مُنازلتهم والقضاء عليهم.

ثم يعود طرفة إلى التعجُّب من جفاء ابن عمه معه، دون جُرمٍ أحدثه أو إساءة سبقتْ منه، بل إن الإساءة الحقيقية هي ما يتعرض له من هجاء وشكوى وطرد، وهو المستحقّ للتكريم، ولو كان ابن عمه رجلاً آخر غير مالك، لرأى لِزاماً عليه أن يُفرِّج كُربة طرفة، وأن يمنحه ما يُريد من عَون ومال، مُفسِحاً له في المُهْلة بما تُوجِبه آصرة الرحِم بينهما.

ولكنّ مالكاً لم يصنع شيئاً من هذا، بل ضيّق عليه إلى حدّ الاختناق وانقطاع الأنفاس، فهو حائر في أمره معه، لأنّ كِلا حاليه جالبٌ للبؤس: إنْ شكره طالباً العون منه، أو إن انصرف عنه مخلّصاً نفسه من جفائه.

ثم يفسّر طرفة سبب هذا الشعور بالاختناق، فظلم ذوي القُربى بالغُ المرارة في النفس؛ وكأنك تتلقى به ضربة غائرة من سيف قاطع؛ أولاً لأنه يأتي ممن تتوقع منهم النصرة والتأييد، لا الإساءة والظلم، وثانياً لأنك لا تستطيع مُجاراة الأقارب في ظلمهم لك، رعايةً لحق القرابة، فليس أمامك سوى تجرُّع الصبر.

أحلام اليقظة

٨٠. فَذَرْنِي وخُلْقِي إنَّنِي لَكَ شَاكِرٌ وَلَوْ حَلَّ بَيْتِي نَائِياً عِنْدَ ضَرْغَدِ

٨١. فَلَوْ شَاءَ رَبِّي كُنْتُ قَيْسَ بنَ خَالِدٍ ولَو شَاءَ رَبِّي كُنْتُ عَمْرَو بنَ مَرْثَدِ

78. 尽管对他感恩戴德请求宽恕，
    他却无情无义令我感到窒息。
79. 亲人的不公比印度的宝剑更锋利，
    令我心痛忧伤，无处话悲戚。

塔拉法继续对堂兄进行责难，认为他应该承认亲属关系这一事实。当大家面临灾难的危急时刻，塔拉法定会立于家族保卫者行列之首。当敌人埋伏于马立克的周围，并用秽语恶行中伤他时，塔拉法将全力以赴进行反抗。他不会把时间与精力浪费在威胁他们上，而是主动采取行动击败、消灭他们。

继而塔拉法又惊讶于堂兄的冷漠，因为在此之前，他没有犯罪也没有作恶，却遭遇了真正的不公，即别人的讽刺、责难与驱逐，而他才是那个应该得到人们尊重的人。作为堂兄的马立克一定会认为有必要帮助塔拉法排忧解难，提供给他金钱和帮助，凭借血缘关系帮助塔拉法走出困境。

但是马立克并没有这么做，他无情无义到一种令人窒息，甚至断气的程度。塔拉法进退两难，两种情形都会给他带来痛苦：要么感谢堂兄，并向他寻求帮助；要么因为堂兄的冷漠，听从自己的内心转身离开他。

塔拉法随后解释了产生这种窒息感的原因。来自亲人的不公正让他的内心异常痛苦，如同被利剑深深刺中。首先，他希望从他们那里得到的是帮助与支持，而不是中伤与冤枉；其次，他无法理解亲人们对他的冤枉，但顾及与他们的亲属关系，他只能默默忍受。

白日梦

80. 放开我吧，任我远去，
    哪怕安家于达尔额德岩区，我也感激。
81. 若主愿意，我也要成为阿拉伯人的首领，
    像盖斯·哈立德和阿慕鲁·迈尔赛迪。

٨٢. فَأَصْبَحْتُ ذا مَالٍ كَثِيْرٍ وعادَنِي بَنُونَ كِرَامٌ سَادَةٌ لِمُسَوَّدِ

٨٣. أنا الرَّجُلُ الضَّرْبُ الذي تَعْرِفُونَهُ خَشَاشٌ كَرَأْسِ الحَيَّةِ المُتَوَقِّدِ

يصل اليأس بطرفة هنا إلى منتهاه، فكلُّ ما يطلبه من ابن عمّه مالك أن يدعه وشأنه، وألّا يتعرّض له بنقد أو تجريح، وسيكون هذا أكبر صنيع يشكره عليه ويحفظه له مهما ابتعد مُقامه عنه، وبضجر بالغ من الحاجة التي ألجأتْه مضطراً إلى ابن عمه يكِلُ أمر الغِنى والفقر إلى ربه، فلو شاء لجعله غنيّاً سَرِيّاً، ووهبه أبناءً سادةً يزورنه بانتظام تعظيماً له، ويُنسَبون إليه تشريفاً لهم؛ لأنه السيّد المُسَوَّد، كما هو حال هذين السيّدين الكريمين من سادات العرب وأغنيائهم: قيس بن خالد، وعمرو بن مَرثَد.

ثم لا يلبث طرفة حتى يستيقظ من أحلام اليقظة في الغِنى والجاه والولد، مُسترجِعاً مكانته التي طالما تبوّأها بين قومه بجهده الفردي وصفاته الشخصية التي لا مثيل لها عند الآخرين، فهو الرجل المعروف بينهم بخِفّة جسده وسُرعة نجْدته، ويقظته المتوقِّدة ذكاءً ومَضاءً، حتى ليذكِّرك رأسه الداهية الفطِن برأس الحيّة المتأهِّب دوماً للفتْك والانقضاض.

82. 若如此，财源滚滚，势重位尊，
权贵登门造访，门前车马络绎。
83. 君可知，我身手敏捷，聪慧睿智，
像蛇首般机敏灵活，处事不惊。

在这里，塔拉法内心的绝望到达了极限，他对堂兄马立克的要求仅仅是让堂兄别去管他，不要对他有任何批评与责骂。无论离堂兄有多远，都将是他感谢并牢记堂兄的最大恩惠。他极度厌倦要被迫求助于堂兄，于是他将自己的贫富之命托付给主（他开始听天由命）。如果主愿意，会让他暗中变得富有，赠予他很多有身份的子民，让人们定期拜访他以表达对他的敬重与尊敬，因为他已经变成被赋权的首领，就像那两位尊贵、富庶的阿拉伯人——盖斯·本·哈立德（قيس بن خالد）和阿慕鲁·本·迈尔赛德（عمرو بن مَرثَد）一样。

然而塔拉法立即从享有财富、声望和子民的白日梦中醒来，凭借他个人的努力和独有的人格魅力恢复了长期以来在人们心中的崇高地位。他以身手敏捷、聪明睿智著称，他机敏的头脑会让人想起时刻准备进攻的蛇首。

اللوحة السابعة
أحاديث الفروسية والكرم

٨٤. فَآلَيْتُ لا يَنْفَكُّ كَشْحِي بِطَانَةً — لِعَضْبٍ رَقِيقِ الشَّفْرَتَيْنِ مُهَنَّدِ

٨٥. حُسَامٍ إذا ما قُمْتُ مُنْتَصِراً بِهِ — كَفَى العَوْدَ مِنْهُ البَدْءُ ليس بِمِعْضَدِ

٨٦. أَخِي ثِقَةٍ لا يَنْثَنِي عَنْ ضَرِيْبَةٍ — إذا قِيلَ: مَهْلاً قَالَ حَاجِزُهُ: قَدِي

٨٧. إذا ابْتَدَرَ القَوْمُ السِّلاحَ وَجَدْتَنِي — مَنِيْعاً إذا بَلَّتْ بِقَائِمِهِ يَدِي

تنعطف المعلّقة مع هذه اللوحة نحو تمجيد السطوة والغلبة، والاحتفاء بصفات الجرأة وقوة البأس والكرم المسرِف في شخصية طرفة، وكأنها تُعادل ما اشتملتْ عليه لوحة العتاب السابقة من تلطُّف ورقّة، وما كشفتْ عنه من احتياجٍ وضعفِ حال، فطرفة يحكي هنا بأنه قد أخذ على نفسه عهْداً بأن يكون السيف رفيقاً له ولصيقاً به؛ حتى كأنّ جنبه بِطانة دائمة له؛ لطول الملازمة بينهما، وهي صورة تذكِّرنا بصورة مقاربة عند امرئ القيس في لاميته الأخرى حين جعل السيف مُشارِكاً له في فِراش نومه: (أيقتلني والمشرفي مضاجعي).

ثم يعدِّد طرفة صفات سيفه المختار، فهو سيف قاطع بشفرتيه الحادّتين، وبراعة صقْله وصُنعه، وحين يهجم به على عدوّه منتصِراً لنفسه، فإنّ الضربة الأولى منه كافية وحدها للقضاء عليه. وفي هذه الإشارة الأخيرة وصف مزدوج لعنفوان السيف وحامِله معاً، وهو الازدواج الذي يمكن أن تتبين حضوره في كلّ صفة يُسبغها طرفة على السيف تصريحاً، وعلى نفسه إيحاءً وتلميحاً.

فهذا السيف القاطع ليس من السيوف الرديئة التي تُمتهَن في قطع الأشجار، وإنما هو للمهمّات الجليلة التي يضطلع بها فُرسان الحروب، وهو دائماً موضع الثقة عند احتدام المعركة، لشدّة مَضائه

第七幕

骑士风尚与慷慨精神的佳话

84. 我发誓，让印度的宝剑永佩腰际，
闪着白色寒光的双刃锋利无比。
85. 哪像那锋钝刃乏的砍柴刀，
我的宝剑一落，一剑命毙。
86. 宝剑如信得过的兄弟，
手起刀落，决不能迟疑。
87. 若大家都争先拔出武器，
你会见我紧握剑柄，所向无敌。

悬诗随着这一幅画面转向对权力与征服的颂扬，以及对塔拉法大胆勇敢的性格和慷慨豪爽的品质的赞美。这与前面责备的画面中所述及的他的谦逊、高贵、弱小、需要帮助的内容同样重要。塔拉法在此说道，他发誓要待宝剑如兄弟、如义子，甚至像常伴其左右的挚友一般。他对宝剑的依恋，使我们想到一幅相似的场景，那就是乌姆鲁勒·盖斯在他另一首拉姆韵诗作中将宝剑当作同眠共枕的伙伴："玛什拉斐宝剑伴我眠，它能把我杀死送上天？"

之后，塔拉法历数这天选之剑的种种优良品质：这是一把双刃锋利、精工细作的宝剑。当用这把宝剑攻击敌人时，他轻而易举地就取得胜利，因为一招就足以消灭对手。这行诗中的最后一个意象既描述了剑之锋利，又描述了持剑者之勇武，这种双重性既直白地体现在宝剑的特征中，也隐含在塔拉法自身的品质里。

这把利剑不是用来砍伐树木的劣质剑，而是骑士们在战场上执行崇高

وسرعة إهلاكه للخصوم؛ دون أن ينْبو حدُّه، أو يحتاج إلى تكرار الضرب به، ويكفي أن يعزم صاحبه على قتل مَن أمامه حتى يُعدّ مقتولاً على الفور، ولو قيل لحامله في أثناء توجيه ضربته: تمهّلْ، فلن يتمكن من تدارك الأمر بعد نفاذه.

أمَّا حين يُفاجَأ القوم بالغارة المباغِتة، فيتسابقون لالتقاط سيوفهم، والاحتماء بدروعهم، فإنك ستجد طرفة أهدأ ما يكون بالاً بينهم؛ لاطمئنانه إلى حصانته المنيعة من الأعداء، وقد ظفِر بسيفه البتّار، وامتلأتْ كفُّه بمقْبضه، فلن يُقهَر، ولن يُغلَب.

مغامرة قصصية

٨٨. وبَرْكٍ هُجُودٍ قَدْ أَثَارتْ مَخَافَتِي ... نَوَادِيَها أَمْشِي بِعَضْبٍ مُجَرَّدِ

٨٩. فَمَرَّتْ كَهَاةٌ ذَاتُ خَيْفٍ جُلَالَةٌ ... عَقِيْلَةُ شَيْخٍ كَالوَبِيْلِ يَلَنْدَدِ

٩٠. يَقُولُ وقَدْ تَرَّ الوَظِيْفُ وسَاقُها: ... أَلَسْتَ تَرَى أَنْ قَدْ أَتَيْتَ بِمُؤْيِدِ

٩١. وقَالَ: ألا ماذا تَرَونَ بِشَارِبٍ ... شَدِيدٍ عَلَيْنا بَغْيُهُ مُتَعَمِّدِ

٩٢. وقَالَ: ذَرُوْهُ إنَّما نَفْعُها لَهُ ... وإلَّا تَكُفُّوا قَاصِيَ البَرْكِ يَزْدَدِ

٩٣. فَظَلَّ الإمَاءُ يَمْتَلِلْنَ حُوَارَها ... ويُسْعَى عَلَيْنا بِالسَّدِيْفِ المُسَرْهَدِ

هذه قطعة خالصة -من بين أبيات المعلَّقة- للسرد القَصَصي والمغامرة المتسلْسِلة، وهي أكثر تشعُّباً وامتداداً من القطعة التي وصف فيها مجلسه مع مُنادِميه والمغنّية المُترَفة ذات الصوت الشجيّ، وتُعيدنا أجواء هذه القطعة القَصَصية إلى مغامرات امرئ القيس في معلّقته، أمَّا البيت

使命的武器。锋利的宝剑在战场上常被投以信任，它不需要进行瞄准，也不需要多次刺杀，便会让对手迅速毙命。只要剑的主人决心杀死眼前之人，此人便马上命归西天。即使持剑者在战斗中被提醒：小心点！一旦出剑就无法补救！

当突袭发生，人们便争先恐后拿起宝剑，并以盾牌进行掩护。你会发现塔拉法是其中最冷静的人，他坚信自己对敌人的防御坚不可摧。他的手紧握剑柄，以剑取胜。他绝不会被征服，也绝不会被打败。

冒险故事

88. 经过头驼，出鞘的宝剑我提在手中，
    跪卧睡眠的骆驼被吓得慌张惊起。
89. 一峰躯体庞大老迈的母驼赶路急，
    它是干瘦如柴喜爱争斗的酋长的财利。
90. 我砍断他那珍贵的母驼的腿骨，
    他呵斥：难道你不觉已把大祸惹起？
91. 他问：大伙看如何处置这贪杯之徒？
    他故意对你们施以暴虐和不义。
92. 又说：就让他去独享这母驼的好处，
    若阻止，他会对其它骆驼变本加厉。
93. 女婢把驼腹中的胎儿炙烤，
    男仆将驼峰烹成美味佳肴。

这段悬诗是故事与冒险经历的呈现。相较于前面与酒友或歌伎嬉戏的部分，这一部分更加复杂、更有深意，让我们重新感受到乌姆鲁勒·盖斯在其悬诗中刻画的冒险氛围。在这段的最后一行中，塔拉法讲述了女奴用驼肉烹

الأخير فيها حيث يروي طرفة تفاصيل ما صنعتْه الإماء بلحم الناقة التي عقرها، فما أقربَه لأجواء البهجة المصاحِبة للطعام الوافر في يوم دارة جُلجُل، حين راحت الفتيات يتهادَين قِطَع اللحم بينهنّ، وفي هذا يقول امرؤ القيس:

ويومَ عَقرتُ لِلعذَارَى مَطِيَّتِي　　فَيَا عَجَباً مِنْ كُورِها الْمُتَحَمَّلِ
فَظَلَّ العَذَارَى يَرْتَمِينَ بِلَحْمِها　　وشَحْمٍ كَهُدَّابِ الدِّمَقْسِ الْمُفَتَّلِ

ومع هذا النفَس القَصَصي فإن هذه القطعة تبدو امتداداً طبيعياً للوحة الفروسية والكرم التي استهلّتْها الأبيات السابقة، فطرفة يقصُّ هنا إحدى المغامرات التي تبدّت فيها جُرأته وكرمه المسرِف غير الـمُبالي بالعواقب.

فكم من مرة يهتزّ لداعي السماحة والندى إكراماً لضيوفه، فيقصد إبلاً باركة ومسترسلة في نومها الهنيء، حتى إذا أحسّت بمقدمه نحوها شاهراً سيفه الباتر، ولّتْ سوابقُها هاربةً منه، وخائفةً من مصيرها المحتوم بين يديه، وقد عرفتْ من تجاربها السالفة معه أنه صاحبها الذي طالما نحر أطايبها، وفي حومة الفزع تلك تمرُّ من جانبه الناقة المبتغاة لإشهار كرمه، فهي أفضل تلك النُّوق: سِمَناً وعِظَماً ومَهابة، وهي لذلك أكرمُهُنّ منزلةً عند مالكها.

وطرفة يصِف صاحب هذه النُّوق بأنه شيخ مُسِنّ قد نحلَ جسمه ويبِستْ أعضاؤه حتى لكأنّه عصا غليظة، وهو إلى ذلك شديد الخصومة مع طرفة لما يصنعه بنُوقه العزيزة عليه؛ ولكنّ ما صنعه طرفة تلك الليلة قد فاق أسوأ توقُّعاته، فقد عمد طرفة إلى خير نُوقه وأنفسها عنده، فعقر ساقها لتسقط باركةً على الأرض، ويتمكن من نحرها، وهنا يصرخ به الشيخ مندِّداً: أتُدرِك أيّ مصيبة عظيمة أحدثتَها بعقْرك هذه الناقة النجيبة دون بقية النُّوق؟

ثم يلتفت الشيخ إلى من حوله من عشيرته وأعوانه، ليستشيرهم في هذه النازلة الجليلة، والشيخ يستعمل في خطابه لهم أداة التنبيه (ألا) بما تتضمّنه من مشهدية صاخبة، وتتضافر كلُّ هذه الإشارات المتعاقبة لإظهار شدّة الحدث، ومقدار لوعة الشيخ على ناقته الأثيرة، حتى إنه لا يستطيع أن يفهم سبباً معقولاً لتعمُّد طرفة بأن ينحر أكرم نُوقه إلّا أن يكون السُّكْر قد خالط عقله، ودفعه إلى هذا الاعتداء الجسيم الذي يبدو لدقّة استهدافه وكأنه قد قصده عمْداً.

ثم تهدأ الأجواء بمرور بعض الوقت، ويثوب الشيخ إلى رُشده، وتعود إليه حِكْمته، فيسلِّم بوقوع الخسارة التي لا يمكن استرجاعها، ويطلب من أعوانه أن يَدَعوا طرفة وشأنه، ويستفرغوا

饪的细节，好像在朱勒朱尔旧居那一天，伴随着丰盛美食的欢乐气氛，姑娘们把一块块烤肉抛来掷去，正如乌姆鲁勒·盖斯吟诵的：

那天我为少女们宰杀了我的母驼坐骑，
　　惊讶于她们竟然分担我骆驼上的行李。
少女们不断互相抛接那骆驼肉块，
　　飞舞的膏脂似带流苏的白色裙裾。①

伴随着这种故事性，这一段自然而然地延伸了前面的诗句描绘的骑士精神和慷慨大方的画面。塔拉法在这里讲述了一次冒险经历，表现出他勇敢大胆、不顾后果的极度慷慨的品格。

多少次，他被慷慨和善待客人的呼唤所震撼，为了招待客人，他走向那群跪卧着沉睡的骆驼。这群骆驼能感觉到他挥舞着利剑逐渐靠近，于是前面的骆驼纷纷逃开，害怕命运被他的双手操纵。以往的经验告诉它们，主人总是会宰杀它们的。就在这惊慌失措之际，一头母驼从他身边走过，正好给了他展示其慷慨好客的机会。它是一只最肥、最大、最威武的骆驼，因此也是主人最昂贵的骆驼。

这只骆驼的主人被塔拉法描述为一个身材消瘦、四肢干枯，像一根糙棍一样的上了年纪的老酋长。当塔拉法用酋长这只珍贵的母驼烹饪时，他的所作所为大出酋长的所料，令酋长非常愤怒。被砍掉的驼腿掉落在地，骆驼最终被塔拉法宰杀。这位酋长大声谴责道："你宰了这只高贵的骆驼而不是其它的骆驼，你知道自己惹了多大的祸吗？"

然后酋长望向身边的族人与支持者，询问他们该如何应对这场巨大灾难。酋长在对他们的演讲中使用了"难道没有……"这个提醒工具词。诗歌通过喧闹的景象，连续使用指示词来强调事态的严重，表现出酋长对于心爱的骆驼被宰杀的痛心。他甚至无法理解塔拉法故意杀死他最珍贵的母驼的理由。然而，醉意已经扰乱了塔拉法的思绪，促使他干出这种精心策划、有意为之的恶意行径。

过了一会儿，气氛缓和了下来，酋长也恢复了清醒和理智，接受了损失

① 见本书，第23页。

جهدهم في استرداد النُّوق النافرة؛ حتى لا تزيد الخسارة بفقدانها، أو يغري ابتعادها طرفة بملاحقتها واستهدافها أيضاً، وهو حين يقرر التجاوز عن طرفة يلوِّح له بأنه هو الخاسر من فُقدان هذه الثروة، وهو المنتفع بها لو حافظ عليها، وهذا يسوقُنا للتساؤل عن هوية هذا الشيخ المُسِنّ، وعن صلة القرابة بينه وبين طرفة؟

وقد قدَّم الشرّاح القدامى إجابات متنوعة على هذا السؤال، فبعضهم قدَّر أن هذا الشيخ هو والد طرفة، ويردُّ هذا الاحتمالَ أنَّ وصف طرفة لهذا الشيخ تبدو فيه ملامح من الاستهانة لا تليق بوالد، كما أن الرواة يذكرون أن والد طرفة مات عنه وهو صغير.

ورأى بعض الشرّاح أن هذا الشيخ لا علاقة له بطرفة، وأنه وقع ضحيّة لغارة طرفة على نُوقه، واقتحامه حِماه، وهذا الرأي بعيد أيضاً؛ لتعارضه مع أخلاق الفروسية التي يتمدّح بها طرفة طوال المعلَّقة؛ ولأن حديث الشيخ عن شُرب طرفة هو حديث رجلٍ عارف به، كما أن تجاوزه السريع عمّا صنعه بنُوقه، وتلويحه بأن نفْع هذه النُّوق مَردّه في النهاية إلى طرفة، كلّ هذا يؤكد أن العلاقة بينهما هي علاقة قرابة وميراث، فالأرجح أنه قريب له، وقد يكون عمَّه؛ كما ذهب إلى ذلك بعض الشرّاح القدامى.

ويختم طرفة هذا السرد المشْهدي لكرمه الجموح بوصف ما فعلتْه الإماء الخادمات مع الناقة المنحورة، فقد رُحْن يطْهين لحمها، ويشْوين حُوارها -الذي استخرجْنه من بطنها- فوق الجمر والرماد المتلهّب؛ ليقدِّمن لطرفة وضِيفانه أطيب ما فيها وخير ما يُؤكَل منها، ولا تفوت الزوزني إشارة طرفة لولد الناقة وشَوْي الجواري له، فيقول: إنَّ ذِكْر الحُوار هنا دالٌّ على أن الناقة كانت حُبْلى، وهي من أنفس الإبِل عندهم، أي أن هذه الإشارة الخاطفة للحُوار لها وظيفة دلالية معزِّزة لمعنى الكرم عند طرفة، فقد انتقى لضيوفه أكرم النُّوق وأحفلَها بالأطايب.

无法挽回的事实，于是要求他的手下不要再管塔拉法，而是努力找回骆驼，只有这样，才不会因为丢失骆驼造成更多的损失，否则塔拉法还会去抓捕其它骆驼。他决定饶了塔拉法，表示是塔拉法造成财富的损失，但是如果塔拉法能保护这些财富，便成为受益者。于是这使我们开始质疑：这位年长的酋长和塔拉法之间有何关系？

古代的评注家们对这一问题给出了各种各样的解释，一些人认为这位酋长是塔拉法的父亲，而反对这种可能性的说法认为：塔拉法在描述这位酋长时用的轻蔑的口吻与父子关系是不相应的。还有传述者提到塔拉法的父亲在他小时候就去世了。

有些评注者认为这位酋长与塔拉法没有关系，认为他是塔拉法闯入其领地并杀了骆驼这一行为的受害者。这种观点与实际情况也相距较远，因为这违反了塔拉法在悬诗中一直赞扬的骑士精神，另外酋长关于塔拉法喝酒的言论事实上是他的一个熟人所说。酋长很快原谅了塔拉法杀骆驼这件事，并指出这样做其它母驼因不被宰杀而受益。所有这些都证实了塔拉法和酋长之间存在着亲缘关系或继承关系。因此，就像一些古代评注家所评论的那样，酋长十有八九是他的亲戚，或许是他的叔叔。

最后，塔拉法描述了女仆们处理这头被宰杀的骆驼的场景，对这种过度的慷慨进行了场景化叙事。她们开始烹煮驼肉，在燃着的炭火上炙烤着从它腹中取出的胎儿，为塔拉法和客人们献上最美味的食物供其享用。祖扎尼注意到，塔拉法提到母驼的胎儿以及婢女将其做成烧烤，他说："这里提到胎儿，意味着母驼怀孕了，因此该母驼是他们这里最珍贵的骆驼之一，也就是说，这里的胎儿具有语义上的功能，强化了塔拉法慷慨的含义。他为客人们挑选了最好的骆驼，用它作为最美味的佳肴来款待他们。"

اللوحة الثامنة

وصايا الرحيل، ورؤى الختام

٩٤. فَإنْ مُتُّ فَانْعَيْنِي بِما أَنا أَهْلُهُ وشُقِّي عَلَيَّ الجَيْبَ يا ابْنَةَ مَعْبَدِ

٩٥. ولا تَجْعَلِينِي كَامْرِئٍ ليسَ هَمُّهُ كَهَمِّي ولا يُغْنِي غَنائِي ومَشْهَدِي

٩٦. بَطِيْءٍ عَنِ الجُلَّى سَرِيْعٍ إلى الخَنَا ذَلُولٍ بِأَجْمَاعِ الرِّجَالِ مُلَهَّدِ

ما الذي يدفع شاعراً تتدفّق في عروقه سَورة الصِّبا وحُميّا الشباب إلى أن يرسل وصاياه الأخيرة إلى بنت أخيه، وأن يُملي عليها ما الذي ينبغي أن تقوله حين تُعدِّد مآثره بعد موته، وما الذي يجدر بها أن تصنعه بنفسها حين يبلغها خبر وفاته؟ هل كان طرفة يهجِس باخترام عمره وموته المبكّر، واقتراب رحلته القصيرة في الحياة من نهايتها؟ لماذا يشعر قارئ معلّقته بأن روح الموت تُظلِّلها في كل منعطَف من منعطفاتها، حتى في أكثر صولاتها اندفاعاً وشراسة، وفي أشد لحظاتها تهتُّكاً وعَرامة؟

برثاء مُكابِر للذات يختم طرفة معلّقته، وينسج خيوط آخر لوحاتها التصويرية، فيطلب من ابنة أخيه أن تنعاه بعد وفاته بما يستحقه من إجلال وتكريم، وأن تُعدِّد أمام الملأ فضائله التي لا يُدانيه فيها غيره، وأن تذكّرهم بمواقفه الجليلة ومقاماته السنيّة التي لا يُحسِن هَمَلُ الناس القيام بها، فما أكثر المتثاقلين عن أداء واجبهم عند الملِمّات، المتباطئين عن حضورها جُبْناً وخوراً، بينما يُسارِعون في دروب الفُحش والنَّهَم الخائب، ويُهينون أنفسهم بإظهار الحاجة والإلحاح في السؤال، حتى يضجر منهم الرجال، ويلْكزوهم بقبضاتهم ليدفعوهم بعيداً عنهم.

وفي أثناء هذه الوصايا لا ينسى طرفة أن يطلب من ابنة أخيه إظهار جزعها الشديد عليه، إنه لا يوصيها أن تتصبّر، وأن تتلقى مُصابها الأليم برباطة جأش وقوة احتمال؛ كما يُوصي عادةً المتأهِّبون للرحيل أحبابَهم، بل إنه يرجوها أن تندبه أحرّ الندب وأشجاه، وأن تنفعل غاية الانفعال، وأن تمزّق جيب قميصها أسفاً عليه، ولوعةً على فراقه، وكأنّ طرفة هنا يجعل من ابنة أخيه معادلاً

第八幕

旅人的叮嘱和最终的见解

94. 麦阿拜德的女儿啊，我的侄女，

我死后，为我悲恸，撕破衣领，把英名铭记。

95. 不要把我同凡夫俗子并论相提，

他们哪有我的志向、才能和勇气。

96. 他们遇事迟疑胆怯，难成大器，

在别人的拳头面前卑躬屈膝。

为什么一个流淌着青春热血的诗人会将自己的遗愿托付给侄女，告诉她在他死后列举他的功绩时应该说些什么，以及当她得知他的死讯时应该怎么做？塔拉法是否在感慨自己的早逝，以及他短暂的生命旅程即将结束？为什么阅读塔拉法的悬诗的读者都能感受到，塔拉法生命的每个转折处都笼罩着死亡的阴影？甚至在其最冲动、最激烈的挣扎中，以及在其最欢愉、最快乐的时刻？

通过对自己提前的哀悼，塔拉法编织着这幅画作最后的线条与色彩，来结束他的悬诗。他要求侄女在其死后为他应得的荣耀而哀悼，当众列举他无人可及的美好品德，提醒他们想起他崇高的地位和无法忽视的威严。在灾难面前，面对应尽的义务，他们是多么的懒散！大祸来临，他们是多么的迟疑胆怯，反应迟钝！与此同时，他们却在淫秽和贪婪之路上争先恐后。而在危机到来、被召唤时，他们又是那么卑微和怯懦。人们讨厌他们，并用拳头让他们滚得远远的。

在这些叮嘱中，塔拉法还不忘要求自己的侄女表现出对他极度的悲伤，他并没有嘱咐她要沉着耐心，也没有让她忍耐并平静、坚毅地接受这痛苦的折磨，而是恳求她以最热烈、最悲伤的方式悼念他，要表现得非常激动，要

موضوعياً لحزنه الملتاع على ذاته، وتحسُّره – الذي لا سبيل له إليه - على عمره المقتطَف وشبابه المنهوب.

الافتخار الأخير

٩٧. فَلَوْ كُنْتُ وَغْلاً في الرِّجَالِ لَضَرَّني　　عَداوةُ ذِي الأَصْحَابِ والمُتَوَحِّدِ

٩٨. ولَكِنْ نَفَى عَنِّي الأَعَادِيَ جُرْأَتِي　　عَلَيْهِمْ وإقْدامِي وصِدْقِي ومَحْتِدِي

٩٩. لَعَمْرُكَ ما أَمْرِي عَلَيَّ بِغُمَّةٍ　　نَهَارِي ولا لَيْلِي عَلَيَّ بِسَرْمَدِ

١٠٠. ويَومٍ حَبَسْتُ النَّفْسَ عِنْدَ عِرَاكِهِ　　حِفَاظاً عَلَى عَوْرَاتِهِ والتَّهَدُّدِ

١٠١. عَلَى مَوْطِنٍ يَخْشَى الفَتَى عِنْدَهُ الرَّدَى　　مَتَى تَعْتَرِكْ فِيهِ الفَرائِصُ تُرْعَدِ

١٠٢. وأَصْفَرَ مَضْبُوحٍ نَظَرْتُ حِوَارَهُ　　عَلَى النَّارِ واسْتَوْدَعْتُهُ كَفَّ مُجْمِدِ

حتى في تلويحة الوداع لا ينسى طرفة أن يُعيد التذكير بفضائله الشخصية والصفات التي ضمِنتْ له التميُّز والرفعة وسَطْوة الجانب عند قومه، فهو قويٌّ منيع لا يجرؤ أحد على الإضرار به؛ ولهذا فهو لا يحفِل بعداوة فرد أو جماعة له، فقد تجنّب هؤلاء الأعداء مُصاولته لخِلال يعلمونها فيه من الجرأة والإقدام، والثبات المشرِّف، والأصل الكريم، كما أنه ماضي العزيمة ورابط الجأش عند حلول المصائب والمِحَن، فلا يقضي نهاره حائراً مغْموماً، ولا يطول ليله من الهمّ والقلق والتلدُّد.

ومن كان هذا دأبه فقمين بأن يكون موئل عشيرته: سدادَ رأيٍ ونفاذَ نظر. وهذه الصورة

为他悲伤得撕破衣领。似乎塔拉法想让自己的侄女客观地看待他那无法克制的悲己之情，以及对被夺去的时光和被掠夺的青春的感伤。

最后的自豪

97. 倘若我是个卑鄙无耻的懦夫，
    那些一呼百应者和独行侠早已与我远离。
98. 但族人们否认我比他们更有勇气，
    更加诚信，出自更高贵的门第。
99. 以你的生命起誓，我的白昼不总是阴云蔽日，
    我的黑夜也不总是漫无边际。
100. 也许有一天，我在战场上停止了呼吸，
    那是为了抵挡威慑，维护家族荣誉。
101. 保卫故土的战斗中，高贵的青年也怕死去，
    他们的胸肌在恐惧中战栗。
102. 我把赌签放在命运不济者的掌中，
    火已经把它烤黄，任凭命运处理。

甚至在挥手告别时，塔拉法都不忘再次提醒人们记住他的美德和崇高的威严。他如此强大，没有人敢伤害他，他也不在意个人或集体对他的敌意。这些敌人躲避他的攻击，因为知道他具有大胆和勇往直前的品格。他高尚、坚韧、高贵，在灾难与逆境到来时坚定冷静，白天不会陷入迷茫与郁闷，他的忧愁、担心与犹豫也不会在夜晚持续太久。

他就是这么一个坚定不移的人，关键时刻他就是部族的依靠：他观点正确，目光敏锐。这里塔拉法崇高的形象似乎是对本诗第四个画面中不羁的形象，尤其是频频饮酒、打打杀杀、寻欢作乐这三个浪荡形象的刻意平衡。

الوقورة لطرفة هنا تبدو وكأنها موازنة مقصودة للصورة الشخصية الجامحة التي رسمتْها اللوحة الرابعة في هذه المعلَّقة، متمثِّلة على الأخص في ثلاثية الشُّرب ، والفتْك واللذة.

ويزيد طرفة هذه الصورة الوقورة تفصيلاً، فيستذكر الأيام العاصفة التي تصدّى فيها لغارات الأعداء، ووطّن نفسه على الثبات أمامهم في حومة الوغى للدفاع عن شرف عشيرته، وهو يعلم أنه يرِد موطنَ هلاكٍ يتحامى الكثيرون مقاربته، حيث يصافح الفتى الجسور فيه الموتَ عِياناً، فترتعد فرائصه على الرغم منه لهول ما يرى من إحداق المخاطر به من كل جانب.

ثم ينتقل طرفة من هذا المشهد المشحون بالشدة والصخب وصليل السيوف إلى مشهد آخر مُترَف الملامح ورخيّ الإيقاع، فها هو ذا يلعب بقِداح الميسر، وينفق ماله فيها من أجل الترفُّه ومتعة الترقُّب، وليس طلباً للكسب والغُنم؛ ولهذا لا يبالي أن يهَب قِدحه لرجل معروف بخسارته الدائمة في هذه اللعبة، فهو هنا يتمدّح بصفة أخرى له، وهي سخاء النفس بالبذل، واستهانتها بالمال والممتلكات، وربما قصد طرفة شيئاً أبعد من هذا كما تأوّله بعض الشرّاح، وهو أنه يتعمّد الخسارة في الميسر ليُطعِم الفقراء مما يقدّمه فيه.

تأمُّلات النهايات

١٠٣. أَرَى الـمَـوتَ أَعْـدادَ الـنُّـفُـوسِ ولا أَرَى　　بَـعِـيْـداً غَـداً مـا أَقْـرَبَ الـيَـومَ مِنْ غَـدِ

١٠٤. سَـتُـبْـدِي لَكَ الأَيَّـامُ ما كُـنْـتَ جَـاهِـلاً　　ويَـأْتِـيْـكَ بِالأَخْـبَـارِ مَـنْ لَـمْ تُـزَوِّدِ

١٠٥. ويَـأْتِيْكَ بِالأَخْـبَـارِ مَـنْ لَـمْ تَـبِـعْ لَـهُ　　بَـتَـاتـاً ولَـمْ تَـضْـرِبْ لَـهُ وَقْـتَ مَـوْعِـدِ

هذه رؤى الخِتام وتأمّلات النهايات، ويأبى طرفة إلّا أن يُنهي معلّقته بما بدأها به: بروح الماء الرملية التي يتّحد عنصراها في المحو والاكتساح، فهو يذكر هنا الأعداد، ويعني بها: المياه المتدفقة التي لا يتوقف جريانها، ولا ينقطع مصبُّها، فهذه صورة مائية، ثم يرسم في البيتين اللاحقين الصورة الرملية، حين يشير إلى المسافر وزاده ومتاعه، وماذا يقطع المسافر العربي آنذاك غير

塔拉法为他崇高的形象也增加了细节描述，提到他在抗击敌人进攻时那些暴风雨般的日子。在战场上他坚定地站在族人前面，捍卫着家族的荣誉。他在四面八方涌来的危险面前，勇敢地面对死亡，而他的胸肌被吓得颤抖不停。

塔拉法继续描述这一威严的形象，他回忆起在暴风雨般的日子里，他顶住敌人的突袭，决心在战场上坚守阵地，捍卫部族的荣誉，他知道自己正在进入一个许多人避之不及的灭亡之地，在那里，看到从四面八方涌来的恐怖危险，勇敢的年轻人与眼前的死神握手言和。

然后塔拉法从充满紧张、喧嚣、剑拔弩张的场景转换到另一个奢华安逸、节奏轻松的场景。他拨弄着赌博用的箭，把钱花在这上面，用来娱乐与享受。他并不是为了赢钱获利，因此，他满不在意地将自己的箭赠送给赌场上常常输钱的人。在这里，他赞扬了自己的另一个品德，即慷慨大方，对金钱和财产的蔑视。正如一些评注家所认为的那样，塔拉法的目的不止于此（不在于赢钱获利），他故意在赌场上输钱，是为了周济穷人。

最后的沉思

103. 我把死亡看作呼吸气息的数量，
　　我不认为明天比今天遥不可及，
104. 岁月将为你揭示那些未知之事，
　　那些你没有为他提供干粮的人，
105. 那些你不曾为他添置行囊，不曾谋面的人，
　　将为你带来条条消息。

塔拉法不愿用起兴的手法为他的悬诗收尾，而是在最后做了思考与展望：水有着沙子般的神韵，两者都有荡涤与扫除的功效。诗人在这里提到很多意象，死亡如流水喷涌、奔流不息。在这之后，紧接着的两个联句又勾勒出一幅沙漠中的画面，其中有旅行者、干粮和行囊。当时，阿拉伯的旅行者

الصحراء الشاسعة برمالها الممتدة المتلوّية؟

يرى طرفة الموت مثل موردِ الماء الجاري العظيم الذي لا بدّ أن ترِده نفوس البشر، فمردُّ مراكبها إليه طال سفرها ضدّ تياره أو قصُر؛ ولهذا لا يرى طرفة تلك الفجوة الزمنية التي يتوهّم الناس وجودها بين اليوم والغد، بين الحاضر والمستقبل. إنّ الزمن الكوني الذي يطوي القرون والأجيال في مسيره الهادر ليضحك مِلْءَ شِدقيه وهو يرى البشريّ يضع حواجزه الافتراضية المهلْهَلة بين الفقاعات المتناهية الصِّغَر التي تعلو أمواجه العظيمة المتدافعة.

ومتدثِّراً بعباءة الشيوخ وحكمتهم يُنبئ طرفة سامعه بأن الأيام ولّادة للعجائب، وجهله بها الآن يدفعه إلى استبعاد وقوعها؛ ولكنّ ترادف الأيام سيُبدي له ما كان خافياً عنه، وستتناهى إلى أسماعه الأخبار دون أن يتقصّى في البحث عنها، أو يتكلّف إرسال أحد ليجلبها إليه، بل سيوصلها إليه شخص عابر لم يتفق معه على موعد للّقاء، ولم يقدِّم له مؤونة لسفره أو زاداً لرحلته التي استقى الأخبار منها، وها هو ذا يُبلغه بها دون مقابل.

وكأنّ طرفة يُنبِّه على هذا المشترَك المجاني الآخر الذي يتقاسمه الناس بينهم دون حساب، وهو: تناقل الأخبار، وماذا كان يفعل طرفة على امتداد هذه المعلَّقة المتراخية الذيول غير نقل أخباره إليك، وبثّ رُؤاه وهمومه بين يديك، دون أن يطلبَ منك شيئاً سوى الإصغاء الأنيق.

们除了穿越此起彼伏的广阔沙漠之外，还能穿越什么呢?

塔拉法认为死亡像人们的灵魂终将回归到巨流之源头，不论是逆流而上的长途跋涉，还是短途旅行，灵魂之船总会回来。因此，塔拉法并没有关注人们在今天与昨天、当下与未来之间想象出来的时间鸿沟。宇宙里的时间经过世世代代，一个世纪又一个世纪，咆哮前行，当它看到人类在一浪高过一浪汹涌澎湃的浪花中泛起的无尽的微小泡沫间，设置虚幻的障碍时，它不禁开怀大笑。

塔拉法披着诸位长老的长袍，用他们的智慧告诉他的听众：岁月会带来奇迹！人们当下的无知导致奇迹无法发生，但是，未来总会揭示那些隐藏的奇迹，无需刻意探寻，也不必为打探未来的事情大费周章，或许一位过路的不速之客，一位你未曾向他提供过旅行干粮的人，会不计回报地告诉你一切。

似乎塔拉法想与人们无偿地分享消息。在这首结尾松散的悬诗里，塔拉法只不过是想向你传递消息、表达观点、纾解忧患，除了要你洗耳恭听，别无他求。

塔拉法悬诗的“诗与真”

一、阿拉伯古代文学的一座丰碑

诗歌几乎是世界上所有民族文学的最初形式，盖因诗歌的韵律和节奏与初民们脉搏的律动和生命的激昂十分吻合，而口背心记、吟咏传诵又是人类感性主义的本能。史诗是早期民族诗歌的经典，芬兰著名民间文学家、史诗研究者劳里·航柯（Lauri Olavi Honko）曾为“史诗”（epic）下过这样的定义：“关于典范的宏大叙事，最初作为超级故事由专业歌手演述，在表现力与内容重要性方面远胜其他叙事体裁。”[①]根据这个定义，可以说叙事性、抒情性、传述性是史诗的基本要素。古希腊的荷马史诗《伊利亚特》《奥德赛》，古印度的《摩诃婆罗多》《罗摩衍那》，我国藏族地区流传的《格萨尔王》最初无不以口头文学的形式传承下来。阿拉伯民族文学也概莫能外，《悬诗》就是阿拉伯民族“英雄时代”诗作的精华和代表，被黑格尔称为“抒情而兼叙事的英雄歌集”[②]。这个时期在文学史上也被称作贾希利叶时期（475—622）。阿拉伯《悬诗》虽然不像上述那几部史诗那样波澜壮阔、充满神奇色彩，但无论从形式和内容上观之，还是从思想、艺术、历史价值上考察，都堪与这些史诗媲美。《悬诗》题材丰富，主旨多元，风格鲜明。它“诞生于吟诵，吟诵的天赋将词语和声音有机地结合起来，听众被诗意的语言、声音和节奏以及故事所吸引，”[③]一首悬诗往往与其诗人的人生故事、部落战争、家族谱系、自然景观、哲理格言一起经“传述者”（راو）之口流

---

① Lauri Honko，*Textualising the Siri Epic*，Helsinki : Academia Scientiarum Fennica, 1998，p.264.（译文由本文作者译出）

② ［德］黑格尔：《美学》第三卷，下册，朱光潜译，重庆：重庆出版社，2018年，第173页。

③ أدونيس، الشعرية العربية، بيروت: دار الآداب، ص٥، عام ٢٠٠٠.（译文由本人作者译出）

传下来，是当时阿拉伯半岛贝都因人[①]生活、情感、思维和价值观取向的真实写照，树立起阿拉伯古代文学的第一座丰碑。

《悬诗》又被称作“金诗”，字面意思是“被悬挂的事物”。有一种说法是：贾希利叶时期每年的“禁月”（朝觐前一个月，伊历11月），在麦加城以东100公里处的欧卡兹集市（عكاظ）上举行赛诗会，各部落的代言诗人竞相前往参赛，每年荣登榜首的诗作，用金水书写于亚麻布上，悬挂于麦加克尔白神庙墙上，作为奖励，故称“悬诗”。另有一种解释认为，阿拉伯语词“معلّقة”的三个根字母ق – ل – ع组成的单词有“珍贵的”“宝贵的”含义，因此“悬诗”意为“最珍贵的事物”。无论哪种解释，有一点是公认的，那就是“悬诗”是五世纪末至七世纪初，阿拉伯口头文学的典范，经过百年的陶冶，诗歌已深深植入阿拉伯人的生活，潜移默化地形塑着他们的思想，固化着他们的性格，是他们的性灵之作，体现出阿拉伯古典诗歌的美学追求。

诗人是古代阿拉伯人生活中的骄子，在贾希利叶时期的地位十分显赫，是“部落的喉舌”，肩负着“维护部落荣誉，保卫部落领地，宣传部落伟业，使其永世传颂”的使命。当时有个说法：每位诗人腹中都藏有一个“精灵”，借助诗人的舌头在吟诵，“他们具有独特的感知力，被赋予一种以特殊方式创作的功能，扮演着类似于巫师的社会功能。”[②]所以诗歌在当时无异于社会主流舆论，对己，是永垂青史的法宝；对敌，是瞬间封喉的利剑，因此，部落首领、宫廷贵胄纷纷出高价笼络诗人，甚至诗人的传述者也跻身于社会“名流”。“加丁添口，诗人夺魁，驼马下崽”是阿拉伯贝都因人的三大幸事，可见诗人的社会地位之高。

塔拉法·本·阿卜杜被列为“十大悬诗人”之第二位，仅次于“浪荡王”乌姆鲁勒·盖斯。塔拉法的悬诗是他二十岁前的作品，全诗共一百零五个“拜特”（联句），译成汉语后有二百零一十行，就其体量来看，居“十大悬诗”之冠。这二百多行诗句是塔拉法本人真实生活的诗性表达，通过它，展现了塔拉法在仅仅20年（一说26年）短暂人生中，三起三落、成也诗歌、毁也诗歌的英雄经历，他虽英年早逝，但仅凭这一首长诗，便名留青史。九世纪巴士拉

① 阿拉伯半岛的游牧人。

② Roger Allen, *An Introduction to Arabic Literature*, Cambridge: Cambridge University Press, 2003, p.67.（译文由本文作者译出）

著名语言学家、文学家伊本·萨拉姆·朱姆希（774-838）在《杰出诗人品级》中认为，塔拉法“在只作一首长诗的诗人中，他是最好的。”[①]

本文从文本出发，拟对塔拉法悬诗的“诗与真”、有关诗人的“传述”和诗歌内容的互文性以及以他为代表的贾希利叶诗歌美学做一论述。

二、“被杀害的青年”塔拉法的“诗与真”

塔拉法悬诗中的诗行创作于不同时期。八世纪，库法著名语言学家、文学家伊本·安巴里（卒于939年）的著作《七首悬诗译注》，首次将七首悬诗收集成册并作评注，叙述了塔拉法的悬诗流传、成型、保存的过程：其舅舅穆泰拉米斯最早收集了塔拉法的悬诗，并以口诵形式传给了传述人哈马德。哈马德又完整地背给了巴士拉的学者，使之流传后世。[②] 伍麦叶时期的大诗人莱比德（560—661）、艾赫塔勒（640—710）、加利尔（653—733）都熟悉塔拉法的诗歌，一致给予高度评价。加利尔把他推为贾希利叶诗人中的翘楚。莱比德和艾赫塔勒则认为他是阿拉伯半岛的第二诗神。首次编撰塔拉法诗歌修订本的是艾布·赛义德·艾斯玛仪（740—831），后来伊本·希吉特（801—857）编撰了一本新颖而史料翔实的塔拉法诗集评注。中世纪阿拉伯帝国的安达卢西亚（今伊比利亚半岛南部地区）科尔多瓦的语言学家尚塔迈里（1019—1083）曾对诗集作过注释，较翔实地记载了有关塔拉法的生平及其传记。1870年，德国东方学家威廉·本·沃尔德将其编入《贾希利叶六诗人诗集珍辑》首次印行于伦敦；1890年，路易斯·谢胡神父将其编入《基督教诗人》，出版于贝鲁特；1900年，法国东方学家迈克斯·赛立松将其连同尚塔迈里的注释译成法文，并写有长篇序言，再次出版于巴黎。国内学者仲跻昆、陆孝修、王复都曾汉译过贾希利叶的《悬诗》，其中就包括塔拉法的悬诗。

塔拉法悬诗的内容和有关诗人的“传述”形成了明显的互文性。

---

① ابن السلام، طبقات فحول الشعراء، تحقيق: محمد محمد شاكر، جدة: دار المدني، ص٤٠٥، عام ١٩٧٤. （译文由本文作者译出）

② الأنباري، المعلقات السبع، مراجعة: بعد العزيز محمد جمعة، مدينة الكويت: مكتبة الكويت الوطنية، ص٢٨ عام ٢٠٠٣. （译文由本文作者译出）

1. 不幸的童年

塔拉法出生于巴林伯克尔部落的一个名门望族，据说伯克尔部落是沙漠阿拉伯人祖先阿德南人的后裔，父亲阿卜杜·本·伯克尔娶了同族叶玛姆部落的名媛瓦尔黛。塔拉法家学深厚，其祖父、父亲和两个叔父都是诗人，舅舅也是诗人。不幸的是，诗人自幼丧父，家产几乎被叔伯们瓜分，孤儿寡母不受族人们待见，小塔拉法没有受到良好的教育，到了成年便放荡不羁，沉溺于酒色，挥霍无度，但他极有个性，思想自由，言行坦荡，这些品行与信仰多神、崇尚血缘纽带、遵守戒规伦理的部落主义背道而驰，塔拉法最终被逐出部族。诗人在悬诗中如此表述自己第一次落魄时的境遇：

我开怀畅饮陶陶然毫不顾忌，

　　不惜变卖家产和祖上的积蓄。

直至遭到族人的驱赶和唾弃，

　　像浑身长癞的驼被赶出群体。[①]

尽管如此，诗才的基因却沉淀于塔拉法的血液中，童年的他已显出非凡的作诗禀赋。据说，七岁时，他听到一位诗人念诵描述公驼的诗句，其中出现了一个冷僻词，童言无忌的他便喊道："哈，公驼变成了母驼！"[②]原来这个怪词专指母驼颈上的红印记，那位诗人却把它用在了公驼身上。也许传述中的这个小故事为日后塔拉法在悬诗中连续用56行诗不重复地描写母驼打下伏笔，他也因此获得了"最擅长描写母驼的诗人"[③]之美誉。

激发塔拉法以长诗抒怀的是他那颗因长久漂泊而受伤又怀乡的心，悬诗是他的真情告白，亦是他的自我辩白，青年塔拉法似乎把全部精力都用在塑造自我形象上，向世人展示自己宏伟的抱负和人生的理想，表现其侠勇不羁、慷慨诚恳的游牧人性格，宣泄族人对他的不公和时运不济的悲情，表达对传统部族伦理规约的叛逆精神，为后人留下富有哲理的警句格言。

---

① الأنباري، المعلقات السبع، مراجعة: بعد العزيز محمد جمعة، مدينة الكويت: مكتبة الكويت الوطنية، ص٣٧، عام ٢٠٠٣.
（译文由本文作者译出）

② 王复、陆孝修编译：《悬诗》，五洲传媒出版社，2015年，第58页。

③ حنا الفاخوري، الجامع في تاريخ الأدب العربي، بيروت، دار الجبل، ص٢٣٧، عام ١٩٨٦.（译文由本文作者译出）

他的悬诗模仿乌姆鲁勒·盖斯的不朽长诗，以凭吊旧居、怀念久别的心上人起兴，表达自己虽浪迹荒野却念念不忘那天清晨与情人赫莱分手的离愁别绪：

来到赛赫麦迪沙丘赫莱的旧居，
　　昔日遗迹像手背上残留的墨迹。
朋友们纷纷停下，勒住了坐骑，
　　皆劝我不要悲伤，一定要坚毅。
犹记马立克人驼轿队清晨开启，
　　好似大船驶离宽阔的达德谷地。①

恍惚间，昔日情人的背影与族里那位绛唇皓齿的姑娘重叠，将听众拉回到现实：

族里有位明眸绛唇戴项圈的美女，
　　恰似攀枝吃果的瞪羚，高擎玉颈。
羚羊丢下友伴，喂幼崽急奔密林，
　　啃啮嫩叶的汁，披上青枝的衣。
那美丽的姑娘绛唇微启笑盈盈，
　　恰似沙丘中含露绽放的延命菊。②

为了排忧解愁，塔拉法驾起他那神奇的母驼，背井离乡，浪迹于阿拉伯半岛，与侠寇、流浪汉为伍。此时，母驼是诗人最好的伙伴，诗人极尽自己描写之能事，连续用了56行诗对自己的坐骑进行了解剖式的描写：

母驼肌腱壮实，迈着矫健的步履，
　　开道辟路堪与纯种公驼一决高低。
它像罗马工匠建造的大厦，

① 见本书，第89页。
② 见本书，第93页。

砖石垒起，巍然屹立。
颈鬃红褐，脊背强健有力，
步步紧跟，阔步向前不停息。
腿肌似搓紧的麻绳股股隆起，
又如层层叠叠垒起的厚墙壁。
坚固的颅骨似刚硬的铁砧，
与铁锉般的颈骨咬合紧密。[①]

他的母驼不仅健壮有力，而且在主人眼里是那样甜美温顺、楚楚动人：

脸颊柔软如沙姆的羊皮纸，
双唇柔韧似也门的熟牛皮。
眉骨下静卧一双如镜美目，
水汪汪宛如山间两眼泉溪。
灰色眸子顾盼间莹莹闪烁，
如受惊吓的野牛护犊心急。[②]

描写到最后，塔拉法的母驼简直成了通灵的神兽，成为主人忠实的伴侣：

两耳敏锐机警，听力出奇，
谛听夜行中万籁隐秘的低语。
矛尖般灵敏精密的耳翼，
如赫麦里的野牛独行格外警惕。
快驼似歌女为主人弄舞摇姿，
摆动的尾尖似白色裙裾飘逸。[③]

2. 矛盾的青年

塔拉法在饱尝颠沛流离之苦后，对自己的所作所为十分懊悔，尽管“幸

① 见本书，第97、101、103页。
② 见本书，第103、105页。
③ 见本书，第105、111页。

亏那些豪侠们不忘恩负义，/ 还有些住得起皮帐篷的富友接济”[①]，但还是身无分文，不得不回到部族，请求同父异母的哥哥麦阿拜德的帮助，发誓不再酗酒，决心改邪归正。麦阿拜德接纳了他，让他帮自己放骆驼，维持生计。但塔拉法并不善于放牧，不久就故态复萌，不务正业，沉溺于酒色。他的行为激怒了哥哥，斥责道：“你不去照看驼群，如果骆驼被偷走了，你能用诗把它们找回来吗？”塔拉法回答道：“如果骆驼真被偷走，我的诗肯定能把它们找回来。”[②]结果骆驼真丢了，哥哥让他找回，他又向堂兄马立克求助，不料受到堂兄的责备和侮辱。塔拉法悲愤之际，作诗警告他们不要为一点小事酿成部落间的战争：“小事也许会酿成大祸，/ 致使鲜血不断流成河。/ 暴虐使瓦伊勒人两部落分裂，/ 伯克尔与台额利布打得你死我活。”[③]诗中提到的伯克尔和台额利布是两个部落的名字，曾因为一匹骆驼酿成长达四十年（494—534）的流血战争，史称“白苏斯之争”。悬诗里，受了堂兄羞辱的塔拉法极力维护自己的尊严，表白自己也是名门之后，祖先血统纯正，门第高贵：

若挑选谁家门庭显赫最高贵，
　　族人必推我高朋满座属第一。
酒友们皆名门贵胄，如星辰熠熠，
　　还有身着用番红花印染的长裙的歌女。[④]

为了赢得族人的再次认同，塔拉法自矜自己是名骁勇善战的骑士，怀有满腔的热忱和高远的志向，请求加入族人的卫队，为部落荣誉而战：

若遇大事被召唤，定要加入保卫者的行列，
　　若外族来犯，我誓必奋勇杀敌。
若他们用恶言秽语玷污你，
　　我定要提前将死亡之水灌入他们的身体。
君可知，我身手敏捷，聪慧睿智，

---

① 见本书，第117页。

② الزوزني، شرح المعلقات العشر، بيروت، منشورات دار مكتبة الحياة، ص٨٢، عام ١٩٨٢.（译文由本文作者译出）

③ 仲跻昆：《阿拉伯文学通史》上卷，南京：译林出版社，2010年，第99页。

④ 见本书，第113、115页。

　　像蛇首般机敏灵活，处事不惊。
我发誓，让印度的宝剑永佩腰际，
　　闪着白色寒光的双刃锋利无比。
哪像那锋钝刃乏的砍柴刀，
　　我的宝刀起落时，一剑命毙。
宝剑如信得过的兄弟，
　　手起刀落，决不能迟疑。
若大家都争先拔出武器，
　　你会见我紧握剑柄，所向无敌。①

然而，兄弟们却不再接纳他，这深深地伤了塔拉法的心，他抱怨兄弟们对自己的冷落和不公：

每当走近堂兄马立克，
　　不知为什么他总离我远去?
我对他常怀有美好希冀，
　　他的回应却如埋入墓穴，悄无声息。
我说的话何罪之有，
　　况且没有把找回骆驼一事忘记。②

青年塔拉法在饱尝亲情的冷漠、族人的不公后，不禁喟叹世态炎凉：

亲人的不公比印度宝剑更锋利，
　　令我心痛忧伤，无处话悲戚。③

愿为部落建功立业的宏图大志和受到亲人冷遇的矛盾心情一直左右着塔拉法，以至让他感到自己空怀一腔热血而报族无门。

---

① 见本书，第129、133、135页。
② 见本书，第127页。
③ 见本书，第131页。

3. 不归路

正在塔拉法心灰意冷之时，命运的天平似乎又有意向他倾斜，以证明诗歌真能帮他找回丢失的骆驼，得到族人的认可。在悬诗中他颂扬了仰慕已久的英雄阿慕鲁·迈尔赛德，后者是族里势重位尊的长辈，他听到塔拉法赞美他是骁勇善战的阿拉伯首领，“权贵登门造访，门前车马络绎”[①]的诗句后，马上叫来了他的七个儿子，让他们每人给塔拉法十头骆驼，然后要求三个孙子每人再给他十头。由此，塔拉法还清了欠他哥哥麦阿拜德的骆驼。

尽管命运有些转机，但塔拉法深知自己的理想抱负与部族的伦理规约格格不入，在他眼里，人生须尽欢，有志青年应该具备三个条件：

> 我发誓，高贵的青年离不开三样东西，
> 　　若没有，何时死亡我都不会在意。
> 第一样，责难者赶到前尽情豪饮，
> 　　暗红色酒液泛起泡沫，从杯中流溢。
> 第二样，若落难者向我求助告急，
> 　　我定骑上骏马如野狼般快速奔去。
> 第三样，与窈窕女子大帐下相会，
> 　　帐外阴云蔽日，正下着蒙蒙细雨。[②]

显然，开怀豪饮的气魄、侠勇骑士的气概，以及敢于追求女子的浪漫是塔拉法的人生理想，而这些又为当时的部落社会所不容。痛定思痛后，塔拉法最终还是决意远走高飞，成全自己：

> 放开我吧，任我远去，
> 　　哪怕安家于达尔额德岩区，我也感激。
> 我愿战死疆场，但更喜花天酒地，
> 　　阻止我的人啊，谁能让我生命不息？
> 若无力为我挡住死神的袭击，

---

① 见本书，第133页。
② 见本书，第119页。

就任我慨然赴死，尽一己之力。[①]

最终，塔拉法投奔了希拉王国的国王阿慕鲁·本·杏德。当时诗人的舅舅穆泰拉米斯（也就是贾里尔·本·阿卜杜·马西赫）和姐夫阿卜杜·阿慕尔都是国王的随从。国王因欣赏塔拉法的才华，曾一度对他宠幸，但他恃才傲物，桀骜不驯，还满不在意地作诗挑逗国王的妹妹，引起国王的不满。不仅如此，塔拉法还作诗讽刺姐夫没有男子汉大丈夫气概。终于祸从口出，国王暗下决心，施计铲除塔拉法。国王为舅甥二人各写了一封信，要他们亲自送给巴林总督，声称到达后必有重赏。路上，穆泰拉米斯心生疑窦，拆开信找人代读，得知国王授意巴林总督信到之时便是死期之日，立即将信抛进河里，并要外甥也拆信读读，可是塔拉法不同意开启国王的封印，不理会舅舅的劝告，继续上路，而穆泰拉米斯则改道去了叙利亚。年轻的诗人到了巴林，将信递交给巴林总督，总督读完信后，拿给塔拉法看，说道：“你自己选择一种死法吧。”塔拉法说：“给我酒喝，酒醉后杀了我。”于是，巴林总督按照塔拉法的选择，找人处决了他，并把他安葬于巴林地区。[②] 坦诚、率性、充满叛逆精神、富有吟诗才华的塔拉法就这样结束了自己短暂的一生。“穆泰拉米斯的信”于是成了一句成语，专指拿着自己的“死亡通知书”上路的人，塔拉法也被后世称为“被杀害的青年”。

三、沙漠游子的诗性美

塔拉法的悬诗及其短暂的生命历程让读者领悟到阿拉伯贝都因人的个性特征，诗歌不仅忠实、生动地反映了诗人年轻叛逆的灵魂和坦诚炽热的情感，还折射出贾希利叶时期贝都因诗人在茫茫沙漠中游牧生活的精神地理内涵及人生价值观和世界观，诗歌中对人性美好的向往和对社会公正的呼唤，传达出贾希利叶时期诗人的存在主义思考，悬诗成为诗人个性的最好印证。

① 见本书，第131、117页。

② الزوزني، شرح المعلقات العشر، بيروت: منشورات دار مكتبة الحياة، ص٨٧، عام ١٩٨٢.（译文由本文作者译出）

1. 贝都因诗人的精神地理

悬诗一开篇，我们就能观察到阿拉伯贝都因人的精神地理及其内涵。漠漠荒原，疾风肆虐，飞沙走石，斗转星移，是沙漠贝都因人生活的自然环境；沙丘中席织的营地，木桩支起的帐篷，是部落人临时的居所；为了寻找水源、牧场，或躲避各种天灾人祸，沙漠贝都因人部落不得不四处迁徙，构成了他们的社会生活。当诗人偶尔回到或路过曾经居住过的地方，看到故里被砂石淹没、情人的旧居不在时，便触景生情，生发出缕缕忧郁和惆怅。于是，“悬诗”王子乌姆鲁勒·盖斯把“止步吧，让我们哭泣，以纪念情人和故居！”[①]这样的“纳西布”（情诗）作为起兴，开辟了悬诗之风；塔拉法也把沙丘中情人赫莱的遗居想象成“手背上残留的墨迹”，回想起当年心上人随马立克家族迁徙的那天清晨，忍不住哀从中来，勒住缰绳，停下了步履；祖海尔同样以“难辨乌姆·奥法两旧居，/唯剩乌黑陈迹，默然无语。/如今那故所遗迹尚存，/似札青手绘时常翻新。”[②]作为全篇的序幕。由此，情诗抒发了“诗人对青年时期，已逝岁月和遥远家园的怀旧情怀”[③]，成为所有悬诗的一个“引子”，是时空的聚合体，昔日和今日、必然和偶然在此交织，英雄主义和侠骨柔情在此相会，成为诗人咏诵的首要推动力，悬诗是他们的性灵之作，诗人内心的激荡与他凝视的外部世界之间的碰撞，流露出阿拉伯贝都因人最初的诗意和审美品格，“废墟意象”是悬诗诗人发乎于心的爱情表达和挥之不去的乡愁，总在旅途的诗人似乎在废墟中找到自己的失乐园，意识到自己已漂泊多年，兜兜转转，又回到了故园，他的女子是曾经的水源，曾经的绿洲，曾经美好的岁月，是富饶和安宁的象征。因此，这一定型的诗歌起兴程式便成为居无定所、迁徙辗转的游牧生活的精神寄托，诗体的定格反衬着现实生活的动荡，是诗人精神地理的象征，以致“像停下来哭泣那样美妙”、“像停下来哭泣那样负有盛名”的表达成为阿拉伯谚语。诚如叙利亚当代诗人阿多尼斯在评价自己民族的古诗时所云：“‘情人遗居’是隐含在贾希利叶长诗纹理中的第二语言。”[④]它表达出贝都因人的悲伤与欢乐，接纳与拒绝，绝望与希望。

---

① 见本书，第17页。

② 见本书，第171页。

③ A.F.L.Beeston, T.M.Johnstone, R.B.Serjeant and G.R.Smith (eds), *Arabic Literature to the End of the Umayyad Period*, Cambridge: Cambridge University Press, 1983, P.43.（译文由本文作者译出）

④ أدونيس، مقدمة للشعر العربي، بيروت: دار الساقي، ص١١، عام ٢٠٠٩.（译文由本文作者译出）

2. 贝都因诗人的生命礼赞

沙漠之舟——骆驼是塔拉法悬诗的诗魂。正如印度古代文学典籍《吠陀》中诗人以崇敬的心情描绘牛一样，塔拉法用了一百多行诗来描绘和赞美他的爱侣母驼，在他眼里，母驼是他的情人，他对母驼的肌体、器官都进行了细致的描绘和恰如其分的比喻，堪称世界诗歌中的经典。[①]他的母驼在速度、耐力和体格上堪与公驼一决高低，双腿如拱门，骨架如棺椁，胸肋如弓弩，腿肌如搓紧的麻绳，身板如垒起的墙壁，颈项如尾舵，硕大的尾毛如白兀鹰展开的翅膀，脸颊如羊皮纸，双唇如熟牛皮，双目如两汪清澈的泉眼，母驼有着野牛般的灵敏，公鸵般的迅疾，铁砧般坚硬的颅骨……。塔拉法还将母驼与心爱的女子交互比喻，写尽二者娇美的姿态，比如，形容跑起来摆动尾尖的母驼似歌女一样欢快轻盈、弄舞摇姿；浅唱低吟，如泣如诉的歌女犹如母驼为死去的幼子悲伤恸哭等。不仅如此，诗人在沙漠中目及的一切都成为信手拈来的喻体：酸枣树、野菊、羚羊、野牛、鸵鸟、蜥蜴、山坡、风雨、雷电、星云、夜晚等，表现出贝都因诗人独特的比喻方式和审美情趣，古代阿拉伯文学喜欢听从内心的感受……是一种更接近本能的、天然的、信手拈来的文学。

由此可以说，悬诗是贝都因诗人对生活于其中的大自然生命本质的礼赞，沙漠诗人们咏诵周遭万物与生俱来的真善美的品质。悬诗的目的不是为了改变世界，建立另一个世界；它的目的是为了和周遭对话，描述它，赋予它生命力，以细腻的恻隐之心观照万物本身，表现出对生命接纳的欢欣。悬诗诗人是大自然的赤子，诗人爱他周遭万物所表现出的那个样貌，因物而喜，极善于描状咏物，由此使生命在诗歌的画面中获得了价值和意义。从骆驼到蜥蜴，从星辰到沙丘，从树木到花草，从雷电到河流，诗人把所看到的一切都描绘成生动的画面：昔日遗迹像手背上残留的墨迹，那电光忽闪似隐士整夜燃油的灯盏，驼轿队伍如海中行进的大船，骆驼高昂的头颅如底格里斯河畔的船舵，女子笑盈盈的模样如沙丘中含露绽放的延命菊，长颈美女如攀枝够食野果的瞪羚，女子润滑的肌肤像盈盈净水中的鸵鸟卵，垂腰的发辫像串串椰枣，泥流中漂浮的野兽尸体像根须毕现的野葱头……诗性唤醒了沙漠的沉寂，使大自然生机盎然，充满诗情画意，而诗人内心涌动的激情催生了对外界的欢欣

① 郅溥浩：《解读天房文学》，宁夏人民出版社，2007年，第217页。

和渴望，使他愿化为外界万物的一分子——化为一顶帐篷，或化为无垠的沙漠，或化为宁静的夜晚，甚至有位名叫泰米姆·本·穆格比勒的诗人在诗中吟诵自己愿化为一块石头，他赋予石头以生命的意义，因为石头能创造奇迹，战胜时间、死亡和变化，能经得住世事的考验。[①]

3. 贝都因诗人的英雄主义存在观

塔拉法年仅20岁就慨然赴死，他的悬诗是诗人为短暂的生命进行的剖白，带着鲜明的存在主义特征，诗人彻悟生死的真谛：

君不见，吝啬的守财奴和挥霍之徒，
　　死后毫无二致，都埋入尘土。
君不见，死神选中慷慨之躯，
　　也没放过吝啬的守财奴。
君不见，生命是日渐损耗的宝库，
　　而岁月不断减少，万物走向竭枯。
以生命起誓，人逃不脱死神之掌，
　　延长还是收拢，全凭它给予命数。[②]

诗人崇尚豪侠的英雄主义气概，在他的人生字典里，勇敢、不惧怕死亡才是人生存在的意义：“我发誓，让印度的宝剑永佩腰际”，为部落而战万死不辞，“你会见我紧握剑柄，所向无敌”[③]。塔拉法为兄弟的薄情寡义和族人的不公感到愤懑，“但族人们否认我比他们更有勇气，/ 更加诚信，出自更高贵的门第”[④]，在他那不被世人理解的痛苦意识中，也夹杂着些许伊壁鸠鲁享乐主义的成分：“我愿战死疆场，但更喜花天酒地，/ 阻止我的人啊，谁能让我生命不息？ / 若无力为我挡住死神的袭击，就任我慨然赴死，尽一己之力。”[⑤]《悬诗》的结尾表达出诗人壮志未酬的遗憾，以及对后世的希冀和未来的信念：

---

① أدونيس، مقدمة للشعر العربي، بيروت، دار الساقي، ص٩، عام ٢٠٠٩.（译文由本文作者译出）
② 见本书，第123页。
③ 见本书，第135页。
④ 见本书，第145页。
⑤ 见本书，第117页。

麦阿拜德的女儿啊，我的侄女，
　　我死后，为我悲恸，撕破衣领，把英名铭记。
不要把我同凡夫俗子并论相提，
　　他们哪有我的志向、才能和勇气。
他们遇事迟疑胆怯，难成大器，
　　在别人的拳头面前卑躬屈膝。
以你的生命起誓，我的白昼不会总是阴云蔽日，
　　我的黑夜也不总是漫无边际。[①]

塔拉法是个无神论者，他不信前定，也不信来世，“我把赌签放在命运不济者的掌中，火已经把它烤黄，任凭命运处理。”[②] 他只相信“岁月将为你揭示那些未知之事，……将为你带来条条消息。”[③] 的确，塔拉法具有老年人的睿智和青年人的放任，当那些觊觎父亲的遗产、践踏母亲的权利的族人将他像“长癞的骆驼”一样赶出部落后，他浪迹荒漠，经历了巨大的痛苦和磨难，养成了先天的勇敢、慷慨、施舍和不甘屈辱的贝都因人的高尚品质。骆驼、酗酒和女人是他生命中最宝贵的东西，他喜欢物质享受，同时又在精神上追求崇高的境界和完美的事物，在追求物欲和追求理想的矛盾中，流露出生命转瞬即逝、只有及时行乐才能弥补韶华的悲观情调：

高贵者生时应让自己把美酒饱饮，
　　明日死时便知焦渴者已错过良机。[④]

这是古代阿拉伯诗歌中早期的存在主义思考，是诗人对人性的发现，揭示了阿拉伯贝都因人对生命十分脆弱的感知，以及人类对战胜脆弱、战胜死亡的向往，同时也揭示了命运的荒诞。此时，诗人努力超脱外界及其社会规约、伦理的束缚，以获得自我主体性。诗人看到“人逃不脱死神之掌”[⑤]，无论是

① 见本书，第143、145页。
② 见本书，第145页。
③ 见本书，第147页。
④ 见本书，第119页。
⑤ 见本书，第123页。

富翁还是穷人，慷慨者还是守财奴，因此，只有不惧死亡、为需求者提供帮助和施舍才是生存的意义。他属于一切需要他的人，他愿意住在“高山之顶”而不愿“在山谷里藏匿”[①]，这样可以让乞丐和需求者更容易看见他，便于呼唤他。他鄙视无耻的懦夫，希望成为“一呼百应者和独行侠”。[②]

塔拉法悬诗中的英雄主义还表现为一种无归宿感，或者说，当以血缘为纽带的部落认同失去时，个体期望向外建立另一种关系，塔拉法咏诵“幸亏那些豪侠们不忘恩负义，还有些住得起皮帐篷的富友接济”[③]。这里的“豪侠们”实际上是指不为部落所容、杀富济贫、慷慨侠勇的“流寇”，也是贾希利叶时期的“绿林好汉”，这群人行侠仗义，是早期阶级反抗的表现，他们不倚赖所谓的亲缘纽带，而是依靠个性，凭借人能够颠覆既定法则的力量，去实现被认为不能实现的事物。坚定的意志是英雄主义的首要属性，悬诗中的英雄被这一生命意志和理想所驱动，尽其本能去实现生命的价值，哪怕与道德戒律和整个社会的陈规陋习抗争。

综上，正是诗歌中洋溢的英雄主义和人生短暂的存在主义基调，使塔拉法的悬诗成为他生命的绝唱，千百年来为世人咏诵，黎巴嫩著名文学家、文论家哈纳·法胡里在他的《阿拉伯文学通史》中评价塔拉法的悬诗“充满了人性，互相矛盾的感情，对生死的看法，……对一颗年轻炽热的心作了最生动的剖析，这颗心了解生活，明白生命的崇高含义。”[④]贝都因诗人咏诵爱情，咏诵骑士精神和英雄主义，咏诵贝都因人的喜怒哀乐、悲欢离合，咏诵叛逆和满足、希望和绝望，以英雄主义抒情诗来弥合他和外部世界的断裂，净化和升华他的生命，悬诗是诗人自我理想和个性品格的折射。

---

① 见本书，第113页。

② 见本书，第145页。

③ 见本书，第117页。

④ حنا الفاخوري، الجامع في تاريخ الأدب العربي، بيروت: دار الجبل، ص٢٣٧، عام ١٩٨٦.（译文由本文作者译出）

箴言诗人

شاعر الحكمة

معلقة زهير بن أبي سُلْمى

祖海尔·本·艾比·苏勒玛的悬诗

أنشودة السلام

和平颂歌

齐明敏　译

مقدمة وشرح: عبد الله بن سُليم الرُشيد

导言与评析：阿卜杜拉·本·苏莱米·鲁赛德

任宏智　译

祖海尔：贾希利叶时期“特立独行”的大诗人

齐明敏

هو زُهير بن أبي سُلمى المُزَني، شاعر جاهلي عُرف بالحكمة، وله أبناء شعراء منهم كعب بن زُهير صاحب قصيدة (البردة)، وبُجير أخوه، وكِلاهما صحابي، وله بنت شاعرة أيضاً، فهو من بيت شعر.

لزُهير منزلة كبيرة عند نقّاد الشعر ورواته، فقد جعله أبو عَمْر بن العلاء في طبقة واحدة مع امرئ القيس والنابغة، ونقل ابن سلّام الجُمحي في (طبقات فحول الشعراء) أن أهل الحجاز والبادية كانوا يُفضّلون شعر زهيرٍ والنابغة على شعر غيرهما، وأضاف أن نقّاد الشعر كانوا يرون أن شعر زهيريتميّز بإحكام الصياغة، والبعد عن الإسفاف، والقدرة على التعبير عن المعاني الكثيرة في الألفاظ القليلة، والمبالغة في المدح. وكانت كلمة عمر بن الخطاب رضي الله عنه شهادةً وضعت زهيراً في موضع عالٍ، إذ قال: «أشعر شعرائكم الذي يقول: مَنْ ومَنْ»①، ووصفه بأنه «لا يمدحُ أحداً إلا بما فيه».

كان زُهير مشهوراً بتنقيح شعره، وإطالة النظر فيه، حتى إنه كان يُمضي حولاً كاملاً (أي عاماً) في إنشاء القصيدة وتنقيحها، فعُرفت له قصائد باسم (الحَوليّات)، وجمعه أحد النقّاد مع ثلاثة من الكبار، فقال: أشعر شعرائكم «امرؤ القيس إذا ركِب، وزهير إذا رغِب، والنابغة إذا رَهب، والأعشى إذا طرِب».②

ويُرجَّح أن زهيراً توفي في السنة الثالثة عشرة قبل الهجرة، ويوافقه بالتاريخ الميلادي ٦٠٩.

هي قصيدة ميميَّة على البحر الطويل، واختُلف في عدد أبياتها، فرُويت في اثنين وستين بيتاً، وفي تسعة وخمسين، وفي أقلّ من ذلك.

أما مناسبتها فهي مدح الحارث بن عوف وهَرِم بن سنان، اللّذَين سَعَيَا في حقن الدماء وإنهاء الحرب بين عبس وذُبيان.

وبلغ من كرم الحارث ورغبته المِلحّة في حقن دمائهم أن خيّر بعض أصحاب الدم بين أن

① قصد عمر بقوله (مَنْ ومَنْ) أبياتَ الحكمة التي تبدأ كلها بقوله (ومَنْ...)، وهي من أبيات هذه المعلّقة.

② ويقصد بذلك أن امرأ القيس يفوق غيره في وصف الفَرَس، وزُهير وفوقهم إذا رغب في مدح من يستحق المدح، والنابغة إذا رهب، أي خاف فاعتذر، فقد برز في اعتذارياته، والأعشى يتميّز بقدرته على إنشاء الشعر المُطرِب الذي يُغنَّي به.

祖海尔·本·艾比·苏勒玛·穆扎尼（زُهير بن أبي سُلمى المُزَني）是一位贾希利叶时期以智慧而闻名的诗人。他的子嗣亦为诗人，其中包括长诗《斗篷颂》（البردة）的作者凯耳卜·本·祖海尔（كعب بن زُهير）和他的兄弟布杰尔（بُجير），二者皆为圣门弟子。此外，他还育有一女，亦为诗人，所以祖海尔的家族是一个诗歌世家。

祖海尔在诗歌评论家和“拉维”[1]心中享有崇高地位。阿布·阿穆尔·本·阿拉（أبو عَمْر بن العلاء）将他与乌姆鲁勒·盖斯和纳比埃归为一类。伊本·萨拉姆·朱姆希在《杰出诗人品级》一书中援引说，与其他诗人相比，居住在汉志地区与沙漠深处的人们更喜欢祖海尔和纳比埃的诗歌。他还补充道，诗歌评论家们一致认为祖海尔的诗歌文辞精准练达，诗风饱含赞扬。在欧麦尔·本·哈塔卜[2]发表的一篇演讲中，他将祖海尔置于崇高地位，他说：你们中最擅作诗者常会说“谁……，谁……”[3]，在此，他描述祖海尔是一个能“照实赞人所长”的人。

祖海尔常对其诗作进行反复校正与审阅，并因此而闻名。他曾花费一整年时间创作并修订被称为“豪里亚特”（الحَوليّات，即“年诗”）的诗作，以至于一位诗歌评论家将他与其他三位大诗人视为一类，他说：“你们中最优秀的诗人：乌姆鲁勒·盖斯最擅于描摹骏马；祖海尔最擅于赞扬；纳比埃最擅于祈求谅解；而艾阿沙则最擅于吟唱。”[4]

祖海尔于伊斯兰历前13年逝世，即609年。

其悬诗是一首米姆韵的长律诗歌，联句数量不等，有人说有六十二行（联句），也有人说有五十九行，还有少于五十九行的说法。

祖海尔在悬诗中大肆赞扬哈雷斯·本·奥夫和海里姆·本·希南，他们竭力阻止流血冲突，叫停阿卜斯和祖卜延两部族之间的战争。

---

① 贾希利叶时期的每个诗人都有一个帮助他记忆诗句并且在部落里和社会上传播这些诗作的人，这个人被称作“拉维”，意为“传述人”。（译者注）

② 欧麦尔，四大哈里发中的第二任，634—644年在位。（译者注）

③ 祖海尔的哲理诗句均以“谁……谁……”开篇，此句同样出自他的悬诗。

④ 此句的意思是乌姆鲁勒·盖斯以描写骏马见长，祖海尔专擅赞扬值得称颂之物，而当纳比埃深感恐慌时，则竭力为自己辩护，艾阿沙能够为诗配乐，进而将其吟唱。

يأخذوا مئةً من الإبل، أو يقتلوا ابنه مكان أحد القتلى الذين أرادوا الأخذ بثأره. فجاءت هذه القصيدة تُخلّد ذكر الرجلين الحارث وهرم، وتمدحهما بما استحقّا.

والقصيدة تحوي عدة أغراض ومعانٍ، أهمهما الدعوة إلى السِّلم، ونبذِ الحرب، وفيها أرسل الحكم الخالدة التي نشأت عن تجربة ومشاهدات، وفي أولها مطلع غزلي، ووصف لرحيل الأحباب، وفي آخرها نفثات شيخ هرمٍ بلغ به تأمّل الحياة أن قال أبياتاً سائرة عابرة للزمن.

哈雷斯的慷慨和他对停战的迫切愿望使一些沾有背负的家主被迫做出选择：要么献上一百头骆驼作为血锾，要么杀死他的儿子当作对死者的补偿。这首悬诗纪念了哈雷斯和海里姆，并给予他们应得的赞扬。

这首悬诗包含诸多题旨和意涵，其中最重要的是呼吁和平，反对战争。诗中，祖海尔传达了他从实践与观察中得出的永恒智慧。该诗以情爱描写开篇，并对昔日恋人进行追忆铺陈。诗歌以一位年迈长者发出的一连串警句告终，他吟诵着穿越时空的动人诗句，勾连起人们对生命的沉思。

اللوحة الأولى

ذكرى الأحباب

١. أمِنْ أمِّ أوفَى دِمنَةٌ لم تَكَلَّمِ   بحَومانةِ الدَّرَّاجِ فالمُتَثَلَّمِ

٢. ديارٌ لها بالرَّقْمتينِ كأنّها   مَراجِعُ وَشْمٍ في نَواشِرِ مِعْصَمِ

٣. بها العِينُ والأرآمُ يَمشينَ خِلْفَةً   وأطْلاؤُها ينهضنَ من كلِّ مَجْثَمِ

٤. وقفتُ بها من بعدِ عشرينَ حِجّةً   فلَأْياً عرفتُ الدارَ بعدَ توهُّمِ

第一幕

思念故爱

1. 放眼豪玛奈特达拉吉①，
　　转身又见穆太塞莱米②，
难辨乌姆·奥法③两旧居，
　　唯剩乌黑陈迹，默然无语。

2. 她曾经驻扎的旧营区，
　　两处皆为戈壁沙滩地④，
如今那故所遗迹尚存，
　　似札青手绘⑤时常翻新。

3. 成群野牛与白羚羊，
　　相随踱步荒凉草场，
牛犊羊羔纷纷起身，
　　寻母授乳不慌不忙。

4. 别后廿载重回故地，
　　柳暗花明断无可疑：

---

① 豪玛奈特·达拉吉（حومانة الدرّاج），沙特代赫纳沙漠（دهناء）最东边靠近盖苏迈（القيصومة）的一处古地名。（译者注）
② 穆太赛莱米（المُتَثَلَّم），沙特苏曼（الصمان）沙漠的一处古地名。（译者注）
③ 乌姆·奥法（أمّ أوْفَى），祖海尔前妻的昵称。（译者注）
④ 原文الرَّقْمَتَيْن，指盖西姆及周边地区的两处砂石戈壁。（译者注）
⑤ 阿拉伯和印度妇女用一种叫作海娜的灌木树叶磨成深浅不同的黑褐色或红褐色颜料，在手腕、手背或身体其他部位绘成图案作为装饰。（译者注）

٥. أَثافِيَّ سُفْعاً في مُعَرَّسِ مِرْجَلٍ ونُؤْياً كَجِذْمِ الحوضِ لم يتثلَّمِ

٦. فلمّا عرفتُ الدارَ قلتُ لربْعِها: ألا انْعَمْ صباحاً أيُّها الرَّبْعُ واسْلَمِ

استهلّ زهير معلّقته بذكرى الأحباب، وخصّ أمّ أوفى، وهي امرأة قد لا تُراد حقيقتها، لأن غالب ما نجده من الغزل في مطالع القصائد الجاهلية هو رمز للمرأة مطلقاً، بوصفها هي التي تُكمّل حياة الرجل، والدليل على هذا أن بعض الشعراء يذكر في القصيدة الواحدة أسماء بضع نساء.

ويمتزج ذكر زهير للمرأة بالحنين إلى مرابعها، وذكرياته معها، ولهذا قال في البيت الثاني: ديارها التي في الرقمتين تشبه آثار وشم عميق في عروق معصم، والوشم باقٍ، وهذا يعني بقاء حبّه وحنينه لأرضه وأهلها.

ثم التفت إلى المكان، ووقف على الآثار، ورأى حياةً جديدة فيه، ولكنها تختلف عن حياة الناس الذين كانوا فيه، فالحياة الجديدة هي ظباء وبقرُ وحشٍ، رآها ترتع في المكان، وأولاد الظباء ينهضن من عدة أماكن كنَّ جاثماتٍ فيها، إنها صورة حيّة متحركة لحياة يعجّ بها ذلك المكان الذي وقف به، وحنّ إلى أهله.

وهو هنا يُلمِح إلى الحياة بعد الموت، أو السلام بعد الحرب، فهذه الحياة التي بعثها خيالُه في المكان هي حياة السلم التي يرجوها، وسيفصّل القول فيها في المقاطع اللاحقة.

ثم قال: وقفت بهذه الديار بعد زمن طويل من فراقي لأهلها، عشرين سنة، فأبطأتُ في التعرّف إلى المكان؛ لأن تلك المدة الطويلة كانت كفيلة بأن تغيّر الآثار، وتمحو المعالم، وزهيرٌ يقول: إنه لم يجد إلا الأثافيّ السّود، في موضع إيقاد النار، وتلك الحفرة التي كانت تحوط الخباء، وهي كبقية الحوض غير المتثلّم.

إنها صورة تنهض في وجه القارئ منبئةً إياه بمقدار ما في قلب الشاعر من الحب والحنين. إنه يتوهّم وجود تلك الآثار، ويعيش بخياله معها، ويستدعيها من ماضيه القديم، ثم يصيح بأعلى صوته: نَعِم صباحُك أيها الربع، وسلمت. إنه يدعو بالنعمة والسلامة للمكان، وتفكيرُه في الحقيقة أهل المكان.

والتَفِتْ إلى أنه ختم المقطع بقوله (اسلَم)، لأنه ممتلئٌ بفكرة السلام، رامزٌ بهذا إلى ما يريد من انطفاء الحرب، وحلول السلم.

5. 架锅黑石仍在眼前，
   营帐围沟依稀可见。
6. 辨清故地顿觉欣然，
   忙向营寨问声早安。

祖海尔在悬诗开篇便追忆起昔日情人，特别提及了乌姆·奥法。诗人在此并非要描述这个女人的真实身份，因为贾希利叶诗歌起兴部分的情爱场景，常常只是对女性的象征性描写，即将其视为曾经陪伴男子一同生活的人物。关于这一点，从一些诗人在同一首悬诗中提及多位女性名字便能看出。

祖海尔在提及这个女人时，夹杂着对其旧居以及他们共同记忆的怀恋，正如他在第2个联句中所言：她还曾扎营两个砂石戈壁地区，两处皆如手腕上的札青留下的深深痕迹，至今犹存，而这意味着：诗人依然热爱这片故土，怀念情人的乡亲。

然后祖海尔开始打量那个地方。他站在废墟上，虽然眼下一派勃勃生机，但却与人烟稠密的昔日景象大为不同。诗人眼前的“勃勃生机”是指羚羊和野牛，诗人看着它们悠然地吃着嫩草，羚羊的幼崽们从原本蹲伏的地方慢慢起身。这无疑是一幅生机盎然的图景，使诗人不禁想到曾在这里度过的岁月，怀念起昔日的故人。

诗人在这里暗指一种死寂过后的生机，或者说战争洗劫之后的和平。祖海尔以想象营构的这幅鲜活场景正是他所期盼的和平生活，他在后面的诗句中对此进行了详细讨论。

诗人接着说：与亲人离别二十年的漫长时间后，我再次站在这故址前，仔细辨认眼下的这片故地。漫长的岁月足以改变昔日的印记，抹掉（原先的）标识。为此，祖海尔接着说：我看到那烧成黑色的架锅石块，看到故地周边的排水沟还没有像干涸的水塘底部那样皲裂破损。

这是一幅在读者脑海中缓慢浮现的画面，表明诗人心中仍未消退的爱恋之情。祖海尔幻想着这些遗迹依旧存在，生活依旧如常，从而不断唤起昔日时光，然后他大声喊道：嘿，老牧场，早上好！诗人为此地祈福求安，而他所惦念的正是曾居于此地的故人。

请注意，祖海尔以“问安”结束了这段诗文，其中满怀着对和平的殷切期盼，以此表明诗人期盼战争早日结束，和平早日到来。

اللوحة الثانية

وجع الرحيل

٧. تبَصَّرْ خليلي، هل ترى من ظَعائنٍ تَحَمَّلنَ بالعَلْياءِ من فوقِ جُرثُمِ؟

٨. جعلْنَ القَنانَ عن يمينٍ، وحَزْنَه وكم بالقَنانِ من مُحِلٍّ ومُحْرِمِ

٩. وعَالَينَ أنماطاً عِتاقاً وكِلَّةً وِرادَ الحواشي، لونُها لونُ عَندَمِ

١٠. ظهرنَ من السُّوبانِ ثم جَزَعنَه على كلِّ قَيْنِيٍّ قَشِيبٍ ومُفْأَمِ

١١. ووَرَّكْنَ في السُّوبانِ يعلونَ مَتْنَه عليهنَّ دَلُّ الناعِمِ المُتَنَعِّمِ

١٢. كأنّ فُتاتَ العِهْنِ في كلِّ منزلٍ نزلنَ به حبُّ الفَنا لم يُحَطَّمِ

第二幕

离别之痛

7. 敢请朋友举目远观，
   能否看见一行女眷？
端坐驼轿登临高地，
   告别朱泉[①]启程远行？
8. 规避右侧山高路险，
   崎岖陡坡敌我战酣[②]！
9. 驼轿高高，幔帐下摆吊穗玫红，
   铺盖层层，纯毛染色材质贵重。
10. 再次上路，继续穿越苏班[③]谷地，
   重整行囊，升入宽绰簇新轿椅。
11. 蜷曲双腿稳坐轿内，
   穿行苏班悠然娇媚。
12. 所经之处，绒屑缤纷落英，
   一眼望去，野葡萄[④]般鲜红。

---

① 朱泉（جُرْثُم），沙特内志盖南山附近一泉眼名，全名朱尔苏姆泉，此处为照顾诗歌译文的韵律，简称“朱泉”。又说是沙特盖西姆的一处地方，现称“朱尔苏米”。（译者注）

② 原文（مُحِل ومُحْرِم），مُحِلّ意为“朋友”，مُحْرِم意为“敌人”，此句未尽之意是：祖海尔夸耀前妻部落照顾女眷的习俗，女眷坐驼轿走平路，而男人们翻山越岭走险途。（译者注）

③ 苏班（السُوبان），沙特内志地区盖西姆西部的一处山谷。（译者注）

④ 野葡萄（الفَنا），一种野生植物，果实呈圆颗粒状，颜色鲜红。原诗句中还有一个定语：未掐破的（لم يحطم），字面意思似乎说剥开之前是红色的，但剥开后未提及颜色。又说，الفنا是一种结出红色果实的树，果实成熟后会裂开，里面是一粒粒小酸枣。（译者注）

١٣. بـكَـرنَ بُـكـوراً واسْـتَـحَـرْنَ بـسُـحْـرةٍ   فـهـنّ ووادي الـرسّ كـالـيـدِ لـلـفَـمِ
١٤. فـلـمّا وردنَ الـمـاءَ زُرْقـاً جِـمـامُـه   وضَـعـنَ عِـصِـيَّ الحاضـرِ الـمُـتَـخَـيِّـمِ
١٥. وفـيـهـنَّ مَـلْـهًـى لـلّـطـيـفِ ومـنـظـرٌ   أنـيـقٌ لـعـيـنِ الـنـاظـرِ الـمُـتَـوَسِّـمِ

بعد أن وقف الشاعر بالرَّبْع وتذكر أهله والمرأة التي تعلّق قلبه بها، خَطَرت في ذهنه صورة رحيلهم عن المكان، فانساب مع خياله في بناء صورة الظعائن ومن فيهنّ، ومن أين ابتدأت الرحلة وأين انتهت، وهذا موضوع يكثر عند شعراء الجاهلية، فهم يعيشون في حَلّ وتَرحال، فيستغرق ذلك حنينهم إلى الراحلين، ويبرعون في صفته؛ لأنه يحرّك كوامن شعورهم، ويقلق أفئدتهم، ويستبكيهم.

وها هنا عمد زُهير إلى مخاطبة الخليل، وخطابه كثيرٌ أيضاً في قصائدهم؛ لأنه جزءٌ يكمّل حياة الفرد منهم، إذ لا بدّ من صفيّ صديق يسير معه، ويشاركه حلو الحياة ومُرّها.

وهنا يطلب من خليله أن يتبصّر معه، لأنه يعيش بين التصديق والتكذيب، أرحل أحبابُه أم هم باقون؟ فقال: هل ترى تلك الظعائن التي رحل أهلها من تلك الأرض العلياء من فوق جُرثم؟ إنه يتوهّم، ويريد من صاحبه أن يرى مثلَ ما يرى بعين خياله، وكيف يراهنّ وقد مضت عشرون حجّة على فراقهم؟

إنها عين المحبّ وقلب العاشق يتضافران لاستدعاء صورة الرحيل ورسمها، بعد تلك المدة الطويلة، ويطوّح به الخيال فيمثّل له صورة الظعائن وطريق مسار رحلة القوم، فقد جعلنَ القَنان وحَزْنَه عن يمينهنّ، والقَنان موضع فيه من هو صديق لهم، ومن هو عدوّ، إنه يحبّ أن يلاقوا الصديق فيعينهم، لا أن يلاقوا العدوّ فيسيء إليهم، فقلبه معهم، وشعوره مسافر في معيّتهم، وربما أراد من هو صديق لي، ومن هو عدوّ، ويقصد بهذا أنه يحمل نفسه على شدائد في تتبّع ظعائن أحبابه، فقد يقع بين يدي عدوّ يشتدّ عليه. وماذا بعد؟

13. 拂晓迁往拉斯[①]谷地，

　　熟途旧路，轻而易举。

14. 行至清泉碧水[②]澈澄，

　　驻足停步搭篷扎营。

15. 颇具风趣，可供雅士欣赏，

　　兼有玉容，足够颜控端详。

祖海尔站在牧场里，想起自己的家人和心心念念的女人，脑海中不断浮现出她们离开此地的情景。之后，他凭借想象力塑造了这些女眷及其身边人的形象。祖海尔想象着她们从何处出发，去向何方。这是贾希利叶时期诗人时常谈及的话题，因为他们的生活就是在不停地迁移与流动中徐徐展开。这也体现了他们对逝者的怀念，表现出这一时期诗人精于对寻根与忆旧的描写。这种景象触动了他们内心深处，使他们不住地忧思与啜泣。

此时，祖海尔开口向友人讲话，这种与友人间的对谈在诗作中很常见，是诗人个人生活的一部分。诗人常常需要一个好朋友，与他同行，同甘共苦。

在这里，祖海尔请求他的朋友一同举目远观，因为他眼前的景象真假难辨。他所爱之人早已离开抑或留下来了？他说道：能否看见一行女眷？自彼高地坐进驼轿，告别朱尔苏姆泉[③]启程走远？祖海尔展开遐想，想让他的朋友看到正在他脑海中显现的场景。可是他又怎能看到她们呢？因为距离他们的离别已经20个年头了。

正是情人的眼眸和对恋人的痴心共同描绘出离人的形象。经过漫长时间，诗人倚赖想象勾绘出女眷的形象和她们远行的道路。她们的右手边是盖南（القنان）山上崎岖不平的山路。行走于盖南山，常常偶遇朋友与敌人。祖海尔希望亲眷在路上能结识向他们提供援手的朋友，而非带来麻烦的敌人。由此观之，诗人的心与故人同在，思绪与他们同行。也许他想辨明谁是我的朋友，谁是我的敌人。这意味着祖海尔为追随心爱的女眷吃尽了苦头，也许他

① 拉斯（الرَّس）：沙特盖西姆地区著名谷地。又译赖斯绿洲。（译者注）
② 碧水（زرقا），直译应为蓝色的。阿拉伯人形容清澈的水为蓝色的水，与国人不同。（译者注）
③ 即前述诗句中的“朱泉”。（译者注）

إن زهيراً يتوغّل في صفة الظعائن، فقد تبيّن له بخياله الخصب أنهنّ رفعن الأنماط الكريمة النسج، والكلّة ذات اللون الأحمر، ثم خرجن من وادي السُّوبان، وقطَعن عرضَه، على هوادج كريمة المنشأ، نَسَجها بنو القين، وفيها الجديد والواسع.

ثم مِلْن عن السُّوبان وعَلَون أرضه الغليظة، ولكنّ غِلَظ الأرض لم يؤثّر في جمال أولئك النسوة وفيهنّ محبوبته، فهنّ ذوات دلال، منعّمات متنعّمات، ثم وقف وقفة شعرية ليقتنص صورة لطيفة، لقد رأى بعين خياله فُتات الصوف وما تناثر منه في المكان الذي كانوا فيه، فإذا هو يراه مثلَ حبّ شجر الفَنا، الذي لم يتحطّم، ومراده أن شعوره بهم وحبّه إياهم باقٍ مستمرّ.

وماذا أيضاً يا زُهير؟ قال: خرجن في الصباح الباكر، ثم سرنَ في وقت السَّحَر يقصدن وادي الرسّ، فلم يخطئنَه، مثلما أن اليد لا تخطئ الفم فلا تتجاوزه.

وتستمرّ الرحلة في عيني زُهير، فيرى أولئك القوم قد وردوا ماء صافياً، فنزلوا عنده، وخيّموا، وهاهنا يبدأ وصف آخر للنساء وشعوره بهنّ، لأن نزول القوم يعني أنه وجد فرصة التأمّل، فلهذا قال: وفي أولئك النسوة مجال للّهو، ومنظر معجِب، لمن يتوسّم ويتفرّس، ولكن ليس لكلّ أحد، بل للرجل اللطيف، وقد يعني بهذا نفسه.

إن الرحلة هنا قد تـُحمَل على الرمز، فهي رحلة في طلب الأمن والسلم، والراحلون إلى السلم ذوو مظهر مغرٍ بالتتبّع والاقتداء، وقد تركوا خلفهم آثار الخراب والدمار التي خلّفتها الحرب الطويلة، رحلةٌ تنتهي عند ماء صافٍ، تحلو معه الحياة.

会落入敌人之手，那该怎么办？

接下来，祖海尔对女眷作了一番深入描述，凭借丰富的想象力他仿佛看到，女眷们慢慢升起精心编织的幔帐，下方垂着如血色一般的红色流苏，然后她们端坐在铺有豪华铺盖的驼轿中，慢慢走出了苏班谷地。这些驼轿是由盖因（القين）部族人手工制造的，内部崭新且宽敞。

女眷一行转身离开苏班谷地，开始翻越崎岖山路。然而，山路之崎岖并未影响女人的朦胧倩影，其中就有祖海尔的爱人。她们优雅娇媚，显示出一派生活优渥的优越感。然后祖海尔在这里稍作停顿，他依凭想象的双眸看到女眷所到之处散落着许多羊绒球，仿佛看到了还未剥开的野葡萄粒。不难看出，诗人对故人的感情与思念依旧如故。

还有什么呢，祖海尔？诗人接着说道：天亮前她们就动身，黎明时分就朝着拉斯谷地出发，她们对拉斯谷地的熟悉，如同双手熟悉嘴的位置那般，绝不会走错。

祖海尔仍旧用双眼远眺女眷的前行，看到她们行至一处清泉停了下来，开始搭帐篷扎营。此刻，诗人继续对这些女人及其情感展开描写。队伍稍停休憩给了祖海尔凝视的契机，他在诗中说：她们颇具风趣，可供雅士欣赏。然而这里凝视的主体并非泛指任何人，而特指优雅之士，或专指诗人本人。

此外，这首悬诗描写的旅程也具有象征意蕴，因为这是一次寻觅安宁与和平的旅程，吸引那些致力于和平的人士追随，他们离开漫长的战争带来的戕害与毁灭。旅程最终止于清泉，生活也将因此变得甜蜜。

اللوحة الثالثة

فرسان السلام

١٦. سعى ساعيا غَيْظِ بنِ مُرَّةَ بعدما　　تبزَّلَ ما بين العَشيرةِ بالدمِ

١٧. فأقسمتُ بالبيتِ الذي طافَ حولَه　　رجالٌ بَنَوهُ من قُريشٍ وجُرهُمِ

١٨. يميناً لنعمَ السيّدانِ وُجِدتُما　　على كلِّ حالٍ من سَحِيلٍ ومُبْرَمِ

١٩. تداركتُما عِبْساً وذُبيانَ بعدما　　تفانَوا ودقّوا بينَهم عِطْرَ مَنْشِمِ

第三幕

和平骑士

16. 兄弟阋墙，族人内战①，
　　两位善人②奔走斡旋。
17. 我以天房③名义起誓：朝觐的人为绕行而至；
　　天房修筑功归古莱氏④，
　　朱尔胡姆⑤亦名载青史。
18. 无论冲锋陷阵或是坚忍渡劫⑥，
　　你们二位一向秉承高风亮节。
19. 阿卜斯和祖卜延冲突延续，
　　殊死拼杀，似要血战到底，
　　如同浸手曼茜香水⑦毒誓立，

---

① 族人内战，指同属盖特凡（غَطْفان）（又译“艾图凡”）部落的阿卜斯（عَبْس）和祖卜延（ذُبْيان）两个氏族之间发生的“赛马之战”（داحس والغبراء），是贾希利叶时期阿拉伯半岛著名的部落战役之一，也是历时最久的一场战役。（译者注）

② 两位善人，指海里姆·本·希南（هَرِم بن سِنان）和哈雷斯·本·奥夫（حارث بن عَوْف），他们俩同属盖兹·本·穆拉人（بني غيظ بن مرة）的后裔，据说盖兹·本·穆拉是祖卜延氏族的祖先。（译者注）

③ 天房（البيت），又称“克尔白”（الكعبة）。伊斯兰教出现之前，这里曾是多神教长达三个世纪之久的朝觐之地。伊斯兰教诞生后，穆罕默德宣布天房（克尔白）为穆斯林朝拜中心和朝拜方向，清除了原多神崇拜的偶像。（译者注）

④ 古莱氏（قريش），贾希利叶时期阿拉伯半岛著名部落之一，伊斯兰教创始人穆罕默德即出自这个部落。（译者注）

⑤ 朱尔胡姆（جرهم），贾希利叶时期阿拉伯半岛著名部落之一。

⑥ 原文是على كل حال من سحيل ومبرم，直译为“无论是在一股绳的状况，还是两股绳的状况”，这是当时阿拉伯半岛贝都因人的比喻，一股绳的状况比喻自身弱小，大敌当前需要奋起反抗；两股绳的状况表示自身刚强，在艰难困苦之时坚忍不拔。（译者注）

⑦ 浸手曼茜香水（عطر منشم），这是贾希利叶时期的一个典故，曼茜指一位卖香水的妇女，据说只要战前用她卖的香水浸手盟誓后，交战双方就会拼死厮杀直至最后一滴血，意味着这样做会带来灾难。又说，曼茜是哈扎阿部落（خزاعة）一位卖香水的妇女，这个部落一旦准备开战，就买她的香水来为战亡者涂尸身，所以阿拉伯人认为这很晦气。（译者注）

٢٠. وقد قلتما: إن نُدرِكِ السِّلمَ واسعاً بمالٍ ومعروفٍ من القولِ نَسْلَمِ
٢١. فأصبحتما منها على خيرِ موطنٍ بعيدينِ فيها عن عُقوقٍ ومَأْثَمِ
٢٢. عظيمينِ في عُليا مَعَدٍّ هُدِيتُما ومن يَستبِحْ كنْزاً من المجْدِ يُعْظَمِ
٢٣. وأصبح يُحدَى فيهمُ من تِلادِكم مغانمُ شتّى من إفالٍ مُزَنَّمِ
٢٤. تُعَفّى الكُلومُ بالمِئِينَ فأصبحتْ يُنجِّمُها من ليس فيها بمُجرِمِ
٢٥. يُنَجِّمُها قومٌ لقومٍ غَرامةً ولم يُهَرِيقوا بينَهم مِلْءَ مِحْجَمِ

في هذا المقطع يشرع زُهير في قضية السلم والحرب، وهي القضية التي شَغَلتْه، ودفعتْه إلى إنشاء هذه المعلَّقة، فقد عانى هو وقومه ويلاتِها، فكان أن انطلق لسانُه بالثناء العظيم على الرجلين اللذين سَعَيا في حقن الدماء، وهما الحارث بن عوف وهرِم بن سنان، وهما المقصودان بساعيَيْ غيظ بن مُرّة، إذْ سَعَيا في دفع الدِّيات عن القتلى من القبيلتين المتصارعتين، وكان عملها العظيم ذاك بعد أن زادت جراح القبيلتين، وهو ما عبّر عنه تعبيراً مثخناً بالألم (تبزّل ما بين العشيرة بالدم)، أي تشقّقت الجراحات ونزفت.

二位奔走调停将战火平息。

20. 二位直言：我们愿意倾囊付出，

只求大伙儿握手言和偃旗息鼓。

21. 二位完美促成停火媾和，

使双方远离不孝和罪恶。

22. 感谢上苍指引①，二位德隆望尊②，

视荣誉为财富，必将成为伟人。

23. 良种幼驼③本是二位承袭的财产，

如今成群驱往逝者亲属当赔款。

24. 二位本与战因无关，却为息兵自付血锾。

千百骆驼分批奉献④，抚平创伤再无交战。

25. 二位未动刀枪，滴血未沾，

却向他人交血锾，付罚款。

这段诗中，祖海尔谈到了和平与战争的问题，这是诗人所关注的问题，并促使他创作了这首悬诗。他和他的人民曾饱受战争的祸害，因此诗中他不吝对两位贤士给予极大的赞扬。他们是试图阻止流血事件的哈雷斯·本·奥夫（الحارث بن عوف）和海里姆·本·希南（هرِم بن سنان），是来自盖兹·本·穆拉（غيظ بن مُرّة）家族的善人。他们努力为在部落交战时牺牲的死者支付血锾。这项壮举平息了两个部落间日益加深的矛盾。为此，祖海尔以满怀沉痛的诗句说道：“兄弟阋墙，族人内战”，意谓两氏族间的伤口越撕越大，血流不止。

---

① “感谢上苍指引”的原文为هُدِيتُم，直译是“祈祷主为你们指引正途取得成功”，是一句祈祷词。这里的主尚不是伊斯兰教所信奉的真主，但也表明诗人此时已有一神论的信仰。（译者注）

② 德隆望尊（معدّ），في عليا معدّ迈阿德是阿拉伯半岛阿德南人（عدنان）的祖先，这里将两善人抬举到与祖先一样高的地位。

③ 良种幼驼（إفال مزنَّم），直译为“割裂耳朵的幼驼”，贾希利叶时期习惯用这种方式标记良种幼驼。

④ 此处骆驼为血锾，贾希利叶时期的血锾形式主要是骆驼。邵基·戴伊夫在《阿拉伯文学史·贾希利叶时期》（第302页）引《乐府诗集》（الأغاني）的说法“二位分三年贡献了三千匹骆驼”。

ثم أقسم زُهير بالبيت أي الكعبة التي طاف حولها رجال من قريش وجُرهم، بأن هذين الرجلين نعم السيدان للأمور كلها، الأمر الذي قد أبرماه وعرفاه، والأمر الذي لم يعرفاه، وما مدحُه لهما إلا لذلك العمل العظيم، أي إحلال السلم، فقد وصفهما بأنهما تداركا عبساً وذُبيان، أي عملا ما يمكن به إدراك نجاة أبنائهما، وهذا التدارك وقع بعد أن اشتدّ القتال وطال، حتى أفنت كلّ قبيلة الأخرى، وحتى صاروا كأنهم دقّوا عطر مَنْشِم، تلك المرأة التي يُتشاءم بعطرها.

إن زُهيراً يخاطب هذين السيدين، ويراهما ماثلَين تُجاهه بعَظَمتهما، فيقول: لقد اتخذتما رأياً سديداً، وقلتما: إن أمكننا تدارك القبيلتين من الفناء، ولو ببذل المال وطيّب القول نسلمْ من عواقب استمرار القتال.

فماذا وقع؟ لقد أصبحتما خير رجلين، وفي خير موضع عالٍ من المجد، لا يصيبُكما العقوق أي التفريط في حقوق الأهل، ولا تصيبُكما المآثم، وصرتما عظيمين في قبيلتيكما، ثم أرسل كلمة حِكْميّة –وهو المشهور بإرسال الحكم على ما سيأتي- فقال: من وجد كنزاً من المجد فأَخَذَه عظّمه الناس. وهذه رسالته الأولى التي يبعثها في سبيل إحلال السلم وترك الحرب. وماذا كان بعدُ؟

لقد صارت الإبل التي جاد بها هذان السيّدان لحقن الدماء، رابضة في مرابع أولياء المقتولين، ولم تكن تلك الإبل إلا كراماً عتاقاً غالية القيمة. وفي هذا مزيد ثناء على السيدين إذ رضيا التنازل في سبيل السلم عن كرام الإبل. ويضيف زهير، وهو مشغوفٌ بالثناء عليهما، قائلاً: إن الذي منحه هذان الرجلان كثير، لأن الجراح والقتلى كثُر، فقد دفعا المئات، والمفارقة التي يشير إليها أن الذي يدفع تلك الدِّيات هو الذي لم يُجرِم، ولم يقتل أحداً، ولم يُسِلْ من الدماء قطرة واحدة.

إنه يبعث رسالة عميقة: من أراد السيادة والمجد، ورغب في نفع الناس، وإحلال السلم محلّ الحرب، والأمن موضع الخوف، فعليه أن يكون عظيماً كهذين الرجلين.

لقد وضع زهير بذرة الفكرة التي التقطها المتنبي بعده بثلاثة قرون، فقال:

لولا المشقَّةُ ساد الناس كلُّهمُ　　　الجودُ يفقِرُ، والإقدامُ قتّالُ

之后，祖海尔指着古莱氏人和朱尔胡姆人绕行的天房（克尔白）发誓：勿论处于什么样的境地，这两个人皆为仁人君子。祖海尔力图赞扬的正是他们俩的宏伟功绩，即实现和平。他描述阿卜斯和祖卜延两个部族间纷争不断，兄弟阋墙，而他俩积极调停，竭力拯救两氏族人民。在这一补救措施之前，战乱频仍，杀戮日久，氏族之间互相实施毁灭性打击，宛如他们已经用卖香水的女人曼茜（مَنْشِم）的香水浸手，凡用其香水者必霉运不绝。

祖海尔对两位建立伟业的君子说道：你们二位观点正确。你们曾说过，如果我们能用钱财和善言实现广泛和平，便能挽救两个氏族于毁灭之境，大家也能免遭战乱之祸。

后来发生了什么事？（祖海尔向他俩说道：）你们已成为最贤能之士，享有最高荣誉。你们从未忤逆不孝顺，从未侵犯过亲人的权利，也未承受任何罪恶，你们已成为部落中的伟人。然后诗人道出一句智慧之言——祖海尔常以对未来之事判断闻名——他说：谁视荣誉为财富，必将成为伟人！这是祖海尔为实现和平、摒弃战争而传达的第一个信息。接下来他又说了什么？

由这两位贤者带来的已经割裂耳朵表皮以做赎金的良种幼驼，现在正卧在那些死者家人的牧场上，它们正是对无辜逝者的赔偿。祖海尔对两位贤者大肆赞扬，因为他们同意为争取和平而舍弃幼驼。祖海尔接着赞扬道：平民死伤颇多，两位付出了很多，奉献了千百头骆驼作为血锾，令人诧异的是，付出这些血锾的人并未犯下任何罪行，他们没有杀一个人，亦未让任何人流一滴血。

祖海尔的话意味深远，即谁想要主权和荣耀，谁想要造福人民，谁想以和平代替战争、以安全取代恐惧，就必须像这两个人一样慷慨伟大。

祖海尔为晚于他三个世纪的大诗人穆太纳比（المتنبي）埋下了思想的种子。后者曾说：只有历经磨难，方能成为领袖；/慷慨者自己一贫如洗，真正的斗士敢于冲锋陷阵。

اللوحة الرابعة

الحرب والسلم

٢٦. ألا أبْلِغِ الأحلافَ عني رسالةً   وذُبْيانَ: هل أقسمتُمُ كلَّ مُقْسَمِ؟

٢٧. فلا تكتُمُنَّ اللهَ ما في نفوسِكم   ليَخفَى، ومهما يُكتَمِ اللهُ يَعلَمِ

٢٨. يُؤخَّرْ فيُوضَعْ في كتابٍ فيُدَّخَرْ   ليومِ الحسابِ، أو يُعَجَّلْ فيُنْقَمِ

٢٩. وما الحربُ إلا ما علمتمْ وذُقتُمُ   وما هو عنها بالحديثِ المُرَجَّمِ

٣٠. متى تبعثوها تبعثوها ذَميمَةً   وتَضْرَ إذا ضَرَّيتُموها فتَضْرَمِ

٣١. فتعرُكْكُمُ عَرْكَ الرَّحى بثِفالِها   وتَلْقَحْ كِشافاً ثمّ تُنتَجْ فتُتْئِمِ

٣٢. فتُنتَجْ لكم غلمانَ أشأمَ كلُّهم   كأحمرِ عادٍ، ثمّ تُرضِعْ فتَفطِمِ

第四幕

战与和

26. 请代我转告祖卜延人及其盟亲①，
　　已然缔结和约，切勿背义负信！
27. 莫对天神②掩饰内心盘算，
　　顷刻昭然无论如何隐瞒。
28. 或记录在案待末日清算③，
　　或速即惩罚，当机立断。
29. 战祸劫难你们亲眼所见，
　　以下言论绝非耸人危言：
30. 一旦挑起争端，定然浩劫无边，
　　一旦战火点燃，必将愈烧愈扩散。
31. 如同石磨碾盘，速将你们无情压烂，
　　又如多产母驼，残次幼崽④接连不断。
32. 战时所生子嗣均如灾星艾·阿德⑤，
　　哺育成人之后定为你们招灾引祸。

---

① 盟亲：一说指阿萨德（أسد）、盖特凡、塔伊（طيء）（又译唐邑）三个部落。（译者注）

② 这里的“الله”是祖海尔当时所了解的某种一神教的天神。（译者注）

③ 末日清算：贾希利叶后期，即诗人创作《悬诗》的时代，阿拉伯半岛已经流传有基督教、犹太教等一神教，诗人如此表述，说明他已经接受了末日清算的概念。（译者注）

④ 多产母驼，残次幼崽（تَلْقَحْ كِشَافاً ثُمَّ تُنْتِجْ فَتُتْئِمِ），直译为“连续两年怀孕，且每次都生双胞胎的母驼”，连年产仔且每胎双生，幼崽质量一般不佳。这里比喻战争带来的灾难会接连不断。（译者注）

⑤ 灾星艾·阿德：全名为艾哈迈尔·阿德，本名盖达尔·本·萨利夫，是个宰骆驼的屠夫，因为杀骆驼而给全部落带来灾难，被认为是灾星。祖海尔认为他是阿德部落人，也有说法他是赛莫德（又译塞穆德）人，因为这两个都是非常古老的阿拉伯部落，时间上间隔不远，两者的伦理观也比较接近。另有说法：此人是后阿德人（认为有前后两个阿德部落），是他杀了先知萨利赫的骆驼。（译者注）

٣٣. فتُغْلِلْ لكم ما لا تُغِلُّ لأهلِها قُرًى بالعراقِ من قَفيزٍ ودرهمِ

٣٤. لحَيٍّ حِلالٍ يعصمُ الناسَ أمرُهم إذا طرقتْ إحدى الليالي بمُعظَمِ

٣٥. كرامٍ فلا ذو الضِّغْنِ يُدرِكُ تَبْلَه ولا الجارمُ الجاني عليهم بمُسلَمِ

٣٦. رعوا ما رعوا من ظِمْئِهم ثمّ أوردوا غِماراً تَفرَّى بالسلاحِ وبالدّمِ

٣٧. فقَضَّوا منايا بينهم ثمّ أصدروا إلى كَلأٍ مُستوبِلٍ مُتوَخَّمِ

بعد أن مدح زُهير السيدين اللّذَين سعيا في الصلح، ألحّ على رسالته التي تؤرّقه، وهي إحلال السِّلم، والكفّ عن الحرب، فجعل رسالته إلى الأحلاف وخصومهم، مذكّراً إياهم بالقسم الذي أخذوه على أنفسهم، جاهداً في نصيحتهم، بألا يكتموا ما صاروا إليه من الصلح، ويقولوا في أنفسهم: لم نكن في حاجة إليه، لأن الله يعلم ذلك، ثم يذكّرهم -وهو الرجل الحنيف الذي قيل إنه كان باقياً على دين إبراهيم- بأن ما يفعلون سوف يؤخّر إلى يوم القيامة ويُحفظ، فيُحاسبون عليه، أو تُعجَّل به النقمة عليهم في الدنيا إن لم يَصدُقوا في طلب الصلح.

وينطلق في نفَسه الحِكْميّ مذكّراً بأن الحرب قد جُرّبت وذِيقت، وليس الحديث عن أهوالها وشدائدها بالظن، وأنهم متى دخلوا فيها مرةً أخرى جاءت ذميمةً كالعهد بها، وأنها مثل النار متى

33. 战争不似伊拉克的村落，
　　不产金币，只产恶果。
34. 皆因此苦主部族①品性良善，
　　曾深夜营救邻里免于遭难。
35. 虽生性大度不计前嫌，
　　但也无人敢于前去进犯。
36. 就像牧畜饮水一遍又一遍，
　　战争一轮又一轮打个没完；
饮的不是丰盈充沛的清泉，
　　而是刀枪剑戟，血流成渊。
37. 每打一轮，双方厮杀片甲不剩，
　　稍事歇息，激战重开后果严重；
就像牧畜饮饱一回再寻草野放，
　　但遇牧场恶劣草木枯黄不健康。

祖海尔赞扬了寻求和解的两位贤士，并始终坚持萦绕其心头的想法，那就是实现和平，停息战争。因此，他不断向盟友及其对手转达他的想法，提醒他们牢记自己曾许下的誓言，并努力劝告他们不要隐瞒已经达成的和解。他们自言道：我们不需要隐瞒，因为天神都会知道。之后，一位据传信奉亚伯拉罕一神教的门徒提醒他们说：如果你们言而无信，那么你们的所作所为将会被记录在案，推迟到清算日再行清算，要么即刻遭到惩罚。

诗人以极具智慧的语气提醒道：战争的滋味早已被品尝，谈论它的恐怖和磨难并非危言耸听，当他们再次陷入战争的泥淖时，它将如所诅咒的那样再次带来灾祸。战争将如火一般，当它被点燃时，万物俱焚，后果不堪设

① 苦主部族指阿卜斯族。哈雷斯为阿卜斯族另外贡献了一百头骆驼，以平息因祖卜延部族的侯绥努在两大部族媾和之后对阿卜斯族进行的劫杀行为引起的节外生枝。（译者注）

تُشعَلْ تضطرمْ على مشعِلِها، وماذا يكون منها بعد ذلك؟ إنهم يعرفون ذلك حقّ المعرفة، ولكنه عبّر عنه بلغة شعريّة، إذْ شبّه الحرب بالرَّحى، وهم يعرفون الرَّحى معرفةً وثيقة، فهي تطحن ما يُجعَل فيها، والحقيقة المُرّة التي يوصِلها إليهم أنهم سوف يكونون كالحبّ في تلك الرَّحى، فتطحنهم طحناً شديداً، ولم يكتفِ بذلك التشبيه، بل جاء بصورة أخرى أقربَ إليهم وأدقّ في نقل المعنى، فقد صوّر الحرب ناقةً تُلقَح فتلد توأماً، ثم تنتَج، فيصير ما تلدُه شؤماً عليهم، ثم تستمرّ في رعاية أولادها، فترضعهم حتى يبلغوا الفطام، وهو يريدُ أنه سوف يولَد لهم في أثناء الحروب المتطاولة أولاد يكونون شؤماً عليهم؛ لأن الثأر لا ينطفئ بينهم، والتقط في داخل الصورة صورة أخرى، فجعل الأولاد المشؤومين كأحمر عاد، وهو الرجل الذي نحر ناقةَ نبي الله صالح، عليه السلام، ولم تنته صورة الحرب الكريهة التي يريد زهير إيصالها إلى القوم، فقد أضاف أن هذه الحرب سوف تأتيهم بغلّة لا تسرّ، وهي الدم.

ويرجع زهير -بعد أن صوّر الحرب تلك الصورة البغيضة المنفّرة- إلى الممدوحَين، فيقول: إن ما فعلاه كان لمصلحة ذلك الحيّ الكثير، وأن فعلهم النبيل كان لعِصْمة أمر الناس، أي حفظه، إذا توالت الشدائد، وعبّر عن هذا بتلك الصورة الموحية (إذا طرقت إحدى الليالي، أي إذا جاءت مفاجئةً بأمر عظيم)، وذلك الحيّ الكثير كرامٌ، وإنما مدحهم ليؤلّف القلوب، ويستدعي أواصر الرحم والقُربى بينهم، وهم أقوياء، إن كان لأحد ثأرٌ عندهم فلن يناله لـمَنَعَتهم، ومن أجرم بحقّهم فلن يسلَم من ثأرهم.

ومَدَحَهم بهذه الصفة لأنها مبجّلة عند العرب، الذين كان من كلامهم الشائع الذي يكاد يكون قانوناً: (من عزّ بزّ)، أي غلب غيره واستأثر بما يريد، وأن هؤلاء القوم الكرام قد تركوا الحرب مدّةً، ثم رجعوا إلى الحرب، وعبّر عن هذا بصورة مستقاة من البيئة البدوية التي تناسب أفهامهم، وتستثير استجابتَهم، إذ جعلهم كالإبل التي استقت، ثم كفّت عن الشرب، ثم وردت ماء كثيراً، لم يكن ينكشف إلا عن السلاح والدم. وقد أدرك أولئك القوم أن تلك الحرب أوصلتهم إلى عشب ثقيل وخيم على النفوس. وذكر كلّ هذا ليجعل تركهم الحربَ عن قدرة وعلوّ، لا عن ضعف وذِلّة.

想。部落人民对此是非常清楚的。诗人接下来以充满诗性的语言表达了此观点，他将战争比作碾盘，部落人民非常了解碾盘，因为它可将所磨之物碾得粉碎。祖海尔在此向人们传达的痛苦事实是，他们将像磨盘里的粒子一般，被战争狠狠地碾磨。然而，祖海尔并不止于这个比喻，而是以另一种更贴切更精准的形象传达他的思想。之后，他将战争描绘成怀有双胞胎并将其生下的母驼，而她所诞下的次等幼崽却给人们带来诸多凶兆。母驼照顾众多幼崽，一直将其喂养至断奶。诗人以此譬喻战火连年的时代将肇生许多磨难，人民之间的复仇与相残永不息止。之后，祖海尔又另起比喻，他将战时所生子嗣塑造成灾星艾哈迈尔・阿德（أحمر عاد）那样的人，他宰杀了先知萨利赫（نبي الله صالح）的骆驼。祖海尔笔下战争的可恶形象并未结束，他要坚持传达给部族人民。他补充道：这场战争将会带来令人不悦的收益，那就是流血。

在将战争描绘为令人厌恶的形象之后，祖海尔转回描写那些受到赞扬的人们。他说道：哈雷斯与海里姆所做的一切都是为了广大部落人民的利益，他们的崇高行为是在灾祸接连发生时保护人民利益。祖海尔用“曾深夜营救邻里免于遭难”这一深具暗示的意象表达了这一观点。诗中苦主部落的人民慷慨大度，祖海尔赞扬他们齐心协力，从而唤起彼此之间的血缘联结。他们人多势众，想要报复他们的人难以得逞，凡对他们犯下罪行的人，也必将遭到他们的报复。

祖海尔赞扬部落人民的这种品质，因为它备受阿拉伯人尊崇。阿拉伯人之间常常流传着一句近乎定则的俗话：“豪强者必掠夺。”意思是战胜别人，得到自己想要的东西。这些部落人民曾经有一段时间放弃了战争，之后又再次投入战争，诗人祖海尔由此从贝都因人的生活环境中获得了创作灵感，这一环境常常影响着阿拉伯人的思维，并使他们与之相适应。诗人将部落人民比作时而饮水，时而停歇的骆驼，他们会找到丰沛的水源，但是要得到这些水源，只有通过武器和流血才能实现。部落人民意识到，战争将使他们陷入困厄境地，精神蒙害。祖海尔提到这些因素，就是要说服人们：放弃战争，是出于维护权力与崇高地位的目的，而并非缘于软弱和屈辱。

اللوحة الخامسة

مشهد من الحرب

٣٨. لعَمْري لنعمَ الحيُّ جَرَّ عليهمُ — بما لا يُواتيهم حُصَينُ بنُ ضَمْضَمِ

٣٩. وكان طوى كَشْحاً على مُسْتَكِنَّةٍ — فلا هو أبداها، ولم يتقدَّمِ

٤٠. وقال: سأقضي حاجتي ثمّ أتّقي — عدوّي بألفٍ من ورائيَ مُلجَمِ

٤١. فشَدَّ ولم يُنظِرْ بيوتاً كثيرةً — لدى حيثُ ألقتْ رَحْلَها أمُّ قَشْعَمِ

٤٢. لدى أسدٍ شاكِي السلاحِ مقَاذِفٍ — له لِبَدٌ أظفارُه لم تُقَلَّمِ

٤٣. جريءٌ متى يُظلَمْ يعاقِبْ بظُلمِه — سريعاً وإلّا يُبدَ بالظُّلمِ يَظلِمِ

第五幕

一场战事

38. 我以性命起誓：此族群[1]原本善性，
    他们本不赞成侯绥努[2]的惹祸行径。
39. 侯氏内心隐藏怨恨，
    暗中等待时机来临。
40. 他要先报杀兄之仇，
    再驱千骑抵御敌寇。
41. 他没有惊动街坊邻里，
    在死亡之地[3]发动突袭。
42. 他身经百战，全副武装，昂扬斗志，
    如鬃鬣高耸、四爪锋利的一头雄狮。
43. 他勇猛无畏，坚强不屈，
    若有人来犯，迅速回击；
    若无人来犯，主动突袭，
    以显示雄厚财资和膂力。

---

① “此族群”应指侯绥努的部族，祖卜延部族。（译者注）

② 侯绥努，全名侯绥努·本·达姆达姆（حُصين بن ضَمْضَم），是祖卜延人，虽然阿卜斯和祖卜延两部族已经和解，但侯绥努并未出席签约仪式，而是躲藏起来，伺机杀害了一个阿卜斯人，作为杀死自己兄弟海里姆·本·达姆达姆的复仇之举。当他报仇成功，两个部族血仇重结，眼看战事又起。（译者注）

③ 死亡之地（لدى حيث ألقت رحلها أم قشعم），直译为：在死神乌姆·盖什阿姆卸下行囊以驻扎之地。这一句祖海尔似乎在淡化侯绥努的复仇之举，潜台词就是，那个死者早已被死神盯上，无论侯绥努是否杀他。（译者注）

ثم وصف الجيش بأنه كالأسد، أي إن ذلك القتال والقتل كانا لدى جيش كالأسد، مكتمل السلاح، يُقاذف ويرامي أعداءه، واستمرّ في استكمال صورة الأسد، فوصفه بأنه ذو لِبَد أي شعر كثيف على رأسه وكتفيه، وهو وحشي لم تُقَلّم أظفاره، وهذا الأسد (الجيش) جريءٌ، من ظَلَمه جاءه العقاب السريع، وحتى لو لم يُبدَأ بالظلم فإنه يَبدأ بالظلم.

وقيل: إنه أراد تشبيه حُصين بن ضمضم بالأسد، قاصداً بالصفات المذكورة أنه لا يعتريه ضعف، وأنه ذو سلاح استعدّ به للقتال.

之后，祖海尔将再次挑战的侯绥努比喻为狮子，形容他大砍大杀犹如狮子，全副武装，攻击敌人。诗人进一步描述狮子的外形，将其刻画为鬃鬣高耸、四爪锋利的雄狮，这头狮子威猛凶残，谁惹了它，立刻便会受到惩罚，即使对方尚未施暴，它也先发制人。

据说，祖海尔之所以想把侯绥努·本·达姆达姆比作一头狮子，目的是通过上述特征凸显他并非懦夫，描写他全副武装，为复仇做足准备。

اللوحة السادسة

مشهد آخر من الحرب

٤٤. لعَمرُك ما جرّتْ عليهم رماحُهم　　دمَ ابنِ نَهيكٍ أو قتيلِ المُثلّمِ

٤٥. ولا شاركتْ في الحربِ في دمِ نوفلٍ　　ولا وَهَبٍ فيها ولا ابنِ المُحزَّمِ

٤٦. فكُلّاً أراهم أصبحوا يَعْقِلونه　　عُلالةَ ألفٍ بعد ألفٍ مُصتَّمِ

بعد أن عرَض زهير لوصف فعلة حُصين ووصفَ الجيش، عاد يذكر بعضَ ويلات الحرب، وكلُّ ذلك في سبيل التخويف من عواقبها، والحضّ على السلم، فأشار إلى أن الرجال الذين ذكرهم لم يُقتَلوا في هذه الحرب، بل قبلها، ولكنّهم أدخلوا كلّ قتيل كان لهم في هذه الحرب، فطالبوا بدياتهم، ومع ذلك فقد صاروا يدفعون دية كلّ قتيل سابق، زيادةً على قتلى الحرب، بألف بعد ألف تامّة.

ولم تغِب التعبيرات المجازيّة التي ترتفع بقيمة الشعر، فإن في قوله (ولا شاركتْ) ضميراً

第六幕

后患无穷

44. 我以你的生命发誓：
　　有些亡者无关此事①；
此番没伤纳西克性命，
　　穆赛莱姆亦无人离世。
45. 从未刺杀瑙法勒、沃哈布，
　　亦未染指伊本·穆哈宰姆②。
46. 但每位亡亲却公然宣布：
　　他们确是“二战”③遗属，
意在千金之后再加千金，
　　敌方部族必须照此赔付。

祖海尔在描述完侯绥努的行动后，再次提及战争，其目的是为了向人们警示战争后果并敦促和平。祖海尔指出，他诗中提到的这些人并没有在这场（第二轮）战事中被杀害，而是在此之前被害。然而他们却全被列入此战的阵亡人员，并要求对方偿还血锾。换言之，对方部族在此前为每一位死者缴纳千金赎金之外，还需再付千金。

诗歌中的隐喻表达屡屡出现，进一步提升了诗作的美学价值。比如祖海尔在诗中所言：“它没有参与”杀害，其中，“它”所含的代词实指长矛，换言之，诗人赋予“长矛”以意志，它并未参与杀害诗中所提及的被害

① “此事”指战火另起后的战役。（译者注）
② 纳西克（伊本·纳西克ابْنِ نَهِيْكٍ）、瑙法勒（نَوْفَلٍ）、沃哈布（وَهَبٍ）、伊本·穆哈宰姆（ابْنِ الْمُحَزَّمِ），以及在穆赛莱姆（الْمُثَلَّمِ）的死者，并非第二轮战役中战死的人，而是以往战事中战死的人。
③ 此“二战”指部落之间的第二轮战争。（译者注）

عائداً على الرماح، فقد جعل الرماح ذات إرادة، فلم تشارك في قتل المذكورين.

إنها نفثة مصدور، رأى ما تجرّه الحرب، وما تُعْقِب من الخسائر في المال والنفس، ولهذا جعل المقطع اللاحق خالصاً لحكم متوالية توجز رأيه فيما رأى وجرّب.

群体。

这是一种发自内心深处的喟叹，诗人祖海尔看到战争给人民的精神与财产带来的后果，由此，诗人在下一节诗句中对他的所见所感作出了一系列评判。

اللوحة السابعة

صوت الحكمة

٤٧. ومن يعصِ أطرافَ الزِّجاجِ فإنّه　　مُطيعُ العوالي رُكِّبَتْ كلَّ لَهْذَمِ

٤٨. ومن يُوفِ لا يُذْمَمْ ومن يُفضِ قلبُه　　إلى مُطمئِنّ البرِّ لا يَتَجَمْجَمِ

٤٩. ومن هاب أسبابَ المنايا يَنَلْنَه　　ولو رام أسبابَ السماءِ بسُلَّمِ

٥٠. ومن يكُ ذا فضلٍ فيبخلْ بفضلِه　　على قومِه يُستَغْنَ عنه ويُذْمَمِ

٥١. ومن لا يَزلْ يَسترحِلُ الناسَ نفسَه　　ولا يُعْفِها يوماً من الذُّلِّ يندَمِ

٥٢. ومن يغترِبْ يحسِبْ عدوّاً صديقَه　　ومن لا يُكرِّمْ نفسَه لا يُكَرَّمِ

٥٣. ومن لا يذُدْ عن حوضِه بسلاحِه　　يُهَدَّمْ ومن لا يظلِمِ الناسَ يُظلَمِ

٥٤. ومن لا يُصانِعْ في أمورٍ كثيرةٍ　　يُضَرَّسْ بأنيابٍ ويُوطَأْ بمَنْسِمِ

٥٥. ومن يجعلِ المعروفَ من دونِ عِرْضِه　　يَفِرْهُ ومن لا يتّقِ الشَّتْمَ يُشْتَمِ

第七幕

哲理之声

47. 逞强力拒言和休战，
终将跪服长矛利剑。
48. 守约诚信广结善缘，
免受诟病一生心安。
49. 人有一死惧之无益，
纵使攀上九层天梯。
50. 薄情寡义必遭嫌弃，
即便坐拥功名财气。
51. 卑躬屈膝自轻自贱，
终有一日受辱悔怨。
52. 他乡异客敌我难明，
自尊自重少遭欺凌。
53. 放弃武装家园难保，
人善人欺务必记牢。
54. 拒随乡俗泥古不化，
终蒙践踏口诛笔伐。
55. 豪侠仗义保全名誉，
吝啬小气挨骂难敌。

انتقل زهير إلى الحكمة؛ ليشبع رغبته في إحقاق الحق، وتثبيت التجارب، ونقلها في صياغة محكَمة؛ لتُحفَظ ويُعمل بمقتضاها، والحكمة هي مجال زهير الإبداعي الذي فاق فيه غيره من شعراء زمانه.

بدأ بقوله: إن من لا يقبل الصلح فسوف يقع في الحرب، ولم يعبّر هذا التعبير المباشر، بل جاء به ممثَّلاً في صور فنية رفيعة، وكذلك فعل في الأبيات اللاحقة، وإن جنح إلى بعض التعبيرات الواضحة؛ ليستيقن من بلوغ المعاني إلى الأفهام، فقد قال: إن من يفي فلن يُذَمّ، ومن اختار البِرّ فلن يتردد في قبول الصلح، والحَظْ أنه قال (مطمَئِنّ البرّ) فعبّر تعبيراً فنياً، حاوياً ما يريده من تحبيب البرّ إلى النفوس.

ولأنه يعالج قضية الحرب والسلم نجد الحديث عن الموت يطغى على بعض مقاطع القصيدة، وها هنا يرسل حكمته الذائعة: من هاب الموت فلن يستطيع الفرار منه، ولو ارتقى في السماء.

ولا يترك زُهيرٌ التذكير بالفضائل، مضمِّناً أبياته الحثّ على التخلّق بالأخلاق العالية، فمن كان ذا مال، فبخل على قومه، استغنوا عنه وذمّوه، والتذكير بهذا في تلك البيئة البدوية مهمٌّ؛ لأن معيشتهم قائمة على التكاتف والتعاون، فهذا تخويف من الانفراد، وتذكير بأن من أهان نفسه وجعلها كالراحلة أي البعير يركبه كل أحد، فسوف يلقى الذلّ، يتبعه الندم.

وكأنما شعر زُهير بأن قائلاً سيقول: وماذا في الانفراد والبعد عن القوم؟ فأجاب: ومن يبتعد ويتغرّب فسوف تختلف المقاييس في عينه، وتضطرب رؤيته، فلا يدري عدوّه من صديقه، والمرء الحصيف يكرّم نفسَه حتى يكرّمه الناس.

ويستمرّ في إطلاق الحكم، وكلّه رغبة في بقائها والعمل بها، فذكّر بأن المرء قويّ بأهله، وأنه معهم في سرّائهم وضرّائهم، وعبّر عن ذلك بقوله: من لم يدافع عن حوضه تهدَّم، ومن لم يكن قوياً يخشى الناسُ ظلمَه ظلموه.

وهو لا يدعو إلى الابتداء بالظلم، ولكنه يدعو إلى اتقاء الظلم بأن يكون المرءُ قوياً، ثم جاء بمعنى دقيق، وهو أن الحياة لا تستمر بغير المصانعة والمجاملة والمداراة والترفّق في المعاملة، لأن من لم يجامل لم يصبر الناسُ عليه، فكافؤوه بما يستحق من المعاداة وما يتبعها من إذلال واحتقار ونحوهما.

ولهذا ختم هذا المقطع ناصحاً بأن يُسْدِي كلّ امرئ المعروفَ إلى الناس، ويجعله وقاءً دون عرضه، حتى يظلّ موفوراً مصوناً، ولأنه إن لم يترك ما يوجِب الشتم شتمه الناس.

إن زهيراً هو أنموذج الشاعر الحكيم الرصين، يمثُل تُجاهك، وأنت تقرأ حِكَمه، في هيئة شيخ

为了追求真理、证实经验并将其以精准的表述加以传达，祖海尔将诗歌转向哲理，以便保存和付诸行动。借用哲理使祖海尔在诗歌创作方面远超同时代其他诗人。

诗人在开篇便说："谁不接受和平，谁就会陷入战争"。尽管他常常倾向直抒胸臆，但此处却未直接表述他的观念，而是以充满高雅旨趣的艺术形象加以呈现，在随后的诗句中亦是如此。为了确保诗歌所传达的意涵能够被人充分理解，祖海尔说："谁信守承诺，就不会受人指责；谁实践誓言，谁便会毫不犹豫地接受和解"。请注意，诗人所说的是"从心底接受承诺"，这是一种艺术化表达，彰显着他想让誓言深入人心的愿望。

尽管祖海尔谈到了战争与和平的问题，但不难发现在一些段落中，关于死亡的讨论同样占据了大量篇幅。在这首悬诗中，他发出一句著名的哲理之言：人有一死惧之无益，纵使攀上九层天梯。

祖海尔始终关注对美德的探讨，他的诗句贯穿对高尚品德的渴求。那些富足却对族人一毛不拔之人，他们将遭抛弃与鄙夷。对于贝都因人赖以生存的环境而言，这一点至关重要，因为他们的生计建立于团结与合作的基础之上。诗人告诫他们不应离群索居，同时也向他们发出警示，谁一贯自我作践，任他人将自己如骡马骑在胯下，终有一天会因为耻辱加身而后悔莫及。

祖海尔的诗句似乎在回应他人之问：远离人群又会怎样？诗人回答说：那些远离故土，远赴他乡之人，看待事物的标准将会不同，视野亦将受到干扰，因此难以分辨敌友。明智之士自尊自爱，亦会受到人们的尊重。

为使诗作保留哲理意趣并将其作为行事准则，诗人提醒道：一个人，有其家人支持者恒强，无论顺境还是逆境，他都应甘苦与共。祖海尔借由此句传达出这一观点：谁不保卫自己的家园，必被摧毁；人善人欺，须自强。

祖海尔并非倡导恃强凌弱，而是号召自我的强大以消除暴虐。祖海尔将这一观点在后文作进一步阐述，即在与人相处的过程中，谁不懂变通与迁就，生活便难以维系。换言之，无论谁，如若不懂亲切待人，人们便会对其失去耐心，那么他也将会受到应得的敌意，等待他的只有羞辱与蔑视。

祖海尔在此幕结尾敦促每个人应向他人施善行，唯有如此才能使他保全名节，而吝啬小气终会招骂。

祖海尔是极富睿智与理性的诗人典范。当你品读其诗句中的哲理时，他似乎以一位相貌威严、语气温和而又真诚的长者形象出现在你的面前，正是这种接连出现的哲理气息使他赢得了"贾希利叶时期的箴言诗人"的身份。

وقور، هادئ النبرات، صادق اللهجة، وهذا النفَس الحِكْمي المتوالي هو الذي جعله يحظى بصفة (حكيم الشعراء في الجاهلية).

وقد يصف بعض المتلقين حِكَم زهير بالسذاجة والسطحية، وهو بهذا يغفُل عن أن السذاجة قد تكون هي أعظم ما يفخر به الشاعر أحياناً، في تلك المقامات الموغلة في البعد، المقامات التي تستدعي وضوحاً وشدّة تأثير في عامة متلقي معلّقته.

ولو قُورنت حِكمه بما ورد في بعض المسرحيات الإغريقية وحكم (إيسوب) اليوناني لتقاربتْ فنّيًا، ولو جُمعت مع بعض حكم لافونتين الفرنسي لاستبان أن فهم المتلقي والتأثير السريع فيه كان غاية مشتركة بينهم جميعاً.

有些诗歌接受者或许认为祖海尔的哲理略显质朴天真，此类浅见会使他们忽略这种率真质朴的笔意，但这往往可能是诗人最引以为傲的，因为那些富有深意的话语往往会在他的悬诗接受者之间唤起一种清晰且强烈的感触。

如果将祖海尔的哲理同某些古希腊戏剧及古希腊寓言家伊索的智慧相比较，那么在艺术层面上的相似性便一目了然了。如果将他的诗歌与法国拉封丹[①]的作品放在一起，那么不难看出，两者的诗作都会引发接受者思考，产生共鸣。

① 让·德·拉封丹（Jean de la Fontaine，1621—1695），法国寓言诗人、古典文学的代表作家之一。主要作品有《寓言诗》《故事诗》和《普叙赫和库比德的爱情》等，经后人整理为《拉封丹寓言》。（译者注）

لوحة الختام

تجربة الثمانين

٥٦. سئمتُ تكاليفَ الحياةِ ومن يعِشْ ثمانينَ حَولاً لا أبا لكَ يَسْأَمِ
٥٧. رأيتُ المنايا خَبْطَ عَشْواءَ من تُصِبْ تُمِتْه ومن تُخطِئْ يُعَمَّرْ فيَهْرَمِ
٥٨. ومهما تكنْ عند امرئٍ من خَلِيقةٍ ولو خالَها تَخفَى على الناسِ تُعْلَمِ
٥٩. وأعلَمُ ما في اليومِ والأمسِ قبلَه ولكنّني عن علمِ ما في غدٍ عَمي

ها هو زُهير في ختام معلقته يرسل نَفَثاتِه الأخيرة، وهي نَفَثات رجل كبير خَبَر الحياةَ، وجرّب، وعرف المشاقّ والأعباء، وها هو يعلن أنه سئم الحياة، ومن عاش مثلَه ثمانين عاماً فلا بدّ من أن يسأم، وهو لم يذكر هذا إلا لأسباب، منها أن يستوثق المتلقي من أن ما قاله من قبلُ في معلّقته من وصايا وحكم، وثناء على رجال السّلم هو نتاج تجربة وخبرة طويلة في الحياة.

ثم يعلن وجهة نظره في الموت، فهو -في نظرته المَشُوبة بتفكير جاهلي- يرى أن المنايا تأتي عَشْوائية، تخبطُ الناس كما تخبط الناقة العَشْواء في سيرها، فهي لا تعرف مواضع أخفافها، وليس الأمر على ما قال - بتعبير التبريزي شارح المعلّقات- «لأنها تأتي بقضاء وقدَر».

ثم يختم المعلَّقة ببيتين حِكْميين، فذكَّر في الأول بأن الخُلُق لا بدّ من أن يَظهر، حتى لو ظنّ صاحبُه أنه يخفى عن الناس، وأرسل في الثاني كلمة يعلن فيها استسلامه لضعفه البشري، فهو

第八幕

八十感怀

56. 生命负累令我厌倦，
谁活八十不会腻烦？
57. 死神酷似夜盲的母驼，
没头没脑地胡撞乱跺；
不幸碰到则殒命凋落，
长寿之人均恰巧躲过。
58. 品格秉性无以讳饰，
纵使你能隐忍一时。
59. 晓昨日之情，今日之事，
但明日如何我无从预知。

祖海尔在悬诗结尾发出了他最后的感叹，这是由一位历经生活并深知其艰辛与磨难的耄耋老人发出的感叹。他宣称，像他这样生活了八十年的老人早已活得不耐烦了，而这句喟叹背后隐伏着些许因由，例如，这是祖海尔为了让接受者确信他在诗中言及的诫命与哲理，让他们明白那些对爱好和平人士的赞美均源自漫长的生活经历与体验。

接着，祖海尔阐述了他对死亡的看法。因受贾希利叶时期普遍观念的影响，他认为死亡随机发生，就像骆驼会在半路随机被绊倒一样，因为它不知道自己的软蹄该踏向何处。然而，在悬诗评论家哈忒布·大不里士看来，事情并非如此，因为“死亡源自命定”。

最后，祖海尔用两联充满智慧的诗句结束了整首悬诗。在第一个联句中，他提到人类品德须被揭示，即使它的主人故意对其掩饰。第二个联句

يعلم ما وقع في يومه وما وقع بالأمس، ولكنّه يبقى جاهلاً تعمى عيناه وقلبُه عن معرفة ما سوف يأتي به الغد.

وهكذا جاءت هذه المعلَّقة صريحاً يحذِّر من الحرب، ويدعو إلى السّلم؛ فكانت هي (قصيدةَ السِّلم) في الأدب العربي، محشوّةً بأشجان من رأى ويلات الحرب، وعرف آثارها الشديدة على الجماعات والأفراد.

中，祖海尔宣称自己屈服于人性的弱点。诗人知晓今天和昨天发生了什么，但对于明天他却依然茫然无知，因为他的双眸与心灵无法预测明天将会发生什么。

由此观之，这首悬诗是祖海尔对战争发出的警告和对和平的呼吁。它堪称阿拉伯文学中的“和平诗”，字里行间充盈着诗人亲历战争祸乱，深知其对群体与个人产生严峻影响的无限伤痛。

祖海尔：贾希利叶时期“特立独行”的大诗人

祖海尔，全名祖海尔·本·艾比·苏勒玛·穆扎尼，贾希利叶时期阿拉伯半岛的著名大诗人。据史料记载其父亲拉比阿是穆宰奈[①]部落人，但因战事纷争，他年轻时就携妻投奔了自己舅父家所在的盖特凡部落[②]，直至不久后去世，所以，祖海尔是生于盖特凡部落。父亲去世后，祖海尔母亲改嫁塔米姆部族著名诗人奥斯·本·哈杰尔，于是母亲将祖海尔委托给自己的兄弟——当时著名的诗人巴沙尔·本·厄迪尔。祖海尔出生年月不详，一般的说法祖海尔去世于609年，也就是伊斯兰历前13年，倒推的话祖海尔大概生于529年。

艾哈迈德·本·艾敏·辛基提[③]在其《十首悬诗及诗人传记》[④]中列举了古人、重要人物对贾希利叶诗人排名的不同看法，祖海尔始终排在前三，或第一，或第二，或第三。[⑤]

本书阿拉伯文版专事解读祖海尔悬诗的阿卜杜拉·本·苏莱姆·鲁赛德教授[⑥]也提到，古代文人对祖海尔的排名和地位看法不同，但都将其排在前列[⑦]，并引用了哈里发欧麦尔的原话：“你们（指贾希利叶人）最会吟诗的是说‘谁……，谁……’的那位诗人”，他“只照实颂扬对象”[⑧]。

---

① 穆宰奈部落（قبيلة مزينة）与祖海尔父亲舅父家族所在的盖特凡部落相邻，位于今沙特麦加城东。

② شوقي ضيف، تاريخ الأدب العربي – العصر الجاهلي، القاهرة: دار المعارف، ط ١١، ص ٣٠٠، عام ١٩٦٠.

③ 艾哈迈德·本·艾敏·辛基提（1913—1872）（أحمد بن الأمين الشِنقيطي），毛里塔尼亚著名学者，他编著的悬诗受到许多学者和文学爱好者的关注。

④ أحمد بن الأمين الشنقيطي، الفصل الثالث من معلقات العشر وأخبار شعرائها، القاهرة: مؤسسة هنداوي، عام ٢٠١٧ .

⑤ نفس الكتاب، ص ٢٨.

⑥ 阿卜杜拉·本·苏莱姆·鲁赛德教授（الأستاذ الجامعي عبدالله بن سليم الرشيد），为沙特伊玛目·穆罕默德·本·沙特伊斯兰大学（جامعة الإمام محمد بن سعود الإسلامية）文学系教授。

⑦ 见本书，第166页。

⑧ 哈里发欧麦尔这两句话的原文为：“أشعر شعرائكم الذي يقول :من ومن”“لا يمتدح أحدا إلا بما يكون فيه”，见本书，第166页。

邵基·戴伊夫①对祖海尔做过全面评价，称他为“一位为诗而活的杰出诗人”②，“一位具有独特生命观和价值观的杰出诗人”③，“熟悉贾希利叶式的诗歌创作，了解其各种风格，并运用得尽善尽美”④，他“正直，仁慈，一心向善”⑤，“善于以诗言志，且言简意赅，恰如其分”⑥，“代表了一个流派”⑦，他的诗作堪称“是贾希利叶人诗歌艺术创作的最后一颗硕果”。⑧

对一位诗人如此高的评价在阿拉伯古代文学史中并不多见。并不是邵基·戴伊夫对祖海尔有偏爱才做出如此评价，而是历代的文学评论家和一些重要的政治人物都给予祖海尔高度的赞赏，这表明祖海尔在一众悬诗诗人中地位很高。笔者读过他的悬诗后，便认为祖海尔是一位独树一帜的大诗人。

祖海尔的悬诗主题是“弃战促和”。这一主题与贾希利叶时期的任何一个流行主题都不同。⑨在部落战争频繁发生，劫掠、杀戮行为时时处处可见的贾希利叶时代，人们对战争的态度已经习以为常，对死伤之事屡见不鲜，早已麻木不仁，而祖海尔在这个大多数民众都浑浑噩噩的社会中颇有“众人皆醉我独醒”的清醒认识，其弃战促和的主张显得极为难能可贵。

祖海尔的悬诗是一首以阿拉伯文字母“米姆”（الميم）作为韵脚的、以长律（البحر الطويل）为韵律的长诗。关于祖海尔悬诗的联句（诗行）数目，则说法不一，有说63联句的，有说59联句的，还有少于59联句的说法。

祖海尔的悬诗沿用了自乌姆鲁勒·盖斯奠定的长诗诗序“模式”：“哭废墟、思故爱”，而“正文”的主题从始至终一以贯之，即“弃战促和”，虽然不同段落的切入角度不同，手法不同，但都服务于“弃战促和”的主题，这在悬诗诗人中是绝无仅有的，邵基·戴伊夫甚至称之为“另类”⑩。

---

① ［埃及］邵基·戴伊夫（1910—2005）（شوقي ضيف）：又译邵基·戴夫、邵基·迪夫，埃及著名文学史家、文学评论家、语言学家，他潜心三十余年编著的十卷本阿拉伯文学史，从历史、地理、政治、经济、文化、宗教等全景式视野出发，详细介绍和评价每个历史时期的每个文学流派、文人和作品，力求全面，客观，至今仍为研究阿拉伯文学史及作品的重要参考文献。

② شوقي ضيف، تاريخ الأدب العربي – العصر الجاهلي، القاهرة: دار المعارف، ط ١١، ص ٣٠٦، عام ١٩٦٠.

③ نفس الكتاب، ص ٣٢٦.

④ نفس الكتاب، ص ٣٢٧.

⑤ نفس الكتاب، ص ٣٠٩.

⑥ نفس الكتاب، ص ٣١٣.

⑦ نفس الكتاب، ص ٣٠٦.

⑧ نفس الكتاب، ص ٣٣١.

⑨ 贾希利叶时期诗歌流行基本主题有恋情、描写、矜夸、讽喻、赞颂等。但一般而言，一首长诗往往是多主题的。

⑩ "شذوذ"، شوقي ضيف، تاريخ الأدب العربي – العصر الجاهلي، القاهرة: دار المعارف، ط ١١، ص ٣٠٨، عام ١٩٦٠.

祖海尔悬诗的诗序（起兴），虽没有超越“哭废墟、思故爱”的模式，但诗人避开直接倾吐情愫，更无调情、滥情，而是持重、免俗、用词优雅文明地透过描述旧时恋人留在废墟中的丝丝缕缕、边边角角，含蓄、渐进地泄露内心深处的眷念和缅怀。

阿拉伯文学史家对祖海尔的“长于描写”“善于描写”的特点可以说是难得一致的赞不绝口，用的评论词语也基本是“细致”“生动”“惟妙惟肖”。邵基·戴伊夫甚至这样比喻：祖海尔在描写时，他的思维似乎变成了一种有创造性描摹功能的，一种通过在事物之间建立联想，从而将无限多的相似性融合在一起，构成一幅幅非常清晰可见的光谱影像的‘收录机’，而非直拍的照相机。

但同时也有文学史家对祖海尔的冷静、含蓄持批评意见，认为他的诗作虽然描写细腻生动，但缺乏真情实感。我个人认为这种批评也不无道理。首先，祖海尔的诗序应属“不得已而为之”，是当时的“套路”所要求的，难以出格。他若想抛开“情诗”般的诗序，开门见山，直入弃战求和主题，也许会冒“不合规范”之风险，难以夺得头筹；但他的主题又是如此严肃、宏大，不可能写一个反差巨大，“你侬我侬，忒煞情多”式的开场白。

所以，这种不得已为之的结果就是诗序略显冷静、平和，缺乏四射激情，难以直接打动人心。但同时，这种诗序却避免了与主题产生巨大的违和感。

悬诗正文的主题是“弃战促和”，诗人在此着墨最多，用了 43 个联句，占全诗的三分之二以上。诗人对主题的阐释，分为以下几个层次：

1. 开宗明义表明立场，赞美贤士。

诗人一开始就赞美海里姆·本·希南和哈雷斯·本·奥夫两位与战事起因毫无关联的贤士善人①，在盖特凡部落内部阿卜斯和祖卜延两个部族之间爆发“赛马之战”时，如何在交战双方之间反复奔走调停，不惜动用自己的大量祖产，倾囊助和。据说两位善人在这场战役调停中“分三年贡献了三千匹骆驼”。②

祖海尔与两位善人中的海里姆私交甚好，常常写诗赞美对方，而海里姆

---

① 海里姆·本·希南（هَرِم بن سِنان）和哈雷斯·本·奥斯（حارث بن عَوْف）：同为盖兹·本·穆拉人（بني غيظ بن مرة）的后裔，而盖兹·本·穆拉是祖卜延部族的祖先。

② شوقي ضيف، تاريخ الأدب العربي – العصر الجاهلي، القاهرة: دار المعارف، ط ١١، ص ٣٠٢، عام ١٩٦٠.

则凡得赞扬必重赏，以致祖海尔很不好意思，以至于在公开场合遇到海里姆时，祖海尔会调侃式地对众人说：“各位早上好，除了海里姆！”

诗人对两位善人的此番颂扬与当时流行的“赞颂”诗句风格不尽相同。贾希利叶时期的赞颂诗句，几乎都离不开高调夸张、过分渲染的赞美吹捧，而且几乎凡颂必赞出身门第、战功战绩。而祖海尔在悬诗中赞颂两位善人，切入点则是二人如何为战事双方的停战媾和去主动斡旋，并慷慨付出。他赞颂二人的正直、格局、仁慈、诚信，仗义疏财，却只字未提他们的出身门第、战功战绩。同时，祖海尔的赞颂可谓实事求是，恰如其分，并未落入“高调夸张”的巢窠。更重要的是，此番描写并非为了描写而描写，其真实目的是为了“言志”①，即宣传半岛急需的“和平安宁”之美，警示世人“要和平！不要战争！”

2. 诗人又用各种时人脍炙人口的比喻，揭示战争祸患的残酷，层层推进，鞭辟入里。

诗人形容战事就像无情的烈焰、碾压的磨盘、多产的劣种母驼及其世代遗传的劣根性、给全部族带来不幸的灾星阿德、被血液污染不可饮用的水源、不得放牧的劣质牧场等，统统都是当时贝都因人唯恐避之不及的灾祸根源，所有人对此都能感同身受，一旦联想到长此以往，大家都将永无出头之日，就会产生弃战的念头。

贾希利叶时期，为争夺水源与牧场的武力劫掠、血腥复仇几乎成为社会常态，而备受大众推崇的“理想人格”，例如骑士精神，恰恰是与尚武精神分不开的。祖海尔却在悬诗中反其道而行之，着力宣扬弃战求和的理念，这在贾希利叶众多诗人中十分罕见，且诗人将此理念公然写进诗歌里，携诗参加一年一度的半岛欧卡兹②赛诗大会，大有“冒天下之大不韪”的精神内核。

祖海尔这种在当时看似“另类”的思维不应完全归咎于他天生“理性”和“老成”，应该说他的特殊生长环境对其思想的成熟具有重要的加成。

祖海尔的全名中有“苏勒玛”（سُلْمَى）一节，是他父亲的字号，因为祖海尔的一位姐妹的名字就叫苏勒玛，阿拉伯人习惯用儿女的名字缀上“之

① 言志“التعبير عما في نفسه”، شوقي ضيف، تاريخ الأدب العربي – العصر الجاهلي، القاهرة: دار المعارف، ط ١١، ص ٣١٣، عام ١٩٦٠.

② 欧卡兹（عكاظ），贾希利叶时期，阿拉伯半岛著名的四大集市之一。相传每年在此举办赛诗大会，各部落诗人携带自己的佳作实时参赛，由著名贤人或诗人评选出最佳诗作，用金水誊写在麻布上，悬挂于克尔白的墙上。这就是“悬诗”命名的来历。

父”或“之母”来称呼自己或他人，所以祖海尔全名中有一节“父名”，即“艾比·苏勒玛”（苏勒玛之父的意思）。有人说，阿拉伯人的名字中鲜有叫“苏勒玛”的，只有祖海尔家族独家使用①，这似乎意味着“特立独行”是祖海尔家族流淌在血液中的基因。

一方面，“赛马之战”中，祖海尔舅父的部族——祖卜延部族就是当事方，所以寄居在此的祖海尔自小就生活在缺少安定的战乱环境中，亲眼见到兵连祸结、血肉横飞的惨状，尽管家庭依靠多金的舅父，生活十分优渥，但对战争还是自然而然地深恶痛绝。②另一方面，祖海尔成年以后，时近贾希利叶晚期，此时阿拉伯半岛已有一神教传播，虽没有史料证明祖海尔已经改弦更张，背弃传统拜物教而笃信某种一神教，但从他的言行举止可以判断出他对此有所耳闻，甚至有人认为他已经成为“在贾希利叶时期就信奉哈尼夫教派③的一位先驱，怀疑传统拜物教”④。无论真相如何，这种准信仰和怀疑很可能曾启发他对不堪的现实进行超越时代的严肃思考。

现实的教育，新观念的影响，促使祖海尔思路大开，良久思索之后，毅然将自己对战争与和平的感悟和认识写进诗中，使他的悬诗成为贾希利叶时期绝无仅有的以说理见长的长诗。为此，祖海尔也被认为是贾希利叶时期阿拉伯半岛社会中的少数精英之辈。

3. 以警世格言的排比联句加深印象，利于传播。

在写下警世格言之前，诗人插入了一段战事又起的过程，既可解释事因，又为自己舅父部族——祖卜延部族开脱，同时再一次赞扬了两位善人的义举。

祖卜延部族的一位猛士不顾自己部族作为整体已与交战部族签订合约，而一意孤行要为自己阵亡的兄弟报仇，杀死了一个阿卜斯人，眼看战事又起，善人哈雷斯立即出面调停，又捐出一百头骆驼平息事端。

诗人同时又一次提及战争的后患无穷：第二轮战事后，竟然还有前一轮战事中阵亡者的亲属把亡亲的名字偷偷加进第二轮阵亡名单中，以索取第二

① أحمد بن الأمين الشنقيطي، الفصل الثالث من معلقات العشر وأخبار شعرائها، القاهرة: مؤسسة هنداوي، ص ٢٧، عام ٢٠١٧.

② شوقي ضيف، تاريخ الأدب العربي – العصر الجاهلي، القاهرة: دار المعارف، ط ١١، ص ٣٠١، عام ١٩٦٠.

③ 哈尼夫教派（الدين الحنيف），伊斯兰教诞生前在阿拉伯半岛逐渐形成的一种反对多神崇拜、反对拜物教的一种模糊的一神观念。

④ شوقي ضيف، تاريخ الأدب العربي – العصر الجاهلي، القاهرة: دار المعارف، ط ١١، ص ٣٠٣، عام ١٩٦٠.

笔赎金。对敌对部族而言，在交付第一轮千金赎金之外，还要再付千金。以此表明战争一旦爆发，后患无穷无尽。

接下来，诗人用9行格式相近的“格言警句”式联句——均以“谁怎样，则怎样”（或：如怎样，则怎样）[①]的句式构成——辩证地论证“和”之宝贵，“战”之残酷，警示世人必须弃战求和，否则两败俱伤、后患无穷。这一段落凸显祖海尔思想格局之开阔宽广、艺术造诣之炉火纯青、驾驭思维和语言的能力之高超精湛。

这些类似“哲理诗”的长串联句在世人已知的阿拉伯文学史上应属“破圈”之作。在贾希利叶时期，甚至在整个伊斯兰时期，阿拉伯诗坛尚无像样的“论理”题材出现，偶现的个别联句带有论理的味道，还谈不上“格言”式诗句，更勿提“哲理诗”了。

其实阿拉伯古代诗歌整体来讲大多是“抒情诗”，论理的成分比较少见。而祖海尔早在伊斯兰教诞生前就开始在诗歌中洞彻事理、妙言要道，不能不说是非常难能可贵的，因而自古就有“祖海尔道长论短无敌”[②]的谚语。

格言、警句以其节奏鲜明、音韵上口而易于流传，而其短小精悍、言简意赅更是可以一针见血，观点鲜明，感情强烈，给人以智慧和启迪，所以各个民族都有流传百世的格言、警句、谚语、成语。祖海尔将自己几十年的经历和思索凝练成这一段醒世名言，成为阿拉伯诗歌史上“论理”诗句的开山鼻祖，所作“金句”代代相传。

祖海尔的思想格局和艺术造诣与其生长环境有着天然密切的关系。他的继父奥斯就是著名诗人，对其诗歌艺术造诣有影响。舅父巴沙尔被描绘成一位多金善良的诗人，他的正直、仁义、文华才气以及对时局的看法对祖海尔更是有着直接影响。[③]

同时，祖海尔创作悬诗时已年近八十，老道谨慎，而且他的诗歌创作极为认真，不似多数悬诗诗人那样随性而为，即兴而发，从他的悬诗结构紧凑、言简意赅、出言有章、不蔓不枝就可窥见一斑。

---

① 原文句式相同，但翻译时因考虑中文表达并未照搬原文句式，所以译文的句式不尽相同。

② 祖海尔道长论短无敌：原文摘自一句自古流行的顺口溜——“乌姆鲁勒·盖斯描写骏马无敌，祖海尔道长论短无敌，纳比埃剖白歉意无敌，艾尔莎表露欢快无敌”（القيس إذا ركب، وزهير إذا رغب، والنابغة إذا رهب، والأعشى إذا طرب）。

③ شوقي ضيف، تاريخ الأدب العربي – العصر الجاهلي، القاهرة: دار المعارف، ط ١١، ص ٣٠٠، عام ١٩٦٠.

祖海尔的诗作皆被称为“年诗”[①]，即一年仅作一首的独品。传说诗人每年用四个月作诗，再用四个月修改，再用四个月请文人墨客评改，这样，一年只出一首良心之作。所以，与其说祖海尔是“作诗”，毋宁说祖海尔是“磨诗”。

4. 用自己积八十年之久的人生经验揭示人性和人生的真谛，传达其笃信的处世哲学和生死观。

悬诗结尾的八个联句，看似人生经验的总结，似乎与主题不够相关。但按照祖海尔的作诗风格，这几句绝不会与前文无关。

我个人认为，诗人在此是以更高层面的阐扬解析为主题作更宏观的注脚。

字面上跳脱出“弃战求和”的框架，跃上更高的层面来讲做人、做事总的原则和智慧，即宏观的“处世为人”之道。而读者或听众通读全诗至此，亦会感到心胸豁然开朗。人生苦短，故应明了这一生应该要怎样，不要怎样；能怎样，不能怎样；会怎样，不会怎样……只有明了如何处世的智者才能避祸就福。

综上所述，仅悬诗的主题和内容即可充分证明祖海尔“特立独行”的气质，如若加上他诗人世家的出身[②]、名师高徒[③]的幸运、稳重严肃的性格、玉洁松贞的品行、细腻实在的描述、高超精准的比喻，以致邵基·戴伊夫说，祖海尔“已穷尽了贾希利叶诗人所能企及的全部描摹文采”[④]，那么，祖海尔的超凡绝俗更是毋庸置疑。

当然，祖海尔的超凡绝俗绝非信手拈来，他的特立独行亦非与生俱来，正如前所述，环境、时代、家族、师长和自己的勤奋努力，共同成就了现实中的祖海尔，亦成就了诗中的祖海尔。

每位悬诗诗人无一例外都个性十足，同样，每个人眼中、心中的“独特”

---

① 年诗（الحوليات），即一年只创作一首的诗作，意指诗人态度严谨，反复斟酌，把诗句修改到自己满意的程度才往外传播。

② 资料显示，祖海尔的继父、舅父、两姐妹（苏勒玛和韩莎）和两个儿子及其子孙都是名诗人，以至于有人说，诗歌在祖海尔家族内部代代相传。

③ 他曾极其幸运地为好几位当时的大诗人传述诗歌，并受教于他们。

④ شوقي ضيف، تاريخ الأدب العربي – العصر الجاهلي، القاهرة: دار المعارف، ط ١١، ص ٣٢٤، عام ١٩٦٠.

也千差万别。好比说：你有你的祖海尔，我有我的祖海尔。好在当今我们仍在笃信“各美其美，美美与共”的信条，为了交流、传承，为了大同境界，我们就遵照孔夫子老人家的教诲，做和而不同、兼收并蓄的“君子”好了。

沙漠骑士

سيد الصحراء

معلّقة لَبِيْد بن رَبِيْعَة

莱比德·本·拉比阿的悬诗

الصُمّ الخَوالِد

无言不朽

刘舒　译

مقدمة وشرح: عدي الحربش

导言与评析：欧代·哈尔巴什

刘舒　译

吾将上下而求索

——莱比德悬诗导读

刘舒

هو أبو عقيل لبيد بن ربيعة بن مالك بن جعفر بن كلاب. صحابي جليل، وشاعر مخضرم، ينتهي بنسبه إلى واحد من أشرف بيوتات عامر بن صعصعة.

وُلد قبل حرب داحس والغبراء،[1] ونشأ يتيماً في كنف أعمام اعتادوا حمله فوق أكتافهم وإخباره أنه حين يكبر سيصبح اللسانَ المنافحَ عن قبيلته، ولقد تركت قصصهم عن كرم والده وكيف كان يطعم المساكين كلّما هبّت رياح الصَبا أثرها العميق فيه، فأخذ على نفسه أن يُطعم مثل والده كلما هبّت الصَبا حتى صارت تُنسب إليه فيُقال: رياح أبي عقيل.[2]

سيرة لبيد سيرة قبيلته. شهد مع أعمامه يوم شِعب جبلة وهو ابن بضع عشرة سنة. يومها تكالبت قبائل تميم وذبيان وأسد وكندة على عامر وعبس، وحوصِروا في الشِّعب، غير أنهم خرجوا منتصرين. ثم كأنَّ الانتصار جرّأهم، فأخذوا لطيمة ملك الحيرة النعمان بن المنذر،[3] وعندما أرسل جيشاً يعاقبهم هزموه وأسروا قائده في يوم السُلّان. لم تدم أيام الصفو طويلاً، إذ نشب خلاف بين فرعي القبيلة نتج عنه جلاء أسرة لبيد من عالية نجد وانتزاحها جنوباً إلى اليمن.

تركت هذه الرحلة أثرها في نفس لبيد، ورغم رجوعهم بعد سنة إلى ديارهم بقي طوال عمره يعالج ثيمات النزاع والانقسام، فيتحدث عن بقرةٍ تنشقّ عن قطيعها، وحمار وحش يقود أتاناً ناشزة.

أدركت بنو عامر أنّها لن تهنأ بقرار حتى تُصلِح ما أفسدته مع ملك الحيرة، فأرسلت وفداً بقيادة عامر بن مالك مُلاعِب الأسنّة يتضمّن ابن أخيه لبيد. كان النعمان متبدّياً يومها في صحراء ثيتل.

ازدحم السُرادق بوفود دارم ومعّد والعباد وطيء وكلب، وحاول زعيم عبسي يُدعى الربيع بن زياد أن يُفسِدَ المَلِك على الوفد العامري، لكنَّ لبيداً انبرى ينافح ويفاخر ضد كل هؤلاء حتى خرج بأعمامه منتصرين.

لزم لبيد عمّه ملاعب الأسنّة حتى بعد اكتهاله وانتقال الزعامة إلى ابن أخيه عامر بن الطفيل،

---

① داحس والغبراء: فَرَسان قامت بسببهما حرب طويلة بين عبس وذبيان, تُقدّر بدايتها عام ٥٦٠ ميلادية.

② عُرف والده بربيع المقترين لكرمه، أما أعمامه فهم: عامر ملاعب الأسنة، وطفيل فارس قرزل، ومعاوية معوذ الحكماء، وسلمى نزال المضيف، وكلهم من ذوي الشرف والسيادة.

③ لطيمة: جمال محمّلة بالمسك تُباع في الأسواق المشهورة كعكاظ.

他是艾布·阿基勒·莱比德·本·拉比阿·本·马立克·本·贾法尔·本·基拉布（أبو عقيل لبيد بن ربيعة بن مالك بن جعفر بن كلاب），可敬的圣门弟子、跨代诗人，生于阿米尔·本·萨阿萨阿（عامر بن صعصعة）部族的贵族家庭。

他生于赛马之战前，自幼失怙，在叔父们的护佑下长大。他们常把他扛在肩上，告诉他长大之后要做部落的喉舌，也给他讲他父亲慷慨助人的故事，每当东风刮起的时候他父亲是如何为贫民提供食物的。这些故事在他心中留下深刻的影响，后来他也像父亲一样在东风刮起时施舍食物，东风便由此有了新名：艾布·阿基勒风。①

莱比德的人生历程也是其部落历史。他十几岁的时候与叔父们亲历了红山谷之战（يوم شِعب جبلة）。当时泰米姆（تميم）、祖卜延（ذبيان）、阿萨德（أسد）和铿德（كندة）诸部与阿米尔（عامر）和阿卜斯（عبس）部落为敌，将他们围困在山谷中，但最后他们胜利突围，继而受胜利的鼓舞，夺取了希拉国王努阿曼·本·蒙齐尔的麝香驼队②。而当希拉国王派兵来追时，他们在舒兰之战（يوم السُّلّان）中战胜了王军，并俘获其将领。但风平浪静的日子没能维持多久，部落中两个宗族发生冲突，导致莱比德家族离开上内志，向南前往也门。

虽然几年后他们又回到自己的家园，但这次旅行给莱比德留下了心理阴影，他终其一生都在处理冲突和分裂的问题。所以他在诗中提到失犊的母牛和引领暴躁母驴的公驴。

阿米尔人认识到如果不与希拉国王和解便永无宁日，于是便派出一个使团，由长矛手阿米尔·本·马立克（عامر بن مالك）率队，他带上了侄子莱比德。当时努阿曼国王游牧在塞台勒沙漠（صحراء ثيتل）中。

王帐中挤满了达里姆（دارم）、穆伊德（معّد）、阿巴德（العباد）、塔伊（طيء）和凯勒卜（كلب）各部族使团，阿卜斯部落首领指使拉比阿·本·齐

① 他父亲因其慷慨品德而被称为好客拉比阿（ربيع المقترين），他的叔叔们分别是：长矛手阿米尔、高骏骑手图费勒（طفيل）、智者穆阿维叶（معاوية）、东道主塞勒玛（سلمى），他们全都是高贵、出众的人。

② 运麝香到著名集市（比如欧卡兹）去卖的驼队。

لا نعلم أنه خرج عن كلمته سوى مرةً واحدة عندما اعتدى عمّه على رجل من بني القين استجار بلبيد، عندها ثارت ثائرة الشاعر، وأنشأ قصيدةً تذكّر ببلائه ومنافحته عن عمّه، وتهدد بالانتقال إلى أقارب آخرين.

كان لبيد من أوائل بني عامر إسلاماً، بخلاف أخيه لأمه أربد بن قيس الذي مات بصاعقة بعد محاولة اغتيال الرسول، صلى الله عليه وسلم. أنشد لبيد في أربد أعذب مراثيه، وعاش شطراً من حياته في الكوفة، إلى أن ألحَّ عليه الشوق أخيراً نحو ديار قومه، فرجع إلى بطن عاقل (وادي النسا في القصيم) حيث توفي رضي الله عنه سنة ٤١ هـ.[1]

[1] بخلاف ما جاء في كتاب "الأغاني" ج١٥ ص٣٦٢ عن موت لبيد في الكوفة، وهو ما يناقض صريح شعره.

亚德（الربيع بن زياد）在国王和阿米尔使团间挑拨离间，但是莱比德舌战群雄，最后同叔父们胜出。

莱比德一直跟叔父长矛手阿米尔在一起，直到成年，此后，领导权转移到堂兄阿米尔·本·图费勒（عامر بن الطفيل）手中。我们只知道他提到过有一次他叔父袭击了盖因（القين）部落的一个男子，盖因人向莱比德求助，但诗人勃然大怒，作了一首诗，记录这次事件，讲他如何捍卫叔父，还威胁要去投奔别的亲戚。①

莱比德是阿米尔人中最早皈依伊斯兰教的一批人，与其同母兄弟阿尔巴德·本·盖斯（أربد بن قيس）截然不同，阿尔巴德在图谋刺杀至圣使者穆罕默德之后遭雷劈而死，莱比德为他作了最好的挽诗。莱比德在库法生活了一段时间，最后因为强烈的思乡之情，回到阿基勒（盖西姆的尼萨谷）腹地，直至伊历41年在此去世。②

① 此处反映了阿拉伯贾希利叶时代部落中帮亲不帮理的社会现象。由于诗人跟叔父的关系特别好，所以当外人遭遇叔父的袭击以后，向莱比德求助，希望诗人能主持公道，但莱比德虽然明明知道叔父是无理的，却因为和叔父的良好关系，而采取袒护叔父的态度，甚至不惜因此与部族闹翻，威胁要去投奔其他的亲戚。（译者注）

② 《乐府诗集》（الأغاني）中记载不同，第15卷第362页记载莱比德卒于库法，但这与他诗中所言不符。

الحبيبة – الناقة – الصحراء

ليس في أيدينا ما يُمكّن من تحديد عمر لبيد حين أنشأ المعلَّقة، عدا روايةٍ تزعم أنَّه كان صبياً برفقة أعمامه يوم زاروا النعمان، وأنَّ شاعر البلاط النابغة الذبياني استنشده ثلاث قصائد-بينهنَّ المعلَّقة- ثمَّ حكم أنّه أشعر العرب. ①

أول ما يشكك بالرواية العداء المستحكم ما بين قبيلتي عامر وذبيان، بل إنَّ هناك هجاءً مقذعاً بين الشاعرين. ثمَّ إنَّ شعر لبيد يعيّن ولادته قبل داحس والغبراء، مما يجعله في أواخر عقده الثالث حين زار النعمان على أقلِّ تقدير، وهكذا تسقط كل الروايات التي تجعله صبياً يوم لاقى النعمان والنابغة أول مرّة.

إنّ من يقرأ المعلقّة يتداركه شعور طاغٍ أنة إزاء شاعر شاب لم تختمر تجربته بعد. فعندما يقف على الأطلال يدهشه منظر الظباء والنعام والبقر وهي ترتع بين بقايا الآدميين حتى يكاد ينسيه حبيبته. وعندما يقارب مشاعره تجاه نوار يخضع للمكابرة واللجاج ويدّعي أنة قادر على هجرها رغم أنهّا هي من رحلت في الظعائن. وعندما يفاخر بفروسيته يذكر كيف اختاره قومه ربيئةً لهم، ثم يسبغ على المشهد من أوصاف البطولة ما يدفعك إلى الابتسام حين تقارنه بعنترة وهو يقارع الفرسان. وعندما يحكي ما حصل في سُرادق النعمان يصف ما تلبسّه من رهبة وخوف حتىّ لكأنة في وادٍ من الجن.

هذه الحاجة إلى الفهم، وهذا الارتباك إزاء المشاعر، وهذا الفخر بتجاربَ سيعيش ويختبر أكبر منها، كلُّ هذا يقترح أنة أنشأ معلقّته في سنٍ مبكرة قد تكون أواخر العشرين.

تحتلُّ نوار معلَّقة لبيد كما لم تحتلْ امرأةٌ أخرى قصيدةً جاهلية؛ لا فاطمة امرئ القيس، ولا عبلة عنترة، ولا هريرة الأعشى، ولا ميّة النابغة، لكنَّ قصر نَفَس الشُرّاح صرفهم عن ذلك، ولو كان لهم طول نَفَس لبيد لأدركوا أنَّ وصفه ناقته وتشبيهها تارةً بالأتان وتارةً بالبقرة الوحشيّة ما هو إلا خطابٌ مبطّنٌ يعالج قصته مع نوار.

إنَّ هذا التقليد القديم الذي يُشبّه الناقة بالأتان وبالبقرة ثم يحكي قصتين عنهما يتكرر كثيراً في القصائد الجاهليّة وله نظائر عند امرئ القيس والنابغة وزهير والأعشى وأوس بن حجر وبشر بن أبي خازم، لكنَّ المدقق في قصائد هؤلاء يكتشف أنَّ كلَّ شاعر يضيف لمسته الخاصة إلى القصتين

① الأغاني ج١٥ ص٣٧٧.

情人·母驼·沙漠

我们手头没有资料能够确定莱比德作悬诗时的年龄，只有一则传说称，他在陪伴叔父们觐见努阿曼国王时还是个少年，宫廷诗人纳比埃·祖卜雅尼要他作了三首诗，其中就包括悬诗，然后裁断其为最会作诗的阿拉伯人。[①]

这则传说颇为可疑，首先阿米尔和祖卜延部落是宿敌，而且两位诗人也曾互相嘲笑和攻讦。再者，从莱比德的诗可以确定他生于赛马之战前，那么可以估计他觐见努阿曼国王时已经年近三十，所以那些认为他初见努阿曼国王和纳比埃时是少年的传说都不可信。

读到这首悬诗的人会有种强烈的印象，感觉面对的是一位涉世不深的青年诗人。他站在废墟前，惊讶于旧居变成了羚羊、鸵鸟和野牛的天地，甚至一时忘了自己的情人。当他的感情转向努娃尔（نوار）时，便陷入自大和顽固，声称他能离开她，而其实坐着驼轿离开的是她。他吹嘘自己的骑士风度，部族如何选择他保护自己的族人，然后展现他的英雄画面，这不禁让你微笑，联想到安塔拉大战对手的情形。他讲述自己在努阿曼王帐中如何卷入恫吓与险境，仿若陷入了精灵谷。

诗中表现出渴望理解、感情纠结、吹嘘自己的经历，所有这一切都表明他写这首悬诗时还年轻，大概年近三十岁。

努娃尔在莱比德悬诗中的地位，为贾希利叶时期诗歌中其他女人所不曾有，乌姆鲁勒·盖斯的法蒂玛、安塔拉的阿卜莱、艾阿沙的胡莱拉（هريرة）、纳比埃的玛娅（ميّة）都无法比拟。但是评注家们不解其风格，没有注意到这一点，但凡他们了解其风格，就会明白，他把母驼一会儿比作母驴，一会儿比作野牛，都只不过是隐喻的话语，用以解决他和努娃尔的关系。

把母驼比作母驴和野牛是古老的传统。贾希利叶时期的诗歌中反复讲述这两类比喻，在乌姆鲁勒·盖斯、纳比埃、祖海尔、艾阿沙、奥斯·本·哈杰尔（أوس بن حجر）、巴沙尔·本·艾比·哈兹姆（بشر بن أبي خازم）等人的诗中都出现过，但是这些诗的细节表明，每一位诗人都给这两类比喻增加了自己

① 《乐府诗集》第15卷，第377页。

ويدخل تفصيلاً صغيراً يجعلهما تعكسان حالته النفسيّة حين قال قصيدته.

أكثر ما يميّز معالجة لبيد أنّه جعل للأتان فحلاً وللبقرة فريراً، ثم جعل الأتان تنشقّ عن الحمير تابعةً فحلها، وجعل البقرة تغادر القطيع بحثاً عن فريرها،① وهكذا تحوّل هذا التقليد العريق إلى شيء أشبه بالمناجاة الداخليّة ما بين خيار الحبيبة وخيار القبيلة.②

ثمّ إنَّ المعلَّقةَ بعد ذلك كلِّه قصيدةٌ خالدةٌ عن الصحراء. لا يقتصر حضور الصحراء فيها على الموضوعات والصور، بل يتجاوز إلى أشياء أكثر خفية، كوزنها الذي يعلو ويهبط كأنّه تلعاتٌ وهضاب،③ ومطلعها الذي يمثّل دياراً دفنتها الرمال، فإذا بحثت عن الريح التي عفّتها وجدتها في قافيةٍ تُسلِمك هاؤها إلى ألِفٍ تمتد وتنفخ إلى أن تتلاشى كأنّها ريح السموم.④

---

① الأتان: أنثى حمار الوحش. الفحل: ذكر الأتان. البقرة الوحشية: مهاة الوضيحي. الفرير: ابن البقرة.

② عالج لبيد قصة الأتان وفحلها والمهاة وفريرها في تسعة مواضع من ديوانه، لذا يُعدّ من أكثر الشعراء طرقاً لهذه الثيمة، وكأنَّ بعض هذه المعالجات مسوّدات غير مكتملة للقصتين البارعتين المستخدمتين في المعلَّقة.

③ المعلَّقة من بحر الكامل، تتكون تفعيلتها الواحدة (متفاعلن) من فاصلة صغرى ووتد مجموع، تتكرر ثلاثا في كل شطر، كأنها هضبات وتلاع.

④ تتكون قافية المعلَّقة من مجموعة أحرف هي: الروي: الميم، والصّلة: الهاء، والخروج: الألف.

的特色、引入细节，反映诗人写诗时的心理状态。

莱比德的写法最特别之处就是给母驴配了公驴，给母牛配了牛犊，然后让母驴离开驴群，跟随公驴，让母牛失去牛犊，然后踏上漫漫寻子路，[①]这样这个悠久的书写传统就转变成了内心独白，纠结于选择情人还是选择部落。[②]

此外，这首悬诗整个都是关于沙漠的永恒诗歌。沙漠不仅出现为内容和画面，而且涉及更隐微的层面，诗的韵律高低起伏仿佛高原、丘陵，[③]首句描绘了被风沙掩埋的旧居，如果你仔细研究这个抹去遗迹的风，就会发现韵脚从“哈乌”吹拂到“艾利夫”，一直延伸、吹到乌有之乡，仿佛一阵热风。[④]

---

① الأتان是雌野驴，الفحل是雄野驴，البقرة الوحشية是野母牛，الفرير是野牛犊。

② 莱比德在其诗集中有9处涉及母驴和公驴、野牛母子的故事，因此被认为是锤炼这个主题最多的诗人，它们仿佛是悬诗中母驴和公驴，以及野牛母子这两个精巧故事的草稿。

③ 这首悬诗用的是全律，由同样的“穆泰发依轮”（متفاعلن）音步（其格律类似于中国格律中的平仄，这一音步类似于“平平平仄平平仄”——译者注）组成。第一种韵律是由一个小韵脚和一个“瓦特德”格组成，每扇三三重复，好像高原丘陵。

④ 悬诗的韵脚由一组字母构成：起——拉乌（الراء）、承——哈乌（الهاء）、结——艾利夫（ألف）。

سيمياء الأطلال

١. عفَتِ الدِّيارُ مَحَلّها فمُقامُها　　بمنًى تأبّدَ غَولُها فرِجامُها

٢. فمدافعُ الريّانِ عُريَّ رسمُها　　خَلَقاً كما ضَمِنَ الوُحِيَّ سِلامُها

٣. دِمَنٌ تَجَرَّمَ بعدَ عهدِ أنيسِها　　حِججٌ خَلَونَ حلالُها وحَرَامُها

٤. رُزِقتْ مرابيعَ النجومِ وصابَها　　ودقُ الرَّواعدِ جَودُها ورِهامُها

٥. من كلِّ ساريةٍ وغتادٍ مُدجِنٍ　　وعشيّةٍ مُتجاوِبٍ إرزامُها

٦. فَعَلا فروعُ الأيهُقانِ وأطفلتْ　　بالجَلهتينِ ظِباؤها ونَعامُها

٧. والعِينُ ساكنةٌ على أطلائِها　　عُوذاً تأجَّلُ بالفَضاءِ بِهامُها

٨. وجلا السيولُ عن الطُّلولِ كأنَّها　　زُبُرٌ تُجِدُّ متونَها أقلامُها

第一幕

废墟魔法

1. 米南家园已无迹，
　　高勒[①]两峰复荒敝。
2. 洪流刻刀冲刷急，
　　莱彦谷[②]里沟壑密。
3. 人去地空遗废墟，
　　俗月禁月几度移。
4. 春雨滋润芳草绿，
　　雷雨浇灌毛雨淅；
5. 夜云致雨朝云积，
　　暮云响雷雨声急。
6. 山芥遍地萌嫩芽，
　　两岸羚鸵产子嗣；
7. 大眼野牛守新犊，
　　断乳小牛旷野集。
8. 水冲泥去露遗迹，
　　大笔翻篇书新章。

① 米南（منى）、高勒（غول）和雷加姆（رجام）是内志高原上邻近的一系列红土山，位于阿拉伯半岛腹地，今沙特首都利雅得以西三百多公里，属代瓦迪米县（الدوادمى）。米南，又译米那。（译者注）

② 莱彦谷（الريان），莱彦山经两条溪流冲刷，在低处形成河谷。（译者注）

٩. أو رجعُ واشمةٍ أُسِفَّ نَؤورُها كِففاً تَعرَّضَ فوقهنَّ وِشامُها

١٠. فوقفتُ أسألُها وكيف سؤالُنا صُمّاً خوالدَ ما يُبينُ كَلامُها

١١. عَرِيتْ وكانَ بها الجميعُ فأبكروا منها وغُودِرَ نُؤيُها وثُمامُها

يتوقف لبيد في أولّ معلّقته على ديارٍ قديمة عفّتها الريح، لا ندري أهي دياره أم ديار حبيبته نوار، ولأنَّ منى وغول ورجام والريان داخلة ضمن بلاد بني عامر يغلب الظنُّ أنّها دياره، وأنَّ نوار كانت مجاورةً لهم قبل رحيلها وانقطاع خبرها. لكنَّ اللافت في هذه المقدّمة الطللية أنَّ لبيداً لا يسمّي حبيبته إلا في البيت السادس عشر، ولا يسأل عنها إلا في العاشر.

أما الآن فهو مشغولٌ بشيء آخر أدهشه وملأ عقله بالأسئلة: كيف تغيّرت الديار وغدت هكذا؟ ما الذي مَحَى الحدود التي تبقي الحبيب في محيط حبيبه، وتفصل عالم الوحش عن عالم البشر، فإذا بالظباء والنعام والبقر تجول بين الأثافي والثمام، وتتجاوز الحُفر التي جُعلت حدوداً تحمي الأخبية من الماء؟

لقد امّحت الحدود وعفت الديار ولم يبق شيءٌ من محالها ومقاماتها. لكن ما حاجة لبيد إلى هذا التفصيل؟ أليس في جنس الديار ما يشمل المَحال التي تُنزَل وجيزاً والمقامات التي تُسكَن طويلاً؟ هذا بالضبط ما يريد لبيد أن نلتفت إليه، إذ لا يريد أن نتمثّل صورةً جامدة للديار، بل أن نضعها في إطارها الزمني، فنرى الزمان يمرّ بطيئاً ليعفّي المحال المنصوبة كيفما اتفق، ثم يعفّي المقامات التي بُنيت لتدوم، لكن أنّى لها الدوام والزمن ناهشها الأكبر؟

ها هي الوحوش تجول آمنةً بين غول ورجام، وها هي المياه تتدفق بغزارة أسفل جبل الريّان، يحدّق فيها المرء لا يكاد يصدّق أنّها كانت في يومٍ دياراً آهلة، كأنّها كتابة مطموسة تضمّنها حجرٌ قديم.

نعم، إنّه الزمان إذن، بأعوامه المتصرّمة عاماً بعد عام، بأشهره التي يَحُلُّ فيها القتال أو يحرُم، تفصيلٌ آخرُ يأبى إلا أن نتمثّلَ دورة الزمن البطيئة ووطأته الثقيلة. لكنَّ الزمان ليس عامل التغير الأوحد، بل هناك عوامل أخرى، كالرياح التي تعفّي الديار بالرمال، وكالسحاب الذي يتتابع

9. 或如刺青施烟炱，
纹迹重显晕圈现。
10. 停步相问家何在，
无闻无言惟空寂；
11. 人群离去空如也，
但余沟渠稗草密。

本诗开篇，莱比德驻足被风沙抹去痕迹的旧居前，我们不知道这是他家还是他的情人努娃尔家，但是米南、高勒、雷加姆和莱彦谷都在阿米尔人的地盘上，所以我们估计是他家，努娃尔在迁徙之前和断绝消息之前是他的邻居。但是在这段废墟起兴中，莱比德直到第10联句才问起情人，到第16联句才提到她的名字。

现在占住他思绪的另有他物，他很惊讶，脑子里充满疑问：家园怎么变成了这样？是什么抹去了情人的痕迹，是什么分开了野生世界和人的世界，羚羊、鸵鸟和野牛在石灶和稗草间游荡，越过了防水的沟渠？

边界已抹去，家园已无迹，没有一样东西还保持原样。但莱比德为什么写得这么细？家不就是包括短期居住的临时住所和长期居住的营地吗？这当然就是莱比德想要我们注意到的，他不想让我们把家想象成一幅静止的图景，而是要我们把它放在时间的框架中，看到时间慢慢流逝，随意地抹去竖起的帐篷，然后再抹去为久居所建的住所。时间不就是最大的啃噬者吗？

看，野生动物在高勒和雷加姆两峰之间安闲地游荡；瞧，充沛的流水冲出莱彦山谷。人类凝视着，几乎要相信它曾为人类的居所，仿若古老岩石上被抹去的字迹。

是的，恰恰就是时间，年复一年，战争月与禁月[①]交替，还让我们想象时间缓慢的年轮和沉重的步伐。但是时间不是唯一的改变因素，还有别的因

① 禁月指战争各方约定特定的月份停止交战，创造和平的环境，便于贸易交流。（译者注）

ليلاً ونهاراً أو يمطرُ جَوداً ورُهاماً،[1] وكجرجير البرّ أخذ يزدهر في كل مكان بعد أن كانت خطى البشر تحول دون نموّه، وكالظباء والنعام والمها أنتجت أطفالها على جانبي الوادي ثم أخذت تراقبها وادعةً وهي تمشي عُصباً في الفضاء الفسيح.

لكنّ قوى الطبيعة لا تعفّي فقط، بل تجلو أحياناً. تجري السيول فتدفع ما تراكم من رمل وبَعَر لتكشف عن آثار البشر الراحلين، كأنَّها صحائفُ يمرُّ صاحبها بقلمه فوق ما اندثر من خطوطها، أو وشمٌ امّحى فغُرِزت الإبرة فيه وذُرَّ فوقه من دخان الشحم حتى ظهر ثانية طبقةً تتلو طبقة.

لعلكَ لاحظت أنَّ لبيداً شبّه الديار بالكتابة مرتين: مرّة بالكتابة فوق الحجارة، ومرّة بالكتابة فوق الصحائف. إن كان لا يستطيع مساءلة هذه الصمّ الخوالد فلا أقلّ من أن يقرأها! هذا ما أسمّيه «سيمياء الأطلال» وهو ما يجعل هذا المطلعَ فريداً وواحداً من أبرع الافتتاحات الطللية وأعلقها بالذهن.

① هذه النزعة عند لبيد إلى تفصيل الأشياء وعدّها، كتفصيله الديار إلى محال ومقامات، وتفصيله الشهور إلى حلٍ وحُرُم، وتفصيله الأمطار إلى جود ورهام، تذكّر بخاصية «الكاتالوج» عند الأمريكي والت ويتمان، حيث تتوالى عناصر الكتالوج لتذكّر بلانهائية الأشياء وتزيد الصورة غنى وألواناً، دون أن تشترك في خطأ الإطالة وإملال المتلقي كما عند ويتمان.

素，比如风，用沙抹去家园故居；比如日夜不断的云，和忽大忽小的雨；[①]比如山芥，遍布四处，郁郁青青，人类的足迹也阻止不了他们的生长；比如羚羊、鸵鸟和野牛，在谷中两侧产崽和养育后代，在旷野中成群结队。

但大自然的力量不仅仅是抹去，有时候它也会显现。激流会冲去泥沙和畜粪，露出离去的人留下的痕迹，就像一个作者，用笔在消失了字迹的卷页上重新书写；又好像刺青师，在消失了的文身之处，使用烟炱，扎在上面，然后把油烟浇在上面，让文身一层一层地重新显现。

也许你注意到莱比德两次把家园故居比作书写，一次是书写在石头上，另一次是书写在羊皮卷上。如果他不能放声请教这永远说不了话的文字，那至少可以阅读它。这就是我所谓的“废墟的魔法”，这就使得这段开篇成为凭吊废墟最为独特也最为精妙绝伦的诗篇起兴之一。

① 这种详细描述和列举事物的做法是莱比德的风格，例如他把居住地详细分作长住地和短居地，把月份分作俗月和禁月，把雨分作骤雨和毛毛雨，这让人想起美国诗人沃尔特·惠特曼的“目录”风格，连续的目录式物品描述给人延绵不断的感觉，增加画面的乐感和色彩，而不会像惠特曼那样给人感觉累赘冗余。

انقطاعات الذاكرة

١٢. شاقتكَ ظُعنُ الحيِّ حين تحمّلوا — فتكنّسوا قُطُناً تَصِرُّ خِيامُها

١٣. من كلِّ محفوفٍ يُظِلُّ عِصيَّهُ — زوجٌ عليهِ كِلَّةٌ وقِرامُها

١٤. زُجُلاً كأنَّ نِعاجَ تُوضِحَ فوقَها — وظباءَ وَجرةَ عُطَّفاً أرآمُها

١٥. حُفِزتْ وزايلَها السّرابُ كأنَّها — أجزاعُ بيشةَ أثلُها ورِضامُها

١٦. بل ما تذكّرُ من نوار وقد نأتْ — وتقطّعتْ أسبابُها ورِمامُها

١٧. مُريّةٌ حَلّتْ بفيدَ وجاوَرَتْ — أهلَ الجبالِ فأينَ منكَ مَرامُها

١٨. بمشارقِ الجبلينِ أو بمُحَجّرٍ — فتضمّنتها فَردَةٌ فرُخامُها

第二幕

回忆中断

12. 念及女眷备驼骄，
整装入帐鞍鞯响。
13. 毛毡轿框架架覆，
花毯轻幔双双垂。
14. 美目顾盼若母牛，
爱怜护子如白羚。
15. 驼队远去入蜃景，
谷回路转余烟树。
16. 努娃尔①去音尘绝，
忆美人兮心茫然。
17. 美人迁徙费山间，
何处有望睹芳颜。
18. 两山之东穆哈杰②，
法达、鲁罕③迹罕至。
19. 若往也门去寻找，
赛瓦伊格在彼处，

① 努娃尔（نوار）是诗人阿慕鲁·本·库勒苏姆的恋人。（译者注）
② 穆哈杰（محجَر），哈伊勒西部的山，又译“穆哈杰尔”，这里为了照顾音韵译为“穆哈杰”。（译者注）
③ 法达（فردة）、鲁罕（رخام）也都位于哈伊勒以西，“法达”亦可译为“法尔达”，“鲁罕”可译为“鲁哈姆”，这里为了照顾音韵做了简化处理。（译者注）

١٩. فصوائقٌ إن أيمنت فمَظِنَّةٌ مِنها وِحافُ القهرِ أو طِلحامُها

بعد أن قضى لبيد وطره من الديار، وبعد أن أجاب كل ما أثارت فيه من أسئلة، التفت إلى حبيبته أخيراً، وما كاد يفعل، فسأل الأطلال عنها، لكنَّها صمٌّ خوالد لا تجيب ولا تعقل. ليس أمامه إلا أن يلجأ إلى ذاكرته.

كانت حبيبته يوم الرحيل في نساء الحيّ. ركبت هودجها مثلهنّ، وأُرخيت فوقها الأنماط والسُتُر كما أرخيت فوقهن. ثم ابتعدت الهوادج بأحمالها وما تضمّنته من نساء جميلات كأنهنّ المها، أو ظباء خالصات البياض يلتفتن بحنان جهة أبنائهن.

تبتعد الهوادج أكثر حتى يكاد لا يتبيّنها، ويدفع بها السراب إلى السراب، وتتداخل الصورُ حتى لكأنّها شجرُ أثلٍ أو صخرٌ منضود مما يتراكم في أودية بيشة.

ولو اعتقدت أنّه يحدّق في الصحراء فقط كنت واهماً، بل هو يحدّق في ذاكرته أيضاً، إلى أقصى ما يستطيع أن يتبيّنه منها، حيث تتداخل الصورة بالصورة كما يتداخل السراب بالسراب، إلى أن يبتلع الأخيرُ كلَّ شيء ثم ينقطع خيط الذكرى.

هذا الانقطاع دفعه إلى أن يستدرك سائلاً: بل ما تذكّر من نوار وقد ابتعدت وتقطّعت حبال مودّتها حتى القديمة منها؟ ولعلّه أنكر على نفسه انشغالها بنوار بعد كلّ هذا الزمن الطويل، ولعلّه أنكر أيضاً عجزه عن تمثّلها بعد أن تضمّنها الهودج وأُرخيت السُتُر وابتعدت وغابت في الزمان والسراب.

لا غرابة إذن أنّه لم يعدد شيئاً مما يتغنّى به الشعراء عادة من صفات جسدية، لا عينيها ولا وجهها ولا خصرها ولا شعرها، لم يذكر سوى انتسابها لبني مُرّة، لا ندري أهي مُرّة بن عوف بن سعد بن ذبيان –وهو اختيار الشرّاح- أم مُرّة بن صعصعة الذين كانوا يتقاسمون المنازل مع أبناء عمومتهم عامر بن صعصعة.

ثم كيف يتذكّرها وهو لا يدري أين استقرّت وانتهى بها المطاف: أشمالاً جهة حائل وأجأ وسلمى، أم جنوباً صوب صوائق ووحاف القهر وطلحام؟ لا غرابة إذن إن أنكر تذكّرَها بعد كلّ هذه المدّة

彼维哈弗·高赫兮，

式腊姆兮，迹难寻。[①]

莱比德探完旧居，问完心底里所有的疑问，终于转到他的情人，向废墟问起她，但是又聋又哑的石头既不会回答也不会思考。他别无选择，只能陷入回忆。

迁徙转场之日，他的情人与族中女眷在一起。她像她们一样乘上驼骄，骆驼上架着轿框、垂着帘幔。驼骄承载着人和物走远了，带走了这些美丽的女人，她们像母牛，像纯白的羚羊，慈爱地面对着自己的孩子。

驼骄渐渐走远，直到看不清，没入蜃景之中，一幅幅画面重重叠叠，好像是柽柳，又或是比莎谷（أودية بيشة）中垒起的巨石阵。

如果你认为他只是凝视沙漠，那么你就误会了，他也是在凝视他自己，凝视他能看清的最远处，那里一幅幅画面交叠，仿佛蜃景迷离交错，直至后者吞下一切，然后回忆之线中断了。

跌出回忆，他不禁追问：努娃尔已经走了，断了爱意，你回忆她干什么？也许他否认，在这么久之后自己的心还系于努娃尔；也许他还否认，自她上了驼骄、垂下帘幔、消失在时间和蜃景之中后，他已不能想象她的样子。

难怪他列举不出一般诗人们歌颂的身体特征，她的眼睛、她的脸、她的腰和她的头发，他无一提及。他只记得她对穆莱族人（بني مُرّة）的微笑，我们不知道是穆莱·本·奥夫·本·萨阿德·本·祖卜延（مُرّة بن عوف بن سعد بن ذبيان）——注释者们偏向于他，还是穆莱·本·萨阿萨阿（مُرّة بن صعصعة），后者与阿米尔·本·萨阿萨阿一支的堂兄弟们分了家。

叫他如何记得她呢？他都不知道她的去向：是向北去了哈伊勒（حائل）、阿嘉（أجأ）还是苏勒玛（سلمى）？还是向南去了赛瓦伊格、维哈弗·高赫，还是式腊姆？所以在这么久之后，难怪他一直记不起她的样子。

---

① 赛瓦伊格（صوائقٌ），式腊姆（طِلحامُ）均为地名，这两个地方都在阿拉伯半岛西南部。“式腊姆”又译“提勒哈姆”，此处为照顾音韵做了简化处理。维哈弗·高赫（وحافُ القهرِ）在现也门境内，仲跻昆译本中译为“雷哈夫·盖赫尔”，疑为版本差异。经查，多数版本是وحاف，而非رحاف。（译者注）

فوق ناقة المجاز

٢٠. فاقطعْ لُبانةَ من تَعرّضَ وصلُهُ ‏ ‏ ولَخيرُ واصلِ خُلّةٍ صَرّامُها

٢١. واحبُ المُحامِلَ بالجزيلِ وصُرمُهُ ‏ ‏ باقٍ إذا ضَلَعتْ وزاغ قوامُها

٢٢. بطليحِ أسفارٍ تركنَ بقيّةً ‏ ‏ منها فأحنقَ صُلبُها وسَنامُها

٢٣. فإذا تغالى لحمُها فتحسَّرتْ ‏ ‏ وتقطّعتْ بعد الكَلالِ خِدامُها

٢٤. فلها هِبابٌ في الزِّمامِ كأنّها ‏ ‏ صهباءُ راحَ مع الجَنوبِ جَهامُها

ثم يخلص لبيد إلى بيتين لا أبالغ إن قلت إنَّ معنى المعلَّقة بالكامل يرتكز عليهما، وهو شيء لم يُعطَ حقّه من الاهتمام، ثم زاد الطين بِلّة اضطرابُ رواية البيتين، بالأخصّ الأول، رواه نفرٌ: «ولخيرُ واصل خُلّةٍ صَرّامُها». ورواه آخرون: «ولشرُّ واصلِ خُلّةٍ صرّامها».[1] فهل أثنى لبيد على نفسه لأنّه يبادر إلى قطع حبل من تغيّر عليه، أم ذمَّ نوار لتغيّرها وهو بذمّه إياها يقوّي عزمه على جذم حبلها؟

إنَّ المعنى الأول أشبه بأخلاق لبيد، يؤيده ما جاء في بيتٍ تالٍ حين دعا إلى بذل الودّ والخُلُق الكريم لمن زاغ وتغيّر حتّى وإن كانت القطيعة قائمة، وحتى إن كانت نيّة التحوّل باقيةً تنتظر

[1] هذا التضاد دفع محقق الديوان د. إحسان عباس إلى أن يعلّق بانزعاج: ورواية البيت على التضاد من التغييرات السيئة، فالشاعر لا بدَّ من أن يكون في هذا الموطن قال شيئاً واحداً وعناه. الديوان ص٣٠٣.

第三幕

骑上隐喻的母驼

20. 寻觅不得斩情丝，
善结缘兮亦善断。

21. 人若有情我慷慨，
移情别恋当立绝。

22. 骑上母驼走远方，
驼峰萎塌驼腰瘦。

23. 路远驼倦皮包骨，
驼掌皮带磨欲断。

24. 勒缰重振步态轻，
快似顺风雨后云。

然后莱比德精炼地提出两个联句，我们可以毫不夸张地说，整首悬诗的意义都汇集于此，却一直没有得到应有的重视。另外这两个联句在不同的传述版本又增加了其模糊性。简言之，一个版本是“善结缘者亦善断”，另一个版本是“不善结缘断缘分”。①莱比德到底是赞美自己果决斩断了与负心者的联结，还是谴责努娃尔变心，以此来加强自己斩断情丝的决心？

第一个意思比较符合莱比德的精神品格，下一联也支持这个意思：他呼吁对变心者仁至义尽，哪怕她已经永久离开，哪怕她只有离开的意愿但还没完成。他斩断联结的工具就是一匹母驼，它已经因旅途劳顿而瘦骨嶙峋、皮

① 版本间的矛盾，让诗集校编者伊哈桑·阿巴斯博士（د. إحسان عباس）不无困惑地评论道：完全相悖的版本是在传述过程中出了错，但是诗人的原意肯定只有一个。《莱比德集》，第303页。

إنجازها. وسيلته إلى قطع اللبانات ووصلها ناقةٌ أهزلها السِفار حتى ضمر سنامُها وتقطّعت سيورها وسقط وَبرُها وذهب لحمُها إلّا ما بقي حول رؤوس العظام.

ولكن ما حاجته إلى ناقةٍ يتحوّل بها؟ ألم يخبرنا في أبياتٍ سابقة أنَّ نوار ظعنت فيمن ظعن، وأنّه لا يدري هل نزلت شمالاً جهة حائل أم جنوباً جهة صوائق؟ كيف يتحوّل عنها وهي من تحوّلت؟ هل ما زال يعنيها، أم شرع في معنى جديد؟

إنَّ هذا اللبس المحيط بالمعنى، وهذه الأسئلة التي يأخذ بعضها بأعجاز بعض، كل ذلك يعود -بشكلٍ كبير- إلى وقوف الشاعر في منطقة رماديّة من ذاكرته وشعوره، منطقةٍ لا يكاد يتبيّنها بعد أن ألقى الزمانُ ظلاله عليها، ثمّ ألقى كبرياؤه مزيداً من الظلال، ولو حدّق مليّاً لربما نكأ شيئاً من جراحه.

نعم ما زال يعني نوار، وسيمضي يتحدّث تارةً عنها وتارةً إليها حتّى البيت السابع والخمسين، لذا قلتُ إنَّ نوار احتلت المعلَّقة كما لم تحتل امرأةٌ أخرى قصيدةً جاهليّة، وما وصفُ الناقة والقصتان اللتان سيرويهما أثناء التشبيه إلا حيلٌ لجأ لبيد إليها كي يواجه مشاعره الملتبسة وكبرياءه الجريحة من وراء قناع.

يبدو أنَّ نوار المريّة جاورت حيَّ لبيد في منى وغول ورجام والريّان مدّةً من الزمان، ثمَّ حدث حادثٌ اضطرها إلى أن ترحلَ مع أهلها وتفارقَ لبيداً. قد يكون سألها البقاء والزواج منه فأبت إلا الرحيل مع أهلها، وقد تكون سألته متابعتها واللحاق بها فأصرَّ إلّا أن يلازم قومه، وهكذا افترق الحيّان، ورحلت الظعائن، وانفتح جرحٌ غائر في قلب شاعرنا، لن يداويه سوى الزمن.

ثمَّ حدث حادثٌ آخر اضطرَّ قومَ لبيدٍ إلى ترك ديارهم ثم الرجوع إليها، كالخلاف الذي نجم بينهم وبين أبناء عمّهم بني أبي بكر بن كلاب. عندها وقف لبيد على الديار العافية وتذكّر سالف حبّه لنوار. تذكّر لجاجها وعنادها وعدم متابعتها له، فثارت كرامته، وقال مكابراً إنّه قادرٌ على التحوّل عنها رغم أنّها هي من تحوّلت.

وسيلته إلى ذلك التحول ناقةٌ تشبه سحابةً تشرّبتْ سواداً وحمرة، أمطرت سائر يومها إلى أن تخففت من مائها ثمّ دفعت بها رياح الجنوب فراحت أسرع ما يكون. نعم، إنَّ هذه الناقة وسيلةٌ إلى قطع اللُبانات ووصلها، لكنها مجازٌ أيضاً سيركبه حين يعالج الخيارات التي كانت أمامه، وهو ما سنتبينه في قصتي الأتان والعير، والبقرة والفرير.

包骨头。

但是他为什么要骑着母驼去游荡？难道他没有在前面的诗句中告诉我们，努娃尔已乘驼轿离开，他不知道她是向北去了哈伊勒，还是向南去了苏瓦格？他如何离开她？她才是离开了的那一个？他还依然在乎她吗？或者是引出了新的意思？

这种意义的含混，这种前后句互为问题的写法，在很大程度上是回应诗人站在沙漠中的回忆和感受，这个地方被时间的阴影所覆盖，连他自己都已经分辨不清，而他的自尊心又投下了更多的阴影，如果他凝视旷野，也许会撕开伤口。

是的，他所指的仍然是努娃尔，他一会儿谈到她，一会儿与她对话，一直到第57行诗。因此我说努娃尔在他的悬诗中所占的地位是独一无二的，贾希利叶时代所有长诗中没有一个女人有过这样的地位。莱比德描状母驼、比附的两个比喻，都是他所采用的谋略，都只不过是为了处理自己纠结的情感，掩饰面具下受伤的自尊罢了。

穆莱（المريّة）族的努娃尔看起来曾与莱比德家比邻而居，在米南、高勒、雷加姆和莱彦都做过一段时间邻居，后来发生了什么事情，迫使她与家人迁走，离开了莱比德。也许他曾经求她留下，甚至求婚，但是她拒绝了，还是跟家人走了；也许她还要他跟着一起走，但是他坚持与族人在一起，因此两人就分别了。她乘上驼轿走了，在我们诗人的心里留下一个空洞，除了时间，没有什么能治愈。

后来发生了另一件事迫使莱比德族人离开自己的家园，即他们与堂兄艾布·伯克尔·本·基拉布族人（بني أبي بكر بن كلاب）的冲突，后来才又重新回来。莱比德站在荒芜的故居前，回忆起自己先前对努娃尔的爱恋；想起她有多固执，不肯跟随自己，于是他的自尊心就膨胀起来了，自大地说他能够离开她，而其实她才是真正离开的那一个。

他离开的工具是母驼。他把母驼比作一朵镶了红边的乌云，雨下了一整天，卸下了水汽的重负，随南风轻快地飘走了。是的，这匹母驼是切断情丝的工具，但也是他调用的隐喻，用以处理他面临的选择，我们将在公驴和母驴、母牛和牛犊两则比喻中阐述。

الأتان والعير

٢٥. أو مُلمِعٌ وسَقتْ لأحقبَ لاحَهُ   طردُ الفحولِ وضربُها وكِدامُها

٢٦. يعلو بها حَدَبَ الإكامِ مُسحَّجاً   قد رابَهُ عِصيانُها ووِحامُها

٢٧. بأحزّةِ الثلبوتِ يرْبأُ فوقَها   قفرَ المَرَاقِبِ خوفُها آرامُها

٢٨. حتّى إذا سلخَا جُمادَى سِتّةً   جَزْءاً فطالَ صيامُهُ وصيامُها

٢٩. رجعَا بأمرِهما إلى ذي مِرّةٍ   حَصِدٍ ونُجْحُ صَريمةٍ إبرامُها

٣٠. ورمَتْ دوابرَها السَّفا وتهيّجتْ   ريحُ المصايفِ سَومُها وسَهَامُها

٣١. فتنازعا سبِطاً يطيرُ ظِلالُهُ   كدُخانِ مُشعَلةٍ يُشَبُّ ضِرامُها

٣٢. مشمولةٍ غُلِثتْ بنابتِ عَرفجٍ   كدُخانِ نارٍ ساطعٍ إسنامُها

٣٣. فمضى وقدَّمها وكانت عادةً   منهُ إذا هيَ عَرَّدتْ إقدامُها

第四幕

公驴和母驴

25. 或似母驴受孕后，
白臀公驴竞争出。
26. 奋力驱她登丘顶，
不解孕后性情变。
27. 每过垭口小心望，
唯恐旗下猎人藏。
28. 干旱冬季苦熬过，
忍饥耐渴有尽时。
29. 咬牙振奋决心定，
步坚意笃奔水源。
30. 荆棘扎刺母驴腿，
夏风滚滚又炎炎。
31. 两骑驰骋滚滚来，
尘飞烟腾如焚香。
32. 北风助燃嫩枝条，
熊熊大火烟雾浓。
33. 母驴泄气脚步缓，
公驴迂回将她赶。

٣٤. فـرمى بـهـا عُـرْضَ الـسَّـريِّ وصـدَّعـا   مـسـجـورةً مُـتـجـاوِراً قُـلاّمُـهـا

٣٥. مـحـفـوفـةً وسـطَ الـيَـراعِ يُـظِـلُّـهـا   مـنـهُ مُـصـرَّعُ غـابـةٍ وقـيـامُـهـا

أتشبه ناقته سحابةً صهباء دفعتها رياح الجَنوب، أم أتاناً ساقها فحلها أيام الصيف والعطش إلى أن ورد بها عين ماء؟ ما الغرض من القصة الطويلة التي سيشرع في سردها عن الأتان؟ هل تزيد الوصفَ دقّةً بتفاصيلها، أم المتلقّيَ نشاطاً باستطرادها؟ أم تراه يريد شيئاً آخر بالمرّة؟ لنصغ جيداً ثم نحكم.

هل ترى تلك الأتان التي حملت وامتلأ ضرعُها لبناً؟ هل ترى كثرة الذكور المقتتلين حولها؟ تُرى أيُّهم أحبلَها؟ سرعان ما تميّز بينها عَيراً أحقبَ في وركيه بياض، لا يوجد موضع في جسده إلّا وفيه عضّة أو ضربة. عندما تلحظ هياجه وكيف يعنف بباقي الفحول ويفرّقها عن الأتان يتأكد لك أنّه المسؤول عن حملها.

لكنَّه هو أيضاً يشاركنا العجبَ والريبة، خصوصاً بعد أن لاحظ تغيّر الأتان وعصيانها وتمنّعها أثناء الجماع. أتراه الحمل والوحم؟ يفصل العَيرُ بأتانه عن باقي الحُمُر الوحشيّة، ثمّ يقطعان طريقاً طويلة ترتفع تارةً وتنخفض تارة، وتغلظ تارةً وتلين تارة. يمرّان بوادي الشعبة جنوب حائل، فيتوجّس العير خطراً حين يشاهد أعلاماً على الطريق. لا يهدأ باله إلا بعد أن يعتليَ مكاناً قفراً يطلُّ على كلّ ما حوله ليتأكد أنَّ الأعلام لا تخفي صياداً وراءها.

تمرُّ الأيام والأشهر على هذه الحال، من محرّم إلى جُمادى الآخرة. يحلُّ الصيف بحرارته وعطشه، ويغور الماء فيطول صيام العير والأتان حتّى يبلغَ بهما العطشُ الغاية، لا يخففه سوى ما يجدان من رطوبةٍ على الأشياء. لم يعد بإمكانهما أن يختلفا، إذ يكاد العطشُ يذهلهما عن اللُّجَاج. كانا بحاجة إلى قرار حاسم يختار الطريق التي يسلكان ثم يتحمّل مسؤولية القرار.

تصدّر العَير لهذه المهمة، كاشفاً عن رأيٍ حصيف وعزيمة مُحكمة لا تتم الأمور إلا بها. اختار طريقاً يتذكّرها من الماضي، لكنَّ الرياح الصيفيّة شرعت تلفحهما وترمي حوافرهما بشوك البُهمى وكأنّها بالمرصاد. يثور الغبار فجأة، ويعدوان فيرتفع الغبار أكثر حتّى يُخيّلَ لك أنّهما يتجاذبان ثوباً طويلاً يلقي بالظلال عليهما. يُخيّل لك أيضاً أنَّ الغبارَ دُخانُ نارٍ أُضرِمت بدقيق الحطب وطريّ العرفج ثمَّ هبّت الشمال عليها فارتفع دخانها إلى أن حجب الرؤية.

تتأخّر الأتان من هول ما ترى، لكنَّ العَير يأبى إلا دفعها، وقديماً كان ذلك ديدنه يدفعها كلمّا

34. 双双奔驰沿河岸，
　　穿芦越苇见泉眼。
35. 芦秆倒伏芦秆立，
　　蔽泉眼层峦叠嶂。

诗人是把母驼比喻为被南风吹动的红云，还是夏天里被公驴和干渴驱赶奔向泉眼的母驴？离题讲了一个很长的关于母驴的故事，是什么目的？此处离题是为了让描写更详细吗？还是让转折更生动？或者这番离题是另有目的？我们来好好听一听再做判断。

你有没有看见那头乳房肿胀的怀孕母驴？是否看见好多公驴在她周围厮杀？你觉得让她受孕的会是哪一头公驴？很快你就能分辨出一头白臀公驴，身上遍布咬伤和踢伤。当你看到它如何疯狂地隔开母驴和其他公驴，你就能确定它要为她的怀孕负责。

但是它也和我们一样惊奇和怀疑，尤其是当它发现母驴变了，变得在交配时不情愿、不配合。你觉得这是妊娠反应吗？它把她和其它公野驴分开，然后一起赶了很长一段路，起伏不定，时而崎岖，时而平坦。他俩穿过哈伊勒（حائل）南部的舒阿拜（الشعبة）河谷，突然公驴看见前路的旗帜，感知到了危险。他忧心忡忡，登上荒无人烟的高处，确定旗帜后没有藏着猎人，这才放下心来。

这样过去了一日又一日，一月又一月，从一月到六月。炎热干燥的夏季降临了，水源难寻，公驴和母驴因此久未进食，都渴到了极点，必须找到潮湿的地方。它们俩再也分不开了，因为干渴使它们忘记了争执。它们需要决定走哪条路，公驴随即承担了决策的责任。

公驴下定决心要完成这项任务，它显示出睿智的判断力和完成任务的坚定决心。它选择了一条记忆中的路，但是夏风裹挟着它们，还刮起棘刺扎它们的蹄子，好像夏风也在哨岗上监视它们似的。沙尘突起，它们奔跑起来，卷起更多的沙尘，仿佛拖着长长的阴影。你也可以想象一下，灰尘好像香料粉末和软草燃烧的烟雾，被北风卷起，烟雾升腾，遮蔽了视线。

母驴被眼前的景象吓坏了，因此迟疑不前，但是公驴一意敦促，时前

جبُنت أو عرّدت. وهكذا ما زال العَير يلحُّ بأتانه ويقدّمها ويدفعها إلى الأمام إلى أن أوردها ضفّة النهر أخيراً، لتتقصف أعواد القصب تحت حوافرهما، وليخوضا ماء هذه العين الثرّة اللذيذة، فيا لها من جنّة! ويا لها من ظلال!

ماذا كان سيحدث لو أنَّ نوار تابعت لبيداً فيما اقترحه واختارته بين الرجال المتزاحمين حولها ولم تسرف في اللُجاج والعناد؟ كان حتماً سيوردها جنَّة الظِلال والقصب.

时后，每当她泄气犹疑，它便赶着她跑。就这样，公驴鼓励、带领、敦促母驴，终于一路来到河岸，它们的蹄子踩倒芦苇秆，喝到了甘甜的泉水，多么阴凉啊！犹如天堂！

如果努娃尔答应莱比德的求婚，不要那么固执，从身边挤满的男人中选择他，会发生什么？他肯定会带领她来到绿荫和芦苇的天堂。

البقرة والفرير

٣٦. أفتلكَ أم وحشيّةٌ مسبوعةٌ   خَذَلتْ وهاديةُ الصِّوارِ قِوامُها

٣٧. خنساءُ ضيّعتِ الفَريرَ فلم يَرِمْ   عُرْضَ الشّقائقِ طوفُها وبُغامُها

٣٨. لِمُعفّرٍ قَهْدٌ تنازع شِلوَهُ   غُبْسٌ كواسبُ ما يُمَنُّ طعامُها

٣٩. صادفنَ منهُ غِرَّةً فأصبنَها   إنَّ المنايا لا تطيشُ سِهامُها

٤٠. باتتْ وأسبلَ واكفٌ من ديمةٍ   يُروِي الخمائلَ دائماً تَسجامُها

٤١. يعلو طريقةَ متنِها متواتراً   في ليلةٍ كفرَ النُّجومَ غَمامُها

٤٢. تجتافُ أصلاً قالصاً مُتنبِّذاً   بعُجوبِ أنقاءٍ يَميلُ هَيَامُها

٤٣. وتضيءُ في وجهِ الظلامِ مُنيرةً   كجُمانةِ البحريِّ سُلَّ نِظامُها

٤٤. حتّى إذا حَسَرَ الظلامُ وأسفرتْ   بَكَرتْ تزِلُّ عن الثَّرى أزلامُها

第五幕

母牛和牛犊

36. 吾驼或乃如母牛，
失群丢崽心惶忧？
37. 塌鼻母牛失爱子，
彷徨哀鸣沙丘间。
38. 白色残骸散沙地，
善猎灰狼遗凶迹。
39. 牛犊遇狼无逃路，
命运之箭无虚发。
40. 暴雨倾盆夜漫漫，
失犊母牛泪阑干。
41. 整夜乌云蔽星辰，
淫雨浇打母牛背。
42. 钻入树丛寻遮蔽，
无奈沙流树倾塌。
43. 白牛夜幕光熠熠，
离串珍珠孤零零。
44. 夜色褪去黎明至，
母牛挣扎起泥泞。

٤٥.	عَلِهَتْ تَبلَّدُ في شقائقِ عالجٍ	سبعاً تؤاماً كاملاً أيامُها
٤٦.	حتّى إذا ذَهَلتْ وأسحقَ حالِقٌ	لم يُبلِهِ إرضاعُها وفِطامُها
٤٧.	فتسمّعتْ رِزَّ الأنيسِ فَرَاعَها	عن ظهرِ غيبٍ والأنيسُ سَقامُها
٤٨.	فَعَدتْ كلا الفَرجينِ تحسِبُ أنّهُ	مولَى المخافةِ خلفُها وأمامُها
٤٩.	حتّى إذا يئِسَ الرماةُ وأرسلوا	غُضُفاً دواجنَ قافلاً أعصامُها
٥٠.	فلحِقْنَ واعتكرتْ لها مَدْريّةٌ	كالسَّمهريّةِ حدُّها وتَمامُها
٥١.	لِتذودهنَّ وأيقنتْ إن لم تذُدْ	أن قد أحمَّ مع الحتوفِ حِمامُها
٥٢.	فتقصّدتْ منها كسَابِ فَضُرِّجَتْ	بِدمٍ وغودِرَ في المَكَرِّ سُخامُها

أتشبه ناقته تلك الأتان التي ذكرها آنفاً، أم بقرةً وحشيّةً تركت قطيعها وأخذت تبحث عن ابنٍ لها نهشته السباع؟ أتراه يخيّرنا بين وصفٍ ووصف، أم يخيّر نفسَه بين خيارٍ وخيار؟ لنصغِ إلى القصّة - كما فعلنا مع الأتان- ثم نحكم.

هل ترى ذلك السرب من البقر الوحشيّ، يتهادى بسلامٍ فوق شقائق النفوذ الكبير؟ نعم، صار يُعرف بالمها الوضيحي، وإياك أن تغترَّ بوداعة المنظر، فبعد قليلٍ سيتمخّض هذا الهدوء عن أهوالٍ ومفاجآت تلحق بإحدى هذه الأبقار.

صعِّد بصرك نحو تلكم المهاة الخنساء الرؤوم، تعرفها من فريرها الذي يمشي خلفها في

45. 焦急惊惶河谷里，
奔波七天又七夜。
46. 希望破灭乳房瘪，
非因哺乳或断乳。
47. 隐闻人声心惊惧，
人乃克星急躲避。
48. 母牛惊起却回头，
不知危险在前后。
49. 猎人开弓箭落空，
遂解项圈释猎犬。
50. 劲疾猛扑牛还击，
牛角似矛长且锐。
51. 蓄势防御脊如弓，
千钧一发绝生死。
52. 白犬匍匐血汩汩，
黑犬临死喉格格。

诗人是把他的母驼比作前面提到的母驴，还是后面提到的离开牛群的孤独野母牛，苦苦寻找被狼叼走的儿子？你觉得他是在让我们比较这两种描状，还是自己在纠结选择谁？我们来听听这个故事，就像刚才听母驴的故事一样，然后再来判断。

你是否看到那群野牛悠闲地漫步在宽阔的峡谷？是的，它们被称作瓦堆希大野牛（المها الوضيحي）。不要被宁静的田园风光蒙蔽，不久宁静就会被一头牛的厄运打破。

你的视线上升到那头慈爱的塌鼻母牛，你看见她身后跟着漫不经心的

دعة وغفلة، لا يدري ماذا تخفي له الأقدار. يهمُّ القطيع بالمغادرة، فتكتشف المهاة أنّها لم تعد ترى فريرها. تنظر بلهفة إلى الفحل الذي يقود السرب مبتعداً به، ثمَّ تنظر بجزع إلى الشقائق حيث أضاعت فريرها. تتخّذ قرارها الأمومي بسرعة ودون تردد، فتترك القائد وتنشق عن القطيع رغم أنَّ أمرَها لا يستقيم إلّا بالمتابعة. المسكينة! شرعت تبحث عن فريرها، وتصدر خواراً متوجِّعاً حزيناً، لا تكاد تتجاوز الشقائق إلى الرمال خوف أن يعود الفرير لحظة ابتعادها.

لكن أين الفرير؟ لقد صادف جماعةً من الذئاب أو الكلاب الرمادية الضارية، ما إن رأته حتى وجدتها فرصةً فانقضّت تنهش وتمزّق. نعم، هكذا هو الأجل، إذا جاء لا يطيش له سهم ولا رمية. كم كان لبيدٌ حنوناً حين حجب المنظر المروّع عن الأم، فلم يُرِها الفرير وهو ملقًى مُمزّقةٌ أشلاؤه. المسكينة، بقيت تبحث سحابة يومها إلى أن أجنَّها الليل وأمطرتها السماء وانفتحت ديمةٌ دائمة التسكاب فوقها، فإذا قطرات المطر تتكسّر فوق ظهرها من ذنبها حتّى عنقها.

يا لها من ليلةٍ سوداء مكفهرّة، زادها ظلاماً هذا الغيم الحاجب للنجوم. اضطرَّ المطرُ المهاةَ إلى مغادرة منطقة بحثها فلجأت إلى كثبان رملٍ غير متماسكة اختارت بينها كثيباً فيه شجرةٌ متنبذّة قصدتها فوراً واحتمت تحتها. هنا يهدينا لبيد واحدةً من أجمل لوحاته البصريّة وأعلقها بالذهن، لوحة جديرة أن تُرسَم وتُمثَّلَ مراراً.

تخيّل هذا المنظر الفسيح من الظلام والحلكة تكاد عينك تضيع فيه لتشابهه واختلاطه. ثمّ ترى نوراً يلمع وسطه. أتراه فناراً؟ تزيده نظراً فيزيدك لمعاناً. أتراها لؤلؤة؟ ثمّ يتكيّف بصرك مع النور فتميّز المصدر. إنّها مهاتنا المُتعبة، احتمت تحت أصل شجرتها المتنبذّ وانطوت على نفسها ونامت.

يا لها من لوحة! ويا لبراعة صانعها حين حجب كلَّ ضوءٍ عداها – بما في ذلك النجوم- كي يزيدها لمعاناً وبراعة، كي يجعلَ المهاة لؤلؤةً سُلّت من نظامها، ليس لأنّها تضيء فقط وإنّما لأنّها وحيدة منفردة.

ثمَّ ينحسر الظلام، وينقطع المطر، فتخرج مختبرةً التربة بقوائمَ تنزلق فوق الطين والماء. تعاود بحثها الأبديّ متحيّرةً جازعة لا تكاد تغادر الشقائق إلى رمال النفوذ الكبير. يمرُّ أسبوع كامل وهي تدور في نفس الأماكن، لا تتعب ولا تتوقف لولا أنَّ ضرعها بدأ يجفُّ ويَضْمُرُ مما يشي بيأسها. ثمَّ تسمعُ صوتاً مجهول المصدر كان من شأنه أن يواسيها في وحدتها لولا أنّه صوتُ إنسان، وفي هذا الأخير البلاء والموت. يشتدُّ الفزع بالمهاة حتى يذهلها عن اتجاه الخطر أمامها أم خلفها. تنطلق لا تلوي على شيء، تكاد قوائمها تسدُّ ما بين فرجيها من الركض. يخرج الرماة من مخابئهم، يحاولون أن يسقطوها بسهامهم لكنّها تفوتهم. عندما يئسوا أطلقوا كلابهم المدرّبة تجري

牛犊，不知道自己隐藏的命运究竟如何。牛群就要离开了，这时母牛发现孩子不见了。她殷切地看看领头的公牛，他正在走远，然后又焦急地看看孩子走丢的山谷。母性让她迅速做出决定，毫不犹豫地离开头牛，穿过牛群，去寻找儿子，虽然跟随牛群才是正途。可怜的母亲！她开始寻找孩子，发出焦急、痛苦的叫声，她几乎要穿越峡谷去到沙漠里，又害怕自己走开时牛犊回来。

但是牛犊在哪儿呢？它是否遇上了凶猛的狼群或灰野狗？它们一看见它（小牛犊）就会寻机扑上去又撕又咬。是的，这就是它的命运，命运之箭从不虚发。莱比德于心不忍，遮蔽了可怕的场景，没有让可怜的母亲目睹这可怕的一幕。他没让母牛看见儿子，它的残骸已经四散于荒野。可怜的野牛母亲，那一天她一直找到天黑，天降暴雨，浇打她全身，雨滴碎落在她的背上，从牛尾到牛脖子。

多么昏黑的夜啊！乌云蔽星，令夜越发地黑。暴雨使母牛离开了寻子的地方，来到不甚稳固的沙丘地带，在树下避雨。此处莱比德向我们展示了最美最难忘的一幅图景，值得反复勾勒、反复描绘的图景。

想象一下这幅宽阔的图景：在伸手不见五指的黑夜里，因为各种东西交相错杂、极为相似，你的眼睛迷失了；然后你突然看见一束光，在中间闪耀。你看见那一把火了吗？你越看，它越闪耀醒目，看着像不像一颗珍珠？你让双眼习惯这光亮，辨认其来源。她就是我们筋疲力尽的母牛啊，她藏在一棵树下蜷曲而眠。

绝妙的一幕！造景之人巧妙地遮掉了所有的光，包括星光，只留下了她，让她更加闪耀夺目，使得母牛仿佛一颗从珠串上散落的珍珠，不仅仅是因为她发光，而且因为她是唯一的光。

然后夜幕揭开了，雨停了，她试着站起来，几条腿在泥水里打滑。她习惯了永久的寻觅，在峡谷和沙漠间来回奔走。整个一星期过去了，她还在这几处原地转圈，不倦不休，直到她的乳房开始干瘪收缩，这预示着失望。然后她听到一个声音，不知来自何处，假如这不是人类的声音，在这孤独的时刻本来还是对她的安慰。在这最后关头，人类的声音意味着灾难和死亡。紧张的母牛不知道危险在前还是在后。她惊起，撒腿狂奔。猎人们从隐藏处冲

خلفها.

انطلقت الكلاب تعوي ببطونٍ ضامرة وآذان مسترخية تكاد تلحق بالطريدة وتحيط بها. تدرك المهاة أنَّ الهربَ لم يعد مُمكناً، أنّها ميّتة لا محالة إن لم تعطف على الكلاب وتكافحها بقرنٍ يشبه الرماح السمهريّة حدّةً وطولاً. تبدأ المعركة، فيخترق قرنُ المهاة كلبةً تُدعى كسابِ ويضرّجها بالدماء، أما الكلب سُخام فقد غودر جثةً هامدة في مكرِّ المعركة بعد أن فرّت الكلاب منهزمةً مستخذية.①

نعم، كان بإمكان لبيد أن يتركَ قومه بني عامر ويخذل عمَّه عامر بن مالك ويلحق بنوار، لكنه سيلقى من المصاعب والأهوال ما لقيته المهاة من المطر والليل والكلاب والرماة حين تركت هادية الصوار وانطلقت تبحث عن فريرها. كان سينتصر كما انتصرت المهاة على الكلاب تماماً، لكن ما فائدة الانتصار إن كان الغرام شلواً مُعفّراً في التراب؟ لو طاوعته نوار لأوردها جنّة الماء والقصب، لكنّها عصته ومضت فمات الغرام، ولو طاوعها لانتهى وحيداً مطارداً كلؤلؤةٍ سُلّت من نظامها.

هل نحن أمام تشبيهين أم خيارين؟ هل حمّلنا القصيدة الجاهلية أكثر مما تتحمّله؟ لكنَّ المجاز فيها بلغ من الدقّة والإسماح بحيث لا نستطيع الإشاحة عنه. ربما ليس له مباشرة الرمز وصنعته، لكنّه لا يخلو من هواجسِ شاعرٍ شاب يغالط نفسه فيخبرها أنّه قادر على التحوّل رغم أنّ الحبيبة من تحوّل. ماذا بوسعه أن يفعل بعد أن وقف على أطلالها وتذكّرها ونكأ بعض جراحه القديمة ثمّ ركب ناقته؟ هل نلومه لو ركب ناقة المجاز؟

① كم أتمنّى لو أنَّ الرواة نقلوا أسماء الكلاب التي كانت في حوزة لبيد أو ضمن بيت نوار. لو صادف أنَّ نوار تملك كلباً اسمه سُخام وكلبة اسمهما كسابِ لتأكّد أنَّ هاتين القصتين مجازان مبطنان لا يفهمهما سوى الحبيبة.

出来，想用箭射翻她，但是没击中，当他们感到绝望时，便放出训练有素的猎狗在她后面追捕。

狼腰耷耳的猎犬狂吠着围追堵截亡命的猎物，差一点就赶上了猎物，并将其围困。母牛明白无路可逃，只有拼死一搏，用自己那如同长矛一般的锋利长角与猎犬对决。战斗开始了，基萨卜（كساب）犬被牛角洞穿，倒在血泊中，苏哈姆（سُخام）犬虽奋勇向前，亦陈尸战场，众犬溃逃。[①]

的确，莱比德可以离开阿米尔族人，也可以辜负他的叔父阿米尔·本·马立克（عامر بن مالك），追随努娃尔而去，但是他也会如离开牛群去寻找牛犊的母牛一样，遭遇艰难险阻和恐惧：暴雨、黑夜、猎犬、猎人等。他可能也会像母牛战胜猎犬一样胜出，但是如果爱已坍塌，委于尘土，这胜利又有何益？如果努娃尔听从他，他会带她到水草丰茂的天堂，但是她固执地走了，则爱已死，如果他跟她去，则落得孤家寡人、被人追杀的下场，犹如离串散落之珠。

我们面对的是两种比喻还是两种选择？我们想象的比悬诗所承载包含的更多吗？但是这隐喻极其精妙，内涵我们不能尽测。也许其中没有直接创作象征的标志，但是不乏年轻诗人的顾虑，他为自己辩解，告诉她，他可以走，其实她才是走掉的那一个。他在废墟停留、缅怀、治疗旧伤后骑上母驼，然后他还能做什么呢？

① 我多希望传述者能够传达莱比德家族或努娃尔家养的狗的名字。如果碰巧努娃尔家的狗叫基萨卜和苏哈姆，那么可以确定这两个故事中包含着只有情人才懂得的隐喻。

رياح أبي عقيل

٥٣. فبتلكَ إذ رقصَ اللوامعُ بالضُّحى　　واجتابَ أرديةَ السَّرابِ إكامُها

٥٤. أقضي اللُّبانةَ أنْ أُفرِّطَ رِيبةً　　أو أن يلومَ بحاجةٍ لُوَّامُها

٥٥. أوَلَم تكنْ تدري نوار بأنّني　　وصَّالُ عقدِ حبائلٍ جَذّامُها

٥٦. ترّاكُ أمكنةٍ إذا لم أرْضَها　　أو يَعتلِقْ بعضَ النّفوسِ حِمامُها

٥٧. بل أنتِ لا تدرين كم من ليلةٍ　　طَلْقٍ لذيذٍ لهوُها ونِدامُها

٥٨. قد بِتُّ سامرَها وغايةِ تاجرٍ　　وافيتُ إذ رُفِعَتْ وعزَّ مُدامُها

٥٩. أُغلي السِّباءَ بكلِّ أدكنَ عاتقٍ　　أو جَونةٍ قُدِحَتْ وفُضَّ خِتامُها

٦٠. وصبوحِ صافيةٍ وجذبِ كَرينةٍ　　بمُوتَّرٍ تأتالُهُ إبهامُها

٦١. بادرتُ حاجتَها الدَّجاجَ بسُحرةٍ　　لِأَعَلَّ منها حين هبَّ نيامُها

第六幕

莱比德风

53. 午时阳光耀母驼，
　　蜃景沙丘披幻影。
54. 无畏人言随我心，
　　清浊非难由他去。
55. 努娃尔兮汝知否？
　　情丝善结亦善断。
56. 不喜之地吾誓离，
　　除非死神将魂拘。
57. 静夜温和汝可知？
　　宴乐斟酌恣欢谑，
58. 夜谈兴酣寻酒幡，
　　美酒价高不足惜；
59. 千金陈酿皮袋盛，
　　揭封满杯敬同饮；
60. 酒醒清晨闻弦音，
　　琴女弹拨乌德琴；
61. 执壶开饮鸡鸣前，
　　杯不停兮人间醒。

٦٢. وغداةِ ريحٍ قد وزعتُ وقِرَّةٍ   إذ أصبحتْ بيدِ الشَّمالِ زِمامُها

٦٣. ولقد حميتُ الحيَّ تحمِلُ شِكّتي   فُرُطٌ وشاحي إذ غدوتُ لِجامُها

٦٤. فعلوتُ مُرتَقَباً على مرهوبةٍ   حَرَجٍ إلى أعلامهنَّ قَتامُها

٦٥. حتّى إذا ألقَتْ يداً في كافرٍ   وأجنَّ عوراتِ الثّغورِ ظلامُها

٦٦. أسهلتُ وانتصبتْ كجِذْعِ مُنيفَةٍ   جرداءَ يحصَرُ دونَها جُرَّامُها

٦٧. رفَّعتُها طَرَدَ النَّعامِ وشلَّهُ   حتّى إذا سخِنتْ وخفَّ عِظامُها

٦٨. قلِقتْ رِحالتُها وأسبلَ نحرُها   وابتلَّ من زَبَدِ الحميمِ حِزامُها

٦٩. تَرْقَى وتطعنُ في العِنانِ وتنتحي   وِرْدَ الحمامةِ إذ أجدَّ حَمامُها

٧٠. وكثيرةٍ غُرباؤها مجهولةٍ   تُرْجَى نوافلُها ويُخشى ذامُها

٧١. غُلْبٌ تَشذَّرُ بالذُحولِ كأنَّها   جِنُّ البَديِّ رواسياً أقدامُها

٧٢. أنكرتُ باطلَها وبُؤتُ بحقِّها   عندي ولم يفخرْ عليَّ كِرامُها

62. 北风呼啸凛冬至，
　　我飨邻人御寒饥。
63. 保卫部落挺身出，
　　轻骑长矛飒英姿；
64. 登高瞭望沙丘顶，
　　隔尘相望敌旌扬；
65. 待到白日沉夜幕，
　　黑暗笼罩垭口蔽；
66. 我从山顶下平原，
　　马颈绷直如树干；
67. 驱马仿若追鸵鸟，
　　身热骨轻马蹄疾；
68. 策马狂奔轻鞍落，
　　汗流浃背肚带湿；
69. 缰绳紧绷驰不停，
　　干渴鸽子赴泉眼。
70. 主家帐篷来客众，
　　翘望恩惠畏诽谤。
71. 壮汉狮吼寻挑衅，
　　挺胸突肚如恶魔。
72. 我为尔等断是非，
　　品高德望无比肩。

٧٣. وجـزورِ أيسـارٍ دعـوتُ لحتـفِهـا بـمـغـالـقٍ مُـتـشـابـهٍ أجـسـامُـهـا

٧٤. أدعـو بـهـنَّ لـعـاقـرٍ أو مُـطْـفِـلٍ بُـذِلـتْ لجـيـرانِ الجـمـيـعِ لِـحـامُـهـا

٧٥. فـالـضـيـفُ والجـارُ الغـريـبُ كـأنّـمـا هـبـطَـا تـبـالـةَ مُـخـصِـبـاً أهـضـامُـهـا

٧٦. تـأوي إلى الأطـنـابِ كـلُّ رذيَّـةٍ مـثـلِ الـبـلـيّـةِ قـالـصٍ أهـدامُـهـا

٧٧. ويُـكـلِّـلـون إذا الـريـاحُ تـناوحـتْ خُـلُـجـاً تُـمَـدُّ شـوارعـاً أيـتـامُـهـا

ثم يعود لبيد إلى معناه السابق، كأنَّ قدمه ما تزال في البيت العشرين لم تتزحزح أو تبرح، كأنَّ كل ما جاء بعده عن الأتان والبقرة الوحشيّة خاطرةٌ ما إن رأى السراب حتّى نفضها. نعم، إنّ ناقته التي يشبّهها بالسحابة تارة، وبالأتان تارة، وبالبقرة تارة، هي وسيلته إلى قضاء اللُبانات وقطعها، ووصل الحبال وجذمها.

أكانت نوار تظنُّ أنّه يبقى على الودّ رغم خطّة الخسف التي أذاقته؟ بل هو يصل غيرَها كما يصلها، ويقضي حاجته حتّى لا يترك موضعاً للريبة، وليس أبغض لديه من الإقامة في موضع لا يرضاه لشرفه، ذلك أمرٌ الموتُ أهونُ منه.

ثمَّ كأنَّ كرامته ثارت فشرع يفخر ويعدد مناقبه وكيف أنّه فتى ليس كالفتيان، ونديم ليس كالنَدمان، وكريم يتفوّق على الكرماء، وكيف أنَّ قومه يرسلونه ربيئةً لهم فينذرهم بالخطر قبل وقوعه، وكيف أنّه لسانهم المحامي عنهم في مجالس الملوك. أكانت نوار تجهل ذلك؟ أكانت تحسبه يموتُ جزعاً لفقدها؟ ليتها تراه في الليالي اللذيذة المعتدلة، حين ينطلق إلى راية الخمّار ليشتري أنفسَ ما لديه وأغلاه ثمناً، ثمَّ يعود بجرار الخمر وبالخابيات المقيّرة، فيفضُّ ختمها ويسكب خمرها ثمَّ تدور الكؤوس والأقداح لتمضي الليلة في لهو ومسامرة.

ثمَّ إنَّ الخمرَ ليست مقصورةً على الليل فقط، بل يشربها صبوحاً كما يشربها غبوقاً، على أنغام قينةٍ عوّادة تعالج الأوتار بإبهامها. وقد يبادر إلى الخمر قبل صياح الديكة فيشربها المرّة تلو المرّة

73. 赌驼牵出下令屠，
    赌箭为宰非下注。
74. 我宰母驼并幼驼，
    肥甘厚味宴邻众；
75. 宾客仿入苔芭莱，
    丰饶青翠胜仙境[①]。
76. 穷苦女人衣褴褛，
    来我帐前求荫蔽；
77. 寒风呼啸孤儿饥，
    带汁肉块大盆端。

然后莱比德回到了他之前的意涵，好像他的脚步仍然停留在第20行（联句），没有动摇过，也没有移动过。好像后来的母驴和野母牛如蜃景般出现又消失了。是的，他一会儿把母驼比作彩云，一会儿比作母驴，一会儿又比作母牛，她是他实现和放弃心愿，建立和斩断关系的工具。

难道努娃尔认为他在尝过屈辱之后还仍然保留爱意？不，他已经移情别恋，断了自己的念想，不给疑虑留下一丝余地，于他而言，没有什么比玷污荣誉更可恨的事了，比起受辱的事情，死都更容易。

然后他的自尊心似乎被激起，他开始感到自豪，一一列举自己的美德：优秀的青年、出色的酒友、高贵出尘，族人如何委以重任，他在危险面前如何警示他们，他如何为他们代言，在王座前为部族抗辩。努娃尔不知情吗？她难道以为他会相思而死吗？但愿她能看见他在春风沉醉的夜晚去酒肆买下最好最贵的酒，用酒罐、酒囊带回夜宴之所，开封畅饮、推杯换盏，整个夜晚都在欢娱之中度过。

他不仅夜饮，而且从早上一直饮到黄昏，伴着弹奏乌德琴的女郎的弹唱

① 苔芭莱（تبالة），比莎（بيشة）和巴哈（الباحة）之间的一个山谷，被用来比喻肥沃丰盛，也是阿拉伯半岛古代商路的一个重要节点。（译者注）

والناس في مضاجعهم لم يستيقظوا بعد. وقد تهبُّ الشَّمال أبردَ ما يكون، فلا يزع بردها إلا الخمرة حين تسري دافئةً في عروقه.

لكنّه ليس رجل لهوٍ فقط، بل يحامي عن قومه ويربأ لهم، فإذا ما تحرّوا خطراً أو خافوا غزواً انطلق بفرسه السريعة ينهب الأرض وقد ألقى بلجامها على عاتقه وأخرج يديه كي يكون على أهبةٍ عند المفاجأة. يختار مكاناً ضيّقاً مرتفعاً لا يفصله عن العدو إلا مراحل، حتّى إنّ الغبار يصله في مكانه المُشرِف والمَخوف.

إنّها صورةٌ تذكّر بالعير وهو يرقى بأتانه قفر المَراقب ليشرف على ما حوله، وسواء أكان ذلك مقصوداً أم مصادفةً لا يسعنا إلا أن نطرب لهذا التوازي الذي يذكّر بتشابه قوانين الصراع بين عالمي الإنسان والحيوان.

يظلُّ لبيد في مرقبه لا يتزحزح ولا يعرّد، يحاول أن يعرف كلَّ ما يمكنه عن العدو رغم اقترابه، حتّى إذا غابت الشمس وألقت يدها في الظلام انحدر بفرسه إلى أن أوطأها السهل، فشمخت بعنقٍ كجذع النخلة ينقطع نفس من يرقاها خارفاً جَناها. ثمّ يكلّفها عدواً يصلح لاصطياد النعام إن لم يسبقه، فإذا بحرارتها تزداد، وإذا بعظامها تخفّ، وإذا بالرحالة التي اتخذها مكان السرج تهتزّ، وإذا بصدرها والحزام يسبحان في العرق، حتّى تكاد ترتفع عن الأرض، كأنّها حمامة عطشى رأت الماء ثمّ طارت إليه.

ثمّ إنَّ له ذلك الموقف المشهود، حين حامى عن أعمامه في سُرادق ملك الحيرة. كان النعمان متبدياً في صحراء ثيتل، وكان ساخطاً منذ أخذت بنو عامر لطيمته ثمّ قتلت قائده يوم السُّلان. امتلأ السُرادق بوفود دارم ومعَدّ والعباد وطيء وكلب، وتطلّع لبيد في كلّ هؤلاء الزعماء غليظي الأعناق، عميقي الأحقاد، لكلّ واحدٍ ثأرٌ يطلبه في بني عامر.

كان موقفاً مهيباً، زاد من وطأته أنَّ مستقبل القبيلة معلّقٌ بالكامل على عاتقه. إنْ أحسن المحاماة خرجوا بالعطايا والحمد، وإن أخفق رجعوا بالذم والخسران. خُيّلَ إليه أنّه في وادي جهام لا السُرادق، وأنّه في محفل من الجنّ لا الرجال. ثمّ حدثت المفاجأة، فانطلق لسانه يقارع وينافح أبرعَ ما يكون. لم تبق تهمة إلا فنّدها، ولا حقٌّ إلا انصرف به، ولم يترك لكلّ هؤلاء مجالاً كي يفخروا عليه.

أمّا إذا جاء الشتاء ببرده وتقابلت الأرياح من صَبا ودبور وشمالٍ وجنوب واحتاج الفقير إلى طعام أو مأوى فتلك حكايةٌ أخرى. عندها يهرع لبيد بأصحابه إلى ناقة يبتاعونها بثمن مؤجل يضمنونه لصاحبها، ثمّ يضربون بالقداح بعد أن يذبحوا الناقة ويفرّقوها ثمانية وعشرين سهماً، فمن خرجت له القِداح الفائزة جعل نصيبه من الجزور للفقراء، ومن خرجت له القداح الخاسرة

饮酒。他会饮酒到晨鸡唱早，一杯接一杯，睡梦中的人们尚未醒来。北风凛冽，唯酒御寒，直到血管里流淌着温暖。

但他不是只会饮酒作乐之人，他还会保护部族，保护他们的财产。当他们遇到危险，或者哪怕担心遭遇侵略，他都会长枪快马出击，攻敌略地。他把利甲妹[1]利器（لجام）套在肩上，伸出双手，以备不时之需。他选择一个险峻高地窥探敌情，与敌营仅尘埃可及之遥。

这一幕让人想起为母驴放哨警戒的公驴，不管这是有意还是偶然，我们不由得联想到这种类似之处，人类世界与动物世界之间斗争的相似性。

莱比德一直潜伏在哨站没动，了解关于附近敌人的一切可能的信息，一直到太阳下山，伸手不见五指，他才骑马悄然下山，直到踏上平原，马颈绷直如枣椰树干。他策马疾驰仿佛追猎鸵鸟，马儿身热骨轻，马鞍摇晃偏歪，离开了原位，马的胸脯和肚带都浸透了汗水，它几乎是四蹄腾空，像干渴的鸽子飞赴泉眼。

然后是他的高光时刻，在希拉国王的大帐中保护他的叔父们。当时希拉国王努阿曼住在塞台勒沙漠中过着贝都因人的生活，阿米尔族人在舒兰之战那日劫走了国王的麝香，然后又杀死了国王的将领，努阿曼大为震怒。国王的大帐里挤满了达里姆、迈阿德、阿巴德、塔伊和凯勒卜族的使团，每个部族都与阿米尔族有深仇大恨，莱比德周旋于这些（气得）脖子都变粗了的首领中间。

莱比德威仪赫赫，举手投足间宣示部族的未来担在他的肩上。如果他辩论得好，他们能获得礼物和赞美且全身而退；如果他失败了，他们只能带着屈辱和损失回家。想象一下，他不是在国王的大帐中，而是在令人愁苦的谷地；不是在男子汉的集会上，而是在鬼怪精灵的聚会中。突然，意外发生了，他巧舌如簧、能言善辩。一项指控也不复存在，有的只是他的控辩；真理不再属于任何人，只能由他带走；他没给其他任何人留下可资自豪的余地。

当寒冬来临，寒风四起，东风和西风、南风和北风交替而来，穷人需要食物和庇护所时，则是另外一回事。当冬季来临，莱比德与朋友一起去赊账买骆驼，并向骆驼主人保证会来付款。他们把骆驼宰了，分成28份，然后抽

① 阿拉伯古代一种用来攻打船只的武器。（译者注）

غرم ثمن الناقة.[①]

كان لبيد يلعب المَيسر بقصد الإطعام فقط، فيتخيّر الناقة عاقراً لتكون أسمن، أو يتخيّرها مُطفِلاً فتكون أنفس، ثم إذا فاز جعل نصيبه من الجزور للمحتاجين والفقراء، وكذلك فعل أصحابه، فكأنّ الضيوف والجيران نزلوا أرض تبالة التي تملأ النخيل والفواكه بطون أوديتها. ولا تخلو اللعبة من جمهور من النساء ذوات الأسمال البالية والخلقان القصيرة، يلجأن بأيتامهن إلى أطناب الخيام ينظرن كيف تُقسَّم الجزور، فما هي إلّا ساعات حتّى يُنضد اللحم فوق الجفان، ويترقرق المرق وسط الصحاف، فكأنّها الأنهار أو الخلجان الجارية، ثم يشرع الأيتام يأكلون.

① هذا هو الميسر الذي حرّمه الإسلام والذي فيه إثم كبير ومنافع للناس وإثمه أكبر من نفعه. كانت القِداح أو المغاليق عيدان تتخذ من النبع وتكون سواءً في الطول لأنها لو عظمت شيئاً ندرت في اليد، لذلك قال لبيد: بمغالقٍ متشابه أجسامها. عدد القداح عشرة، سبعة ذات حظ، وثلاثة خائبة. أما ذات الحظ فهي: الفذ له سهم من الجزور، والتوأم له سهمان، والرقيب له ثلاثة، والحلس له أربعة، والنافس له خمسة، والمسبل له ستة، والمُعلّى له سبعة، أمّا القِداح الخاسرة فهي ثلاثة وتسمّى الأغفال. توضع القداح في وعاء جلدي يُدعى خريطة، ثم يوكلون بها رجلاً يسمّونه الحُرضة يجلجل القداح ثم يفيضها، ويكون وراءه رجل يراقب ما يقوم به يُدعى رابئ الضرباء، فمن خرجت له قداح الحظ أخذ ما يعادلها من الجزور، ومن خرجت له القداح الأغفال غرم ثمن الناقة (موسوعة التفسير الموضوعي: مادة الميسر).

签，抽到好签的人就把自己的份额捐给穷人，抽到白签的人就支付买骆驼的钱。①

莱比德玩赌博只是为了赈济，他赌驼只是为了选更肥的母驼或更嫩的幼驼，如果他赢了，就将自己的份额分给穷人和有需要的人，他的朋友们也会这么做，犹如众宾客和许多近邻来到苔芭莱的土地上，那里的枣椰树和各种水果树长满谷地。在这场游戏中不乏衣衫褴褛的寡妇，带着她们的孤儿来到帐篷里看如何分骆驼。瞧，用不了多久，大盘子中就会堆满驼肉，肉汁在盘中晃动，流淌如河湾一般，然后孤儿们就可以来吃肉了。

① 伊斯兰教禁止赌博，其中含有大罪，虽然对人们有一些益处，但其罪过远大于益处。古代使用的签是从树枝上取下的木棍，长度一致，因为如果太长就不称手。正如莱比德所说："用长度相同的签。" 签共有十根，其中七根是有运签，三根为空签（无运）。有运签分别是：一根签对应一份额的骆驼，两根签对应两份额，三根签对应三份额，四根签对应四份额，五根签对应五份额，六根签对应六份额，七根签对应七份额。而空签有三根，称为无运签。这些签放在一个皮制的容器中，称为赫里托（خريطة），由一个持签人来摇动后将签倒出。在他身后有一个监督者，负责监督整个过程。谁抽到有运气的签，就可以获得相应份额的骆驼；而谁抽到空签，则需支付一头母骆驼的价钱。（摘自《释经百科全书》赌博条目）

العودة إلى القبيلة

٧٨. إنّا إذا التقتِ المجامعُ لم يزَلْ ... منّا لِزازُ عظيمةٍ جشّامُها

٧٩. ومُقسِّمٌ يُعطي العشيرةَ حقَّها ... ومُغذمِرٌ لحقوقِها هضّامُها

٨٠. فضلاً وذو كرمٍ يُعينُ على الندى ... سَمْحٌ كسوبُ رغائبٍ غنّامُها

٨١. من معشرٍ سنَّت لهم آباؤهمْ ... ولكلِّ قومٍ سُنّةٌ وإمامها

٨٢. لا يطبعونَ ولا يبورُ فعالُهم ... إذ لا تميلُ مع الهوى أحلامُها

٨٣. فبنَوا لنا بيتاً رفيعاً سَمْكُهُ ... فسَمَا إليهِ كهلُها وغلامُها

٨٤. فاقنع بما قَسَمَ المليكُ فإنّما ... قَسَمَ الخلائقَ بيننا علّامُها

٨٥. وإذا الأمانةُ قُسِّمتْ في معشرٍ ... أوفى بأعظمِ حظِّنا قَسّامُها

٨٦. وهمُ السُّعاةُ إذا العشيرةُ أُفْظِعتْ ... وهمُ فوارسُها وهمْ حُكّامُها

٨٧. وهمُ ربيعٌ للمُجاورِ فيهمُ ... والمُرْمِلاتِ إذا تطاولَ عامُها

٨٨. وهمُ العشيرةُ أنْ يُبطِّئَ حاسدٌ ... أو أن يلومَ مع العدوّ لِيامُها

第七幕

回归部落

78. 部落会议英雄集，
挺身铁肩担重任。
79. 持正分配服众人，
给予斥退凭公义。
80. 更有慷慨助人者，
宽宏大量美德积。
81. 宗族皆有祖先法，
部落有法有领袖。
82. 清誉廉行持身正，
理智公平无偏倚。
83. 门庭高贵上天设，
壮年青年皆努力。
84. 尔曹之命天注定，
我等知德获美德。
85. 诚信如若各族分，
我族荣享最大额。
86. 部落遇险儿郎出，
上马骑兵下仲裁。

٨٧. وهُمُ ربيعٌ للمُجاورِ فيهمُ والمُرْمِلاتِ إذا تطاولَ عامُها

٨٨. وهُمُ العشيرةُ أنْ يُبطِّئَ حاسدٌ أو أن يلومَ مع العدوِّ لِيامُها

ثمَّ يعود لبيد إلى قبيلته وقد شارفت المعلَّقة نهايتها. فبعد أن وقف على عافي الديار وتذكّر قصته مع نوار، وبعد أن ركب ناقته وشرع يقلّب الخيارات التي كانت متاحة بين الحبيبة وبين القبيلة، وبعد أن انتصر لكرامته وعدّد مناقبه، ها هو يرجع إلى القبيلة أخيراً، وهو الذي لم يتركها أصلاً، لقد مات العاشق داخله، ليولد شاعر بني عامر وأفصح ساداتها، إنّه واحد من قوانين الصحراء القاسية، حيث كلُّ حياة ترتبط بموت.

كيف لا يفخر بقومه وهو من صميم عامر بن صعصعة ومن أشرف بيوتاتها؟ هذا البيت التي أنجب خالد بن جعفر، والأحوص بن جعفر، وشريح بن الأحوص، وعامر بن مالك، وطفيل بن مالك، وربيعة بن مالك.[1]

كلُّ واحدٍ من هؤلاء سيّدٌ يُدفع به الأمر الفظيع فيتحمّله ويقوم به أكفأ ما يكون، ثم إذا كان في مَجْمعٍ من القبائل كانت كلمته هي الأعلى، فشرع يقسّم كيف يشاء، يأخذ من هذا ويعطي هذا، ويحرم قوماً ويهبُ آخرين، دون أن يجرؤ أحدٌ على معارضته. يفعل ذلك تفضلاً منه وكرماً، ويعين أصحابه على الندى حين يعطيهم ما يعطونه، وهو فوق ذلك كلّه جوادٌ يسعى إلى الخصال الشريفة، كما فعل آباؤه من قبله، وآباءُ آبائه، ولكلِّ قومٍ سنّةٌ يهتدون بها وإمامٌ يتّبعون خِطّته، لا تدنس أعراضهم، ولا تفسد أفعالهم، ولا يجور بهم الهوى عن الرأي السديد.

هذا هو البناء الذي تركه آباؤهم، وحقيق بالأبناء -كهولاً وغلماناً- أن يسموا إلى ذلك البناء الرفيع.

ثمَّ يقول: اقنع بما قَسَم الله تعالى، فإنّما قسمته عن علمٍ وحكمة، وهو لا يرفع ويضع ولا يعطي ويحرم إلا ببصيرة نافذة وتقدير، وعندما قُسمت الحظوظ والأرزاق وهبنا الله أوفاها قسماً.

يذكر الشرّاح أنَّ خطابه موجهٌ لعدو، لكنّك تجهد وأنت تفلي المعلّقة فلا تجد موضعاً آخر يذكر عدواً أو يقتضي الحديث إليه. أتراه يعزّي نفسه بعد أن اختار قبيلته على حبيبته؟ أتراه يقول إنَّ

[1] خالد بن جعفر والأحوص ابن جعفر من رجال الجيل الأول الذين أزاحوا ضيم زهير بن جذيمة العبسي وبهم ارتفع عزُّ قبيلتهم. أما شريح بن الأحوص وعامر بن مالك وطفيل بن مالك فهم رجال الجيل الثاني خاضوا أغلب معارك بني عامر ضد دارم وأسد وكندة وضبّة وملك الحيرة وغيرهم من القبائل والأعداء. أما رجال الجيل الثالث كعامر بن الطفيل ولبيد فليسوا مقصودين هنا لأنهم لم ينبهوا زمان المعلَّقة.

*تابعت الدكتور فيصل المنصور في أكثر ما ارتآه بخصوص ألفاظ المعلَّقة والترجيح بين رواياتها، وهو عملٌ جليل تصدّى فيه للمعلّقات السبع الطوال فأخرجها وضبطها أحسن ما يكون الإخراج والضبط. لم أخرج عن اختياراته إلا في مواضع قليلة.

87. 饥馑之年助邻人，
　　温暖如春饲饥民。
88. 嫉妒无门团结紧，
　　小人投敌无缝隙。

然后莱比德回到了自己的部落，悬诗也接近尾声。在废墟凭吊、追忆努娃尔，以及在骑上母驼远游之后，他开始权衡是选择情人还是选择部落，尊严和地位胜出，他最后还是回归部落。他根本没有离开它，心中的爱情已死，阿米尔族的诗人，最雄辩的贤人诞生了。这是沙漠的严酷法则之一，生死相连。

他怎能不为自己的部族自豪？他是纯粹的阿米尔·本·萨阿萨阿后裔，出自最高贵的门庭。这个家族出了哈立德·本·贾法尔（خالد بن جعفر）、艾哈沃斯·本·贾法尔（الأحوص بن جعفر）、沙里哈·本·艾哈沃斯（شريح بن الأحوص）、阿米尔·本·马立克、图费勒·本·马立克（طفيل بن مالك），以及拉比阿·本·马立克（ربيعة بن مالك）。[①]

这些贤达每一位都经历过大事、担过重任，功绩显赫，在各部落的集会中能言善辩，善分配、决取舍，保卫族人、持枪御敌，所向披靡。莱比德把这一切做得更好更高贵，他对朋友慷慨，得来的总是转手送出去，他总是追求高贵的品性。他追随父辈善行，每个部族都遵循先辈的正行、跟从领袖的计划，不玷辱他们的名誉、不败坏他们的善行、不背离正确的意见。

这是祖辈留下的根基，中年和少年都应该追求这高尚的根基。

然后他说：满足于上苍分配给你们的，因为分配的依据是知识和智慧，高低取予都是出于洞见与能力，运气与资粮的分配都是上苍决定的。

有注释者提到他的演讲是针对敌人，但是如果你认真细读《悬诗》，你

---

① 哈立德·本·贾法尔和艾哈沃斯·本·贾法尔这一代人首先推翻了祖海尔·本·杰瑞麦·阿巴斯（زهير بن جذيمة العبسي）的压迫，提升了部落的声名。至于沙里哈·本·艾哈沃斯和阿米尔·本·马立克和图菲勒·本·马立克则是第二代，他们投入了阿米尔族人的绝大多数战役，对手有达里姆、阿萨德（أسد）铿德（كندة）、道巴（ضبّة）和希拉国王等。至于第三代的人，如阿米尔·本·图菲勒（عامر بن الطفيل）和莱比德，则不曾被提及，因为他们在悬诗时代尚未成名。

我在《悬诗》字词的解释和不同传世版本的选择方面，遵循费萨尔·曼苏尔（فيصل المنصور）博士的意见，他是七悬诗尽收于胸的伟大学者，其版本和编排都是最好的。在版本注释方面，除少数几处外，我都没有背离他的选择。

من يُولد في بيتٍ كهذا عليه واجبات وحقوق، وليس يضرب بناقته خلف داعي الهوى كيفما اتفق؟ لا أدري! لكني أجد الخطابَ الذاتيَّ أكثر اتساقاً وأحسن ملاءمة لما قبله مقارنةً بخطاب الأعداء.

ثمَّ يعود إلى عشيرته مرةً أخيرة، لا كثيمةٍ طارئة، وإنّما كعامودٍ يربط عنده ناقته، وكبناءٍ يستقرُّ تحته أخيراً بعد هذا التجوال النفسيّ الطويل.

هؤلاء هم أهلي وعشيرتي، إذا أصاب أمرٌ فظيع سعوا في دفعه وكشفه. هم فرسان العشيرة عند القتال، وحكّامها عند التخاصم، وهم ربيعٌ للأضياف، وخصبٌ للمجاورين، تقصدهم النساء المعوِزات عندما يطول العام والجوع فيُصِبن خيراً كثيراً. وهم متوافقون متعاضدون، لا يستطيع حاسدٌ أن يفسد بينهم، ولا لائم أن يثبّط هممهم.

ثمَّ تنتهي المعلَّقة، وينتهي الكلام، ولا يبقى غير الصحراء، والديار العافية، والرياح...

找不到任何地方提敌人，或者需要谈及敌人。你是否认可他在选择部落而没有选择情人之后是在安慰自己？你是否认可他说生于如此门庭的人有其责任和义务？他没有用母驼来比喻追寻爱情？我不得而知！但是我发现比起对敌檄文，这段独白与前文更相符更能自洽。

最后他回归了家族，并非突然之举，于他而言，这就像拴骆驼的桩子，也像是他在长途心理漫游之后回归了根基。

这是我的家人和族人，如果祸事临头，他们努力侦查和抵御。他们是战斗中的骑士，冲突中的仲裁者，他们是宾客的春天，邻人的沃土，饥馑年节贫穷的女人慕名前来，收获而归。他们团结一致，嫉妒者不能挑拨他们，指责的人浇不灭他们的热情。

悬诗至此结束，话语消逝，只剩下沙漠、荒芜的家园和风……

吾将上下而求索

——莱比德悬诗导读

阿拉伯半岛的《悬诗》，产生于伊斯兰教兴起之前的大约一百五十年中，相当于我国南北朝后期到隋朝时期。在一个游牧为主的社会中，口耳相传是主要的文学传播途径，《悬诗》可谓最早的文本，亦诗亦史。据传各部落的诗人在一年一度的欧卡兹集市上赛诗，胜出的作品用金水写在细麻布上，悬挂在克尔白神庙上展示，“悬诗”之名由此而来。流传的《悬诗》收集了贾希利叶时期的十首悬诗，分别属于十位诗人。

本诗作者莱比德·本·拉比阿是十位诗人中的最后一位，且享年近百，他见证了贾希利叶时期到伊斯兰时期的时代剧变。在629年左右，作为自己部落代表团成员，莱比德觐见过先知穆罕默德，皈依了伊斯兰教，晚年以诵习《古兰经》为要，至为虔诚，甚至被称为圣门弟子。

我们在这首悬诗中能够读到这些经历的印记。他立德、立功、立言的一生，成就了非凡的生命和精神，注入诗中，写出了这首煌煌大诗。

阿拉伯古代长诗（格绥达）的基本单位是联（拜特），每联又由上下两扇构成，排列方式是每联一行，两扇之间空一段距离，形式非常规则，像两根柱子，是谓柱形体诗（或译柱形诗）。它是一种严格的格律诗，格律和尾韵都有定则。如果要从中国传统诗歌中找对应，大概排律最为相当。我希望中文版也能体现这种形式，但是力有不逮，实在做不到排律，只能尽量注意节奏，勉强接近七言古诗，也算是一种古意相通吧。

悬诗的组织比较松散，但是基本结构都是三段——起兴、描状和赞颂/矜夸，大体对应我们传统诗学中的兴、比、赋三艺。尤其起兴部分，很能对应《诗经》中以兴开头的传统，兴发感动是诗之所以为诗的基本要素。但是在不同地理和文化环境中，起兴之物差异颇大，《诗经》常以生机起兴，关关雎鸠、桃之夭夭、南有乔木、维鹊有巢等，自然界的生命现象引发人的各种情思。但是悬诗几乎全都以遗迹起兴，游牧民族居无定所，当诗人重临旧时营地，驻足荒芜，目睹废墟，追忆当年人事，便生发出一种人生无常的幽思。

“米南家园已无迹，/高勒两峰复荒敝。//洪流刻刀冲刷急，/莱彦谷里沟壑密”[①]，人迹与荒野的对立引发的是人在大自然面前的渺小感。所以在这洪荒中可感可颂的，是人事。“人去地空遗废墟，/俗月禁月几度移”[②]。在古代阿拉伯半岛，禁月期间禁止征伐，用以举办宗教活动和进行贸易，俗月则可以开战，这是以人事规定时间。而中国诗歌传统中则往往是物华规定时间、感发人事。“日月忽其不淹兮，春与秋其代序”（屈原《离骚》）。人事突出于天事之上，大概是游牧民族生存抗争的诗意体现。

贝都因人对自然现象的观察细致入微，诗人对各种云的样态及其带来的天气变化洞悉于胸。沙漠中的雨季带来生机繁荣，野生植物和动物的繁衍快速改变过去营地的地貌，但是强降水的冲刷也会再次使遗迹显露。在这里，自然界的生机在人心中引发的并不是“欣欣此生意，自尔为佳节”（张九龄《感遇》），也不是“雪云乍变春云簇”（欧阳修《玉楼春》）那种春意萌动的欣喜。诗人在遗迹前“停步相问家何在，/无闻无言惟空寂”[③]，传达的仍是人退天进，家园不再的极大失落和孤寂感。

诗人开始回忆旧时光景，但回忆所及甚至都不是当年定居时亲朋满座、笑谈欢宴的全盛景象，记忆的镜头只拉回到拔营启程的日子，美丽的女眷们整装离去的背影：“驼队远去入蜃景，/谷回路转余烟树”[④]。此笔绝妙，韵味堪比“峰回路转不见君，雪上空留马行处”（岑参《白雪歌送武判官归京》），而且更具“落花流水春去也，天上人间”（李煜《浪淘沙》）的弹性和绵延，其余响一直回荡到第三部分首句：“午时阳光耀母驼，/蜃景沙丘披幻影”[⑤]。从入蜃景到出蜃景，中间是“吾将上下而求索”的心路历程。“努娃尔去音尘绝，/忆美人兮心茫然”[⑥]，回忆聚焦到恋人努娃尔，然后便踏上了追寻的旅程，

① 见本书，第229页。
② 同上。
③ 见本书，第231页。
④ 见本书，第235页。
⑤ 见本书，第257页。
⑥ 见本书，第235页。

东南西北都找过之后，赌气道："寻觅不得斩情丝，/ 善结缘兮亦善断"[①]。断了吗？或只是改变了寻觅的方向？

第一部分的起兴，是由物及心，睹物感怀和思人，尽管起兴之物不同，兴发的感动却是各民族共有的。但是第二部分的游历，无论是其展现的沙漠场景，还是其比拟方式（把母驼一会儿比作母驴，一会儿又比作母牛），对于我们中国读者来说都比较陌生。这段游历在全诗中起什么作用？我们试着用中国传统诗艺中的"比"（由心及物）来分析一下，不但因为这段中有大量明喻，而且它将心理活动付诸鲜活的形象（象征和托寓），拓宽了诗的精神空间。理解了这段方外神游的寓意，我们才能继续读下去。

从上下文来看，这一部分夹在两个关键联句中间，前一句在起兴部分之末尾"寻觅不得斩情丝，/ 善结缘兮亦善断"，后一句在赞颂部分之起首"努娃尔兮汝知否，/ 情丝善结亦善断"[②]。从这对明显的前后呼应中，我们不难看出中间这个部分是与努娃尔的对话。

"骑上母驼走远方"[③]，这是要继续追寻努娃尔吗？不是东南西北都找过，寻而不得要斩断情丝吗？但绝妙的就是这次踏上的是一次象征之旅、精神之旅。流水落花春去也，天上人间，人间不得"天上"寻。

把母驼比作母驴和母牛，是阿拉伯古诗中的古老传统，好几位诗人都曾经写过，并非莱比德独创，但是每位诗人讲述的动物故事都不太一样，都有自己的细节和特色，反映各自的心理状态。莱比德描写的是一对野驴在严酷的沙漠环境中，在艰难的旱季如何相互扶持激励，最后终于到达水源。更确切地说，是描写公驴如何保护和激励怀孕的母驴，使她能够避开猎人的攻击、在疲惫懈怠时不致倒下，如何陪伴她历险重生的故事。诗人也许是在向隐藏的对话者倾诉：如果你当初答应和我在一起，不论遭遇任何困境，我必定会陪伴和保护你，带你到达绿荫清泉的胜地："双双奔驰沿河岸，/ 穿芦越苇见泉眼"[④]。

下一段转换了喻体，主角变成失犊离群的母牛，在惊惧惶急中寻找走丢的牛犊。她寻觅七天七夜，乳房都因停止哺乳而干瘪，希望渐渐渺茫。她孤

① 见本书，第239页。
② 见本书，第257页。
③ 见本书，第239页。
④ 见本书，第245页。

零零地熬过恶劣的天气，又遭遇猎人和猎犬的追捕，在最后生死之际奋发抵抗，用长角顶死了前来追捕的猎犬。

主角从一对驴侣转换成一头孤牛，“白牛夜幕光熠熠，/ 离串珍珠孤零零”①，电闪雷鸣的暴雨之夜，无处藏身的母牛被一道闪电照亮，“诗人导演”给了一个特写镜头，突出了这一段的主旨：在生死一线间的沙漠环境中，离群意味着死亡。所以母牛拼死一决，战胜猎犬后，便是回归。母牛象征的不是努娃尔，是莱比德自己，放弃了天马行空，结束了内心斗争，重回人间（自己的部落）。“午时阳光耀母驼，蜃景沙丘披幻影”②，大梦一觉，诗人从心中的海市蜃楼走了出来，回到正午阳光下的人间。第三部分即转入部族事务。

至此我们发现，中间这个游历部分起着枢纽作用，把起兴部分和赞颂部分有机地联系到一起，遗迹引发的幽思愁绪，经过一番精神游历和自我调适，转化成一种雄壮的生存意志。

悬诗的矜夸 / 赞颂部分担当着不可或缺的社会功能，一个部落出了诗人是重大的公共事件，在口传为主、诗史不分的社会中，诗人是部落的喉舌，与骑士同等重要，骑士保卫部落民众的生命财产，诗人保卫部落的名誉。莱比德在这一部分中矜夸自己善饮、善施、善战、善断；也赞颂自己族人的各种美德：慷慨、公正、诚信、勇于担当、能文能武以及团结一致。部落社会公认的美德在此一一展示。在矜夸自己的部分，我们能从中读到前文所述诗人本人的经历，从王帐中舌战群雄到战场上孤胆深入，从斗酒十千恣欢谑到肥甘厚味宴邻众，都有鲜活的形象。

诗歌除以形象动人之外，还以音韵动人。音节格律的铿锵顿挫本身就有一种力量。可以想象当这些诗句在欧卡兹集市上宣读时对周围听众产生的震撼，当它们在人群中口口相传时，阿米尔族人心中感到的骄傲。

通观全诗，又仿佛一支三段结构的西方古典乐，以阴郁的小调始（起兴），逐渐转为昂扬的同名大调（游历），最后回到明亮的关系大调（赞颂），完美的 A-B-A 结构。

古典艺术，无论诗或乐，无论哪个民族，概有其共通之处。

---

① 见本书，第249页。
② 见本书，第257页。

معلقة عمرو بن كلثوم

阿慕鲁·本·库勒苏姆的悬诗

التباهي وأسئلة الحرية

自夸与自由的问题

牛子牧　译

مقدمة وشرح: صالح الزهراني

导言与评析：萨利赫·宰赫拉尼

王珂妮　译

阿慕鲁·本·库勒苏姆悬诗中的“小我”与“大我”

牛子牧

هو أبو الأسود عمرو بن كلثوم التغلبيّ، شاعرٌ جاهليّ مُقِلّ، عُرف بأنَفَتِه، وعزّة نفسه، ورفضِه مديحَ الملوك، لا يُعرف له تاريخ ولادة.

أبوه كُلثوم بن مالك سيّدٌ من سادات قبيلة تغلب، وأمّه ليلى بنت مُهلهِل بن ربيعة، شقيق كليب. تزوّج ابنة ثُوير بن هلال النمري، ورُزق منها بثلاثة أبناء، هم: الأسود الذي يُكنى به، وعبد الله، وعبّاد، وبنت واحدة تسمّى النّوار.

أصبح سيداً لقومـه وهو في الخامسة عشرة من عمره، وحمل رايتهم في عدد من حروبهم الدّامية. فاتكٌ من فُتّاك العرب، ضُرب به المثل، فقيل: أفتكُ من عمرو بن كلثوم. قتل عمرو بن هند ملكَ الحيرة، حين أهان أمّه.

تذكر بعضُ المصادر التاريخية أنه مات وهو يناهز الخمسين ومائة عام (لكنها لا تحدد سنة وفاته)، وأنه أحد ثلاثة شربوا الخمر حتى ماتوا. واختلف المؤرخون في سبب اختياره هذه النهاية، فقيل: إنه أُسر في إحدى غاراته، وقيل بسبب غضبه على أحد الملوك من المساواة في العطاء بينه وبين ابنه الأسود الذي ساد قومه في حياة أبيه.

يُنسب عمرو بن كلثوم إلى قبيلة تغلب، إحدى قبائل ربيعة العدنانية، التي عُرفت بشدّتها وبأسها فعُدّت لذلك من (رَضَفاتِ العرب)، ولذلك قيل: لو أبطأ الإسلام قليلاً لأكلت بنو تغلب الناس.

سكنت هذه القبيلةُ تِهامة، وانتقلت بعد ذلك إلى شمال الجزيرة العربية، واستمرّت في هجراتٍ متوالية، حتى استقرت بالعراق وبلاد الشام فيما عرف بديار ربيعة التي قاعدتها الموصل.

جعله ابنُ سلّام الجُمحي في الطبقة السادسة من فحول شعراء الجاهليّة، وعدّه أبو عبيدة أجود أصحاب المعلّقات واحدةً، وكان عيسى بن عمر يقول عنه: لله درُّ عمرو بن كلثوم، أيُّ حِلْس شعرٍ

艾布·阿斯瓦德·阿慕鲁·本·库勒苏姆（أبو الأسود عمرو بن كلثوم التغلبيّ），来自台额利布部落，贾希利叶时期诗人，作品数量有限。其人颇有傲骨，公开拒绝赞颂君王，因而闻名。出生日期不详。

其父库勒苏姆·本·马力克（كُلثوم بن مالك）是台额利布部落的领袖之一，其母莱伊拉（ليلى）是库莱布（كليب）的胞兄穆海勒希勒·本·拉比阿（مُهلهل بن ربيعة）的女儿。其妻为苏维里·本·哈莱里·纳麦里（ثُوير بن هلال النمري）之女，育有三子：阿斯瓦德（按阿拉伯人习俗，诗人因长子名得别号“阿斯瓦德之父”）、阿卜杜拉（عبد الله）、阿巴德（عبّاد），一女名叫娜瓦尔。

阿慕鲁成为部落首领时年仅十五岁，随后多次扛起部落的大旗率兵鏖战沙场，成为阿拉伯知名的武将。民间流传着关于他的谚语：“骁勇如阿慕鲁·本·库勒苏姆。”其母受到希拉国王阿慕鲁·本·杏德的羞辱时，他于盛怒之下悍然弑君。

有史料称，阿慕鲁享年近150岁（殁年不详），是史上三位饮酒至死的人之一。至于阿慕鲁为何选择这样结束生命，史学家众说纷纭，有人说是因为他在战争中被俘，不堪其辱；也有人说是出于对一位国王的愤怒抗议，据说这位国王对阿慕鲁及其长子阿斯瓦德给予同样的赏赐——当时，作为父亲的阿慕鲁尚在人世，长子却已经开始独立率领自己的部落，这招致父亲的愤恨。

阿慕鲁·本·库勒苏姆属于台额利布部落（قبيلة تغلب），阿德南[①]的拉比阿部落（قبائل ربيعة العدنانية）之一，以凶猛和英勇而闻名，被认为是“阿拉伯的拉德法特”[②]（رَضَفاتِ العرب）之一。人们都说：若不是伊斯兰教及时产生，恐怕人都要被台额利布部落杀光了。

台额利布部落原居于帖哈麦（تِهامة）地区，后迁往阿拉伯半岛北部，随之继续迁徙，最终定居在伊拉克和沙姆地区，其驻地以摩苏尔为中心，被称为“拉比阿之乡”（ديار ربيعة）。

① 即古代北方阿拉伯人。（译者注）
② 意为最善战的阿拉伯部落。（译者注）

(ملازم للشعر)، وأيُّ وعاء علمٍ لو أنه رغب فيما رغب فيه أصحابه من الشعر، وإن واحدته لأجودُ سبعِهم. وقال: لو وُضعت أشعار العرب في كفّة، وقصيدة عمرو في كفّة لمالت بأكثرها.

ومع وصف القدماء له بالجودة في الشعر، فإنّ ديوانه الذي بين أيدينا ليس فيه إلا القليل من الشعر.

伊本·萨拉姆·朱姆希将阿慕鲁列为第六品级的贾希利叶诗人，艾布·欧拜德（أبو عبيدة）则认为他是最优秀的悬诗诗人之一，伊萨·本·欧麦尔（عيسى بن عمر）曾这样评价他："阿慕鲁·本·库勒苏姆天赋异禀，文采过人，博闻强识。与同僚诗人相比，他是七位悬诗诗人中最为杰出的。"他还道："即使把所有阿拉伯诗歌放在天平一端，把阿慕鲁的一首悬诗放在另一端，天平也会向阿慕鲁那边倾斜。"

虽然古人对阿慕鲁的诗作极尽赞美，但他流传至今的作品十分有限。

المعلَّقة

المعلَّقة تختلف في عدد أبياتها، حيث بلغت في بعض الروايات مائة بيت، وقد شُرحت شروحاً عدّة، من أهمها شرحُ ابن الأنباري الذي بلغت المعلَّقة فيه أربعةً وتسعين بيتاً، وهو المعتمَدُ في هذا الشرح، فابن الأنباري إمامٌ في اللغة والأدب، وراويةٌ حافظٌ ثقةٌ.

تتميز هذه المعلَّقة بوضوح مفرداتها، وبُعدِها عن الغرابة اللفظية التي عُرف بها الشعر الجاهلي، كما تتميز بغرابة بِنائها، فهي تبدأ بوصف الخمرة، ثم بذكر رحيل الصاحبة ووصف ظعنها، وتتجه بعد ذلك إلى عمرو بن هند غرض القصيدة الذي قيلت من أجله.

هذا البناء دفع بعض الباحثين إلى أن يعتقد أنّ المعلَّقةَ قصيدتان جُمعتا في قصيدة واحدة بسبب مقدمة القصيدة التي تجمع بين الحديث عن الصاحبة والخمرة، وبسبب ملابسات القصيدة فقد جمعت -في نظرهم- بين حادثتين مختلفتين: حادثة الخلاف بين بكر وتغلب والصلح بينهما في مجلس عمرو بن هند، وحادثة قتله عمرو بن هند بسبب إهانته لأمّه.

فأما الخلاف بين بكر وتغلب ثم الصلح بينهما في مجلس الملك عمرو بن هند، فالقصة سببها أن قبيلة بكر منعت بعض رعاة تغلب من مورد ماء فماتوا عطشاً، وقد كانوا سبعين رجلاً، فاجتمعت تغلب لتحارب قبيلة بكر، ولكنهم كرهوا العودة إلى الحرب وقد ذاقوا من ويلاتها ما ذاقوا، فتحاكموا إلى عمرو بن هند، فترافع عن بكر بن وائل شاعرهم الحارثُ بن حلزة في معلقته، وترافع عن تغلب عمرو بن كلثوم، وبعد أن استمع الملك إلى الشاعرين حكم لبكر على تغلب، لما أبداه الحارث بن حلزة من حكمة ودهاء وقدرة على استمالة الملك، وما أظهره عمرو بن كلثوم من استعلاء وغطرسة، دفعت عمرو بن هند إلى الحقد عليه والرغبة في إذلاله.

أما حادثة قتله الملك عمرو بن هند بسبب إهانته لأمّه، فقد ذكر المؤرخون أن عمرو بن هند سأل يوماً بعض نُدمائه، هل تعرفون من تأنف أمُّه من خدمة أميّ؟ فقالوا: نعم، أمُّ عمرو بن كلثوم؛ لأن أباها مُهلهل، وعمُّها كليب أعز العرب، وزوجها كلثوم بن مالك.

فبعث عمرو بن هند برسالة إلى عمرو بن كلثوم يطلب زيارته، على أن يصطحب معه أمَّه

悬诗

阿慕鲁的悬诗存在多个版本，篇幅不一，在某些记载中长达百联。其诗注也版本众多，其中最重要的是伊本·安巴里（ابن الأنباري）的评注，安巴里评注采纳的悬诗原文共94个联句，本书亦以此版本为准，因为伊本·安巴里是语言、文学之大家，是值得信任的权威著述者。

这篇悬诗语言清晰，一反贾希利叶时期诗歌佶屈聱牙的文风。此外，它结构独特，以咏酒开篇，进而追忆恋人，惋惜别离。之后方才进入正题，据传，本诗的题旨正是为阿慕鲁·本·杏德而作。

这种行文结构让一些学者认为这篇悬诗是由两首诗合并而来：因为诗的开篇谈及情人和美酒，也由于诗的情境涉及两件不同的事情，其一为伯克尔和台额利布部落之间的冲突及阿慕鲁·本·杏德的调解，其二为诗人不满母亲受辱、痛斩暴君阿慕鲁·本·杏德。

伯克尔和台额利布两部落之所以爆发冲突并需要仲裁，是因为伯克尔部落禁止台额利布部落的某些牧羊人汲水，以致多达70人干渴而死。台额利布部落集合人马，欲与伯克尔部落展开大战，但他们已经吃够了战争的苦头，不愿再以暴制暴，因而请求阿慕鲁·本·杏德出面仲裁。仲裁会上，诗人哈雷斯·本·希里宰代表伯克尔部落出面，阿慕鲁·本·库勒苏姆则为台额利布部落辩护。国王听罢两位诗人的陈词，做出有利于伯克尔部落而不利于台额利布部落的判决，因为伯克尔的代表哈雷斯·本·希里宰巧舌如簧，阿谀奉承，极力拉拢仲裁者；而台额利布的代表阿慕鲁·本·库勒苏姆则态度倨傲，仲裁者阿慕鲁·本·杏德自然怀恨在心，欲伺机侮辱。

至于诗人因母亲受辱，愤而弑君的故事，史学家这样描述道：国王阿慕鲁·本·杏德曾问自己的心腹："你们知道有谁的母亲不愿为我的母亲服务吗？"答曰："阿慕鲁·本·库勒苏姆的母亲就会拒绝。因为她的父亲是穆海勒希勒，伯父是阿拉伯最德高望重的库莱布，丈夫是库勒苏姆·本·马利克（كلثوم بن مالك）。"

于是阿慕鲁·本·杏德给诗人阿慕鲁·本·库勒苏姆去信，邀请他来作

لزيارة والدة الملك. فأقبل عمرو بن كلثوم في وفدٍ من قومه، وجاءت أمُّه معه، وأعدّ عمرو بن هند للزائرين حفلاً بهيجاً، ودعا وجوه مملكته.

دخل عمرو بن كلثوم على الملك في رُواقه، ودخلت والدته على أم الملك في قبّة بجوار الرواق. وكان الملك قد أمر والدته أن تُبعد عنها الخدم إذا جاء وقت تناول الفاكهة، ففعلت ذلك، وطلبت من أم عمرو بن كلثوم -على خلاف عادات العرب في الضيافة- أن تُقدِّمَ لها الطبق: فرفضت ذلك أم عمرو بن كلثوم وقالت لها: لِتقُم صاحبةُ الحاجة إلى حاجتها، ولكنها ألحّت عليها، فصاحت: واذُلاّه! يا لتغلب! فسمعها ولدها عمرو بن كلثوم، ونظر إلى وجه الملك ففهم حيلة الملك وأنه أراد إذلاله وإذلال أمه، فقام إلى سيفٍ معلّقٍ بالرُّواق فضرب به رأسَ عمرو بن هند فقتله، ونادى قومَه فنهبوا محتويات الرواق، وساقوا إبل الملك معهم، واتجهوا إلى العراق.

لكن القول بأنّ المعلَّقة قصيدتان جُمعتا في قصيدة واحدة أمرٌ مستبعد، فقد أجمع المؤرخون أنه ليس له قصيدة طويلة غير هذه القصيدة، وديوانه الذي بين أيدينا دليلٌ قاطع على ذلك، فليس فيه سوى قصائد قليلة العدد، ومعدودة الأبيات، وبعض المقطعات.

والإشكال الآخر أن سبب قول القصيدة هو حادثة التحكيم، لكن القصيدة لا تدل على ذلك، فالشاعر يتبنى خطاباً ثورياً عنيفاً في مجلس ملك مستبد، عرف بطغيانه وجبروته، يتجه به إلى الملك مباشرة وكأنه خصمه الوحيد، الأمر الذي يجعلنا نتساءل لماذا نسي عمرو بن كلثوم خلافه مع أبناء عمومته، واتجه بهجومه إلى عمرو بن كلثوم؟

وهل يُعقل أن يقال هذا في مجلس جبار مستبدّ؟ وهل غيّر الشاعر القصيدة، أو زاد فيها، بعد قتله عمرو بن كلثوم؟ فقد قيل: إنه ظلّ يزيد فيها حتى بلغت ألف بيت، أم أن التغلبيين عبثوا برواياتها؛ فقد فُتنوا بها حتى قال عنها خصومهم: إنها ألهتهم عن كل مكرمة.

في شرح المعلَّقة سأتناسى كل هذه التأويلات التي ذهب إليها الدارسون، وأعتمد رواية ابن الأنباري الرواية الأشهر، وأنصت إلى ما تبوح به كلمات القصيدة، فهي الشاهد الوحيد على ذلك العصر. والمعلَّقة من البحر الوافر: مفاعلتن مفاعلتن فعولن.

客，并携母前来拜访太后。诗人便应邀带着一众族人和母亲出席了阿慕鲁·本·杏德国王迎客的盛大宴会，列席的还有王国里不少达官贵人。

诗人阿慕鲁·本·库勒苏姆在王宫的正厅觐见国王，他的母亲则去一旁的偏殿里会见太后。此前，国王就和太后说好，上果盘的时候让仆人退下，并故意违反阿拉伯人的待客之道，要求客人——即诗人的母亲——奉上果盘，诗人的母亲立刻拒绝道："谁想吃就自己去拿。"但太后一再坚持要求诗人的母亲侍奉自己，于是诗人的母亲喊道："台额利布啊！这是天大的屈辱！"诗人阿慕鲁·本·库勒苏姆闻言，望向国王的脸色，顿时明白了他的居心：原来假意设宴是为了羞辱他们母子！诗人起身取过挂在正厅的一把剑，砍了国王的项上人头。随后，召集族人将殿堂洗劫一空，赶走了国王的骆驼，奔向伊拉克。

然而，要说这篇悬诗是由两首诗拼接而成，那是比较牵强的。史学家一致认为，诗人留下的长诗仅此一篇，有流传至今的诗集为证，除了一篇长诗，就只有几篇诗作，不外乎一些短章和零星段落。

也有人说悬诗就是因调停事件而写，但诗作本身并不能证明这一点。假如悬诗果真是调停现场的陈词，那么诗人在国王的仲裁现场发表如此激愤的演说，矛头直指这位以专横暴虐闻名的国王，好像把国王当成唯一的敌手，这不禁让我们发问，为什么阿慕鲁·本·库勒苏姆要搁置他与堂兄弟①的过节，转而去针对调停者阿慕鲁·本·杏德呢？

此外，在一个专制强横君王的调停现场作此发言，是否合理？怒斩这位暴君之后，诗人会不会对当时的"陈词"有所调整、增删？有人说：阿慕鲁后来一直续写原诗，以至长达千联，又或者是台额利布族人在讲述此事时添枝加叶了。台额利布族对阿慕鲁的悬诗的确津津乐道，甚至他们的敌人都评价说：此诗让他们的荣耀黯然失色。

在本篇悬诗的注解中，笔者对上述众说纷纭的推断和猜测均不予采纳，仅参考最著名的伊本·安巴里的著述，关注这首诗文本的内容，毕竟文本本身才是那个时代的唯一见证。本诗的格律为丰律（البحر الوافر：مفاعلتن مفاعلتن فعولن）。

① 即伯克尔部落。（译者注）

المشهد الأول

صناعة البهجة

١. ألا هُبّي بصحنِكِ فاصبَحِينا ... ولا تُبقي خُمورُ الأندَرينا

٢. مُشعشعةً كأنَّ الحُصَّ فيها ... إذا ما الماءُ خالَطَها سخِينا

٣. تجورُ بِذي اللُّبانةِ عن هواهُ ... إذا ما ذاقها حتّى يلينا

٤. ترى اللّحِزَ الشحيحَ إذا أُمِرَّتْ ... عليهِ لمالهِ فيها مُهينا

٥. وإنّا سوفَ تُدرِكُنا المنايا ... مُقدّرةً لنا ومُقدَّرينا

معلَّقة عمرو بن كلثوم صرخة ثائر في وجه حاكم مستبدّ، المجد عنده للقوة، في مجتمع متنابذ لا بقاء فيه إلا للأقوى. لذلك يفتتح القصيدة بفعل الأمر هبّي، يدعو به الساقية أن تهبّ من نومها؛ لتدير كؤوس الخمر عليه وعلى أصحابه، وألا تستبقي شيئاً من تلك الخمرة الشاميّة التي يستمتع بلونها قبل أن يتمتع بمذاقها، فهي صفراء فاقعٌ لونها تسرّ الناظرين. تُشعُّ صفاءً، وكأنها من شدّة صفائها قد خُلطت بنبات الكركم الأصفر.

هذه الخمرة رافدٌ من روافد القوة في هذه القصيدة التي ألهت بني تغلب عن كلّ مكرمة كما قيل؛ فهي تصرف الرجل عن حاجته، وتُنسيه مطالبه، وتطهّره من أردانه، فتحوّله من رجل سيئ الخلق، إلى رجل سمْح النفس، طيّب المعشر، ومن بخيلٍ مُقتّر إلى كريم مفتونٍ باللذة، لا يضنّ بكريم ماله من أجل الحصول عليها.

هذه القوة تجعل منها غاية ليس بعدها غاية، ولذلك عليه أن يغرقَ في لذّتها حتى آخر قطرة،

第一幕

制造欢乐

1. 姑娘[1]，快起身，给我们斟满美酒，

别让这安德莉纳酒白白彩溢光流。

2. 兑入热水，琼浆生辉，

好似沉浮黄花点点朱蕊。

3. 如果谁心事重重、满腹忧愁，

尝尝这美酒，他必将烦恼抛之身后。

4. 君不见，即使是锱铢必较之徒，

品品这佳酿，他也会视金钱如尘土。

5. 死神追随日近，我等终难逃脱，

人之宿命也，宿命之前定也！

阿慕鲁·本·库勒苏姆的悬诗是冲着专制统治者的一声革命呐喊，要知道贾希利叶时期的阿拉伯半岛是一个强者生存的混乱社会，荣耀总是以强权武力为前提的。因此，悬诗开篇就是个命令式的“快起身”，把倒酒的女仆从睡梦中叫醒，给诗人和同伴斟酒，把这色味俱佳的沙姆产的美酒倾壶倒出，琼浆鲜黄，煞是好看，熠熠生辉好似姜黄的黄花点缀。

正是这篇悬诗让台额利布部落引以为豪，掩盖了其他所有的荣耀。而酒在这首诗中恰恰好似力量的源泉，它让忧心忡忡之人抛下心事，忘却烦恼；它让道德低下之人变得心胸开阔，与人交好，从锱铢必较变得挥金如土，愿为一品佳酿豪掷千金。

① 指倒酒的女仆。（译者注）

فليس بعدها إلا الموتُ المكتوب على الجميع. إن هذه الخمرة لا تسلب الشاعر وقاره، بل تحيله إلى كائن مبتهج بالحياة، مولع بالملذات، غارق فيها، لا يضنّ على نفسه بكريم ماله.

افتتاح القصيدة بالخمرة يُبطن أكثر مما يظهر، فهناك واقعٌ مؤلمٌ يريد عمرو بن كلثوم مواجهته بالقوة التي تنطوي عليها هذه الخمرة، فالخمرة ليست هروباً من مواجهة الواقع، بل وسيلة تحدٍّ وتغيير له، يبدأ من تغيير سلوك الذات، ونزع أدرانها، توقاً للحريّة، وارتقاءً بملذات النفس الإنسانيّة.

فإذا كان الموت هو قدر الجميع؛ فإن القوة هي الخيار الوحيد للحياة. وقد قيل: اطلب الموت توهب لك الحياة، كما قيل في أمثال بعض الشعوب: الألم واللذة ينامان في سرير واحد.

美酒的力量让人无法抗拒地想要沉醉在狂喜之中，直至最后一滴美酒进肚，而那之后便是人人在劫难逃的死亡。但是，饮酒并未夺去诗人的尊严，反而让他成为一个热爱生活、沉醉于现世美好，并为之不吝钱财、慷慨大方的人。

开篇的咏酒段落，内涵丰富隽永，诗人想要借用美酒佳酿带来的力量对抗痛苦的现实。饮酒并非对现实的逃避，而是挑战和改变现实的手段，从改变自己的行为开始，消除杂念，向往自由，寻求人类心灵的愉悦。

如果死亡是所有人不可逃避的命运，力量便是生命的唯一选择。有道是：直面死亡，也就获得了生命。好几个民族都有这样的谚语：痛苦和愉悦同床共枕。

المشهد الثاني

سُلطة الجمال

٦. قِفي قبلَ التفرُّقِ يا ضَعِينا　　نُخبّركِ اليقينَ وتُخبِرينا

٧. بيومِ كَريهةٍ ضرْباً وطعْناً　　أقرّ به مَواليكِ العُيونا

٨. قِفي نسألْكِ هل أحدثْتِ وَصْلاً　　لِوشْكِ البينِ أم خُنْتِ الأمينا

٩. تُريكَ إذا دخلتَ على خَلاءٍ　　وقد أمِنَتْ عُيونَ الكاشِحينا

١٠. ذِراعَي عَيطَلٍ أدْماءَ بِكْرٍ　　تربّعتِ الأجارعَ والمُتونا

١١. وثدْياً مثلَ حُقِّ العاجِ رَخْصاً　　حَصاناً من أكُفِّ اللامِسينا

١٢. ومَتْنَي لدْنةٍ طالت ولانت　　روادِفُها تنوءُ بما يَلِينا

١٣. تذكّرتُ الصِّبا واشتقتُ لمّا　　رأيتُ حُمُولَها أُصُلاً حُدِينا

١٤. وأعرَضَت اليمامَةُ واشمخَرّت　　كأسيافٍ بأيدي مُصلِتينا

第二幕

美的力量

6. 驼轿中的恋人啊，临别前，请留步，
　　让你我把心意说得明白清楚。
7. 犹记得那天战火起，刀剑相击，
　　你的堂兄弟们志得意满，所向披靡。
8. 请留步！我问你，这次前来，
　　是故意匆匆离开，
　　还是已经背弃那忠诚旧爱？
9. 躲开仇敌的虎视眈眈，
　　她将与你幽会，坦诚相见。
10. 双臂颀长，似长颈小白母驼，
　　在春日的沙地石砾间寻觅草棵。
11. 酥胸皎白，好似象牙小碗倒扣，
　　平素深藏襟怀，谁人得以染手？
12. 玉腿横陈，修长柔韧，
　　臀部隆起，饱满丰润。
13. 黄昏我看到她的驼队前来，
　　不禁心生思恋，追忆少年情怀。
14. 当叶玛麦的村镇在眼前铺展，
　　仿佛战士从鞘中抽出宝剑。

١٥. فمـا وَجَـدت كـوجْـدي أُمُّ سَـقْـبٍ   أضـلّـتـه فـرجّـعَـتِ الـحـنـيـنـا

١٦. ولا شَـمْـطـاءَ لـم يَـتـرُكْ شـقـاهـا   لـهـا مـن تـسـعـةٍ إلا جـنـيـنـا

١٧. وإنَّ غـــداً وإنَّ الـيـــومَ رَهْـــنٌ   وبـعـدَ غـدٍ بـمـا لا تـعـلـمـيـنـا

كما بدأ الشاعرُ الوحدةَ الأولى من القصيدة بأمر الساقية أن تُدير الكؤوس لتصفو النفوس، وتدور الرؤوس، يأمر الحبيبة المسافرة أن تتوقف ليخبرها الخبر اليقين قبل أن يتفرّقا، ويستعرض بطولته الخارقة في يوم من أيام حروب تغلب الكثيرة، ويكشف لها قوة القبيلة وتماسكها، ويشرح لها أسرار المعارك، التي أذاقوا أعداءهم فيها الهزائم: ضرباً بالسيوف، وطعناً بالرماح، حتى قرّت عيون أبناء عمومتها بهذا النصر المبين. وكما استوقفها ليخبرها بما فعل بأعدائه، طلب منها أن تخبره بما فعلت قُبيل رحيلها، هل أحدثت وصالاً بعاشقها الأمين، أم أنها خانت الأمانة؟

هنا تتجلى القوة مرّة أخرى في لغةٍ استعلائية ذُكورية تتحدث بضمير الجمع، لا تَليق بعاشق يُودّعُ معشوقته، ولكنه العشق المحفوف بالقوة والمكاره في شريعة عمرو بن كلثوم.

ينقطع الحوار بين العاشقين باستعراض لجسد الصاحبة، تبدو فيه امرأةً ممشوقةَ القوام ذات ذراعين طويلتين كأنهما ذراعا ناقةٍ طويلة العنق، خالصةِ البياض، بِكْرٍ، ترعى نبت الربيع.

فتاة لها نهدان بارزان ناعمان أبيضان كحُقّي عاج، لم تلامسهما كفّ مُلامس. وقامة فارعة الطول، وأردافٌ ممتلئة. إنها فتنة مصانةٌ، وكيف بثائر يبحث عن الكرامة، أن يضع هذه الفتنة على قارعة الطريق؟ إنها العرض الذي لن يقبل المساس به، وسيسقط رأس الجبار المستبد دون الاقتراب من حرمه المصان.

هذا الشريط السينمائي يُعيد عمرو بن كلثوم إلى صباه، فيشتاق إلى أحداثه، والصاحبة على هودجها تعلن الرحيل، والحادي يحدو النياق بأغنية الفراق الأبدي.

هنا تبدو اليمامة ساعة الرحيل، وكأنها السيوف المسلولة في أيدي المحاربين الأشدّاء، ساعتها تتضعضع قوة عمرو بن كلثوم أمام سطوة الفتنة الذاهبة، فيُبدي حزنه الشديد على فراقها، الذي لا يشبهه حزنُ ناقةٍ فقدت صغيرها في الصحراء، فظلّت ترجّع حنينها، ألماً على فقده، ولا حزنُ امرأةٍ

15. 我的悲伤甚于那哀嚎的母驼，
即使她丢失了幼崽，遍寻不得。
16. 我的悲伤甚于那苦命的老妇，
就算她连生九子，个个夭折。
17. 今朝，明日，日复一日，
世事难料，未来吉凶谁人得知!

诗歌第一部分的开篇，诗人命令女仆斟酒，让心灵澄净、头脑微醺；接下来他再次发出命令，要求临行的恋人停下来，在分别前说明心意。他回顾了在台额利布连年战争中自己的骁勇善战，展示了部落的力量和团结，并向恋人讲述各个战役的秘事，在这些战役中让敌人备尝失败的滋味：他们善用长枪、短剑，枪挑剑刺，如此大获全胜颇令她的堂兄弟们满意。诗人一面向恋人讲述自己如何奋勇杀敌，一面也询问她在离开之前做了什么，是否仍爱着她忠实的情人，还是她已经背叛了这份感情?

在此，“力量”再次显现，以一种男性的居高临下的口吻，使用的是复数第一人称。这样的语气并不适合恋人的依依惜别，但在诗人阿慕鲁·本·库勒苏姆的法则里，他的爱情就是如此，蕴含力量，也充满艰辛。

恋人间的惜别止于对女主人公曼妙身姿的描绘：只见她是个身材苗条的女人，双臂颀长，仿若正在寻觅春草的长颈小白母驼。

少女双峰隆起，柔嫩，白皙，像倒扣的象牙小碗，从未被人染指。她身材高挑，臀部丰满。魅力无穷却不可亵玩，一个寻求尊严的勇士怎会放任如此尤物受人觊觎?她的美不容染指，如有孟浪狂狷之徒意谋不轨，来不及靠近就会人头落地。

如此电影般的画面将诗人阿慕鲁·本·库勒苏姆带回他的少年时代，追忆当年往事，而现实中恋人正要乘坐驼轿离去，驼夫赶着骆驼，单调的口令声犹如一首永别之歌。

分别之际，叶玛麦村庄映入眼帘，村庄的建筑次第显现，仿佛从凶猛的战士手中出鞘的利剑。当其时，美人离去，诗人阿慕鲁·本·库勒苏姆的力

عجوز بلغت من الكبر عتيّا، أنجبت تسعة، فلم يعش لها منهم أحد.

لقد بدأ عمرو بن كلثوم في حديثه لصاحبته عارضاً سطوته الذكورية، ومستعرضاً سيرته الذاتية في الحرب، ولكنه ما لبث وهو يستعرض هذه القوة أن أحال القوة إلى المحبوبة، فأصبح هذا الفارس أسيراً في حضرة الجَمَال. وإذا كان قد فقد القوة في ذاته، فقد أحالها إلى المرأة، ولذلك بدأ وكأنه يستعطفها بحكمةٍ تطوي من الوجع أكثر مما تظهر من الوعي، وهو أن الأيام حبلى بالعجائب.

إن استحضار المرأة في سياق الحرب وعروض القوة في الشعر الجاهلي تقليدٌ من تقاليد الشعر، لكنها هنا تبدو مصدراً من مصادر القوة. إنها قوة الحياة، وقوة النسب، وقوة الفارس، فالمرأة تظهر في سياق البياض، والخصوبة، وعمارة الأرض، وأبّهة الجمال، التي تتضاءل أمامها سلطة الذكورة، ولغة البطش والعنفوان والاستعلاء.

يستوقفها سارداً عليها بطولاته، فيخبرها ولا تخبره، ويسألها ولا تجيبه. إن صمتها موقفٌ إنسانيٌّ رافض لهذا السلوك، ورحيلها احتجاجٌ على هذه الثقافة.

量削弱了，于是他感到极度悲伤，这种悲伤甚于沙漠中丢失幼崽、思念成疾的母驼；也甚于那生育九子，却个个夭亡的苦命老妇。

在交谈中，阿慕鲁·本·库勒苏姆向恋人展现自己的男子气概，回顾自己在战争中的传奇事迹，但很快，诗人便将力量移交给了恋人，骑士成了美人的俘虏，他失去了自身的“力量”，将其交给女人。因此，他开始讲述某种哲理，博取她的同情，这种哲理蕴含的更多是痛苦而非领悟，即世事难料，未来吉凶难卜。

在战争和展示力量的语境中引入女性形象，是贾希利叶时期诗歌的一种传统，在这种情况下，女性好似成了某种力量之源，她将力量赋予生命、血统，赋予骑士本人。女性形象也会出现在描写白皙、肥沃、地面建筑和各种美好事物的语境中，削弱了男性权力及压迫、暴力和傲慢的话语。

在这部分，诗人拦住恋人，讲述自己的英雄事迹；他兀自倾诉，她一言不发；他连连追问，她拒而不答。她保持沉默，拒绝男性上述的行为，是一种人道主义的立场；她转身离开，则是对这种（男权）文化的无声抗议。

المشهد الثالث

نحن القوة

١٨. أبا هندٍ فلا تعجلْ علينا وأنظِرنا نُخبِّرْكَ اليقينا

١٩. بأنّا نُورِدُ الرّاياتِ بِيضاً ونُصْدِرُهُنَّ حُمراً قد روينا

٢٠. وأيّامٍ لنا غُرٍّ طِوالٍ عصينا المَلْكَ فيها أن نَدِينا

٢١. وسيّدِ معْشَرٍ قد تَوَّجُوهُ بتاجِ المُلكِ يحمي المُحْجَرينا

٢٢. تركنا الخيلَ عاكِفةً عليه مُقلّدَةً أعِنّتَها صُفُونا

٢٣. وقد هَرَّتْ كِلابُ الحيّ مِنّا وشذّبْنا قتادةَ مَن يَلينا

بعد أن ودّع صاحبته، ووصف الظعائن الراحلة قبيل الأصيل، وجسد الحبيبة الفاتنة، واستعاد ليالي الأنس، داهمه حزن الفقد، ولوعة الفراق، ولاحت له جبال اليمامة كالسيوف التي سُلّت من أغمادها فبدت لامعة. والصورة حافلة بميراث الحرب، الذي يمتح منه عمرو بن كلثوم معجمه الشعري وصوره.

ينسى كل هذا ويتجه بحديثه إلى عمرو بن هند طالباً منه ألّا يتعجل بالحكم على قومه، ويبدأ في سرد سيرة الذات المحاربة، ذات التاريخ الحافل بالنصر، فهي تورد راياتها بيضاء، وتصدرها

第三幕

我们就是力量

18. 且慢，艾布·杏德[1]，
容我把事情向你细说。

19. 我们扛着白色战旗浴血鏖战，
凯旋时白旗已是殷红一片。

20. 我们身经百战，攻无不克，
却从不对强权折腰，哪怕国王下旨。

21. 更何况他怕只是被族人拥戴为主，
便戴上王冠，将附庸者庇护。

22. 我们歼灭这头人，他的马匹跪坐一旁，
马儿一蹄折断，乱了辔头，歪了绳缰。

23. 部落的狗也对我们狂吠，但我们力克残敌，
他们的武器像荆棘枝徒有其表，不堪一击。

诗人告别恋人，描绘黄昏中远去的驼轿和恋人迷人的身躯。夜幕再次笼罩，失去之伤与离别之痛将他淹没。叶玛麦的山在他看来像是从鞘中拔出的剑，闪烁着光芒。这一形象承载着战争的遗产，但恰恰是在这里，阿慕鲁·本·库勒苏姆从中汲取了诗意的词汇和丰富的意象。

此处，诗人放下儿女情长，把话题引向阿慕鲁·本·杏德，要求他不要

---

① 此处的艾布·杏德，指的是希拉国王阿慕鲁·本·杏德。（译者注）

وقد رويت من دماء الأعداء.

مجد حافل، وتاريخٌ مشرق، في العزة والأنفة، ورفض التبعية والانقياد، وضرب هامات السادة، وترك خيولهم تقف واجمة على مصارعهم، وقد وقفت على قوائم ثلاث، حزناً على فراق فرسانها الأشداء، وقد طويت أرسانها عليها.

إنهم في رباطٍ لا ينقطع، حتى إن كلاب الحيّ لم تعد تعرفهم، فقد لبسوا دروعهم واستعدوا بأسلحتهم، وكسروا شوكة عدوهم.

急于评判他的族人，并开始讲述自己的战绩，他带领族人取得战果累累，身扛白旗浴血搏杀，凯旋时白旗殷红一片，尽染败寇鲜血。

这样的巨大荣耀和光辉历史铸就诗人一身傲骨，拒绝依附和屈服，宁折不弯。他们砍下敌人首级，空留战马跛足而立，三足立一足跛，缰绳散乱，好似哀悼死去的骑士主人。

诗人一族众志成城，牢不可破。部落的狗都认不出他们了，因为他们穿上了盔甲。拿起武器，斩断荆棘般轻易拿下残敌。

المشهد الرابع

رحى الحرب

٢٤. متى ننقُل إلى قومٍ رَحانا　　يكونوا في اللقاءِ لها طحينا

٢٥. يكونُ ثِفالَها شرقيَّ سلمى　　ولُهوتُها قُضاعةَ أجمعينا

٢٦. وإنّ الضِّغنَ بعد الضِّغنِ يبدو　　عليكَ ويُخرجُ الدّاءَ الدّفينا

٢٧. ورِثنا المجدَ قد علِمت معدٌّ　　نُطاعِنُ دونَه حتّى يَبينا

٢٨. ونحنُ إذا عِمادُ الحيِّ خَرّتْ　　على الأحفاضِ نمنعُ ما يلينا

٢٩. نُدافِعُ عنهمُ الأعداءَ قِدْماً　　ونحملُ عنهمُ ما حمّلونا

٣٠. نُطاعِنُ ما تراخى النّاسُ عنّا　　ونضرب بالسيوفِ إذا غُشينا

٣١. بِسُمْرٍ من قنا الخَطيِّ لُدْنٍ　　ذوابلَ أو بِبِيضٍ يعتلينا

第四幕

战争之磨盘

24. 我们一旦向谁转动战争的磨盘，
谁就粉身碎骨、踪影难辨。

25. 而今这战磨的皮衬垫已向苏勒玛①东部铺卷，
古达阿②人便成了一把粮食，被注入磨眼。

26. 你已经广激民怨，旧恨新仇，
不能隐藏，索性一吐方休。

27. 我们生来荣耀，古达阿的迈阿德③本就知道，
而今骁勇战斗，誓要彰显这份荣耀。

28. 如果邻人帐篷倒塌，牲畜逃窜，
我们必挺身相助，扶危济难。

29. 长久以来，我们维护跟随者免受进犯，
替他们背负了多少责任和重担。

30. 敌人远攻，自有长枪伺候，
刺客近前，亦有短剑封喉。

31. 赫兑④产的矛头韧性十足，寒光闪闪，
高高扬起，令人心惊胆战。

---

① 苏勒玛（سلمى），哈依勒（حائل）地区的一座山。（译者注）

② 古达阿（قُضاعة），阿拉伯南方的部落，后来大多迁居到希贾兹北部地区，也有的迁往伊拉克、叙利亚、埃及。（译者注）

③ 迈阿德（معدّ），全名为迈阿德·伊本·阿德南·艾布·古达阿。（译者注）

④ 赫兑（الخطّ）是巴林的一个港口，从印度贩运来的矛、枪大多到此港口卸货，因此而著名。（译者注）

٣٢. نشُقُّ بها رُؤوسَ القومِ شقّاً — ونُخليها الرِّقابَ فيختلينا
٣٣. تخالُ جماجمَ الأبطالِ فيها — وُسُوقاً بالأماعزِ يرتمينا
٣٤. نَحُزُّ رُؤوسَهُم في غيرِ بِرٍّ — فما يدرونَ ماذا يتّقونا
٣٥. كأنَّ سيوفَنا فينا وفيهم — مخاريقٌ بأيدي لاعبينا
٣٦. كأنَّ ثِيابَنا منّا ومنهم — خُضِبنَ بِأُرجُوانٍ أو طُلينا
٣٧. إذا ما عيَّ بالإسنافِ حيٌّ — من الهولِ المُشبَّهِ أن يكونا
٣٨. نصَبنْا مِثلَ رَهوةَ ذاتَ حَدٍّ — مُحافَظَةً وكنّا السابقينا
٣٩. بِفِتيانٍ يرونَ القتلَ مجداً — وشِيبٍ في الحروبِ مجرَّبينا
٤٠. حُديّا الناسِ كُلِّهِمُ جميعاً — مُقارعةً بَنيهم عن بَنينا
٤١. فأمّا يومَ خَشيتِنا عليهم — فنُصبحُ غارةً مُتلبّبينا
٤٢. وأمّا يومَ لا نخشى عليهم — فنُصبحُ في مجالِسنا ثُبينا

32. 我们用它将敌军的头颅劈砍，
　　颈项如草茎在刀下齐齐裂断。
33. 劲敌纷纷人头落地、尸横遍野，
　　像货物跌落驼背，翻滚不歇。
34. 痛斩穷寇，我们毫不手软，
　　无计可施，他们只得束手就范。
35. 刀光剑影，令人目眩神摇，
　　好似顽童嬉戏，将玩具扔抛。
36. 战袍血染，两军难分彼此，
　　沙场只现一片紫霞朱槿！
37. 敌军节节败退，弃甲倒戈，
　　惶惶然不敢迎战，惊恐失色。
38. 我军岿然不动，全副武装，
　　如破竹一往无前，浩浩荡荡。
39. 男儿风华，壮志马革裹尸，
　　老将暮年，经百战生死以之。
40. 问世间，列国八方，
　　谁还有这般忠勇儿郎？
41. 若是一朝豺狼进犯，
　　我们必严阵以待，顽强抵抗。
42. 若是恰逢世道太平，
　　我们便四散驻扎，枕戈待命。

٤٣. بـرأسٍ مـن بـني جُـشَـمَ بـنِ بـكـرٍ نـدُقُّ بــه الـسُّـهـولـةَ والـحُـزُونـا

بكر وتغلب أبناء عمومة، جرت بينهما حروب مدمّرة استمرّ بعضها أربعين عاماً، بسبب رغبة كل قبيلة في بسط نفوذها على القبيلة الأخرى، وكان من أهم تلك الحروب، حرب داحس والغبراء، وحرب البسوس.

في هذا المقطع من المعلَّقة يستعرض عمرو بن كلثوم قوة قبيلته تغلب عند ملك جبّار، منادياً الملك بأبي هند، ومُصدِراً له عدداً من الأوامر (لا تعجل ـ أنظرنا)، ومذكّراً بحروبهم التي لا تنتهي، وكأنه يقول للملك: نحن رجالٌ فوق القانون، الحق عندنا للقوة، وليست القوة للحق.

تغرق لغة القصيدة في الدّم، والدّمار، والسيوف، والرّماح، وشقّ الرؤوس، وضرب الرقاب، وعروض كتائب الموت. تمركزٌ حول الذات، يجعل من تغلب (نحن) مركزاً للقيم النبيلة، فهي مصدر القوة، والنخوة، والشرف، والسيادة، والقيادة، والأمر والنهي. وهي قيمٌ عشائرية تتمركز حول ثقافة الموت، التي يرثها القوم كابراً عن كابر، في مجتمعٍ البقاء فيه للأقوى.

تتكاثر الأفعال في هذا المقطع تكاثراً عجيباً، يجعل من تغلب قوةً لا وجودَ لها إلا مع الحركة، فهي في غاراتٍ متصلة، وحروب لا تنتهي. راياتٌ غارقة بالدماء، ومخيماتٌ مفتوحةٌ للاجئين، وطحنٌ لا يتوقف لجماجم الأعداء، وأحقاد لا تُفضي إلا إلى أحقاد.

هذا المجد المضمّخ بالدم ثقافةٌ يورّثها الجدّ للحفيد، فيسعى للحفاظ عليها، والإضافةِ إليها، وتتحول بفعل الممارسة إلى صورةٍ ذهنية لدى الأعداء، يجب على الجميع العمل على ترسيخها؛ لزراعة الرعب في قلوبهم، والحفاظ على السيادة والسؤدد.

ثقافة تتوارثها الأجيال بالإعجاب والقبول، فيصبح الموت عندها مجداً، والحرب لعبة، وإذلال الناس قيمة نبيلةً، لا يتقاصر عنه إلا الجبناء، وعُرفاً اجتماعياً لا يخالفه إلا خارجٌ عن النظام.

من يقرأ هذا المقطع من المعلَّقة يجد قبيلة تغلب مشغولة بالموت، فوعيها الجمعيُّ غارقٌ في هذا العالم، يمتح منه سمومه القاتلة، فرحى حروبهم لا تتوقف، تطحن الجماجم، وتزرع الموت، وتسيّر الكتائب الحربية المدجّجة بالدروع الحصينة، والخوذات البيض، والسيوف اللامعة، والرماح

43. 朱舍姆·本·伯克尔[①]的首领远瞩高瞻，
率我们南征北伐，任他坎坷平川。

伯克尔和台额利布两部落原是堂兄弟部落，但由于争权夺利、互不相让，已经血战四十年，期间的重要战争包括赛马之战和白苏斯之战等。

在本节，诗人阿慕鲁·本·库勒苏姆向暴君展示了台额利布部落的雄厚实力。他称国王为艾布·杏德，使用了不少命令式动词（如：且慢、等着），提到两部落间无休止的战争时，诗人似乎在对国王暗示：我们这些男子汉凌驾于法律之上，真理在我们这里是由实力说了算，而不是让实力服从于真理。

本节诗句里充斥着鲜血、毁灭、利剑、长矛、砍头、抹脖子、冲锋陷阵等字眼。诗篇的叙事以自我为中心，台额利布（我们）奉为崇高价值核心的是力量、慷慨、荣誉、权力、领导力和令行禁止的源泉，说一不二，生杀予夺，这是一种以死亡文化为中心的部落价值观，在适者生存的丛林社会中代代相传。

在本节，诗人大量使用动词，使台额利布部落充满力量，于它而言，唯动，方能存在。它（台额利布部落），是接连不断的征战，是沾满鲜血的战旗，是接纳避难者的营地，是不停碾压敌人头颅的巨磨，是不断累积的新仇旧恨。

这种沾满鲜血的荣耀是当时祖孙代代相传的文化，诗人继承并弘扬它、实践它，让敌人闻风丧胆。在那个时代，人人都必须维护这一文化、敬畏这一文化，从而维护部落的主权和至高无上的地位。

这是一种文化，人们怀着敬畏之心世世代代传承这种文化，将死亡奉作荣耀，把战争当成游戏，折辱他人（敌人）是高尚的价值，除非懦夫，无不遵行。它已经成为社会习俗，除了跳出体制之外者，无一人能违背。

本节会让所有读者发现台额利布部落对死亡的热衷。他们的集体意识沉浸在死亡的世界里，汲取着其中致命的毒药。他们的战磨不会停止，持续碾碎头骨，播种死亡；他们派出全副武装的军队，士兵手持坚固的盾牌，头

---

① 朱舍姆·本·伯克尔（جُشَم بن بكر），台额利布部族的一支。（译者注）

اللدنة، تدك السهول والجبال، بثيابها المخضبة بدماء الأعداء، يشترك فيها شيب تغلب المجربون، وشبابها المتطلعون للدفاع عن أمجاد القبيلة، وهم في رباط دائم، كلما سمعوا صيحة طاروا إليها في ترسانتهم الحربية المدمرة، وحين تضع الحرب أوزارها يتكتلون في جماعات صغيرة، يترقبون نداء المنادي، وصيحة المستغيث.

تبدو تغلب قوةً لا تُقهر، ولذلك يقوم عمرو بن كلثوم بتغييب العدو عن المشهد، وكأنه حين يغيّبه، يؤكد أنه عدوٌ لا يؤبه به، فلا يظهر إلا في شطر بيتٍ يهرُّ كما تهرّ الكلاب، فله القول، ولتغلب الفعل، وهذا غمطٌ لقيمةِ أبناء العُمومة الذين خاض معهم عمرو حروباً دامية، امتدت أكثر من أربعين عاماً، وذاق من بطشهم ما ذاق.

هذا موقفٌ استعلائيٌّ لا يتفق مع تقاليد الشاعر العربي الذي ينتصف لخصمه قبل أن يُنصف نفسه؛ لأن الخصومة لها شرفها الذي يحرص عليه الشاعر العربي، ولكنّها أنفة عمرو التي لا تؤمن بأحدٍ سواه، وثورة الكرامة التي تعصف بكل شيء.

戴银白的头盔，配备长枪短剑，任他坎坷平川；他们的战袍被敌人的鲜血染红，队伍里有身经百战的老兵，也有壮志凌云的青年，他们组成一条永恒的纽带，召之即来，来之能战，而当战争结束，则四散驻扎，枕戈待命，扶危济难。

台额利布部落似乎是一股不可战胜的力量。诗人阿慕鲁·本·库勒苏姆对敌人几乎不着笔墨，刻意将之从诗文中隐去，就好像完全没把敌人放在眼里。诗中仅有半个联句提到敌人像狗一样狂吠，光说不练，而台额利布部落则用行动说话。这是诗人对堂兄弟们（伯克尔部落）的藐视，在长达四十年的血腥战争中，诗人的部落饱尝其残暴之苦。

这是一种盛气凌人的态度，并不符合阿拉伯诗人的传统。阿拉伯诗人在为自己讨回公道之前，往往先为对手正名，因为他们认为，对手的身份越高，与之对抗越是荣耀。但阿慕鲁为人如此倨傲，已经达到唯我独尊的地步，他强烈的自尊心横扫一切。

المشهد الخامس

أسئلة الحرية

٤٤. بأيِّ مشيئة عمرَو بنَ هندٍ   نكون لِقَيلِكم فيها قطِينا

٤٥. بأيِّ مشيئةٍ عمرَو بنَ هندٍ   تُطيعُ بنا الوُشاةَ وتزدرِينا

٤٦. تَهدّدْنا وأوعِدنا رويداً   متى كُنّا لِأُمِّكَ مَقْتَوِينا

٤٧. فإنَّ قناتَنا يا عمرو أعيت   على الأعداءِ قبلكَ أن تلينا

٤٨. إذا عضّ الثِقافُ بها اشمأزّت   وولَّتهُم عشوزّنَةً زَبونا

٤٩. عَشَوزَنةٌ إذا انقلبت أرنّت   تدقُّ قفا المُثقِّفَ والجبينا

٥٠. فهل حُدِّثتَ في جُشَمَ بنِ بكرٍ   بنقصٍ في خُطوبِ الأوّلينا

سؤال الحرية هو السؤال المركزي في المعلّقة. سؤالٌ يطرحه شاعرٌ ثائر على ملك مستبدّ، لقّب بمضرّط الحجارة لقوة ملكه، والمحرّق الثاني؛ لأنه حرّق بني تميم بالنار. لأي سببٍ تريد أن نكون عبيداً لك وقد خلقنا أحراراً؟ ولماذا تطيع الواشين بنا وتحتقرنا؟ ونحن أهل المجد والسؤدد، ومتى كنّا عبيداً لأمّك؟، ونحن أبناء قبيلة لو تأخر الإسلام لأكلت الناس كما يذكر المؤرخون.

第五幕

自由的问题

44. 你阿慕鲁·本·杏德，岂能恣意，

尊己卑人，将我们驱使奴役？

45. 你阿慕鲁·本·杏德，岂能恣意，

听信谗言，对我们污蔑贬低？

46. 你虚张声势，恫吓威胁，且慢，

我们何时竟成了丫头小厮，供你母亲使唤？

47. 你可知道，我们从不卑躬屈膝，

多少劲敌在前也不曾告饶，何况是你？

48. 谁想让我们俯首称臣、卑屈驯服，

无不落得自讨苦吃、自取其辱。

49. 指向我们的矛头必将返转折过，

让那挑衅者落得引火烧身、自食其果。

50. 你何时可曾听何人提起，

朱舍姆·本·伯克尔在哪次

战斗中出师未捷？

自由是阿慕鲁的《悬诗》的核心议题，也是这位革命诗人向专制君王发出的质问。这个君王生性凶残，因其暴虐而被人冠以“石匠”的绰号，还因火烧泰米姆部落的人们而被称为“第二焚烧炉”，但诗人却毫不畏惧，他责问：我们生来自由，你凭什么要我们成为你的奴隶？你又为什么听信诽谤

أسئلة لم يكن ينتظر لها عمرو بن كلثوم إجابة؛ لأن إجابتها معلومة لديه سلفاً. إنها أسئلة استنكار واستهجان وطلب إقرار بفساد السلطة، متى استعبدتم الناس وقد ولدتهم أمهاتهم أحراراً كما قال الخليفة الفاروق رضي الله عنه، ورفضٌ للاستعباد، وإنكارٌ للغطرسة والجبروت، ولن يستطيع أحدٌ أن يمتطي ظهرك إلّا إذا انحنيت له كما قال مارتن لوثر.

هنا يعلن عمرو بن كلثوم التحدي، ويبدأ في استعراض قوته التي لا تقهر، وقناته التي لا تلين. إنها قناة صلبة، ترفض التطويع، فكل من أراد تعديل اعوجاجها، صرخت في وجهه، وضربت وجهه وقفاه.

هذه القناة رمزٌ شعريٌّ للكرامة التي لا تمسّ، والعرض الذي لا يُدنّس، وهي كرامة متوارثة، وعرض مصون، لا مجال للتفريط والمساومة فيه.

者，对我们轻视贬低？我们的荣耀与功绩傍身，什么时候又成了你母亲的奴隶？我们可是台额利布部落的子孙！正如史学家们所说，要不是伊斯兰教及时降世，各个部落的人们早就被台额利布部落赶尽杀绝了。

诗人阿慕鲁·本·库勒苏姆并没有等待对方回答，因为答案他早就知道。他的提问意在谴责、抨击，直指王权的腐败。正如哈里发法鲁格（الخليفة الفاروق）所说："人们生来自由，你们怎能随意奴役他人？"诗人由此也表达了拒绝被人奴役的心声，对专横跋扈者的反抗，他的态度就像马丁·路德所言："除非你弯下腰，否则别人是不可能骑上你的背的。"[①]

此处，诗人阿慕鲁·本·库勒苏姆公然宣示发起挑战，开始展示自己不可战胜的力量和宁折不弯的矛枪。他刚毅不屈，拒绝妥协，谁要是想扭折这把矛枪，它必迎面刺去，一枪封喉。

此处的"矛枪"是一种诗意的象征，意指不可触碰的尊严和不可践踏的节操，被世代传承和守护，没有怠慢妥协的余地。

① 此语应为小马丁·路德·金所言，英文原文为：A man can't ride your back unless it is bent。（译者注）

المشهد السادس

وراثة المجد

٥١. وَرِثنا مجدَ علقمةَ بنِ سيفٍ أباحَ لنا حُصونَ المجدِ دِينا
٥٢. ورثتُ مُهلهِلاً والخيرُ منه زُهيراً نعمَ ذُخرَ الذّاخِرينا
٥٣. وعتّاباً وكُلثوماً جميعاً بهم نِلنا تُراثَ الأكرمينا
٥٤. وذا البُرةِ الذي حُدِّثتَ عنه به نُحمى ونَحمي المُلجَئينا
٥٥. ومِنّا قبلَهُ السّاعي كُليبٌ فأيُّ المجدِ إلا قد وَلينا
٥٦. متى نعقِد قرينَتَنا بحبلٍ نجُذُّ الحبلَ أو نَقِصِ القرينا
٥٧. ونُوجَدُ نحن أمنعُهُم ذِماراً وأوفاهُم إذا عقدوا يَمينا

第六幕

光荣的传承

51. 我们从阿勒盖麦[①]继承了荣光，
他骁勇非常，留下功勋无上。

52. 穆海勒希勒[②]创下光大前业，
祖海尔[③]更是不朽先烈。

53. 阿塔布[④]、库勒苏姆[⑤]齐辉双璧，
在古圣先贤中占有一席之地。

54. 祖·布拉[⑥]的名号如雷贯耳，
他爱恤民命，令天下寒士欢颜。

55. 在他之前还有库莱布[⑦]，
世间岂有我们未及之荣誉？

56. 我们一招制敌，如驾驼驭马，
或快斩绳缰，或断其颈项。

57. 我们履行职责，毫不推诿，
言既出必果，纵驷马亦难追。

---

① 阿勒盖麦（علقمة），全名阿勒盖麦·本·赛福，为台额利布部落的一位首领。（译者注）

② 穆海勒希勒（مهلهل），即穆海勒希勒·本·拉比阿，是诗人阿慕鲁·本·库勒苏姆的舅舅。（译者注）

③ 祖海尔（زهير），全名为祖海尔·本·杰萨姆（زهير بن جشم），是诗人阿慕鲁·本·库勒苏姆的外公。（译者注）

④ 阿塔布（عتاب），诗人阿慕鲁·本·库勒苏姆的祖父。（译者注）

⑤ 库勒苏姆（كلثوم），诗人的父亲。（译者注）

⑥ 祖·布拉（ذو البرة），台额利布部落的一位首领。（译者注）

⑦ 库莱布（كليب），又译库莱人，即库莱布·本·沃伊勒（كليب بن وائل）。（译者注）

٥٨. ونحنُ غداةَ أُوقِدَ في خَزَازٍ رَفَدْنا فوق رِفْدِ الرّافِدينا

٥٩. ونحنُ الحابِسونَ بِذي أُراطَى تَسَفُّ الجِلّةُ الخُورُ الدّرِينا

٦٠. ونحن الحاكمون إذا أُطِعنا ونحنُ العازِمونَ إذا عُصينا

٦١. ونحن التاركون لما سَخِطنا ونحن الآخِذونَ لِما رضينا

٦٢. وكُنّا الأيمَنِينَ إذا التقينا وكان الأيسرينَ بنو أبينا

٦٣. فصالوا صولةً فيمن يليهم وصُلْنا صولةً فيمن يَلينا

٦٤. فآبوا بالنِّهابِ وبالسبايا وأُبنا بالملوكِ مُصفّدينا

مجد تغلب مضمخٌ بالدم، وكرامتهم محروسة بتاريخ من التضحيات قدمها الآباء والأجداد، وتركوها بيضاء ناصعة للأبناء والأحفاد، وهذه الحراسة هي التي أكسبت جشم بن بكر وبنيه هذا المجد الراسخ، والذكر الخالد. شرفٌ عظيمٌ مسوّر برؤوس الرماح وشفرات السيوف، وتضحيات الأبطال.

كرامة لها هذا الإرث العظيم، والتاريخ المضيء، لا مجال فيها لأنصاف المواقف، ولا أنصاف الحلول، ولذلك فهي كرامة موصولة بالنصر والتمكين.

أهلها أمنع الناس عرضاً، وأوفاهم عهداً، وأكثرهم رفداً، وأجلهم سخاءً، إذا حكموا عدلوا، وإذا عُصوا أعادوا العاصي إلى رشده، وإذا طلبوا أمراً نالوه، وإذا رفضوا أمراً لم يُجبروا على قبوله. أصحاب يد طولى في اللقاء والعطاء.

58. 那一天，赫扎兹[①]战火连天，
　　我们拔刀相助，贡献超凡。
59. 我们驻守在祖·乌拉塔[②]直到弹尽粮绝，
　　产奶的骆驼把干草枯叶都啃食咀嚼。
60. 对于良民，我们是明君，
　　对于暴民，我们毫不留情。
61. 我们不爱什么，就干脆摒弃，
　　中意什么，便来者不拒。
62. 两军对峙，我们勇守右方，
　　一众弟兄列队在左，固若金汤。
63. 他们向敌人发起猛攻，
　　我们也不甘落后，越战越勇。
64. 他们得胜归来，缴获奴婢牲畜，
　　我们也班师回朝，
　　押解的俘虏尽是王公贵族。

台额利布部落的荣耀被鲜血浸透，部落的尊严是父辈、祖辈英勇牺牲换来的，他们留给子孙的尊严纯白无瑕。对尊严的守护让朱舍姆·本·伯克尔和他的儿子们名垂青史，成为后人永远的记忆。先辈的英雄们投枪挥剑，刀口舔血，牺牲无数，才换来如此伟大的荣耀。

部落的尊严是伟大的遗产，是光辉的历史，需要立场坚定，没有什么公正的解决办法。这种尊严关乎胜利，也关乎能力。

台额利布部落人最为坚贞、最为守信、最为慷慨、最爱助人为乐。若遇官司，他们必公正判决；若对暴民，他们则无情惩治。他们想要什么，定能

---

① 赫扎兹（خزاز），贾希利叶时期台额利布部落的一次战争的名字，又称“赫扎兹之日”。
② 祖·乌拉塔（ذو أراطى），阿拉伯地名，祖·乌拉塔战役（又称“祖·乌拉塔之日”）发生的地方。

كرامة عمرو بن كلثوم بدأت من داخل البيت، بحماية العرض الذي هو مركز الشرف، وعاصمة الكرامة عند العربي، وتفتحت على المجتمع وفاءً بالعهد، وإيثاراً للرعية، وقيادة للقبيلة، وحراسة لقيمها، ودفعاً للمعتدي.

لقد أصبحت هذه الكرامة ماركة مسجلة باسم تغلب، تعيها كل قبائل العرب، فلا يجرؤ أحدٌ على التعدّي عليها، ولا يقدر على حمل تبعاتها إلا أولو العزم من الكرام. هذه الكرامة ترتفع بتغلب لمعالي الأمور، فإذا التقوا بأبناء عمومتهم في معارك الكرامة، عاد الخصوم بالسبايا والأموال المنهوبة، وعادت تغلب بالملوك مقيدين بالأغلال.

هذه الاحتفاء بالكرامة لم يكن ترفاً وجدانياً يُروى. إنه تجربة تُحكى، ودعوى مصحوبة بالبرهان. لقد أراد عمرو بن هند اختبار صلابة هذه القناة، فخسر حياته، وهو الملك الجبار، فالكرامة لا تتجزأ، وليست موضعاً لاختبار القدرات، وتحديد المواقف.

得到；若是拒绝什么，面对威逼利诱也不会接受。他们总会见义勇为，仗义相助。

诗中，诗人阿慕鲁·本·库勒苏姆的尊严萌发于对“节操”的维护——所谓“节操”是荣耀的关键，也是阿拉伯人的尊严的核心所在。诗人的尊严真正得到发扬，是当他在那个时代面对社会言出必行、体恤民命、引领部落、守护价值、击退外敌之时。

这种尊严已经成为台额利布部落的标签，在阿拉伯各个部落中有口皆碑。无人胆敢挑战，也只有那些最有决心最慷慨大方的人才能够继承。正是这种尊严让台额利布部落至高无上，如果他们在尊严之战中遇到堂兄弟们，对方会缴纳奴婢金钱而来，而台额利布部族的人则会俘虏王公贵族凯旋而归。

这种对尊严的推崇并非传说中内心的浮夸，而是一种被广为传颂的实际经历，是证据确凿的主张。阿慕鲁·本·杳德胆敢试探台额利布部落的底线，即使贵为君王，霸道强横，却也为此丢了性命。因为尊严不是儿戏，不能用来测试实力、确定立场。

المشهد السابع

بيان ثوري

٦٥. إليكم يا بني بكرٍ إليكم　　أَلَمّا تعرفوا منّا اليقينا

٦٦. ألـمّا تعرفوا منّا ومنكم　　كتائبَ يطّعِنَّ ويرتمينا

٦٧. علينا البَيضُ واليلَبُ اليماني　　وأسيافٌ يقُمنَ وينحنينا

٦٨. علينا كُلُّ سابِغةٍ دِلاصٍ　　ترى فوقَ النّجادِ لها غُضُونا

٦٩. إذا وُضِعت عن الأبطالِ يوماً　　رأيتَ لها جُلودَ القومِ جُونا

٧٠. كأنَّ مُتونَهُنَّ مُتونُ غُدْرٍ　　تُصفِّقُها الرّياحُ إذا جرينا

٧١. وتحمِلُنا غداةَ الرّوعِ جُرْدٌ　　عُرِفنَ لنا نقائذَ وافتُلينا

٧٢. ورثناهُنَّ عن آباءِ صدقٍ　　ونُورِثُها إذا مِتْنا بنينا

٧٣. وقد عَلِمَ القبائلُ من مَعدٍّ　　إذا قُبَبٌ بأبطَحِها بُنينا

第七幕

革命宣言

65. 伯克尔人，你们且好自为之！
　　难道还没看清我们的来历？
66. 难道还不明白你我双方对峙
　　是如何剑拔弩张、烽烟四起？
67. 我们头顶战盔，里衬由也门巧匠缝得，
　　我们手持钢刀，或笔直冲天，或弯似新月。
68. 我们负坚执锐，擐甲披袍，
　　只有佩剑的腰带在铠甲勒出折痕一道。
69. 有朝一日，将士们若解下战衣，
　　你会看到他们的皮肤已经被磨出印迹。
70. 盔甲的鳞片好似微波水面，
　　风儿吹拂，一片水光潋滟。
71. 我们的坐骑良驹经历了几多惊心动魄，
　　与我们熟稔多年，自从它们被从战争中缴获。
72. 父辈将它们传给我们，
　　我们死后，又将传给儿孙。
73. 当我们在谷地支起一顶顶帐篷，
　　迈阿德各部落便已经心知肚明……

٧٤. بأنّـا الـعـاصِـمـونَ بـكُـلِّ كَـحْـلٍ   وأنّـا الـبـاذِلـونَ لِـمُـجـتـدِيـنـا
٧٥. وأنّـا الـمـانِـعـونَ لِـمـا يـلـيـنـا   إذا مـا الـبِـيـضُ فـارقَـتِ الـجُـفُـونـا
٧٦. وأنّـا الـمـانـعـونَ إذا قَـدَرْنـا   وأنّـا الـمُـهـلِـكـونَ إذا أُتِـيـنـا
٧٧. وأنّـا الـشّـاربـونَ الـمـاءَ صـفـواً   ويَـشـرَبُ غـيـرُنـا كَـدَراً وطِـيـنـا

كل هذه التحذيرات المتعاقبة التي يطلقها عمرو بن كلثوم كانت ردّاً على تهديدات عمرو بن هند، ووعيده، وتحولت بعد مقتله إلى نشيد لثورة إنسان الصحراء ضد الطغيان والاستبداد الذي كان عمرو بن هند رمزه الخالد.

خصم عمرو بن كلثوم هو عمرو بن هند الذي كان ينبغي أن ينسيه كل خصومه، فهو قمة الهرم الاجتماعي، ومركز القوة الذي يهابه كل الناس، لكن عمرو بن كلثوم يستحضر في تهديده للملك تاريخ تغلب في صراعها مع قبيلة إياد، التي طردتها ربيعة من جزيرة العرب وأجلتها إلى العراق، محذراً ومذكراً بكتائب الموت، وحفلات الدم، ومستعرضاً ترسانة قبيلته العسكرية، من الدروع الحديدية السابغة، التي أحكم سردها، ولوّنت أجساد أصحابها بالسواد من كثرة لبسها في معارك العزة والكرامة، وكأن تعرجات نسيجها طرائق الماء إذا هبّت عليها الرياح، والسيوف الحداد، والخوذات اللامعة، والخيول الجرد المخلصة من أيادي الأعداء، التي ورِثها الآباء، وسيورثونها الأبناء، فالخير معقود بنواصيها إلى أن تقوم الساعة.

74. 遇到凶年饥岁，民不聊生，
　　我们就解衣推食，与人为善。
75. 如果外敌进犯，就利剑出鞘，
　　我们必奋起抵抗，护苍生老少。
76. 我们殚精竭虑，防御外敌，
　　人若犯我，定聚而歼之。
77. 只有清澈泉水我们才愿意饮啜，
　　而别人则只顾豪饮，不管泥浆浑浊。

诗人阿慕鲁·本·库勒苏姆发出这一系列警告，意在回应阿慕鲁·本·杏德的恫吓威胁，随着后者被杀，又转化成一曲沙漠居民反暴君、反暴政的革命颂歌，而已故的阿慕鲁·本·杏德则成了暴政的永恒象征。

诗人阿慕鲁·本·库勒苏姆的敌手阿慕鲁·本·杏德位于社会权力金字塔的顶端，与他相比，诗人部落曾经有过的其他对手理应显得不值一提，但是诗人却在对该王的威胁中回顾了台额利布部落与伊亚德部落（قبيلة إياد）的战争史，回顾先祖拉比亚如何将他们逐出阿拉伯半岛，赶到伊拉克。他借此警告和提醒对手，小心他们部落的死亡连队和鲜血晚会，还炫耀部落的精良武器：铁盾铠甲牢不可破，在多年征战的将士们皮肤上留下黑印；盔甲亮片闪闪，好似微风拂水，波光粼粼；宝剑锋利，头盔闪亮；父辈把从敌人手中缴获的良驹传给他们，他们又将其传给儿孙，良驹伴着先祖的恩泽，直到当下。

المشهد الثامن

ضيوف على مائدة الموت

٧٨. ألا سائلْ بني الطمّاحِ عنّا   ودُعْميّاً فكيفَ وجدتُمونا

٧٩. نزلتُم منزِلَ الأضيافِ منّا   فعجّلنا القِرى أن تشتُمونا

٨٠. قريناكُم فعجّلنا قِراكُم   قُبيلَ الصُّبحِ مِرداةً طَحونا

٨١. يكونُ ثِفالُها شرقيَّ نجدٍ   ولُهوتُها قُضاعةُ أجمعينا

٨٢. على آثارِنا بِيضٌ حِسانٌ   نُحاذرُ أن تُقسّمَ أو تهونا

٨٣. ظعائنُ من بني جُشمَ بنِ بكرٍ   خلطنَ بِميسَمٍ حَسَباً ودِينا

٨٤. أخذنَ على بُعولتِهنّ عهداً   إذا لاقوا كتائبَ مُعلِمينا

٨٥. لَيستلبُنَّ أبداناً وبَيضاً   وأسرى في الحديدِ مُقرّنينا

第八幕

死亡宴席的来客

78. 你去问问塔玛赫和杜阿米族[1]人，

　　且看他们对我们有何评论？

79. 你们前来做客，我们倒履相迎，

　　不曾想你们却以怨报德、翻脸无情！

80. 我们倒履相迎，你们这座上的稀客，

　　我们在日出之前，已备好骁勇的战磨！

81. 这战磨的衬垫已经延伸到内志东边，

　　古达阿部落已经全部被倒入磨眼！

82. 肤白貌美的女眷跟随我们出征沙场，

　　我们护佑她们平安，免受掳虐痛伤。

83. 朱舍姆部落的姑娘美貌天成，

　　门第高贵，信仰坚贞。

84. 她们与丈夫严正宣誓，

　　敌军阵前，不得退缩闪避。

85. 必须缴回敌方铠甲刀剑，

　　押回战俘，牵着锁链。

① 塔玛赫（الطماح），全名为塔马赫·纳马拉·本·伊亚德（الطماح نمارة بن اياد），杜阿米（دعمي）的全名是杜阿米·本·伊亚德·本·尼扎尔（دعمى بن اياد بن نزار），两者都属于伊亚德部族，都在战争中幸存下来。（译者注）

٨٦. إذا ما رُحنَ يمشينَ الهُوينى   كما اضطربت متونُ الشّارِبينا
٨٧. يقُتنَ جِيادَنا ويقُلنَ لستُم   بُعولَتَنا إذا لم تمنعونا
٨٨. إذا لم نَحمِهِنّ فلا بَقينا   لشيءٍ بعدهِنّ ولا حيينا
٨٩. وما منعَ الظعائنَ مثلُ ضربٍ   ترى منه السّواعِدَ كالقُلِينا
٩٠. إذا ما المَلْكُ سامَ النّاسَ خسْفاً   أبينا أن يُقِرَّ الخسفَ فينا
٩١. ألا لا يجهَلَنْ أحدٌ علينا   فنجهلَ فوقَ جهلِ الجاهِلينا
٩٢. لنا الدّنيا وما أمسى عليها   ونبطِشُ حين نبطِشُ قادِرينا
٩٣. بُغاةً ظالمين وما ظُلِمنا   ولكنّا سنبدأُ ظالمينا
٩٤. ملأنا البحرَ حتّى ضاقَ عنّا   ونحنُ البحرَ نملؤه سَفينا

بادرت تغلب خصومها بحرب ضروس، واستضافتهم بأسنة الرماح وشفرات السيوف، مخافة الهزيمة التي ستخدش تاريخ الكرامة التي كانت مسئولية قبيلة تغلب، ومحور تاريخها المجيد.

لقد قام بواجب الضيافة كتيبة كثيرة العدة، ذات تدريب عالٍ، تطحن العدو طحناً، على امتداد الصحراء، مسرحها شرقي نجد، وقضاعة حبها المطحون.

في هذا السياق تظهر المرأة من جديد، فالمرأة جوهرة تاج الكرامة، ومحور النخوة في معلّقة

86. 她们步履缓慢，姿态婀娜，
似浅醉微醺，摇曳婆娑。
87. 她们喂饱战马，对我们高呼：
保护不了妻子的，枉为丈夫！
88. 若果真未能保她们安好，我们宁愿死去，
也不想在她们身后，还苟活于世。
89. 保护女眷莫如杀敌奋战，
直到敌人的手臂迎刀而断、
像玩具在空中滚翻。
90. 即使有君王对臣民残酷暴虐，
我们也必定防微杜渐、引以为戒。
91. 任谁也不许对我们愚弄戏耍，
否则我们将严惩不贷、以牙还牙。
92. 天下之大，我们尽可收入囊中，
只要我们一鼓作气，陷阵冲锋。
93. 我们势如枭雄，却从不恃强凌弱，
今后也将一鸣惊人，不再瞻前顾后。
94. 四海之大，任我们纵横驰骋，
舰队满载，我们将扬帆远征。

在杜鲁斯（ضروس）战争中，台额利布部落主动向对手发起进攻，用矛头剑刃招待他们，生怕失败会玷污了尊严的历史，这是台额利布部落的责任，也是其光荣历史的核心。

训练有素的庞大军团执行着“待客之礼”，战磨将敌人打击得粉身碎

عمرو بن كلثوم؛ لذلك يخوض معركته، وقلبه معلّق بهذه الجوهرة النفيسة، والبيضة المكنونة، التي لا يقبل المساس بها، لأن المساس بها هدمٌ لتاريخ طويل معبد بالدماء والتضحيات.

لقد أخذ نساء تغلب على أزواجهنّ عهداً ألّا يتولوا يوم الزحف، وأن يعودوا برايات النصر، وسلاح الأعداء، وأسراهم المصفّدين بالأغلال.

في هذا السياق الدامي يظهرن في عرض أنثوي لافت، يكشف جماليات الجسد ومفاتنه، وبلغة أنثويّة ماكرة، تجمع بين الحب والتهديد، قائلات لأزواجهن المحاربين: لستنّ أزواجنا إن لم تمنعونا، فتكون الإجابة فعلاً لا قولاً؛ لأن المسألة مسألة وجود، فلا معنى للحياة بلا كرامة.

تبدو المرأة في ختام القصيدة كما ظهرت في أولها وهي في ظعنها، لكنها هناك راحلة عاتبة قلقة صامتة لا تجيب، وهنا مقيمة تحفز للحرب، وتدفع للذود عن العرض والكرامة، وتستعرض مفاتن الجسد.

وتختتم القصيدة بالتذكير بمصير عمرو بن هند الذي أراد أن يمس هذه الكرامة، فدفع حياته ثمناً لمحاولته الانتقاص منها، والمساس بها. إنها الحقيقة التي لا ينبغي الجهل بها؛ لأن الجهل بحقيقة هذه الكرامة نتيجته الموت، فالشرف العظيم لا يسلم إلا بالدم المراق، والظلم، والملكية المطلقة، وهي التي حرست الكرامة، وحمت الصحراء، وانتهت إلى البحر الذي ملأته بالسفن، فدان لها الكون كله.

إن عمرو بن كلثوم وريث تاريخ مجيد للكرامة، لكنه بهذه الأسئلة الشائكة الرافضة للاستكانة والذل يؤكد أن الكرامة تصنع ولا تورث، وأن المُطالِب بالحرية لن يسكت إلا إذا حصل عليها؛ لأن الحرية هي روح الإنسان وأنفاسه.

骨，横穿沙漠延伸至内志东边，古达阿部落已被磨成齑粉。

在此情境中，女性的身影再次出现。女人是尊严王冠上的明珠，是阿慕鲁的《悬诗》中引以为傲的珍宝。因此即使身在战场，他心里依旧牵挂着这颗珍贵的明珠，这块不容亵渎的白玉。假如她竟被他人染指，那将是对鲜血和牺牲铸就的悠久历史的破坏。

台额利布部落的女眷要求她们的丈夫发誓：上阵绝不退缩，必须带着胜利的旗帜、敌人的武器和戴着镣铐的俘虏凯旋。

在这种血腥的语境下，她们展示出令人瞩目的女性特质。她们姿态婀娜妩媚，以一种掺杂了爱意与威胁的、狡猾的女性语言，对他们参战的丈夫说："保护不了妻子的，枉为丈夫！"丈夫空口无凭，必须以行动回答，因为事关生存，假如没有尊严，生命就没有意义。

诗的结尾，女性如开头那样乘坐着驼轿出现，但开头时的"她"正要离去，满腹抱怨，焦虑不安，沉默不答，这里的"她"却随军出行，鼓舞丈夫出战，奋力捍卫荣誉和尊严，也展示着自己的美貌。

诗的结尾交代了阿慕鲁·本·杏德的命运，他想轻渎、贬损台额利布部落的尊严，却为此付出了生命的代价。人们应该懂得尊严的真相，如果因无知而触犯尊严，就只有死路一条。要获得伟大的荣耀，只能流血牺牲，只能铁面无情，如此才能捍卫尊严，保护沙漠，纵横四海，令天下俯首折腰。

诗人阿慕鲁·本·库勒苏姆继承了先辈尊严的光荣历史，但在诗中，他拒绝俯首称臣、低三下四，强调尊严是创造出来的，而不是继承来的；强调追求自由的人不达目的绝不会罢休，因为自由是人的灵魂所在，像呼吸一样与生俱来。

阿慕鲁·本·库勒苏姆悬诗中的“小我”与“大我”

诗言志。在贾希利叶时期，《悬诗》作为阿拉伯文明幼年时期的文学作品，记录了阿拉伯人在原始公社制度没落崩溃时期的精神世界，是阿拉伯诗歌发展史上的第一次大丰收。我国学者仲跻昆指出，阿拉伯古诗传统的起兴方式多为诗人驻足于荒漠情人旧居遗址，追忆恋情与别离，并描绘恋人的美貌，这部分称为“纳西布”。随后是对沙漠旅途或诗人坐骑的描述，最后才进入主题，“或矜夸与豪情，或赞颂，或讽刺，或悼亡，或恋情，或咏酒，或申辩，致歉，不一而足。”①

以此标准，阿慕鲁·本·库勒苏姆的悬诗显得不如乌姆鲁勒·盖斯作品“典型”，他的悬诗始于咏酒，随后才是追忆恋人和惋惜别离，而占据大半篇幅的主题则很明显是矜夸。文如其人，阿慕鲁桀骜不驯，是台额利布部族出色的领袖，他文武双全，既是骁勇杀敌的战士，也是文采斐然的诗人。从阿慕鲁的悬诗中，我们得以认识他豪放不羁又敏感细腻的“小我”，和忠义且清高骄矜的“大我”。

一、酒神精神与诗意的萌生

与以盖斯为代表的悬诗诗人不一样，阿慕鲁并没有以凭吊故居、追忆情人的典型“纳西布”起兴，而是以“咏酒”的段落开启了这首悬诗。根据笔者手头的版本，“咏酒”的起兴共计五个联句，始于对倒酒女仆的召唤，继而对美酒的色泽进行描绘，随后用两个联句的篇幅交代了美酒使人忘却俗世

---

①［阿拉伯］乌姆鲁勒·盖斯等著：《悬诗》，仲跻昆译，商务印书馆，2019年，第20页。

烦恼的奇特功效。正当读者沉浸在这“宠辱皆忘、把酒临风”的迷醉中，诗人突然话锋一转，在下一联开始感叹人生的无常和死之将近，这不禁让人觉得上两个联句的喜悦迷醉状态只是暂时的逃避，就像手中易碎的小酒杯，而命运的无常和死神的渐近才是遮天蔽日的巨大阴影。不过，对这样的“命运”，诗人却并未流露出任何拒绝或对抗的态度，他爽快地接受了命运的荒诞和悲情，正如他豪迈地饮下杯中的美酒，一醉方休。

贾希利叶时期的阿拉伯人多将饮酒看成是阳刚与豪侠的行为，阿慕鲁笔下这种“悲剧性的陶醉”却更容易让人联想到尼采所谓的“酒神精神”。“酒神精神”得名于希腊神话中的酒神狄奥尼索斯，在古希腊神话中，狄奥尼索斯是个悲剧人物，他是宙斯的私生子，遭到天后赫拉的忌恨，饱受残疾、疯癫之苦，四处流浪。在流浪途中他教会农民们酿酒，因此成为酒神，即古希腊农民最喜欢的神明之一，古希腊悲剧正是从纪念他的酒神祭祀活动演化而来。有资料认为，希腊戏剧中的合唱使得孤立的阿波罗式的个人，成为整个欢乐的酒神群体的一部分，与这个群体一同赞美生活，接受生命的反复无常。

尼采在《悲剧的诞生》中将日神精神与酒神精神并举。相比阿波罗（日神）原则讲求的实事求是、理性和秩序，狄俄尼索斯（酒神）原则具有狂热、过度和不稳定的特质。酒神精神喻示着情绪的发泄，是抛弃传统束缚回归原始状态的生存体验，虽然一切存在必然走向灭亡，虽然世界充满着斗争、痛苦和毁灭，但人们“在短暂的瞬间就是原始存在本身”，因此能够感受到其“不可遏制的生存欲望和生存乐趣”。[①] 这种“酒神式”的悲剧审美情趣在阿慕鲁的悬诗中还有多处体现。在“咏酒”起兴过后的“忆情人”段落（第6–17联句）的最后，诗人用了两个类比（失去幼崽的母驼、九子夭折的老妇）来形容自己失去恋人的伤痛，随后好似与前文呼应一般。再次感叹前途命运的难以捉摸。这一次对命运无常的感叹可能是由于恋人变心、反复无常的表现联想得来，读者可以发现，诗人对变心的恋人也几乎没有责难，反倒是他自己有几分委屈。当然这样的情绪背后的一大原因恐怕是：严格针对女性的单偶制婚姻在那个时代尚未出现，至少还不盛行，诗人因而得以避开各种“礼教”的洗脑，作为一个纯粹的“人”、一个毫无杂质的“恋人”抒发失恋之痛。读者可以发现，诗人在这里似乎将恋人的反复无常也看作命运无常的一部分，因而才会用“失

① ［德］尼采：《悲剧的诞生》，杨恒达译，译林出版社，2020年，第122页。

去幼崽的母驼”“九子夭折的老妇”自比，好像恋人变心也是不可预知、不可抗拒的天灾人祸，就像是叼走小骆驼的野兽，像夺去幼童和青年的瘟疫或战乱。

实际上，古希腊的酒神祭祀仪式及其承载的“酒神精神”，由于以抒发个体内在情绪为目的，充满狂热、浮夸和不稳定性，与古代宗教式的狂喜和神性体验相关，让人们得以暂时脱离现实生活的俗务，回归自己的内心，又由内心窥视形而上的世界。在某种意义上，这种“酒神精神”与“诗意”显得异曲同工，看来阿慕鲁将“咏酒”作为“纳西布”可能并非偶然——正是“酒神精神”催生了“诗意”。

二、力比多与本能的释放

酒精导致的迷醉感还常被与爱情和性相提并论，“酒神精神”的意义中也含有爱欲这项内容。法语中的酒神节 orgie 一词直接来源于拉丁语的 origa，不仅指向狄俄尼索斯表示敬意的希腊节日，还包含“神秘”和“传递爱情”的引申含义，并带有“爱情、愤怒、狂热”等言外之意，与贾希利叶时期情诗的大体风格十分相似。描绘恋爱和恋人（即女性）之美的“恋爱”也是贾希利叶诗歌的一大母题，虽然后期也出现了柏拉图式的“贞情诗”，但“酒神”式的“艳情诗”还是占据着大半壁江山，毕竟贾希利叶时期少有后世“礼教”束缚。

在最负盛名的悬诗诗人盖斯的诗作中，追忆情人和咏酒的段落同样为后世所传唱。在阿慕鲁的悬诗中，咏酒的段落与赞美恋人的段落首尾相接，恐怕也不是偶然。阿慕鲁一边对恋人疑似变心、反复无常表示质问和嗔怪，一边又忍不住对她的美貌和风情赞不绝口。和常规的“艳情诗”作者一样，阿慕鲁关注恋人的肉体之美，并且不厌其烦地向读者描述她的肢体的各个部分。读者从其修辞中，不仅从“白色小母驼”这个喻体中感受到浓厚的沙漠风情，还能观察到生殖崇拜的色彩——读者会明确地发现，阿慕鲁和其他悬诗诗人一样，对恋人/女性丰腴的肉体十分痴迷，且十分强调其第二性征。与后世文学描绘美人的段落相比，阿慕鲁所作的“美人赋”的最大特点竟是缺乏对美人容貌和表情的描写，好像他对这些并不感兴趣。如此一来，他笔下的“美人”便像极了很多古文明出土的反映生殖崇拜的雕像——女体的脸部十分潦草，甚至整个头部都模糊不清，而身体的第二性征却得到高度夸张和强调。

生殖崇拜是存在于世界各地原始初民中的一种普遍现象，是人类生存本能的观念表现，也是人类先民追求幸福和族群兴旺发达的表示，具体表现为对生物界繁殖能力的赞美和向往。这种文化不仅直接表现在很多古文明遗留的“阿慕鲁悬诗”式美人形象中，还曲折地保留在现当代社会司空见惯的一些图样、纹饰和符号中。从阿拉伯古诗的角度，阿慕鲁笔下这种面容模糊、肉体丰腴的女性/恋人形象，恐怕正是贾希利叶时期“艳情诗”女性形象的共同特点——她是一个指征，指代任何一个青春勃发、具有性魅力和生殖力的女性。直到贾希利叶后期，出现了强调精神之爱的“贞情诗”，其女性形象才渐渐脱离这种“生殖崇拜”式的“无脸美人”模式，成为具体的个人：莱伊拉或布赛娜等。

“无脸美人”的女性/恋人形象与其说是对当时某个美丽女性形象的描摹，不如说是诗人/男性力比多或生本能的投射。文学作品，尤其诗歌这种带有强烈个人色彩的文学作品，带有作者的主观烙印，本是情理之中的事，因此以阿慕鲁情诗为代表的贾希利叶情诗便集中地映照出蓬勃的力比多和生本能。

力比多（libido）是一个精神分析术语，首先由弗洛伊德在1894年提出，亦称欲力、性力、心力。在《性学三论》（1905）中，弗洛伊德指出，力比多指一种与性本能有联系的潜在能量，最初他用力比多指性欲或性冲动，但这里的“性”并非生殖意义的“性”，而是泛指一切身体器官的快感。这一概念随后被扩展为机体生存、趋乐避苦的本能欲望，从而显得和另一个精神分析概念“生本能”殊途同归——是一种与“死”的本能相反的“生”的本能，弗洛伊德将其看作是人的一切心理活动和行为的动力源泉。

借由“力比多/生本能”概念的多重内涵，读者可以顿时明白，为什么在贾希利叶《悬诗》中，咏酒、恋爱和征战抗敌不仅能并列成为最常见的几大题材，而且常常接踵而至、浑然一体。自不必说饮酒和恋爱同属于“饮食男女”式的基本感官享受，“饮酒”所伴随的饮食活动和“恋爱”导向的生殖繁衍活动也同有保障机体生存，甚至促进族群扩大的目的，这与抗敌征战的目的又不谋而合。

阿慕鲁悬诗对战争场面的描写篇幅远大于“咏酒”和“恋爱”的段落，

第一处矜夸战绩和描述战争的段落便横跨第18–43联句。如果说后两者的描写均带有某种“独怆然而涕下”的莫名感伤，那么征战描写则全无这些伤春悲秋的长吁短叹，只留下气贯山河的豪迈英武。在阿慕鲁笔下，他所属的部落战无不胜，所向披靡，战争对于他们几乎成为一种狂欢式大型行为艺术：

我们扛着白色战旗浴血鏖战，
　　凯旋时白旗已是殷红一片。
刀光剑影，令人目眩神摇，
　　好似顽童嬉戏，将玩具扔抛。
我军岿然不动，全副武装，
　　如破竹一往无前，浩浩荡荡。[①]

史料显示，贾希利叶时期的阿拉伯半岛生产力水平极为低下，资源匮乏，部落征战司空见惯。可想而知，较强的军事力量是部落得以生存和发展的先决条件，尚武精神蔚然成风便也在情理之中。阿慕鲁在其悬诗中对本部落军事力量的炫耀实际就是对本族群“生命力”的展示，也出于自我保存的本能。

然而，正如生与死互相依存，生本能与死本能也是一枚硬币的两面。无论在哪个时代，战争都是残酷的，对己方的保全必须伴随着对对手的消灭。因此，在阿慕鲁的战争书写中，对己方的矜夸自然要伴随对敌人溃不成军之惨状的贬损：

我们一旦向谁转动战争的磨盘，
　　谁就粉身碎骨、踪影难辨。
我们用它将敌军的头颅劈砍，
　　颈项如草茎在刀下齐齐裂断。
痛斩穷寇，我们毫不手软，
　　无计可施，他们只得束手就范。[②]

① 见本书，第297、303页。
② 见本书，第301、303页。

这类描写显得暴力血腥、冷酷无情。但它不仅是对冷兵器时代残酷战争场面的客观记述，也是对矜夸本部落武力的必要补充——在残酷的战争中，本部落对敌方的对抗、攻击甚至杀戮，明显属于弗洛伊德所谓死本能的范畴。按照弗洛伊德的主张，对外侵犯和攻击是死本能的一大表现形式，它导致对他人的仇恨、攻击和谋杀等破坏性行为，甚至上升到对其他国家民族的侵略和屠杀等毁灭性行为。可见，战争本身就是人类死本能的表征，交战双方的胜负互为前提、此消彼长，正如人类的生本能和死本能并行不悖。

值得玩味的是，弗洛伊德还指出，死本能的攻击除了针对外部对象，还可能针对人自己，表现为生活中的自虐、自残甚至自杀等自毁行为。然而，这种向内攻击的死本能在弗洛伊德等人看来却与生本能并不矛盾：他曾引用叔本华的话指出，“所有的生命目标都是死亡”，换言之，生本能在某种意义上，其实是为死本能服务的——我们回到阿慕鲁的悬诗所描述的生活场景：部落通过对外攻击的死本能力克强敌，保障了本族群的生存和兴旺，也赢得了更多的资源可供饮酒作乐，尽情地满足生本能，可是到头来，阿慕鲁又怆然感叹“死神逼近、前途莫测”，全然没有了杀敌时的奋勇和不屈——这种形而上的坐以待毙心态何尝又不是一种自毁的死本能，正如一千多年后的弗洛伊德所言：“本能冲动的本身一定是爱欲和毁灭性的混合。”[①]

当然，无论是弗洛伊德所谓“生本能终究服务于死本能”的论断，还是阿慕鲁坐以待毙的感叹，归根结底都是颠扑不破“人固有一死”的自然法则，但是从更高的层面来说，两人并没有因而陷入彻底的虚无。弗洛伊德的门徒荣格反对老师的泛性论，发展了力比多这一概念，认为它不仅指与性相关的本能，还应包括个体自身发展或个性化过程中的自由创造力，在荣格那里，力比多成为一种心灵能量。从这个角度，面对不可避免的死亡，阿慕鲁并不曾真正消极地坐以待毙——他用创造力，用诗歌之无限，超越了生之有涯。

三、责任、气节与超我的形成

如前文所述，阿慕鲁的悬诗中“咏酒”“恋爱”和“战争”的段落主要

① ［奥］西格蒙德·弗洛伊德著，车文博主编：《弗洛伊德文集》（卷8），长春出版社，2004年，第233页。

反映作者精神世界中的本能欲望，也是人类最原始的欲望，可以对应为弗洛伊德人格结构中的“本我”部分，在弗氏看来是幼儿精神人格的全部，我们不妨也可类比为早期人类的原始状态。可是，正如幼儿逐渐积累经验、接受教育，早期阿拉伯部落族群也逐渐发展成熟，形成独特的社会文化和道德价值——作为社会文化和道德价值产物的超我便得以形成。由于贾希利叶诗歌大多体现出高度的浪漫主义和理想主义倾向，我们往往可以从中窥见诗人超我的构建，而其精神人格中遵从现实主义原则、处理现实需求的自我，则常常从诗歌的豪情壮志中隐身。

在阿慕鲁的悬诗进入“矜夸与豪情”的主题部分后，这种“理想\超我”得到强调和夸大、而“现实\自我”被忽略不计的倾向显得尤为明显。此外还需注意，这里的超我不仅是诗人自己的超我，而且在很大程度上可以说是贾希利叶时期阿拉伯部落中成年男性共同的超我。超我出现的段落以“矜夸”为主题，顾名思义，“矜夸”主题的段落内容为诗人对本部落、家族甚至是对本人的夸耀，在悬诗中也是十分常见的题材。但是可以预料，既然目的是“矜夸”，那么这样的段落与其说为读者保留对历史事实的忠实记录，不如说是向读者介绍诗人心中对自己、自己家族和部落“应该怎样”的理想，至少在很大程度上是如此。

与前文“咏酒”“恋爱”主题的段落相比，“矜夸”段落明显不同，它放弃了本我的唯乐原则，表现出利他主义精神，而且体现出对抽象道德价值和精神的描述和赞美——这非常近似超我的完美原则。换言之，超我相当于个体为自己所设的行为价值标准，个体以此为榜样努力实现自己的理想。总体而言，阿慕鲁悬诗中的超我特点包括：慷慨仗义、宗族主义思想和清高的风骨。

慷慨仗义是贝都因人的传统优秀品质。阿慕鲁的“矜夸”段落中多处描写了自己部落对弱势群体和有需要的人提供援助的场景，如：

如果邻人帐篷倒塌，牲畜逃窜，

　　我们必挺身相助，扶危济难。

长久以来，我们维护跟随者免受进犯，

　　替他们背负了多少责任和重担。

那一天，赫扎兹战火连天，
　　我们拔刀相助，贡献超凡。
我们驻守在祖·乌拉塔直到弹尽粮绝，
　　产奶的骆驼把干草枯叶都啃食咀嚼。
遇到凶年饥岁，民不聊生，
　　我们便解衣推食，与人为善。
如果外敌进犯，就利剑出鞘，
　　我们必奋起抵抗，护苍生老少。[①]

非常明显，以诗人阿慕鲁为代表的贾希利叶阿拉伯成年男性，尤其是部落的领导阶层，在危难时刻以慷慨助人为荣，也正因如此，才能够保障部落作为集体的生存和发展。除了对他人伸出援手，阿慕鲁的诗中还体现出英勇将士为保护本部落其他成员、丈夫为保护妻子不惜牺牲生命的思想，这也是典型的超我能量，体现为面对弱小他人的自我牺牲精神：

男儿风华，壮志马革裹尸，
　　老将暮年，经百战生死以之。
问世间，列国八方，
　　谁还有这般忠勇儿郎？
若是一朝豺狼进犯，
　　我们必严阵以待，顽强抵抗。
她们喂饱战马，对我们高呼：
　　保护不了妻子的，枉为丈夫！
若果真未能保她们安好，我们宁愿死去，
　　也不想在她们身后，还苟活于世。[②]

上文描述青壮年男性舍身保护妇孺的段落固然带有利他主义色彩，但也可以归为宗族文化的范畴，因为保护妇孺的根本目的终究是维护本部落的利

---

① 见本书，第301、315、321页。
② 见本书，第303、325页。

益。贾希利叶时期，阿拉伯半岛自然环境恶劣，生产力低下，人们生计维艰，客观上非常需要团结协作，个人必须加入群落、依靠群落，才能保障自身的生存和发展。恐怕正是从这样的生活方式中，产生了狂热地忠于自己部落的宗族主义思想，视本部落利益高于一切，其他部落则都是争夺有限资源的潜在敌人，或者因为共同抗敌而暂时结盟的盟友。这样的社会背景便可以解释悬诗中普遍流露的尚武好斗倾向，但在阿慕鲁的诗中，读者会发现，无论是骁勇善战的还是忠诚守信的男性，从来都不是“我”而是“我们”，可见阿慕鲁夸耀的从不是作为个人的“小我”，而是作为部落的“大我”：

我们一招制敌，如驾驼驭马，
　　或快斩绳缰，或断其颈项。
我们履行职责，毫不推诿，
　　言既出必果，纵驷马亦难追。①

正因如此，我国学者王复这样评价阿慕鲁：“他不重于写个人英雄，而重于颂扬部族的勇敢顽强。”②

宗族主义思想必然伴随着对血统和宗谱的重视，阿慕鲁矜夸“我们”时，时常穿插着对先祖贤良的追忆和赞颂：

我们从阿勒盖麦继承了荣光，
　　他骁勇非常，留下功勋无上。
穆海勒希勒创下光大前业，
　　祖海尔更是不朽先烈。
阿塔布、库勒苏姆齐辉双璧，
　　在古圣先贤中占有一席之地。
祖·布拉的名号如雷贯耳，
　　他爱恤民命，令天下寒士欢颜。
在他之前还有库莱布，

① 见本书，第313页。
② ［阿拉伯］乌姆鲁勒·盖斯等著：《悬诗》，王复、陆孝修编译，五洲传播出版社，2015年，第14页。

世间岂有我们未及之荣誉？[1]

事实上，当时阿慕鲁所属的台额利布部落的确势力强大，阿慕鲁在诗中夸耀的台额利布部落屡战屡胜、力克伯克尔部族的赫赫战功，都是符合史实的。

既然本部落在阿慕鲁眼中如此高贵，他自然不会甘心受辱。诗中有部分段落是诗人对阿慕鲁·本·杏德的质问，后者是希拉王国的国王，由于国王对母亲杏德的高贵出身深感自豪，甚至违反了继承父亲名字的风俗，以母亲的名字自称为阿慕鲁·本·杏德。相传，阿慕鲁·本·杏德自认其他阿拉伯人的母亲都只配当他母后的女仆，却听说阿慕鲁·本·库勒苏姆的母亲莱伊拉未必服气，于是他假意设宴款待阿慕鲁一行，席间故意令客人莱伊拉上菜，莱伊拉果然坚决不从。有史料称，阿慕鲁·本·库勒苏姆见状怒发冲冠，夺过阿慕鲁·本·杏德的佩剑，毫不犹豫地砍掉这个傲慢国王的项上人头。“弑君”的行为是否属实，说法不一，但是阿慕鲁对阿慕鲁·本·杏德的所作所为难以释怀是千真万确的：

你阿慕鲁·本·杏德，岂能恣意，
　　尊己卑人，将我们驱使奴役？
你阿慕鲁·本·杏德，岂能恣意，
　　听信谗言，对我们污蔑贬低？
你虚张声势，恫吓威胁，且慢，
　　我们何时竟成了丫头小厮，供你母亲使唤？
你可知道，我们从不卑躬屈膝，
　　多少劲敌在前也不曾告饶，何况是你？
谁想让我们俯首称臣、卑屈驯服，
　　无不落得自讨苦吃、自取其辱。
指向我们的矛头必将返转折过，
　　让那挑衅者落得引火烧身、自食其果。[2]

① 见本书，第313页。
② 见本书，第309页。

大概正因如此，读者在阿慕鲁的诗作中不仅找不到任何对君王的“赞颂”，反而明显流露出对权贵的傲视：

我们身经百战，攻无不克，

　　却从不对强权折腰，哪怕国王下旨。

更何况他怕只是被族人拥戴为主，

　　便戴上王冠，将附庸者庇护。

他们得胜归来，缴获奴婢牲畜，

　　我们也班师回朝，押解的俘虏尽是王公贵族。[①]

这样看来，“安能摧眉折腰事权贵”的阿慕鲁在斗诗中败北也是情理之中。如前所述，阿慕鲁所属的台额利布部族与伯克尔部族是世仇，而当时的希拉王国的国王——即阿慕鲁·本·杏德的父王曾为调停人，阿慕鲁·本·杏德继位后也担负起调停的任务。某次台额利布部落和伯克尔部落双方又发生冲突，请阿慕鲁·本·杏德仲裁。阿慕鲁为台额利布部落的代表，他当众吟诵长诗，不仅细数攻克伯克尔部族的战绩，还不识时务地把调停人阿慕鲁·本·杏德一番讥讽，而伯克尔部落的代表诗人哈雷斯·本·希里宰则连忙夸赞阿慕鲁·本·杏德的智慧。最后，调停的结果自然是不利于台额利布部族。

基于对阿慕鲁为人的了解，读者就不难理解其诗中比较晦涩的一联：

只有清澈泉水我们才愿意饮啜，

　　而别人则只顾豪饮，不管泥浆浑浊。[②]

这恐怕就是诗人的一句自白——他对世间腌臜苟且之事深恶痛绝，决不同流合污、附和世俗。这样做当然不一定符合利益最大化的要求，毕竟超我本来就倾向于站在本我原始渴望的反对立场。

相传，阿拉伯诗人艾布·菲拉斯·哈姆丹尼（932–968）曾说：诗歌是阿拉伯人的史册。这句话至今脍炙人口，足以证明诗歌这一文学体裁从古至今

---

① 见本书，第297、315页。

② 见本书，第321页。